MARIE ADAMS
Das Haus der Hebammen – Ellas Entscheidung

MARIE ADAMS

Das Haus der Hebammen

Ellas Entscheidung

ROMAN

blanvalet

Diese Arbeit wurde gefördert im Rahmen des Stipendienprogramms der VG WORT in NEUSTART KULTUR der Beauftragten der Bundesregierung für Kultur und Medien.

Penguin Random House Verlagsgruppe FSC® N001967

1. Auflage 2022
Copyright © 2022 by Marie Adams
Dieses Buch wurde vermittelt von der Literaturagentur erzähl:perspektive, München (www.erzaehlperspektive.de).
© 2022 by Blanvalet in der
Penguin Random House Verlagsgruppe GmbH,
Neumarkter Straße 28, 81673 München
Redaktion: René Stein
Umschlaggestaltung und -motiv: © Johannes Wiebel | punchdesign, unter Verwendung von Motiven von stock.adobe.com
(dudlajzov, LIGHTFIELD STUDIOS, contrastwerkstatt, kulniz, hedgehog94, Minerva Studio, ajr_images) und Katong/Shutterstock.com
JA · Herstellung: sam
Satz: KCFG – Medienagentur, Neuss
Druck und Bindung: GGP Media GmbH, Pößneck
Printed in Germany
ISBN 978-3-7341-1039-9

www.blanvalet.de

Für meine Familie

Kapitel Eins

Ella

Ella fühlte sich nach der durchwachten Nacht wie in einem Rausch. Mit dem Sonnenaufgang war die kleine Lena endlich geboren worden. Wie viele Hunderte Geburten hatte Ella jetzt schon begleitet? Sie wusste es nicht, wusste nur, dass der Zauber nie nachließ.

»Danke, Ella, ohne dich hätten wir das nie geschafft.« Lenas Mutter Nina war vier Stunden nach der Geburt noch etwas unsicher im Gang, ihr Mann Jörg trug den Maxi-Cosi mit dem Säugling in der einen und die Geburtstasche in der anderen Hand.

»Doch, das hättet ihr, glaubt's mir.«

Für Ella waren die Geburten die schönsten, bei denen sie kaum eingriff, sondern nur Begleiterin war. Bei denen die Frauen spürten, über was für übermenschliche Kräfte sie verfügten.

»Trotzdem, ich bin froh, dass du dabei warst. Und dass wir hier in diesem wunderschönen Haus sein durften.«

Ja, vielleicht bin ich einfach wie unser Geburtshaus der schützende Rahmen, dachte Ella. Zehn Jahre betrieb sie nun schon mit den Hebammen Susanne, Carola und Annett, die später zu ihnen gestoßen war, das Haus der guten Hoffnung. Kölns erstes Geburtshaus. Zwei Etagen in dem Eckhaus in der Cranachstraße stellten seit zehn Jahren einen der wunderbarsten Übergangsorte zwischen zwei Welten dar. Damals hatte Ella ihr Glück kaum fassen können, als sie als frischgebackene Hebamme von ihren zwei erfahrenen Kolleginnen Carola und Susanne gefragt wurde, ob sie nicht gemeinsam ein Geburtshaus gründen sollten. Eine Idee, die sie zunächst ständig verteidigen mussten. Das sei verrückt. Und gefährlich. Ja, im ersten Jahr gab es einen Zeitungsartikel im Kölner Express, in dem die drei Hebammen als die Hexen der Cranachstraße verunglimpft wurden.

»Ich danke euch für euer Vertrauen.«

Nina fiel Ella zum Abschied um den Hals.

»Danke, danke, du bist einfach ein Engel.«

Ella grinste. Auch wenn sie einen Beruf zwischen den Welten ausübte, sie stand immer noch mit beiden Beinen fest auf dem Boden. Sie verabschiedete Nina und Jörg in ihren ersten Tag als Familie. Draußen zwitscherten schon die Vögel, aber drinnen war es nun still. Ob sie auf Hilde warten sollte? Aus Oberschwester Hilde war einfach Hilde geworden. Seit sie in Rente war und ein paar Stunden die Woche das Büro des Geburtshauses organisierte, hatte sie zwar ihren Titel und ihren Feldwebelton abgelegt, aber war immer noch eine Meisterin der Organisation.

Sie sah auf ihre Armbanduhr. Hilde würde das Büro erst in einer halben Stunde betreten. Die anderen Hebammen waren alle bei Hausbesuchen oder sammelten

Kraft für ihren nächsten Einsatz. Und Ella hatte seit zwanzig Stunden nicht mehr geschlafen, fühlte sich aber so wach wie nach drei Tassen Kaffee. Nein, sie würde jetzt in ihre Wohngemeinschaft fahren. Vielleicht mit Frank und Dagmar frühstücken und dann schlafen. Schließlich erwarteten zwei andere Frauen in den nächsten Tagen ihr Baby. Sie fasste an ihren Pieper, der immer um ihren Hals hing oder in ihrer Hosentasche steckte. Heute hatte sie ihn um den Hals hängen, weil ihre weite gemusterte Stoffhose nicht über Taschen verfügte. Mit diesem Gerät war sie für ihre Frauen jederzeit erreichbar. Bei Wehen brauchten sie nur die Nummer anzurufen, dann bekam Ella eine Nachricht auf dem Pieper mit der Nummer angezeigt und rief sofort zurück. Ganz egal, ob sie unter der Dusche oder in der Schlange im Supermarkt stand, sie eilte sofort zum nächsten Telefon.

Sie zog die Tür des Geburtshauses hinter sich zu und schaute nach oben. Nur die Häuser in der Kölner Altstadt waren schmaler als dieses Eckhaus, das fast wie ein Dreieck auseinanderlief. Ja, das Gründerzeithaus hatte etwas von einem Turm mit den drei hohen Fenstern über der Eingangstür. Früher beherbergte das Gebäude im Erdgeschoß eine kölsche Kneipe. Der Alkoholausschank müsse die Räumlichkeiten für Jahrzehnte desinfiziert haben, scherzten sie manchmal. Heute war es ein Haus für schwangere und junge Mütter. Vorsorge, Vorbereitungskurse, Spielkreise und vor allem Geburten fanden hier statt.

Sie schwang sich auf ihr Hollandrad, das sie vor dem Geburtshaus abgestellt hatte, klemmte ihre Hebammentasche zwischen Sattel und Gepäckträger und trat in die Pedale. Ihre langen schwarzen Haare flatterten im Fahrtwind, und die frische Morgenluft hielt sie weiter wach. Um die Zeit war der Weg von Nippes über die Hohe Straße und dann direkt in die Südstadt noch nicht mit Unmengen an Passanten bevölkert, sodass sie durch die Fußgängerzone mit dem Fahrrad fahren konnte. Bis auf Transporter, die Ware anlieferten, und Verkäufer, die ihre Geschäfte für die Öffnung vorbereiteten, war kaum jemand unterwegs. Ob sie bei Merzenich noch ein paar Röggelchen holen sollte? Gestern war der Kühlschrank in der WG leer gewesen, und wie sie Frank kannte, schlief er noch tief und fest; Dagmar hingegen bereitete gerade ihre erste Modenschau vor und verschwendete kaum einen Gedanken ans Essen. Ella erwischte sich dabei, dass sie sich manchmal wie die WG-Mutter benahm. Mit ihren dreiunddreißig Jahren war sie die Älteste in ihrem Gespann. Vor fünfzig Jahren hätte so mancher Ella schon als alte Jungfer bezeichnet, dabei fühlte sie sich genau richtig, wie sie war, auch wenn manchmal ganz leise die Torschlusspanik anklopfte. Was war, wenn sie doch etwas im Leben verpasste? Was war, wenn sie Tausenden Babys auf die Welt half, aber ihr eigenes nie im Arm halten würde, weil sie noch auf den perfekten Mann wartete? Wer hatte noch berechnet, dass eine Frau über dreißig eher einem Attentat zum Opfer fiele, als noch einen Mann zum Heiraten zu finden? Und hatte ihre Mutter vielleicht sogar recht, wenn sie sagte, dass Ella ihre große Chance, Arztgattin zu werden, weggeworfen hatte, um eine halbherzige Beziehung mit einem verträumten Dauerstudenten einzugehen? Nein, Ella würde es genauso wieder machen. Sie standen kurz vor einem neuen Jahrtausend, und allein der Gedanke, dass ihr Wert von einem Mann abhing, war lächerlich.

Sie radelte auf eine Kreuzung zu und hielt an, als die Straßenbahnlinie 1 durchfuhr. Das Plakat an der Litfaßsäule mit Stefanie als H&M-Model ließ sie lächeln. Carolas älteste Tochter lebte seit ein paar Jahren in Berlin, sorgte aber mit ihrer Modelkarriere dafür, dass ihr Gesicht auch in Köln nicht vergessen wurde. Stefanie sah ihrer Mutter Carola ähnlich, wobei diese eher bei dem Modeladen für große Größen gegenüber einkaufen musste, und hatte etwas von Kate Moss. Bei Ulla Popken trugen auch die Schaufensterpuppen Übergröße. Warum gaben sich die Designer bei fülligen Frauen so wenig Mühe? Sie hatte es einmal auch Dagmar gefragt, die meinte, an dünnen Frauen kämen die Kreationen einfach besser zur Geltung. Ella hätte am liebsten selbst etwas entworfen und die Welt vom Gegenteil überzeugt, aber sie konnte die Frauenwelt nicht in allen Punkten verbessern. Ihr Thema war die selbstbestimmte Geburt, bei der sich die Götter in Weiß zurückhalten sollten. Sie trat ordentlich in die Pedale, als es wieder grün wurde. War das Christoph in der Menschengruppe gegenüber? Auf der Mitte der Straße geriet sie ins Schlingern. Ihre Stoffhose hatte sich in den Speichen verfangen. Mist. Sie konnte nicht mehr bremsen. Sie riss den Lenker herum und dann wieder in die andere Richtung, um nicht in die Menschengruppe zu fahren, wobei sie allerdings das Gleichgewicht verlor und stürzte.

»Ella!«

Ja, die Stimme war Christophs. Ella wollte etwas antworten, doch der Aufprall auf dem Asphalt hielt sie davon ab.

* * *

Köln, Mai 1995

»Ella!«

Es war Christophs Stimme, die immer noch hin und wieder in Ellas Kopf herumspukte, obwohl sie zum Glück immer leiser geworden war. Ella erinnerte sich daran, wie sie gerade erst im St.-Laurentius-Krankenhaus als Hebamme angefangen und sich oft noch unsicher gefühlt hatte. Einmal hatte Christoph sie bloßgestellt, weil sie unter einer Geburt zu spät ärztliche Hilfe geholt hatte. Als Arzt auf der Kinderstation wurde er immer dann gerufen, wenn es Unsicherheiten gab. Als Ella das Krankenhaus verlassen hatte, um mit ihren Kolleginnen das Geburtshaus zu gründen, hatte er ihr zwar alles Gute gewünscht, aber als seine Schwester Monika sich dort angemeldet hatte, hatte er Ella dazu gedrängt, Monika die Betreuung im Geburtshaus auszureden. Natürlich hatte Ella nicht auf ihn gehört, und als Monika bei ihrer ersten Geburt durch eine plötzliche Querlage in Lebensgefahr geriet, schien Christoph mit seinen Befürchtungen recht zu behalten. In seinen Augen war das Geburtshaus für Mutter und Kind eher eine Gefahr denn eine Hilfe. Monika vertraute Ella jedoch auch in der zweiten Schwangerschaft, und alles war gut gegangen. Und Ella hatte immer wieder Verständnis für Christophs Abwehr gehabt, ja hatte sich sogar in den jungen Arzt verliebt und war eine Zeit lang mit ihm zusammen gewesen.

»Ella, wie schön, dich zu sehen!«

Ausgerechnet Christoph war hier unter all den Familien, die sie betreut hatten, unter all den Weggefährten, die dieses Jubiläum möglich gemacht hatten. Heute feierten sie das sechsjährige Bestehen des Hauses der guten Hoffnung. Jede einzelne Familie hatte per Post eine Einladung bekommen, um den Tag gemeinsam in der nahe gelegenen Alten Feuerwache zu feiern.

»Christoph? Ausgerechnet du hier? Ich dachte, das Geburtshaus ist dir immer noch suspekt.« Ella schaute ihren Ex-Freund skeptisch an.

»Monika hat mich hier hingeschleppt. Sie droht damit, noch mindestens zwei weitere Kinder mit dir zusammen zur Welt zu bringen.«

Christoph sah älter aus. Ob es die neue Oberarztstelle war? Oder der Alltag als Familienvater? Wobei er immer wieder betonte, wie wenig er zu Hause sein könne, da er so viel arbeiten müsse.

»Von mir aus sehr gerne. Ich mag deine Schwester sehr.«

»Sie dich auch. Und ich dich auch.«

Er lächelte Ella an und verschwand wieder in der Menge der Gäste. Ella war der Trubel fast zu viel. Eine Geburt zu betreuen war da viel entspannter, als so ein Jubiläum zu feiern.

»Hast du Susanne gesehen?«, fragte in diesem Moment

Carolas Tochter Maike. Ihr Bruder Thomas stand neben ihr. Beide außer Atem, als wären sie über den ganzen Platz gerannt. Maike war erst elf, aber schon ziemlich groß für ihr Alter. Der Schmetterling vom Kinderschminken in ihrem Gesicht passte nicht zu ihrer besorgten Stimme.

»Mhm, ich weiß nicht, ist schon was her. Schaut doch mal an unserem Infostand vorbei. Kann ich euch helfen?«

»Mama hatte einen Blasensprung. Sie ist schon ins Geburtshaus gegangen und hat gesagt, dass wir Susanne suchen sollen, damit sie die Geburt begleiten kann.«

Thomas schaute vernünftig wie ein Erwachsener. Kaum zu glauben, dass er in der letzten Zeit mit seinen Sperenzchen Carola zur Weißglut gebracht hatte. Ella hatte sich vor ein paar Monaten ernsthaft Sorgen um ihre Freundin und Kollegin gemacht. Sie war fahrig, ständig müde und gereizt, litt unter Schwindel und war kurz vor Weihnachten zusammengebrochen. Sie hatte auf niemanden gehört, der ihr riet kürzerzutreten. Sie wurde eben gebraucht. Als Mutter. Als Hebamme. Als Ehefrau. Und landete schließlich im Krankenhaus. Und erfuhr nebenbei, dass sie zurück auf Los geschickt wurde. Sie war wieder schwanger, nachdem ihre Kinder endlich aus dem Gröbsten raus waren.

»Ich helfe euch suchen, und wenn wir Susanne nicht sofort finden, springe ich ein.«

* * *

Carola hatte immer bedauert, dass sie alle ihre drei Kinder vor der Gründung des Geburtshauses bekommen hatte. Und jetzt schloss sie selbst, mit ihrem Mann an der Seite, das Haus in der Cranachstraße 21 auf, um doch noch einmal selbst ein Kind in diesen heiligen Hallen zu bekommen. Natürlich hatte sie ihre Geburtstasche seit einer Woche in dem Geburtszimmer mit der großen Gebärwanne stehen.

»Andreas, ich weiß nicht, ob ich das schaffe!«

Ihre Jeanslatzhose klebte nass an ihrem Körper. Sie hatte diese Hose eigentlich nur noch für Renovierungsarbeiten aufgehoben. Auch die orangefarbenen Wände hatte sie in dieser Latzhose bearbeitet. Immer wieder hatte sie einen Schwamm in Farbe getunkt und auf die Wand gedrückt. Die Schwammtechnik war 1989 der letzte Schrei gewesen.

»Natürlich schaffst du das! Du bist doch Profi!«

Meine Güte, ich und Profi, dachte Carola und bemerkte ein leichtes Ziehen. Nach dem Blasensprung gab es kein Zurück mehr. Die Geburt war eröffnet, auch wenn die richtigen Wehen noch auf sich warten ließen.

»Du hast leicht reden. Für dich als Mann ist das auch einfach. Musst nur zuschauen.«

Carola dachte an Maikes Geburt, die nun auch schon elf Jahre zurücklag, ein Kaiserschnitt. Würde die alte Narbe reißen? Ach was, das war ohne Einleitung mehr als unwahrscheinlich. Wobei es auch mehr als unwahrscheinlich gewesen war, dass sie nach dem Eingriff unter der Narkose noch einmal schwanger werden konnte …

»Carola, kannst du bitte damit aufhören?«

Carola sagte ihren Schwangeren immer, dass Frauen unter der Geburt Dinge zu ihrem Mann sagten, die sie niemals so meinten. Doch sie meinte es in diesem Moment genau so. Die Frauen waren es doch noch immer, die von Anfang an die größte Last trugen, um den Fortbestand der Menschheit zu gewährleisten.

Bevor Carola antworten konnte, wurde die Tür aufgerissen. Susanne, Annett und Ella standen in der Tür. Carola grinste. Mit diesen drei wunderbaren Frauen an der Seite würde sie alles schaffen. Ohne Annett, die als letzte zu ihnen gestoßen war, hätte sie niemals die letzten Monate kürzertreten können. Sie war die Älteste von ihnen, was man ihr kaum ansah. Die blonden Locken und das elfenhafte Gesicht ließen niemals die fünfzig Jahre erraten, die sie schon gelebt hatte. Wie hatten sie erst damit gehadert, noch jemanden in ihre eingeschworene Gemeinschaft aufzunehmen! Und jetzt war es ohne Annett nicht mehr vorstellbar. Während Ella oft viel zu harmoniebedürftig war und Susanne Angst hatte, jemandem zu nahe zu treten, sagte Annett ohne Umschweife, was sie dachte, und ähnelte Carola in ihrem Pragmatismus.

Ella, die kaum älter als Carolas Tochter Stefanie gewesen war, als sie sich kennenlernten, war mittlerweile eine richtige Frau geworden. Allerdings sah sie immer noch aus wie Schneewittchen, auch wenn sie die dreißig überschritten hatte. Und Susanne war Carolas beste Freundin. Carola bewunderte ihre Großzügigkeit, mit der sie sich mit ihr auf das vierte Kind freute, obwohl ihr selbst der Wunsch nach einem Baby seit Jahren verwehrt blieb.

»Hey, ihr verpasst unsere Party!«

Carola griff sich mit beiden Händen in den unteren Rücken, während sie den drei anderen Geburtshaushebammen breitbeinig gegenüberstand. Wegen der Feier heute hatte Carola sich sogar etwas geschminkt und die blonden Haare hochgesteckt, was den Kontrast zu ihrem Outfit aus nasser Jeanslatzhose und umgebundenem Männerhemd noch betonte.

»Die wichtigste Party findet hier statt. Wir wollten dir nur zusammen alles Gute wünschen. Und was zur Stärkung vorbeibringen.«

Jetzt erst bemerkte Carola das Tablett in Annetts Hand mit lauter Leckereien von dem Festtagsbüfett. Herrlich, hatte sie sich doch so auf das Fingerfood von ihrem Lieblingstürken am Eigelstein gefreut. Das hatte sie doch extra mit ausgesucht für die Feier in der Feuerwache. Andreas, der Carolas Leidenschaft für gutes Essen teilte, es aber im Gegensatz zu ihr nicht an Bauch und Hüften sammelte, obwohl er den ganzen Tag am Schreibtisch saß, nahm Annett das Tablett ab und stellte es auf das Sideboard, an dem auch das Telefon hing.

»Danke. Ich bin so froh, dass ihr Carola zur Seite steht.«

Ella stellte einen Karton Pfirsichsaft dazu und zwinkerte Carola zu. »Das ist doch selbstverständlich. Und hier für alle Fälle schon mal die leckerste Zutat für einen Wehencocktail.«

Carola verzog das Gesicht. Der Pfirsichsaft machte das Rizinusöl tatsächlich erträglicher. Wenn vierundzwanzig Stunden nach einem Blasensprung keine richtigen Wehen aufkamen, würde sie rein theoretisch ins Krankenhaus müssen. Wobei sie sich als erfahrene Hebamme auch einfach über die Vorschriften hinwegsetzen könnte. Es war schließlich ihre eigene Geburt.

»Lass mal. Ein Kaffee wäre mir lieber.«

»Denke an den Cortisolspiegel. Da kommt der Stress direkt beim Kind an«, mahnte Ella.

»Quatsch, das macht den Kohl auch nicht mehr fett. Der Kleine hat in seinem Leben schon so viel Stress mitgemacht, da bringt ihn die Tasse Kaffee jetzt auch nicht mehr um.«

Carola sagte das so lapidar, aber tief im Inneren hatte sie Angst, dass sie ihrem Kind den Start ins Leben schon versaut hatte. Eine Mutter, die eigentlich nicht mehr schwanger werden wollte, allen Bedenkenträgern wie ihrer Schwester Heike Bestätigung gegeben hatte, weil sie völlig überfordert von der Vereinbarung von Beruf und Familie war und sogar in der Klapse gelandet war. Zuvor hatte sie wochenlang Angst gehabt, unheilbar krank zu sein, weil sie Schwindel und Kreislaufprobleme nicht auf eine Schwangerschaft, sondern einen tödlichen Tumor zurückführte.

»Andreas, für dich auch?«, fragte Ella, ohne auf Carolas Worte weiter einzugehen. Carola sah ihren Mann an. Er hatte ihr bei jeder Geburt zur Seite gestanden. Das machte auch heute noch nicht jeder Mann. Sie gingen nun schon zwanzig Jahre den Weg gemeinsam, auch wenn sie in den letzten Jahren etwas auseinandergedriftet waren. Carola hatte in all den Jahren oft genug beobachtet, dass ein Kind nie eine Beziehung heilte. Ganz im Gegenteil. Die Elternschaft war oft wie ein Brennglas für den Zustand der Beziehung. Wie es wohl bei ihnen beiden weitergehen würde?

»Für mich auch. Danke.«

Er klang fast schüchtern.

Susanne hatte nichts in den Händen, aber brachte das Versprechen mit, Carola beizustehen, bis ihr Kind geboren und sie beide versorgt sein würden. Ganz egal, wie lange es dauern würde. So wie Carola auch schon für unzählige Frauen hier im Geburtshaus da gewesen war. Als Ella mit drei Tassen Kaffee wieder hereingekommen war, spürte Carola ein leichtes Ziehen im Kreuzbein. Noch keine Wehe, aber immerhin.

»Ella, Annett, es ist so schön, dass ihr auch noch gekommen seid, aber jetzt geht wieder auf unsere Party. Macht Werbung für unser Geburtshaus. Wir wollen schließlich auch noch das Zehnjährige zusammen feiern!«

Carola freute sich schon darauf, selbst endlich wieder Geburten zu begleiten. Und sie wusste nur zu gut, dass dieser besondere Ort keine Selbstverständlichkeit war. Jahr für Jahr mussten sie schauen, dass genug Geld für die Miete der zwei Etagen zusammenkam. Dass die Krankenkasse zumindest den Großteil der Kosten übernahm, dass sich genug Frauen zu einer außerklinischen Geburt anmeldeten, die für viele noch als riskant galt. Wie oft hatte sie in diesem Raum mit den orangefarbenen Wänden, der riesigen Gebärwanne in einem gebärmutterfarbenen Ton und dem gemütlichen Bett anderen Frauen zur Seite gestanden. Nun war sie es, die sich hier fallen lassen durfte.

»Okay, wir gehen wieder rüber, aber wenn irgendwas ist, funkt uns sofort an«, sagte Annett.

»Machen wir«, antwortete Susanne.

* * *

Weder der Rizinuscocktail noch der abscheulich schmeckende Wehentee hatten Fortschritte gebracht. Ella und Annett hatten längst mit ein paar weiteren Helfern dafür gesorgt, dass die Feuerwache am nächsten Tag wieder für andere Gäste bereitstand. Carola hatte mit ihrer Ältesten Stefanie telefoniert, die sich um ihre Geschwister zu Hause kümmerte.

»Kommt ihr frühstücken?«

Montagmorgen um acht war es noch ruhig im Geburtshaus. Susanne hatte ein paar Stunden geschlafen und Carola und Andreas geraten, es ihr gleichzutun. Um sieben Uhr hatte sie Carola untersucht. Der Muttermund war keine drei Zentimeter offen, der Blasensprung schon bald siebzehn Stunden her.

Susanne hatte ihren Besprechungstisch gedeckt, eine Duftlampe angezündet und durchgelüftet. Sie hatte ihren Mann Antonius angerufen, dass sie sich wohl erst heute Abend sehen würden. Ihre Wohnung lag um die Ecke, dennoch war es Susanne lieber gewesen, im Geburtshaus zu schlafen.

»Susanne, du bist ein Schatz.«

Carola und Andreas setzten sich an den runden Tisch.

»Und, tut sich was?«, fragte Susanne, während sie allen dreien einen Kaffee eingoss. Vielleicht würde der die Wehen ja in Gang bringen.

»Ein leichtes Ziehen.«

Sie wussten beide, dass sie so ein Ziehen meinte, dass in fast allen Fällen Fehlalarm war, besonders bei Erstgebärenden.

»Vielleicht sollten wir doch besser ins Krankenhaus.«

Andreas sah aus, als hätte er kaum geschlafen. Die blonden Haare verstrubbelt, unter den Augen tiefe Schatten.

Susanne sah Carola an.

»Wäre dir das lieber?«

»Nein. Ich möchte hierbleiben.« Carola griff zu einem Brötchen, sah dann auf die Uhr und ließ es wieder fallen.

»Mist. Schon acht Uhr. Ich habe ganz vergessen, Stefanie zu sagen, dass sie aus dem Wohnzimmerschrank noch ein Arbeitsheft für Maike raussuchen soll. Maike schreibt doch heute Deutsch, und die letzte Arbeit war eine Fünf.«

»Carola, am Heft wird es nicht scheitern. Es kann ihr bestimmt jemand ein paar Blätter geben. Außerdem ist Maike alt genug, selbst an ihre Sachen zu denken«, widersprach Andreas und nahm einen Schluck Kaffee.

»Ist sie eben nicht. Und die Lehrerin hat uns eh auf dem Kieker. Ich rufe Stefanie an, dass sie es notfalls noch mit in die Schule bringen soll. Ich glaube, Maike schreibt erst in der dritten. Und Stefanie hat doch eh heute frei.«

»Nein, sie hat nicht frei, sondern lernt für das Abi.«

»Ich rufe trotzdem zu Hause an. Ich will wissen, ob alles gut ist. Ich hoffe, Thomas ist auch pünktlich rausgekommen und hat nicht die ganze Nacht auf der Spielekonsole gezockt.«

Susanne sah die beiden erfahrenen Eltern an. Es konnte doch jetzt nicht sein, dass Carola sich gedanklich noch um solche Kleinigkeiten kümmerte! Die beiden sahen angespannt aus. Wie sollte das erst noch mit einem weiteren Kind werden? Wo war die heilige Ruhe, die meist im Geburtshaus herrschte, wenn eine Geburt bevorstand?

»Susanne, ich hätte heute Nachmittag noch eine letzte

Vorsorge gehabt. Konnte ja nicht wissen, dass die Frau überträgt und ich eine Woche früher dran bin. Kannst du die übernehmen? Falls du schon mit mir fertig bist? Sonst frag Ella!«

»Ich kümmere mich darum. Mache dir keine Sorgen. Das Einzige, was jetzt zählt, bist du. Und dein Baby.«

Carola sah Susanne verständnislos an. So als ob es schon lange keinen Moment mehr gegeben hätte, in dem nur sie zählte. War das Muttersein einfach so? Susanne dachte an die Adoptiveltern ihrer Tochter Julia. Vieles hätte sie anders gemacht, wenn sie die Chance dazu gehabt hätte. Aber Angela und Gerd Müller waren es gewesen, die sich achtzehn Jahre lang um passende Schuhe, Mahlzeiten, Kindergarten- und Schulwege, Hefte, Arzttermine und all die Tausenden anfallenden Aufgaben gekümmert hatten, allesamt vermeintliche Kleinigkeiten. Besser gesagt, vor allem Angela war es gewesen, während ihr Mann dafür gesorgt hatte, dass die kleine Familie in einem schmucken Einfamilienhaus leben und zweimal im Jahr in Urlaub fahren konnte. Das normale Familienleben in den Siebzigern und Achtzigern eben.

»Wir könnten auch noch mal nach Hause fahren und nach dem Rechten sehen.«

Carola hatte immerhin schon ein Brötchen mit Käse vertilgt. Sie würde Kraft brauchen.

»Carola, es reicht. Hast du denn gar nichts gelernt im letzten Jahr?«

»Doch, ich habe mich selbst besser kennengelernt und weiß, dass es mir besser geht, wenn ich Herrin der Lage bin.«

»Das bist du sowieso nicht. Die wichtigsten Dinge können wir nicht beeinflussen.« Susanne sah ihre Freundin an. Carola hatte ihr zur Seite gestanden, als sie in ein dunkles Loch gefallen war, nachdem sie ihre Tochter zum zweiten Mal zu verlieren drohte. Susanne hätte sich damals am liebsten aufgegeben. War tagelang nicht aus dem Bett gekommen. Carola hatte sie nicht zuletzt mit ihrem Pragmatismus gerettet. Susanne wurde gebraucht. Und wenn sie nicht zur Verfügung stand, würde eben jemand anders ihren Platz einnehmen. Das hatte Susanne damals mehr als alles andere wachgerüttelt. Sie wollte nicht noch mehr von dem verlieren, was ihr wichtig war.

»Was passiert denn, wenn keine Wehen kommen?«, fragte Andreas und schenkte sich Kaffee nach.

»Dann müssten wir ins Krankenhaus, und dort würden sie irgendwann einleiten.«

»Sind ja noch ein paar Stunden.«

Carola versuchte locker zu klingen, aber Susanne hörte die Angst in ihrer Stimme. Sie wussten beide, dass so ein Wehentropf zu schmerzhafteren Geburten führte. Und da ein vorhergegangener Kaiserschnitt in Kombination mit einer Einleitung die Gefahr erhöhte, dass der Uterus riss, würden sie vielleicht im Krankenhaus sofort zu einem Kaiserschnitt raten.

»Carola, vielleicht gehen wir doch besser direkt ins Krankenhaus. Nachher passiert irgendwas. Wir brauchen dich noch.«

Andreas nahm die Hand seiner Frau. Susanne hatte Carola noch heute Morgen untersucht. Die Kindslage war perfekt. Die Herztöne waren gut. Keine Anzeichen einer

Schwangerschaftsvergiftung. Wenn nur endlich Wehen kommen würden! Das erste Mittel, das Hebammen zur Geburtseinleitung empfahlen, war Sex. Das setzte Prostaglandine frei, die sonst auch in Zäpfchenform verabreicht wurden. Nach einem Blasensprung war das wegen der Infektionsgefahr aber eher keine Option mehr, und Carola wusste um diese Möglichkeit nun selbst gut genug. Wenn sie gewollt hätte, hätte sie die Nacht schon genutzt.

»Ich habe echt Angst.«

Susanne und Andreas sahen Carola an, die sich eine Träne aus den Augenwinkeln wischte.

»Wovor hast du am meisten Angst?«

»Ich weiß nicht. Dass was schiefgeht. Dass die Narbe reißt. Dass ich die Schmerzen nicht aushalte. Dass unser Baby nicht gesund ist. Dass wir das alles nicht schaffen. Dass unsere Großen auf die schiefe Bahn geraten, weil wir keine Zeit mehr für sie haben. Dass ich nie wieder als Hebamme arbeiten kann. Dass unsere Ehe kaputtgeht, weil wir noch weniger Zeit füreinander haben. Dass mein Baby sich für mich schämt, weil ich als Oma auf dem Abiball auftauche. Aber vielleicht macht es auch gar keinen Schulabschluss, weil man mit vier Kindern doch endgültig zum Rand der Gesellschaft gehört.«

Susanne reichte Carola ein Taschentuch.

»Carola, und du meinst, das alles kannst du verhindern, wenn das Baby drinbleibt?«

Ein Lächeln huschte über Carolas Gesicht. »Na ja, wenn's ein Kaiserschnitt wird, erspare ich mir zumindest den Wehenschmerz.«

Im Geburtshaus konnten sie keine PDA vornehmen.

Warmes Wasser, Akupunktur oder Globuli waren die einzigen Schmerzmittel. Und Entspannung. Aber davon war Carola weit entfernt.

»Weißt du noch, wie Oberschwester Hilde die Schwangeren manchmal durch das Treppenhaus gejagt hat? Ihr Tipp für ausbleibende Wehen.«

»Eine Treppe hätten wir auch im Angebot.«

»Ach, nee, vielleicht packen wir die Sachen, fahren ins Krankenhaus, und ich lasse es rausholen.« Als würde sie direkt ihre Tasche schnappen und losfahren wollen, sprang Carola auf. Andreas tat es ihr nach, stapelte aber erst die Teller übereinander.

»Carola, es ist deine Entscheidung«, bestärkte Susanne ihre Freundin.

*   *   *

Ella hüpfte schon von einem auf das andere Bein. Wenn Dagmar nicht bald das Badezimmer verlassen würde, würde Ella unten im Café nachfragen, ob sie die Toilette benutzen dürfe. Endlich! Und so wie Dagmar aussah, hatte sie sich in aller Ruhe geschminkt, statt notwendigen Bedürfnissen nachzugehen.

»Und, wie sehe ich aus?«

Dagmar sah fantastisch aus in ihrem bordeauxroten Spitzenkleid, das sie selbst entworfen hatte.

»Toll«, rief Ella, während sie die Badezimmertür hinter sich zuknallte. Sie hörte durch die Tür, dass Frank wieder hereinkam.

»Habe Croissants und Sekt dabei! Es gibt was zu feiern!«

Allein dass Frank freiwillig vor neun das Haus verlassen hatte, war schon ein Grund, die Sektkorken knallen zu lassen. Ob Carola und Susanne auch schon etwas zu feiern hatten? Noch hatte Ella nichts von den beiden gehört. Das war ungewöhnlich.

Als Ella in die Küche kam, lief Frank auf sie zu und gab ihr einen Kuss.

»Kannst dich bald Frau Doktor nennen.«

Ella lachte. Frau Doktor. Sie wusste nicht einmal, ob sie überhaupt seine Freundin war. Also so richtig.

»Ich dachte ja, der hasst mich, als er mir den frühen Termin gegeben hat, aber ganz im Gegenteil. Er fand mein Konzept für die Magisterarbeit so vielversprechend, dass er sich durchaus vorstellen könnte, dass ich danach bei ihm weitermache.«

Dagmar, die schon mal den Tisch deckte, zwinkerte Frank zu. »Na, dann hau jetzt auch mal rein, nachher kommt noch einer auf die Idee, den Magister abzuschaffen, bevor du fertig bist.«

»Na, einen Sekt trinke ich darauf trotzdem gerne mit. Ich freue mich für dich!«

Ella hatte noch etwas Zeit, bis sie den ersten Wochenbettbesuch machen musste. Sie waren jetzt alle drei Ende zwanzig, lebten aber immer noch wie Anfang zwanzig. In einer Wohngemeinschaft, die sich wie Familie anfühlte. Was war Frank für sie? Ihr Freund? Irgendwie ja, aber irgendwie auch nicht. Und Dagmar? Etwas zwischen Freundin und Schwester, ohne dass sie so viele Gemeinsamkeiten hatten wie Ella mit ihren Hebammenkolleginnen.

»Es geht doch nichts über Gründlichkeit. Wissen braucht Zeit und Tiefe.« Frank musste selbst darüber lachen. Er war ohne Zweifel sehr intelligent, aber zeitlebens extrem bequem gewesen. Dass er noch den Doktor anstrebte, war nur folgerichtig. Dann konnte er noch mal drei Jahre am Schreibtisch sitzen und wie ein Student leben.

Dagmar stellte Butter und Marmelade von *Spar* auf den Tisch. »Man muss sich den Doktor aber auch leisten können. Ich zahle immer noch meine BAföG-Schulden ab.«

Dagmar hatte Modedesign studiert, entwarf selbst Kleidung und jobbte noch im Modehaus Sauer in der Nähe des Doms, wo sie auf Kundenwunsch teure Kleidungsstücke änderte. Solche von Chanel oder Gucci statt ihre eigenen Kreationen.

»Jetzt sei keine Spielverderberin. Und meine Eltern haben mir den Geldhahn zugedreht. Falls du es noch nicht mitbekommen hast, ich arbeite als wissenschaftliche Hilfskraft.«

»Das ist doch keine Arbeit. Kopien an Studenten verteilen.«

Frank hielt inne, bevor er Sekt in Dagmars Leonardo-Glas schüttete. »Willst du, oder willst du nicht?«

»Ja, ich will.«

Ella beobachtete Frank und Dagmar. Sie waren eine zusammengewürfelte Truppe, es hatte als Zweckgemeinschaft angefangen. Wann würde jeder seinen eigenen Weg gehen? Würde Ella irgendwann »Ja, ich will« sagen?« Es war Zeit, Entscheidungen zu treffen. Wie wollte sie leben?

* * *

Carola stupste das Seil an, das von der Decke des Geburtszimmers hing und an dem sich die Frauen oft während der Wehen festklammerten. Das Seil schwang hin und her. Was konnte sie tun, um ihre Wehen endlich in Gang zu bringen? Es ist deine Entscheidung, hatte ihr Susanne gerade gesagt. Nein, das war es nicht. Es gab Dinge, die passierten einfach. Mit ihr.

»Also was ist, Carola? Sollen wir ins Krankenhaus fahren?«

Susanne setzte sich auf den Rand der Badewanne.

»Susanne, es tut mir leid, dass ich deine Geduld so strapaziere.«

»Ist doch mein Job«, lächelte Susanne.

Das war so viel mehr als ein Job. Das war wahre Freundschaft. Susanne unterstützte sie dabei, etwas zu bekommen, was sie selbst vergeblich herbeisehnte. Carola schnappte sich die Geburtstasche, die immer noch unausgepackt im Raum stand.

»Du willst also los?«, fragte Andreas fast erleichtert.

»Nein, ich möchte auspacken.«

Sie öffnete den Reißverschluss, wühlte zwischen Wechselklamotten für sich, einer CD von Toni Braxton, Windeln, Müsliriegeln und Babysachen und fischte einen Strampler in Größe 62 mit Sendung-mit-der-Maus-Aufdruck, eine winzige Babywindel und einen Babybody heraus. Es war real. Sie würde heute noch ein Kind bekommen, dem sie diese Sachen anziehen würden. Wenn es hier zur Welt kam, denn im Krankenhaus bekamen die Babys immer krankenhauseigene Kleidung übergestreift.

In dem Moment, in dem sie die Babysachen auf die Wickelkommode legte, zog es in ihrem Lendenbereich.

»Susanne, ich werde unser Kind hier bekommen.«

»Du brauchst dir aber auch keinen Druck machen. Es ist völlig okay, wenn das nicht passiert.«

»Es wird passieren. Ich lasse das Wasser schon mal ein.«

Susanne schaute sie an, als hätte sie bei ihrer eigenen Geburt jede Expertise vergessen. Immerhin sagte sie nichts dazu. Genauso wenig wie Andreas. Als das warme Wasser in die Wanne lief, öffnete sich auch bei Carola etwas. Sie würde nicht davonlaufen. Und auch nicht die Augen verschließen. So wie sie das viel zu lange getan hatte. Nein, sie würde sich ihren Aufgaben stellen.

Als die Wanne zu einem Drittel voll war, zog Carola sich bis auf ihren Sportbüstenhalter aus und stieg in die Wanne.

»Ist das nicht viel zu früh? Ich meine, bis es richtig losgeht, ist deine Haut doch ganz schrumpelig, oder?«, fragte Andreas. Er war zwar bei allen Geburten dabei gewesen, aber dennoch war es Carola, die die Expertin für ihren Körper war. Sie ließ sich in das warme Wasser gleiten.

»Nein, das wird schon. Gibst du mir noch das Öl, bitte?«

Andreas holte die Geburtsölmischung aus Carolas Tasche, öffnete das Fläschchen und ließ etwas in die Wanne tropfen. Carola sog den krautigen und gleichzeitig süßen Duft ein. Muskatellersalbei zum Loslassen und Ylang Ylang zum Beruhigen. Und dann kamen sie endlich. Die Wehen. Schnell. Und heftig. Statt dagegen zu kämpfen, ließ Carola sich von den Wellen mitreißen. Und blieb doch ruhig inmitten des Sturms. Alles würde gut werden.

Allein dieser Moment bewies ihr, dass sie eine grandiose Kraft hatte, alles zu schaffen, was sie schaffen wollte.

Andreas legte ihr seine Hand auf das Steißbein, als sie ihm zunickte. Das hatten sie vorher so besprochen. Reden wollte sie nicht. Alle Konzentration gehörte jetzt ihr und ihrem Baby. Sie sah Susanne, wie sie ihr zulächelte. Sie war genau wie Andreas so nah und gleichzeitig so fern. Carola griff zwischen ihre Beine und tastete nach dem Muttermund. Es wunderte sie nicht, dass er innerhalb einer halben Stunde geschafft hatte, wofür er vorher einen ganzen Tag nicht bereit gewesen war.

Als würde ihr Körper im Schnelldurchlauf alles nachholen, nachdem sie endlich losgelassen hatte, spürte sie auf einmal, wie ihr Baby tiefer rutschte. Sie brauchte nur wenige Presswehen. Fühlte, wie der Kopf noch mühsam herausglitt und der Körper dann schnell folgte. Der Schmerz war nichts im Vergleich zu ihren Ängsten gewesen.

»Möchtest du ihn selbst hochholen?«, fragte Susanne.

Carola nahm ihr Kind in die Hände, zog es aus dem Wasser und legte es sich auf die Brust. Die Nabelschnur pulsierte noch. Sie hatten keine Eile. Carola drehte ihren Sohn sorgfältig so, dass Andreas und sie sein Gesicht sehen konnten. Wie schön er war. Er schaute sie beide mit großen Augen an. Ganz ohne einen Schrei. Eine Welle der Liebe durchflutete sie. Für dieses so überraschende Kind. Für ihren Mann, dem sie sich so nahe fühlte wie schon lange nicht mehr. Für Susanne, die ihr eine treue Freundin und wunderbare Hebamme war. Gerade weil sie fast nichts getan hatte. Außer ihr zu vertrauen.

Köln, Mai 1999

Noch nie im Leben hatte Ella etwas so wehgetan. Das war es also jetzt mit dem schönen Leben, dachte sie, als sie den Halt verlor. Und dass diese neumodische Sache mit den Fahrradhelmen vielleicht doch keine schlechte Idee war. Warum schrien die anderen Leute, obwohl sie doch verletzt war? Warum sprangen sie alle von ihr weg? War ihr Anblick so schlimm? Ihre Kopfhaut fühlte sich feucht an. Nur einer bückte sich zu ihr herab. Christoph. Sie schloss die Augen.

»Ella! Ella, hörst du mich? Jetzt ruf doch mal einer den Rettungswagen! Hat jemand ein mobiles Telefon dabei?«

Ella blinzelte und sah, wie alle den Kopf schüttelten.

»Ich gehe eben in den nächsten Laden«, hörte sie eine Stimme und dann eilige Schritte auf dem Asphalt. Sie versuchte sich aufzurichten. Aber es war, als läge sie unter einem Felsblock begraben.

»Bewege dich nicht. Ich bin bei dir, hörst du mich, ich bin bei dir. Dir wird nichts passieren.«

Sie nickte schwach. Und hörte irgendwann ein Martinshorn. Sah Beine in roten Hosen. Ließ sich in die Augen leuchten. Auf die Trage legen. In den Wagen schieben.

»Ella, bleib ganz ruhig. Beweg dich nicht.«

Was meinte Christoph da?

»Gehören Sie zu ihr?«, fragte einer der beiden Sanitäter Christoph.

»Ja, ich gehöre zu ihr.«

Ella suchte seinen Blick. Sie war froh, in diesem Moment nicht alleine zu sein.

»Dann fahren Sie mit.«

Warum tat ihr alles nur so weh? Sie wollte etwas sagen, aber es ging nicht. Was war, wenn ihr Kopf nicht mehr funktionierte? Sie spürte das Ruckeln beim Anfahren. Es pochte in ihrem Schädel. Der jüngere der beiden Sanitäter legte einen Verband an, ohne weiter zu sprechen. Christoph hielt ihre Hand. Ob Christoph ihre Eltern informieren würde, wenn es was Ernstes war? Und das Geburtshaus? Sie hatte doch noch jede Menge Geburten in den nächsten Wochen. Was war mit Frank? Warum war er jetzt nicht bei ihr? Aber woher sollte er auch wissen, was passiert war?

»Ella, hörst du mich? Alles wird gut!«

Ella nickte schwach, während der Sanitäter den Verband fixierte.

»Danke«, mehr als ein Hauch war ihre Stimme nicht, aber Christoph hatte es gehört.

»Gott sei Dank.«

Er beugte sich zu ihr hinunter und küsste sie auf die Stirn. Der Sanitäter zog eine Augenbraue hoch, als wäre der Rettungswagen nicht der richtige Ort für eine Turtelei.

* * *

Warum ging Hilde denn nicht ans Telefon? Schon zum zweiten Mal durchdrang das schrille Klingen den Raum. Und Ella war auch nicht pünktlich erschienen. Vielleicht war sie angefunkt worden. Susanne setzte die letzte Nadel bei der Schwangeren in den kleinen Zeh.

»Aua.«

»Tut mir leid. Das ist wirklich eine unangenehme Stelle.«

»Macht nichts, Hauptsache, es lässt die Geburt leichter werden.«

Mittlerweile hatten sich alle Hebammen extern in Sachen Akupunktur fortbilden lassen. Immer mehr Hebammen berichteten davon, dass die feinen Nadeln, an den richtigen Stellen gesetzt, die Geburt erleichtern konnten.

»Keine Sorge, Nicole, die Geburt wird gut werden.«

»Meinst du? Meine Mutter erzählt mir nichts über meine Geburt. Sie meinte, da müsste man durch, und es wäre besser, wenn ich vorher nicht zu viel wüsste.«

Es klingelte wieder. Sollte es klingeln. Wahrscheinlich ging es nur um Termine. Solange sie nicht angefunkt wurden, war selten Eile geboten.

»Ich denke, je mehr du weißt, desto besser. Eine Geburt ist nichts, wovor du Angst haben musst.«

»Aber alle sagen, dass es so schrecklich wehtut.«

Früher hatte Susanne den Schwangeren oft gesagt, dass die Schmerzen schwer vorstellbar seien, aber dass jede Frau ungeahnte Kräfte entwickeln würde. Heute hielt sie sich mit den Prognosen über Schmerzen immer mehr zurück, weil Angst die Schmerzen immer verstärkte.

Bevor Susanne antworten konnte, klingelte es an der Tür.

»Ich mache kurz auf. Irgendwie scheint außer mir niemand da zu sein. Du solltest sowieso eine Viertelstunde still sitzen.«

Nicole nickte und schaute auf ihre Füße, die mit Nadeln gespickt waren.

Susanne öffnete die Tür.

»Hallo. Ich möchte zu Ella Valero. Ich habe heute meinen ersten Termin im Geburtshaus.«

Die junge Frau mit deutlich sichtbarem Bauch im Sommerkleid blickte stolz drein.

»Herzlich willkommen. Schön, dass Sie da sind. Nehmen Sie doch noch kurz Platz.«

Sie zeigte auf die gemütliche Sitzbank im Flur. Die Tür öffnete sich erneut. Hoffentlich war das Ella. Nein, es war Carola, die wahrscheinlich von der oberen Etage kam. Dort führte sie in einem Raum, den sie alle Frau Freuds Zimmer nannten, regelmäßig Beratungen für Mütter durch.

»Puh, jetzt brauche ich mal fünf Minuten Pause.«

Carola hatte sich die letzten Jahre von ihnen allen am meisten verändert. Ihren teils burschikosen Look hatte sie durch einen weiblicheren ersetzt. Sie trug ein dunkelblaues, lockeres Jerseykleid. Die Haare waren schulterlang geschnitten und schimmerten durch die blonden Strähnchen viel mehr als vorher. Die Latzhose und die Holzfällerhemden hatte sie kürzlich auf dem Flohmarkt in der Alten Feuerwache mit fast allen Kleinkinderklamotten verkauft. Sie sah fitter aus, auch weil sie nun dreimal die Woche zum Krafttraining ins Kieser-Studio in der Neusser Straße ging.

»Mach das, ich habe gerade eine Mutter mit Nadeln am

ganzen Körper im Geburtszimmer sitzen. Kaffee ist noch in der Maschine. Keine Ahnung, wo Hilde ist.«

»Kaffee klingt gut.«

Das Telefon klingelte erneut. Susanne lief in das kleine Büro und hob ab.

»Das Haus der guten Hoffnung. Susanne Winter am Apparat, wie kann ich Ihnen helfen?«

»Sie können mir gar nicht helfen! Ella hatte einen Unfall!«

Christoph schrie so laut ins Telefon, dass auch Carola ihn hörte, als sie an dem offenen Büro vorbeilief.

»Wie schlimm ist es?«

Susannes Herz raste. Ella war niemals unpünktlich. Sie hatte gleich ein komisches Gefühl gehabt.

* * *

Carola stand pünktlich um fünf Minuten vor zwölf vor dem Kindergarten. Und mit ihr eine ganze Traube anderer Mütter. Seit einem Jahr war Florian im Kindergarten, und Carola bemühte sich, ihn mindestens einmal die Woche mittags abzuholen, wie das fast alle Mütter taten. Wenn sie um zwei oder drei oder gar mal um vier kam, waren es immer nur ein paar Frauen, und je später es wurde, desto verschämter schauten sie sich an. Carola hatte einmal mitbekommen, wie die Zwölf-Uhr-Mütter sich vor dem Kindergarten darüber ereiferten, dass Melina um vier immer von der Babysitterin abgeholt wurde. Da bräuchte man doch kein Kind zu zeugen, wenn man keine Lust hätte, sich darum zu kümmern.

Eigentlich fehlte hier nur noch der Kaffeeausschank,

dachte Carola, während sie Doris begrüßte, die gerade mit Kinderwagen und Zweijährigem an der Hand dazugekommen war; Doris war die Mutter von Florians bestem Kindergartenfreund. Das lenkte sie wenigstens von dem Gedanken an Ella ab, die gerade in ein Krankenhaus gebracht worden war. Mit Christoph, wenn sie das vorhin richtig verstanden hatte. Meine Güte, wann kapierte Ella endlich, dass ihr Christoph nur Ärger einbrachte?

»Heute ist ideales Spielplatzwetter. Habt ihr Lust, nachher noch mit nach draußen zu kommen?«

Den Spielplatz in der Einfamilienhaussiedlung, in die Carola und ihre Familie vor einigen Jahren gezogen waren, hatte Carola bis zur Geburt von Florian gar nicht wahrgenommen. Aber jetzt saß sie öfter dort auf der Bank und war froh, wenn sie nicht die Einzige war.

»Ich muss mal schauen, eigentlich müsste ich noch mit Maike lernen. Aber vielleicht kann Andreas das auch übernehmen.«

»Du hast einfach einen perfekten Ehemann. Kurt ist mit allem direkt überfordert, wenn es um die Kinder geht.«

Wenn Doris überfordert war, ließ sie es sich nicht anmerken. Sie gehörte zu den Müttern, die sich auch mit drei Kindern noch die Schatten unter den Augen wegschminkten.

»Danke«, sagte Carola nur lächelnd, statt zu erklären, dass ihr Mann alles andere als perfekt war und sie erst vor ein paar Jahren eine Ehekrise durchlebt hatten. Carola fand es zwar völlig übertrieben, wenn ihre Mutter früher immer darauf bestanden hatte, dass nicht der geringste

Zweifel an der eigenen Ehe nach außen drang, aber sie hätte es auch nicht gemocht, wenn Andreas ihre Schwächen durch die Gegend posaunt hätte. Mit Susanne, Annett und Ella konnte sie aber auch über die wirklich persönlichen Dinge sprechen.

Die Tür zum Kindergarten wurde aufgeschlossen, und die Kindergartenleiterin Gertrud Hoppewitz trat einen Schritt heraus. Mit ihrem grauen Dutt wirkte sie wie eine klassische Großmutter, führte aber eher das Regiment eines Großvaters vom Ende des letzten Jahrhunderts.

»Guten Tag, meine Damen. Sie dürfen jetzt rein.«

Carola reihte sich in die Schlange ein und ließ Doris den Vortritt, da ihr Baby schon zu quengeln begann und der Zweijährige an ihrer Hand zog, weil er unbedingt seinen großen Bruder wiedersehen wollte. In dem langen Flur drängelten sich Mütter und Kinder. Carola hielt nach Florian Ausschau.

»Mamaaa!«

Und da rannte ihr Jüngster auch schon auf sie zu und umarmte sie, als wäre sie drei Wochen alleine auf Weltreise gewesen. Bei den Großen konnte sie froh sein, wenn sie von ihrem Buch oder dem Gameboy aufschauten.

»Hallo, mein Schatz! Was habe ich dich vermisst!«

Und das hatte sie wirklich. Sie konnte sich ein Leben ohne Florian gar nicht mehr vorstellen. Genauso wenig ohne Stefanie, Thomas und Maike.

Florian stellte seine Hausschühchen unter seinen Platz, schlüpfte in seine Salamander-Klettverschluss-Schuhe und hängte sich die Felix-Kindergartentasche über die Schultern.

»Mama, ich habe so einen Hunger! Können wir uns beeilen?«

Hoffentlich hatte Andreas das Mittagessen schon vorbereitet. Sie war direkt vom Geburtshaus hier hingefahren.

»Klar. Und vielleicht gehen wir nachher mit Anton noch auf den Spielplatz.«

Florian jubelte, als hätte er ein Geschenk bekommen. Hatte er im Grunde ja auch. Zeit. Carola wusste nur zu gut, wie schnell sie dahinraste.

Als sie an dem kleinen Räumchen am Eingang vorbeikam, in dem Gertrud Hoppewitz die Geschicke des Kindergartens in den Händen hielt, klopfte sie trotz offen stehender Tür an den Türrahmen.

Florian, der ziemlichen Respekt vor der Leiterin hatte, hielt ihre Hand und versteckte sich hinter ihrem Rücken.

»Hallo, Frau Hoppewitz, dürfte ich noch einmal Prospekte für unser Geburtshaus auslegen?«

»Natürlich. Wir brauchen schließlich auch immer neue Kundschaft.«

Carola packte einen Stapel aus ihrer Tasche und legte sie auf den kleinen Tisch neben der Eingangstür. Die neue Kundschaft würde den Kindergarten zwar frühestens in knapp vier Jahren beglücken, aber sowohl Kindergärten als auch Geburtshäuser mussten langfristig denken.

* * *

Ella hatte Glück im Unglück gehabt. Eine Gehirnerschütterung und eine Platzwunde an der Stirn. Mehr nicht. Wenn es nach ihr gegangen wäre, wäre sie gestern im Anschluss an die Wundversorgung direkt nach Hause gegangen, aber der diensthabende Arzt hatte darauf bestanden, dass sie ein paar Tage zur Beobachtung im Krankenhaus blieb, um eine Hirnblutung komplett auszuschließen. Ihre Pupillen hatten nicht so schnell auf den Lichtreiz reagiert, wie sie eigentlich sollten. Sicher war sicher. Ella hatte sich direkt für fünf Mark, die sie zum Glück noch dabeihatte, das Telefon neben dem Bett freischalten lassen, um ihre Kolleginnen anrufen zu können. Die nette Krankenschwester hatte ihr das Telefonbuch vorbeigebracht. Sie dachte zwar, dass sie die Nummern von Susanne, Carola und Annett auswendig konnte, aber nachdem sie sich mehrmals »Kein Anschluss unter dieser Nummer« anhören musste, hatte sie doch lieber um Hilfe gebeten. Hoffentlich hatte ihr Gehirn keinen bleibenden Schaden durch den Sturz erlitten.

Sie drehte ihren Kopf unter Schmerzen nach links. Dort lag eine rund Fünfzigjährige nach einem Beinbruch. Zofia hieß sie und hatte sich den Bruch bei der Arbeit in einem fremden Haushalt zugezogen. Sie hatten gestern noch lange geplaudert. Zofia hatte zwei erwachsene Söhne, von denen Ella gestern noch die Fotos aus Zofias Geldbörse gesehen hatte.

»Hübsche, tolle Jungs sind das, Ella, aber der Michal findet einfach keine Frau.«

»Na, vielleicht sucht er gar keine«, hatte Ella geantwortet.

»Sind Sie verheiratet?«, hatte Zofia gefragt.

»Nein.«

»Was für eine Schande! So eine hübsche junge Frau!«

»Na, so jung bin ich auch nicht mehr«, hatte Ella geantwortet und gegrinst, während Zofia die Fotos wieder wegsteckte.

»Nein? Wie alt sind Sie denn?«

»Dreiunddreißig.«

Zofia schlug sich die Hand vor den Mund. »Ich dachte, höchstens fünfundzwanzig.«

Ella hatte sich gestern über das Kompliment gefreut, auch wenn sie sich heute mindestens doppelt so alt fühlte. Aber sie war einfach dankbar, dass nichts Schlimmeres passiert war. Gut, sie würde ein paar Tage ausfallen, und Christoph hatte ihr versprochen, den Pieper direkt im Geburtshaus an Susanne weiterzugeben, falls doch eine Geburt anstand. Aber das war alles nicht weiter tragisch, hatte sie doch gestern für ein paar Sekunden gedacht, dass ihr Leben vorbei wäre.

»Zofia, wie geht es dir? Tut das Bein schon weniger weh?«

Zofia drehte sich in ihre Richtung, wobei das eingegipste Bein auf der Decke liegen blieb.

»Heute geht es mir blendend. Mein Michal kommt gleich vorbei.« Sie zwinkerte Ella zu. Ella erinnerte sich daran, wie Zofia gestern auf Polnisch telefoniert hatte. Ob sie ihrem Sohn erzählt hatte, dass hier eine potenzielle Heiratskandidatin auf ihn wartete?

Von drei bis fünf war Besuchszeit in dem Krankenhaus. Frank hatte versprochen, Ella noch Wechselklamotten mitzubringen.

Bevor Ella Zofia antworten konnte, klopfte es auch schon an der Tür. Christoph. Mit einem Strauß rosafarbener Rosen. Er nickte Zofia zu, lief dann zu Ellas Bett und beugte sich zu ihr herunter, um sie zu umarmen. Ella war das unangenehm. Sie war nicht geduscht.

»Hallo Ella, ich bin so froh, dass nichts Schlimmeres passiert ist.«

»Ich auch.«

Er setzte sich auf die Bettkante zu ihren Füßen, obwohl ein Stuhl neben ihrem Bett stand.

Es klopfte wieder. Diesmal war es Zofias Sohn. Wirklich ein außergewöhnlich hübscher Mann mit hohen Wangenknochen und dunklem, vollem Haar. Er lächelte sie freundlich an, nachdem er seine Mutter begrüßt hatte.

»Michal, das ist Ella, eine ganz tolle Hebamme«, sagte Zofia und deutete dann auf Christoph, »und das ist ...«

Ella zögerte und sagte schließlich: »Das ist mein Lebensretter. Er hat mich gestern von der Straße aufgesammelt.«

Wobei sie sich eingestehen musste, dass sie gar nicht erst ins Straucheln geraten wäre, wenn sie ihn nicht gesehen hätte. Und wieder klopfte es. Diesmal waren es Frank und Dagmar. Dagmar balancierte ein Tablett mit Kuchen, einer Thermoskanne und Tassen in den Händen. Frank trug einen Jutebeutel über dem Arm, aus dem ihr Lieblingspulli rauslugte.

Immerhin stand Christoph von ihrem Bett auf, als Frank zu ihr kam und sie auf den Mund küsste.

»Du machst ja Sachen! Habe dich echt vermisst.«

Dagmar stellte das Tablett ab und meinte, dass sie sich ja Kuchen und Kaffee alle teilen könnten.

Ella rappelte sich auf. Ihr Schädel brummte. Vielleicht half ein Kaffee. Und Kuchen. »Das sind übrigens Frank und Dagmar, meine Mitbewohner, von denen ich dir erzählt habe.«

»Na ja, also ein bisschen mehr als Mitbewohner«, sagte Frank und drehte sich zu Christoph. »Und wer bist du noch mal? Ach, richtig, der Typ vom Eis.«

Frank, der immer so gelassen tat, kniff die Augen zusammen. Die Begegnung auf der Eislaufbahn am Heumarkt war zwar schon ein paar Jahre her, aber Frank hatte sich danach über Christophs überhebliche Art bei Ella beschwert.

»Ja, der bin ich.«

Die Tür wurde wieder aufgerissen, diesmal ohne vorheriges Anklopfen. Ellas Eltern Anneliese und Ernesto. Sie stürmten herein und umarmten ihre Tochter.

»Oh, meine arme kleine Ella!«

Ihre Mutter drehte sich dann zu den Besuchern. Sie kannte Frank, aber offiziell war es nur Ellas Mitbewohner, weil Ella keine Lust hatte, sich dann anhören zu müssen, dass sie in ungeordneten Verhältnissen zusammenleben würden. Sie nickte Frank und Dagmar zu und schüttelte Christoph die Hand.

»Wenn dieser Unfall dazu geführt hat, dass sie sich wiedersehen, dann war er für etwas gut!«

»Anneliese«, mahnte ihr Vater.

»Mama, Christoph ist verheiratet!«

Wenn Ella gekonnt hätte, wäre sie nun im Krankenhaushemdchen rausgerannt. Warum wollte ihre Mutter sie immer noch mit Christoph verkuppeln? War sie ohne erfolgreichen Mann – oder überhaupt ohne Mann – keine gute Tochter?

»Jetzt nicht mehr.«

Christoph sah Ella provozierend in die Augen und lächelte, obwohl diese Nachricht nach nicht mal fünf Jahren Ehe wohl kaum ein Grund zur Freude war.

* * *

Bei dem Lärm würden sie noch den Pieper überhören! Susanne wollte sich am liebsten die Ohren zuhalten, als Hilde heute Morgen das zehnte Fax durchjagte. Ein schrilles Quietschen, fast als ziehe jemand seine Fingernägel über eine Schultafel.

»Muss das sein? Können wir die Anmeldebestätigungen nicht per Post schicken?«

Susanne beäugte den Stapel weiterer Blätter, die noch gefaxt werden sollten. Hilde stemmte die Hände in die Hüften und schüttelte den Kopf. Auch wenn sie im Geburtshaus die Schwesterntracht aus dem Krankenhaus abgelegt hatte, wirkte ihr Auftreten immer noch sehr offiziell. Die Seidenbluse hatte sie in den Faltenrock gesteckt, was die breiten Hüften betonte. Die grauen Locken waren wie immer perfekt onduliert.

»Per Post! Das ist viel zu teuer! So ein Fax kostet ein paar Pfennige, und ein Brief mittlerweile eine Mark und zehn Pfennige! Ihr habt doch gesagt, dass wir aufs Geld achten müssen.«

Als gemeinnütziger Verein mussten sie natürlich verantwortungsbewusst mit dem Geld umgehen, aber auf drei Briefmarken mehr oder weniger kam es nun wirklich nicht an.

»Aber es hat doch gar nicht jeder ein Fax zu Hause.«

»Die meisten aber schon, und wenn nicht, haben sie eine Faxnummer von Freunden angegeben.«

Susanne sah auf die Uhr. Gleich würde Nicole wieder zur Vorsorge kommen. Ihr Geburtstermin war überschritten, sodass sie sich jeden zweiten Tag vorstellen musste. Eigentlich sollte sie einfach dankbar sein, dass Hilde einen Großteil der Organisationsarbeit übernahm.

»Entschuldigung, Hilde. Du machst das schon. Danke dir.«

»Eben. Nur weil ich schon im Rentenalter bin, verschließe ich mich nicht der neuesten Technik. Mal ganz davon abgesehen, ekele ich mich vor dem Geschmack von Briefmarken.«

Susanne grinste. Wer tat das nicht? Vor allem, wenn er wusste, dass der Leim auch aus Tierknochen hergestellt wurde. Wobei das Ablecken der Marken gar nicht nötig war. Sie hatten doch so eine Schwämmchenschale, auch wenn die nach einer Zeit immer muffelte wie die Schwämme in der Schule.

»Vielleicht sollten wir es machen wie Tom Hanks und Meg Ryan!«

»Was meinst du, Susanne? *Schlaflos in Seattle?*«

»Nein, *e-m@il für Dich!*«

Diesen Film hatten Susanne und Antonius sogar im Kino gesehen, schließlich ging es nicht nur um Liebe, sondern auch um eine kleine Buchhandlung im Schatten der großen Ketten. Sie waren zwar nicht in New York, aber auch in Köln wurden die großen Ketten wie Gonski oder die *Mayersche* von den kleinen Buchhändlern mit Skepsis beäugt. Bei Gonski etwa fanden die Kunden auf vier mit Büchern zugestellten Etagen fast alles, was sie bei Antonius erst bestellen mussten.

Antonius hatte sich jetzt von der Telekom auch einen Internetanschluss und eine E-Mail-Adresse für den Laden einrichten lassen. So konnten die Leute auch nach Feierabend noch Bücher bestellen und mussten nicht tagsüber anrufen.

»Na, wir sind doch kein Großkonzern!«, schnaufte Hilde.

»Aber praktisch wäre es schon.«

»Ich weiß nicht, ob das für uns nicht übertrieben ist.«

»Wir müssen es ja nicht heute entscheiden.«

Hilde legte das nächste Fax ein, und Susanne öffnete die Tür, als es klingelte. Hans Klüngel, ihr Postbote, begrüßte sie in seinem typischen kölschen Singsang.

»Juten Morgen, die Dame, mal wieder einen Haufen Briefe für Sie.«

Susanne nahm den Stapel entgegen. »Danke schön. Und darf ich Sie als Experte was fragen?«

»Klar doch.«

»Glauben Sie, dass wir alle irgendwann nur noch Mails mit dem Computer verschicken, statt Briefe mit der Post?«

Hans Klüngel streckte stolz die Brust raus. Er belieferte das Gebiet schon seit Jahren und kannte fast jedes Gesicht hinter den Türen.

»Nä, dat kann isch mir nit vorstelle! Die Mensche wollen alles Wischtige in den Händen halten. Und abheften können.«

»Hmm, aber vielleicht wenigstens für die unwichtigen Sachen wie Terminvereinbaren und Bestellungen?«

»Dafür kann man doch anrufe!«

Und für ganz wichtige Sachen gab es den Pieper. So wie jetzt. Susanne spürte ein freudiges Kribbeln. Eine Geburt stand an. Sie verabschiedete Hans Klüngel und lief in das kleine Büroräumchen. Dort lief immer noch ein Fax.

»Hilde, ich muss ganz dringend telefonieren. Könnte sein, dass wir gleich eine Geburt hier haben.«

»Ojemine, mein Fax ist aber nix gegen das Geschrei, dass ich manchmal von euch höre.«

Das war ihre Hilde, wie sie sie damals im Krankenhaus St. Laurentius kennengelernt hatte. Susanne grinste. Sie liebte ihre Arbeit. Und sie liebte die Menschen, mit denen sie zusammenarbeitete.

* * *

Carola genoss es nach den sehr stressigen ersten Jahren nach der Gründung des Geburtshauses, jetzt etwas weniger zu arbeiten. Sie übernahm nur noch die Betreuung von einer Geburt im Monat, bot aber regelmäßig Kurse im Geburtshaus und ihre Beratung für Mütter an.

Sie hatte sich vor Florians Geburt heillos übernommen, und wer wusste, was passiert wäre, wenn sie nicht schwanger geworden wäre. Ausgerechnet dieses Kind hatte dafür gesorgt, dass sie sich mehr um sich selbst kümmerte.

Und Andreas und sie hatten wieder eine vernünftige Balance gefunden. Solange er Hausmann mit Hobby Schriftstellerei gewesen war, war er zwar etwas unzufrieden gewesen, aber solange sie ihn in seinem Traum unterstützt hatte, war die Stimmung zwischen ihnen gut und der Alltag entspannt gewesen. Als Andreas mit seinem ersten Buch Erfolg und weniger Zeit für die Familie hatte und Carola sich immer mehr mit allem aufrieb, waren sie fast in die Katastrophe geschlittert.

Heute hatte Andreas gekocht. Thomas und Maike sollten abräumen, Carola hatte sich mit Doris und ihren Kindern am Nachmittag für einen Ausflug in den Zoo verabredet. Heute war Montag, da kostete der Kölner Zoo nur die Hälfte.

»Also, das ist ungerecht. Mit uns hast du nicht so viel unternommen«, maulte Maike, während sie die Teller stapelte. Maike war gerade ziemlich unleidlich. Die Pubertät meinte es nicht so gut mit ihr wie mit Stefanie damals. Statt endlos langer Beine bekam sie Pickel, gegen die auch Clearasil nicht wirklich half. Und Maike vermisste ihre Schwester.

»Komm doch mit in den Zoo«, schlug Carola vor.

»Ja, Maiki! Komm mit!« Florian zog seine Schwester am Arm, worauf ihr fast die Teller aus der Hand fielen.

»Zoo ist was für Babys.«

Florians Gesicht verdunkelte sich einen Moment. So klein er war, er nahm alles um sich herum sehr genau wahr.

»Maike, wir können ja heute Abend einen Film zusammen gucken.«

»Du schläfst doch eh immer auf dem Sofa ein.«

Carola seufzte. Was sie sagte, war falsch. Immerhin war Thomas wieder entspannter. Nachdem er vor einigen Monaten mit Alkoholvergiftung nach einer Party ins Krankenhaus eingeliefert worden war, rührte er kaum noch einen Tropfen Alkohol an. Carola bekam immer noch Bauchschmerzen, wenn sie an diese Nacht dachte. Nicht nur wegen Thomas. Auch sie hatte damals ihre Familie angelogen. Oder besser gesagt, etwas Wichtiges unterschlagen.

»Also für so einen Spruch hätte es bei uns noch einen hinter die Ohren gegeben!«, mischte sich Andreas ein.

»Kann ich mir gar nicht vorstellen.« Thomas, der sich mit Andreas' Eltern immer sehr gut verstand, auch wenn sie sich selten sahen, musste grinsen.

»Und geht ruhig los, sonst lohnt sich der Zoobesuch gar nicht mehr.« Andreas schob Frau und Kind fast aus dem Haus.

Normalerweise wäre Carola erst gegangen, wenn die Küche aufgeräumt, die Hausaufgaben der Kinder oder Teenager erledigt und die Wäsche für den nächsten Tag angeschmissen wären. Schließlich hatte sie gerade frei. Aber im Grunde war ein Zoobesuch mit einem Vier-jährigen auch Arbeit, selbst wenn sie sich schon darauf freute, mit Doris am Spielplatz zu sitzen und die Löwen, Affen und Tiger eben Tiere sein zu lassen.

Ja, sie gönnte sich sogar den Luxus, mit dem Auto zum Zoo zu fahren. Der Parkplatz war zwar schon voll und sie sich nicht so sicher, ob der Platz in einer der Nebenstra-ßen wirklich in Ordnung war, aber abschleppen würde sie schon keiner. Sie blockierte immerhin keine Einfahrt. Der Pieper steckte zwar in ihrer Hosentasche, aber da der nächste Entbindungstermin erst in zwei Wochen anstand, würde sie wohl kaum wegmüssen.

Florian und Anton rannten direkt nach dem Eingang

zu den Erdmännchen, die in kleinen Grüppchen herumstanden oder sich im Sand rekelten.

Doris zog Friederike, das Baby, und den zweijährigen Sebastian in einem Bollerwagen hinter sich her. Sie waren eingeschlafen, und auch auf die Gefahr hin, dass sie den halben Zoo verpassten, wollte Doris sie nicht wecken.

»Das mache ich, wenn wir den ersten Kaffee getrunken haben.«

Daher steuerten sie direkt den Spielplatz mit der riesigen Eisenbahn an, der die Kinderaugen fast noch mehr als die Erdmännchen zum Leuchten brachte. Carola holte eine Thermoskanne mit Kaffee, zwei IKEA-Becher und eine Packung Spritzgebäck aus ihrem Rucksack.

»Du bist ein Engel!«

Sie setzten sich auf eine Bank, sodass sie den Bollerwagen neben sich und den Spielplatz im Blick hatten.

»Reiner Egoismus. Das ist genau das, was ich jetzt brauche. Ich hatte heute Morgen mehrere Vorsorgen und eine Beratung. Zu Hause habe ich nur schnell was gegessen, bevor wir losgefahren sind.«

Die Sonne wurde immer kräftiger, sodass Doris sich den Sweater abstreifte und den Blick auf ein verwaschenes T-Shirt mit dem Aufdruck der *Dangerous*-Tour 1992 von Michael Jackson freigab. Es wirkte weniger wie eine nostalgische Erinnerung denn als Notlösung, weil nichts anderes Sauberes im Schrank gelegen hatte.

Doris war eigentlich sehr hübsch und mit Anfang dreißig noch sehr jung, aber ihr Gesicht wirkte heute trotz Concealer so müde und die Klamotten lieblos aus dem Schrank gegriffen.

Als wäre ihr das T-Shirt selbst peinlich, legte sie sich den Pulli um die Schultern und verknotete die Ärmel vor der Brust.

»Ich habe Michael Jackson auch gerne gehört. Vor allem das Thriller-Album. *Billie Jean* ist eins meiner Lieblingslieder.«

Carola schenkte ihnen beiden Kaffee ein und riss die Spritzgebäckpackung auf.

»Echt? Mein Mann findet es peinlich, wenn ich den höre. Eigentlich höre ich auch nur noch Rolf Zuckowski.«

»Stups, der kleine Osterhase …«, sang Carola. Welche Mutter kannte Rolfs Lieder nicht in- und auswendig. Oder *Anne Kaffeekanne*. Von Fredrik Vahle.

Doris grinste. »Warum spielen wir unseren Kindern nicht unsere Musik vor?«

»Tja, warum eigentlich nicht? Solange die Kinder nicht in der Pubertät sind, haben wir vielleicht noch eine Chance.«

Carola fragte sich, ob in zwanzig Jahren noch irgendjemand die Musik ihrer Jugend hören würde. Dass sich Sängerinnen wie Madonna oder eben Michael Jackson schon Jahrzehnte auf dem Markt hielten, war schon erstaunlich. Gleichzeitig fragte sie sich, was überhaupt ihre Musik war? Wenn sie nicht gerade das Radio andrehte, hörte sie kaum Musik. Es war meist so schon laut genug.

Die Jungs kletterten auf dem Dach der Eisenbahn herum, während die beiden Kleinen im Bollerwagen begannen, sich zu rühren.

»Ich weiß gar nicht, wie du das alles auf die Reihe bekommen hast. Vier Kinder und arbeiten.«

»Na ja, ist nicht immer einfach.«

»Musst du eigentlich arbeiten, oder machst du das nur zur Selbstverwirklichung?«

Doris fragte das ganz arglos. Carola hasste diese Frage. Sie hasste diesen Begriff. Immer noch wurde Frauen Egoismus vorgeworfen, wenn sie ihrer Berufung oder einfach einem Beruf nachgingen. Zumindest, wenn sie Kinder hatten. Und die Männer, die die Frauen unterstützten oder ihnen nicht allzu viele Steine in den Weg legten, wurden entweder bejubelt oder als Weicheier bezeichnet. Und Frauen, die arbeiten »mussten«, weil sie etwa ihre Kinder ohne Kerl aufzogen, wurden bemitleidet.

»Weißt du, Doris, ich musste jahrelang richtig viel arbeiten trotz drei Kindern zu Hause, weil mein Mann als Schriftsteller jahrelang keinen Pfennig verdient hat.« Mit dieser Antwort waren die meisten erst mal still.

»Oh, das tut mir leid.«

»Muss es nicht. Ich liebe meinen Job.«

Friederike im Bollerwagen weinte. Doris hob sie heraus. Sofort war sie still. Mit der freien Hand weckte sie Sebastian.

»Soll ich dir mal was ganz Doofes von mir gestehen?«

Doris rote Wangen ließen sie noch jünger wirken.

»Wenn es nicht so schlimm ist, dass ich dich nicht mehr treffen kann, ohne rot zu werden.«

Doris' Wangen wurden noch dunkler. Sie beugte sich ein wenig zu Carola vor, als ob sie nicht wollte, dass die Kinder zuhören.

»Ich habe mir letztens einen Moment lang gewünscht, dass mein Mann arbeitslos wird. Wir waren uns vor

Antons Geburt einig, dass ich komplett zu Hause bleibe. Er verdient sehr gut. Aber ich bin manchmal so neidisch, wenn er morgens frisch geduscht und im Anzug das Haus verlässt und ich noch seine Kaffeetasse wegräume, weil er immer vergisst, die in die Spülmaschine zu tun. Und in dem Moment dachte ich, wenn er keinen Job mehr hätte, dann müsste ich ja wieder arbeiten gehen. Und könnte jeden Morgen im Kostüm das Haus verlassen.«

Carola schluckte. Da hatten sie schon ein paar Jahrzehnte den Kampf für Frauenrechte hinter sich, und so viele Frauen glaubten noch, sie dürften nichts einfordern, nur weil es ihr Leben besser machen würde. Wenn Stefanie in ihrem Alter wäre, schriebe man das Jahr 2020. Hoffentlich würden die Menschen dann nur noch ein müdes Lächeln für solche Fragen übrighaben.

* * *

Ella war froh gewesen, dass das Krankenhaus auf die Einhaltung der Besuchszeiten achtete. Die Krankenschwester schickte ihre Eltern, Christoph, Frank und Dagmar und auch den Sohn von Zofia mit den Worten nach Hause, dass jetzt die Bettpfannen geleert und die Patientinnen geschont werden müssten. Ersteres stimmte nicht, da Ella sehr wohl zum Bad laufen konnte, auch wenn ihr alles wehtat. Und heute durfte sie endlich nach Hause.

»Ich werde dich vermissen, Ella. Und du weißt ja, wenn du dich zwischen den beiden Männern nicht entscheiden kannst, ich wäre gerne deine Schwiegermutter.«

»Du wärst bestimmt eine nette Schwiegermutter, aber eigentlich habe ich mich doch entschieden.«

Ella packte ihre Wechselklamotten und die Wasch-utensilien in ihre Tasche. Sie lächelte. Frank hatte ihr tat-sächlich ihr Lieblingsparfüm *Roma* von Laura Biagiotti eingepackt. Sie sprühte sich etwas auf die Handgelenke und roch daran.

»Eigentlich! Eigentlich ist nicht die große Liebe!«

»Glaubst du an die große Liebe?«

»Du nicht?« Zofia richtete sich auf. Der Schlafanzug mit Rosen passte nicht zu ihrem Alter.

»Ich weiß nicht. Meine Eltern erzählen immer, dass sie füreinander die große Liebe waren, und jetzt ist meine Mutter immer noch unzufrieden. Eigentlich kenne ich kaum Paare, die über Jahrzehnte glücklich miteinander sind. Am Anfang ist alles romantisch, dann kommt die Hochzeit, Kinder, Alltag …« Sie zuckte mit den Schul-tern, als könnte ihre abwartende Haltung sie vor der Ent-täuschung bewahren.

»Du bist Hebamme. Glaubst du nicht an das Glück der Familie?«

»Doch, irgendwie schon.«

So hatte sie sich das noch nie gefragt. Viele Familien kamen ihr glücklich vor, aber die Babyzeit war vergleich-bar mit der Zeit des Verliebens. Alles war noch neu und offen. Der Alltag kam erst später.

»Ella, hör mir zu, du bist ein gutes Mädchen.«

Ella nickte, obwohl sie es albern fand, als Mädchen an-gesprochen zu werden.

»Entscheide dich aus vollem Herzen oder lasse es! Finde die große Liebe und behalte sie. Für alles andere ist das Leben zu kurz.«

»Ganz ehrlich, Zofia, es gibt wichtigere Sachen im Leben als einen Mann.« Sie würde Zofia wahrscheinlich nie wiedersehen. Sie mochte die Frau sehr gerne, zu gerne, um einfach höflich zu nicken.

»Für meinen Mann war ich der wichtigste Mensch der Welt. Und ich wünschte, ich hätte ihm meine Liebe viel mehr gezeigt, als er noch lebte.«

»Ella, du bist so nachdenklich.« Frank hatte sich extra ein Auto von einem Freund geliehen, um sie vom Krankenhaus abzuholen. Er umarmte sie herzlich und auch ein bisschen leidenschaftlich, als habe er ihre Nähe vermisst.

»Ja, das bin ich auch.«

»Warum?«

»Na ja, auf einmal hätte mein Leben vorbei sein können.«

»Ella, du hattest nur eine Gehirnerschütterung.«

»Es hat sich aber in dem Moment so angefühlt, als könnte mein Leben vorbei sein.« Sie ließ die Gurtschnalle einrasten und lehnte sich zurück. Frank beugte sich zu ihr rüber und küsste sie.

»Und ich bin froh, dass du noch quicklebendig bist.«

Sie schob ihn beiseite.

»Und meine Bettnachbarin hat so komische Sachen gesagt.«

»Und zwar?« Frank startete den Motor.

»Dass ich die große Liebe finden soll.« Sie schaute Frank von der Seite an. Was wünschte sie sich von ihm?

Frank lachte, holte sich eine Zigarette aus seiner Jackentasche und zündete sie an dem Anzünder an. »Echt jetzt? Die große Liebe! Ich dachte ihr Bein und nicht der Kopf war kaputt.«

»Na, so absurd ist der Gedanke doch nun auch nicht, oder?«

»Ich glaube an die Liebe. Und viel mehr noch an die Freundschaft. Liebe muss frei sein, und das kann sie nicht, wenn sie von Anfang an die große, ewige, einzige Liebe sein soll. Liebe braucht Freiheit.«

Ella wusste immerhin, dass Frank keine offene Beziehung wünschte. Das wäre bei ihr eine Grenze gewesen, bei der sie sich sicher war, dass sie sie nicht überschreiten wollte.

»Aber irgendwann werden doch auch Entscheidungen fällig, da kann ich doch nicht von Tag zu Tag leben.«

Sie schwiegen beide einen Moment. Ella hatte Frank selten am Steuer erlebt. Er fuhr gelassen und rücksichtsvoll, ließ noch einen Abbieger durch, ohne sich vom Verkehr hinter ihnen drängeln zu lassen.

»Und ich glaube, dass all diese Entscheidungen wie Heiraten, Zusammenziehen, Kinderbekommen das Ende der romantischen Liebe sind.«

»Immer?«

»Kennst du ein Gegenbeispiel?«

Ella dachte an Susanne und Antonius, die auch nach zehn Jahren noch so verliebt wirkten. Sie hatten keine gemeinsamen Kinder. Bevor sie antworten konnte, redete Frank weiter.

»Ich hatte jahrelang das Gefühl, meine Eltern sind nur meinetwegen zusammen. Weißt du, Ella, meine Mutter hat nie einen Hehl daraus gemacht, dass sie meinen Vater heiraten musste. Und die große Verliebtheit hörte wohl auf, als ich mich ankündigte. Ich war fast erleichtert, als sie sich trennten.«

»Das tut mir leid.«

»Braucht es nicht. Bin froh, am Leben zu sein.«

Und Frank war tatsächlich eine Frohnatur.

»Aber wir beide sind doch auch so etwas wie zusammengezogen.«

»Nein, sind wir nicht. Dagmar und ich haben eine Mitbewohnerin gesucht. Vorzugsweise weiblich. Du warst halt die Netteste unter allen Bewerbern. Ich hatte keine unlauteren Absichten, obwohl ich dich schon unheimlich attraktiv fand, als du das erste Mal zur Tür reinkamst.« Er nahm ihre Hand.

»Aber jetzt wohnen wir zusammen.«

»Aber nicht wie ein spießiges Pärchen, sondern wie Freunde in einer WG. Und genau deswegen bleibt unsere Beziehung frisch.«

Er hatte nicht Liebe gesagt. Aber er war immer für sie da. Hörte ihr zu, kochte für sie, hatte für alles Verständnis, brachte sie zum Lachen. Und Christoph? Der hatte sehr schnell sehr viel von Liebe und Zukunft gesprochen. Hatte sie aber auch zum Weinen gebracht.

»Ella, ich liebe dich. Jeden Tag. Aber keiner von uns beiden ist so naiv zu glauben, dass er in die Zukunft sehen kann.«

Nein, das konnte niemand. Was nützten die größten Liebesschwüre? Eigentlich gab es nur einen einzigen Grund, sich zu binden. Der Wunsch nach Kindern.

* * *

Susanne, Annett, Carola, Hilde und Ella quetschten sich alle in das kleine Geburtshausbüro, um dem Mitarbeiter von der Telekom dabei zuzuschauen, wie er das Modem installierte. Der Mann mit dem Schnauzbart und dem gewichtigen Blick stellte sich vor die Frauen und holte tief Luft, als rede er mit Kindergartenkindern.

»Also, ganz wichtig, während Sie im Internet sind, können Sie nicht telefonieren. Dann ist die Leitung besetzt.«

Susanne nickte ungeduldig. Sie hatte schon lang genug auf den Termin warten müssen, nun wollte sie dieses Zaubermittel auch mal ausprobieren.

»Und denken Sie an den Spruch unserer Eltern: Fasse dich kurz! Also schreiben Sie keine Romane als Textnachrichten. Zeit ist Geld.«

So wie früher bei den Telefonaten. Wie oft wurde sie von ihren Eltern gemaßregelt, nicht stundenlang zu telefonieren. Nicht nur, weil dann die Leitung besetzt war, sondern auch, weil die Telefonrechnung oft ziemlich hoch war. Vor allem, wenn sie ihre Freundin Elke anrief, die in die Eifel gezogen war. Das galt schon als Ferngespräch.

»Und was kann dieses World Wide Web noch so Spannendes?«, fragte Carola.

»Jede Menge. Immer mehr Firmen stellen so etwas wie eine Visitenkarte ins Netz. Dann braucht man nicht mehr in den Gelben Seiten zu suchen. Nennen Sie mir gerne mal eine Firma. Eine bekannte Firma.«

Er schaute so stolz, als habe er dieses Netz selbst erfunden.

»St.-Laurentius-Krankenhaus Köln«, preschte Ella vor.

Zuerst ertönte ein Brummen und Quietschen aus dem Modem, das immerhin leiser als das Faxgerät war. Bei geschlossener Tür würde es in den anderen Räumen nicht zu hören sein, stellte Susanne fest, war aber enttäuscht, dass die neueste Technik auch nicht ganz geräuschlos war. Dann tippte der Telekom-Mann den Namen mit einem Finger auf der Tastatur ein.

Alle starrten gebannt auf den Bildschirm. Ein Bild baute sich auf. Sah aus wie ein Sandhaufen mit Schaufel drin. Baustelle.

»Na ja, für die paar Leute, die im Computer nachgucken, lohnt sich der Aufwand wohl nicht.«

Susanne dachte an die Zeit, in der sie verschämt nach Informationen über künstliche Befruchtung gesucht hatte. In der Bücherei konnte sie zwar recht unbehelligt in der Medizinabteilung stöbern, aber spätestens wenn die Bibliothekarin an der Ausleihe jedes Buch notierte und hinter ihr noch drei Leute in der Schlange standen, war es selbst ihr als Hebamme unangenehm gewesen. Was wäre das für eine Befreiung, wenn jeder wirklich anonym im Computer nach Informationen suchen könnte.

»Haben Sie sonst noch Fragen, meine Damen?«

Der Telekom-Mann packte schon sein Köfferchen, als hoffe er, dass nicht mehr zu viele kämen.

Annett meldete sich zu Wort. »Ist das System abhörsicher?«

Der Mann lachte. »Na, klar ist es das. Wir sind schließlich nicht in der DDR!«

Annetts Akzent hatte er offenbar nicht wahrgenommen, sonst hätte er sich diese Bemerkung gespart, dachte Susanne. Wobei die Vorbehalte gegen »Ossis« auch zehn Jahre nach der Wende immer noch zu spüren waren.

»Ich finde diese Frage durchaus berechtigt.« Susanne schaute dem Mann in die Augen. »Wer gibt uns denn eine Garantie, dass unsere elektronischen Nachrichten nicht von Dritten ausgelesen werden?«

»Sie haben wohl zu viele FBI-Thriller geguckt. Mal ganz davon abgesehen, wen sollte die Korrespondenz eines … wie nennt sich das hier noch?«

»Geburtshaus nennt sich das. Und auch wenn wir vielleicht nichts haben, was den Geheimdienst interessiert, sind es doch auch mal heikle Gesundheitsdaten, über die wir uns austauschen.«

Er kratzte sich am Kopf und nahm seine Tasche unter den Arm. »Also, ich würde mir keine Sorgen machen. Die Netze der Telekom sind sicher. Und wie gesagt, wer sollte sie abhören? Fortschritt ganz ohne Risiko gibt es nie, aber nein, das ist sicher, das sage ich jetzt einfach mal so!«

»Dann glauben wir das jetzt einfach mal so«, beschloss Susanne und geleitete den Mann noch zur Tür.

»Und wenn es Probleme gibt, unser Kundenservice ist für Sie da.«

Die Melodie der Ansageschleife hatte sich schon in Susannes Hirn eingebrannt, als sie versucht hatte, einen Termin auszumachen. Beim nächsten Mal würden sie erst mal Andreas fragen, der kannte sich mit Computern schließlich aus.

* * *

»Jemand wie Sie sollte den Löwen im Zoo zum Fraß vorgeworfen oder von den Elefanten zu Tode getrampelt werden. Und ich schwöre, wenn Sie das nächste Mal die Frechheit besitzen, meinen Weg zu blockieren, dann sorge ich eigenhändig dafür, Sie über den Zaun eines gefräßigen Tieres zu werfen!«, las Carola ihren Kolleginnen vor, während sie bei Di Paolo auf ihre Pizza warteten. Solange Hebammen keine Ausfahrt blockierten, durften sie im Notfall überall parken. Ja, die Stadt Köln hatte sogar dafür gesorgt, dass ihnen die Parkgebühren zum Großteil erlassen wurden. Und natürlich nutzte Carola wie alle ihre Kolleginnen dieses Sonderrecht niemals privat aus, so verführerisch es auch war, den Schrieb »Hebamme im Dienst« unter die Windschutzscheibe zu klemmen, um in der City einkaufen zu gehen. Oder um in der Nähe des Zoos zu parken. Sonst hätte sie jetzt auch nicht dieses lustige, mit Schreibmaschine getippte »Knöllchen« bekommen.

»So ein Wisch wäre mir immer noch lieber als einer, bei dem die Stadt abkassiert«, antwortete Ella, die alle wichtigen Wege mit dem Fahrrad erledigte. Deshalb übernahm sie auch möglichst die Frauen, die nicht zu weit von ihr weg wohnten. Wenn sie eine Frau abholen musste, konnte sie sich in der Regel Susannes Auto leihen, die im Notfall ja auf Antonius' Wagen zurückgreifen konnte.

Paolo stellte Pizzabrötchen und Kräuterbutter auf das rot-weiß karierte Tischtuch und lächelte den »Bambinihelferinnen«, wie er sie immer nannte, freundlich zu. Hilde hatte sich wie beim letzten Mal auch schon geweigert mitzukommen. Die jungen Frauen sollten mal unter sich bleiben, hatte sie gesagt und noch hinzugefügt, dass sie ja schließlich keine Hebamme, sondern nur mit der Organisation betraut sei.

»Ich musste jedenfalls sehr lachen, als ich den Zettel gelesen habe, den jemand hinter den Scheibenwischer geklemmt hat.«

Carola ließ den Zettel rumgehen und starrte die weißen Brötchen an. Vor vier Jahren hatte die überraschende und zunächst unbemerkte Schwangerschaft ihre Figur ruiniert. Nun waren es mit Mitte vierzig bestimmt der veränderte Hormonhaushalt, der es ihr schwer machte, ihr Gewicht zu halten. Nein, sie würde widerstehen. Oder höchstens eins essen. Neulich lief so eine Reportage bei *Stern-TV*, über Frauen, die sich nicht im Griff hätten und darunter litten. Die eine hatte vier Kinder und deshalb keine Zeit, sich um sich zu kümmern, und war deshalb von ihrem Mann für eine schlanke Frau, die einmal die Woche zum Friseur und zur Maniküre ging, verlassen worden. Die andere konnte an keinem Stück Torte vorbeigehen und wohnte in einer Stadt, die an jeder Ecke ein Café mit Auslage hatte. Und sie wollte endlich abnehmen, weil sie sonst nie einen Mann finden würde. Sie hatte abends mit Maike und Thomas vor der Glotze gesessen, während Andreas Florian ins Bett gebracht hatte. Und ihre Kinder hatten sie mit einem Blick angeschaut, als wäre sie beides: reich an Kindern und reich an Pfunden. Und eine Frau mit mehr als zwei Kindern galt hier immer noch als, ja, als was eigentlich? Sie seufzte und nahm sich ein halbes Brötchen.

»Also, ich glaube, ich würde an der gleichen Stelle noch

mal parken, mich gegenüber postieren und ihn zur Rede stellen, sobald der Kerl auftaucht. Und dann möchte ich sehen, ob er mich wirklich über den Zaun bekommt!«, lachte Annett.

»Das ist immerhin mein Vorteil, mich kriegt so schnell keiner hochgehoben.«

Carola klopfte sich auf den Bauch. Gut, durch das regelmäßige Krafttraining, dass ihr Hausarzt ihr aufgenötigt hatte, um einen Bandscheibenvorfall zu verhindern, war sie zwar deutlich besser in Form als vor fünf Jahren. Aber wenn sie sich mit ihrer ältesten Tochter verglich …

»Carola, jetzt hör doch mal auf! Du bist gut so, wie du bist!«

Susanne hatte leicht reden. Selbst mit Mitte vierzig hatte sie eine fast mädchenhafte Figur, obwohl sie nach Lust und Laune nach den Weißmehlbrötchen griff.

»Ich habe immer noch das Gefühl, es zehnmal so gut machen zu müssen wie andere.«

»Warum?«, fragte Annett.

In dem Moment kam Paolo mit den ersten Pizzen. Carola legte das halbe Brötchen zurück auf den Teller.

»Weil, weil, wenn ich schon alles will, das heißt einen Haufen Kinder und Arbeit, dann will ich nicht aussehen wie eine Frau, die nichts auf die Reihe bekommt.«

»Also ganz ehrlich, du bekommst so viel auf die Reihe, dass andere Frauen Angst kriegen«, entgegnete Annett.

»Na ja, meine Schwester meinte letztens, ich würde mich gehen lassen, als ich beim Sonntagskaffee das zweite Stück Torte gegessen habe. Aber es war eine Sahnetorte, und bei dem warmen Wetter wäre sie schlecht geworden, wenn wir sie nicht vertilgt hätten. Unser Haus ist oft chaotisch, Maike schafft es jedes Jahr gerade so, nicht sitzen zu bleiben, unsere älteste Tochter hat mit zweiundzwanzig noch nicht mal eine seriöse Ausbildung angefangen, Florian lutscht mit vier nachts noch am Daumen, Thomas hängt nur am Computer.«

»Und das bist alles du schuld?«, fragte Annett.

»Ja, wer denn sonst? Ich bin schließlich die Mutter.«

Darüber mussten sie dann alle lachen und stießen darauf mit Mineralwasser an.

»Auf die Mütter!«

»Die alles schuld sind.«

»Na, da können wir uns ja noch glücklich schätzen, Annett, oder?«

Ella lächelte zwar, sah aber nicht so aus, als wäre sie die glücklichste Frau am Tisch. Annett zuckte mit den Schultern. Sie hätte gern Kinder gehabt, aber es hatte sich einfach nicht ergeben, und mit Ende vierzig würde sich daran kaum noch etwas ändern.

Carola seufzte. Die Pizza duftete köstlich. Nach fettigem Käse und Oregano. Was hatte sie in der Kur nach ihrem Zusammenbruch gelernt? Dass sie ihre Ansprüche an sich selbst herunterschrauben sollte. Und viel mehr für sich sorgen sollte. Die Krankenkassen zahlten diese Mutter-Kind-Kuren oder Klinikaufenthalte auch, weil eine völlig kaputte Mutter am Ende für alle die teuerste Variante war. Und eine ausgehungerte Mutter war auch keine gute Mutter. Sie würde die Pizza bis zum letzten Bissen genießen.

* * *

Ihr Instinkt hatte Carola nicht getrogen. Ella bedrückte etwas. Zurück im Geburtshaus zogen sich Susanne und Annett direkt zu ihren Vorsorgeterminen zurück. Carola hatte etwas Leerlauf. Heute würde sie lang bleiben, da Andreas Florian vom Kindergarten abholte. Und die nächste Vorsorge stand erst in einer Stunde an.

»Darf ich dich in Frau Freuds Zimmer besuchen?«

Ella stand im Türrahmen, als Carola sich einen Tee kochen wollte.

»Natürlich. Dann mache ich uns beiden einen Tee. Oder lieber Kaffee?«

»Was du machst, ist gut.«

Frau Freuds Zimmer. Der hübsche kleine Raum in der ersten Etage, in dem ein braunes Cordsofa aus den Siebzigern mit zwei passenden Sesselchen stand. Das Zimmer, in dem Carola immer wieder Beratungen für Frauen durchführte, die mit ihrer Situation überfordert waren oder eine Schulter zum Ausweinen brauchten.

Wenig später saß Ella Carola auf dem Sofa gegenüber. Auf dem Nierentischchen vor ihnen Früchtetee und Kekse.

»Carola, wann wusstest du, dass Andreas der Richtige für dich ist?«

»Der Richtige ist so ein großes Wort.«

Carola liebte ihren Mann immer noch sehr, aber in den letzten Jahren hatte diese Liebe einigen Prüfungen standhalten müssen. Und ja, nicht alle hatten sie mit Auszeichnung bestanden.

»Aber ihr seid doch schon glücklich miteinander?«

»Glück ist auch wieder so ein großes Wort.«

»Seid ihr?«

»Also wenn ich mich entscheiden müsste, ja, wir sind glücklich. Du darfst die eigene Beziehung halt nie mit einem Hollywoodschinken vergleichen, da kann man nur schlecht abschneiden. Gigantisches Happy End, und vom Windelwechseln und Spülmaschineausräumen wird nichts mehr erzählt.«

Carola betrachtete Ella, die an ihren Fingern herumknibbelte. Sie war Anfang dreißig und sah immer noch jugendlich schön aus. Aber nicht nur als Hebamme wusste sie, dass das Alter unbarmherzig fortschritt und Druck ausübte, was bestimmte Entscheidungen betraf.

»Na ja, ehrlich gesagt war schon unser Anfang unspektakulär. Hat sich so ergeben, dass aus Freundschaft mehr wurde. Manchmal frage ich mich, ob ich mit Frank nur zusammen bin, weil er so etwas wie das Gegenteil von Christoph ist.«

»Und was hat Frank, was Christoph nicht hatte?«

»Er ist total entspannt und möchte mich kein bisschen verplanen.«

»Und wie findest du das?«

»Einerseits gut, andererseits frage ich mich schon, ob er der Mann ist, mit dem ich mal eine Familie gründen möchte. Und zusammen sein möchte, bis dass der Tod uns scheidet.«

»Willst du das denn wirklich? Eine Familie?«

»Ich weiß es nicht. Einerseits total, andererseits macht mir das Angst.«

»Und Frank?«

»Er meint, dass er mich liebt, lebt aber von Tag zu Tag. Er findet Heiraten zum Beispiel völlig unnötig, das mache man doch nur, um Steuern zu sparen. Und es sei kein Garant für Liebe. Die meisten Ehepaare würden sich dann doch gehen lassen.«

Carola schluckte. »Interessanter Gedanke. Aber meinst du, nur weil die Beziehung keinen offiziellen Stempel hat, wäre das anders?«

»Ich weiß es nicht. Ich habe einfach das Gefühl, dass ich mich langsam entscheiden muss, wie ich leben will. Mit wem ich leben will.«

Auch wenn sie sich manchmal über Andreas aufregte, für Carola war schnell klar gewesen, dass sie mit ihm eine Familie gründen und das Leben verbringen wollte.

»Liebst du Frank denn?«

»Irgendwie schon. Aber was ist Liebe genau? Meine Eltern singen auch immer das Hohelied der Liebe, aber ich habe das Gefühl, dass es dabei viel mehr darum geht, dass sie sich vor Jahrzehnten so entschieden haben und der Wert der Ehe über allem steht. Auch über den eigenen Bedürfnissen.«

»Ella, das war aber auch eine andere Generation. Warum kannst du nicht einfach deine Zeit mit Frank genießen, ohne dich sofort zu entscheiden, was mit der Zukunft ist?« Carola schaute auf ihre Armbanduhr. Gleich würde eine Schwangere zur Vorsorge kommen.

»Carola, ich glaube, du verstehst mich nicht! Ich möchte für meine Liebe brennen! Entweder oder! Aber dieses Lauwarme kann es doch nicht sein. Ich will mich verzehren!«

»Na, das läuft am Ende darauf hinaus, dass nichts mehr von dir übrig ist.«

»Du verstehst mich nicht. Genauso wenig, wie Frank mich versteht.«

Carola nahm den letzten Schluck Tee aus ihrer Tasse und noch einen weiteren Keks. War ja klar, dass Ella keinen anrühren würde.

»Ella, ich verstehe dich wirklich nicht. Du willst auf der einen Seite die Entscheidung für immer, und dann sagst du, diese Entscheidung macht dir Angst. Es zwingt dich doch niemand, dich jetzt zu entscheiden.«

»Und was ist, wenn ich mich falsch entscheide?«

»Ella, kann es sein, dass es noch einen anderen Grund für deine Zweifel gibt? Seit dem Unfall bist du … so anders.«

»Christoph will sich wieder mit mir treffen. Er sagt, dass er den größten Fehler seines Lebens gemacht hat, weil er damals nicht um mich gekämpft hat.«

Leider war es nun zu spät, um dieses Thema zu vertiefen. Ella sah Carola aus ihren großen, dunklen Augen an. Ella war frei und ungebunden. Warum nur ließ sie sich von übertriebenen Vorstellungen von der Liebe knechten? Carola nahm sich noch einen Keks und stand auf. Es wurde wirklich Zeit, dass sie alle sich von gesellschaftlichen Zwängen Stück für Stück befreiten. Und das Ding mit der Liebe war doch oft auch ein gesellschaftlicher Zwang. Vor allem für Frauen ab dreißig. Und auch wenn 1972 der Begriff Fräulein als Anrede für unverheiratete Frauen endlich auch vonseiten der Politik aus dem offiziellen Vokabular gestrichen wurde und sich nicht mehr jede Frau offenbaren musste, galt es doch immer noch als Makel, nicht den Mann fürs Heiraten gefunden zu haben. Carola war ja eine Freundin der Ehe und trotz allem glücklich mit Andreas, aber sie wünschte sich für ihre beiden Töchter, dass sie ihr Glück nicht von einem Mann abhängig machten.

* * *

Als sie 1989 das Geburtshaus gegründet hatten, hatten Ella, Susanne und Carola immer wieder auch Vorträge an Schulen gehalten. Am Wilhelm-Busch-Gymnasium hatte Susanne dabei sogar ihre Tochter gefunden, und Ella hatte den Verdacht, dass diese Suche der Hauptgrund für Susanne gewesen war, Vorträge an Schulen anzubieten. Danach bemühte sie sich auffällig weniger intensiv um neue Schulen, wobei es tatsächlich so war, dass die ersten Frauen, die in der Schule etwas über das Geburtshaus gehört hatten, sich mittlerweile zur Geburt anmeldeten.

Sigrun Kurtenbach, die Sekretärin, hatte Ella herzlich begrüßt und sie in den Biotrakt geführt. Hier hatten die Schüler große, ebene Tische, auf denen sie auch mal einen Frosch sezieren konnten, und vorne im Lehrerpult war ein großes Waschbecken aus Edelstahl eingelassen, in dem man ein Baby hätte baden können. Ella setzte sich auf das Lehrerpult, nachdem sie den Schaumstofftorso, ein Becken aus Holz und eine Babypuppe neben sich ausgebreitet hatte.

Vor ihr hatten sich alle Schülerinnen und Schüler der Oberstufe versammelt, die sich für einen Bioleistungskurs entschieden hatten. Die Jüngsten waren sechzehn Jahre alt, sodass sich das Kichern in Grenzen hielt. Ganz im Gegenteil, die meisten hörten ihr aufmerksam zu, als sie von der Geburt als natürlichem physiologischem Vorgang sprach, der nichts Krankhaftes an sich hatte.

»Manche von Ihnen werden vielleicht Medizin studieren, und vielleicht wird jemand von Ihnen auch in der Geburtshilfe landen. Mir ist es wichtig, dass ein Umdenken stattfindet. Dass Geburt nichts Pathologisches ist, dass die Medizin nur im Hintergrund als Sicherheitsnetz zur Verfügung steht.«

»Aber wir sind doch nicht mehr im Mittelalter. Warum sollen Frauen während der Geburt leiden? Weil es in der Bibel steht? Warum verweigern Sie im Geburtshaus Schmerzmittel? Also wenn es nach mir gehen würde, würde jede Frau in den Wehen eine PDA bekommen.«

Die junge Frau in der ersten Reihe hatte eine Stimme, mit der sie problemlos einen Hörsaal hätte beschallen können. Ella lächelte. Dieses Argument kam oft.

»Für eine PDA braucht es auf jeden Fall einen Anästhesisten, daher stellt sich im Geburtshaus die Frage nicht. Aber natürlich haben wir auch Mittel zur Schmerzlinderung. Und so einfach ist das im Krankenhaus mit der Rückenmarksbetäubung auch nicht. Durch eine PDA kann es dazu kommen, dass sich der Geburtsvorgang verlangsamt oder die Hormonausschüttung gestört wird. In seltenen Fällen führt eine PDA zu Nervenverletzungen.«

»Siehst du, du kannst dich vor den Schmerzen nicht drücken! Das Los der Frau!«, feixte ihr Sitznachbar.

»Na, dafür ist es dein Los, nach dem Abi ein Jahr zur Bundeswehr zu gehen und dir die Füße blutig zu marschieren, während ich eine Rundreise durch die USA mache.«

Vielleicht sind die Männer auch nicht viel freier als die Frauen in unserer Gesellschaft, dachte Ella und fuhr mit ihrem Vortrag fort.

»Lassen Sie sich keine Angst vor den Schmerzen machen. Ich habe schon Hunderte Male erlebt, dass eine Geburt ein wunderschönes, kraftvolles Ereignis sein kann. Es ist ein völlig natürlicher Vorgang, der in der Regel nur gute Begleitung und keine Intervention braucht.«

»Aber der Tod ist auch ein natürlicher Vorgang, und trotzdem versuchen wir, ihn zu verhindern. Ich bleibe dabei, wir sollten die Schmerzen unterbinden.«

Ella diskutierte mit den Schülern über den Sinn von Schmerzen, vom Loslassen, von den Kräften, die in jedem Einzelnen schlummerten. Und es machte ihr Freude. Fast so viel wie die Begleitung einer Geburt. Ein paar Schüler kritzelten nebenbei in ihre Hefte, und einer starrte aus dem Fenster, als befinde er sich gedanklich auf einem anderen Planeten; ein Mädchen mit schwarz gefärbten Haaren, die ihr ins Gesicht hingen, kaute an ihren Fingernägeln, aber die allermeisten hörten Ella gebannt zu. Als der Pausengong ertönte, stand niemand auf. Ella schaute zur Biolehrerin herüber, die auf ihre Armbanduhr tippte.

»Vielen Dank für Ihre Aufmerksamkeit. Ich lasse ein paar Prospekte da, und natürlich können Sie uns jederzeit anrufen oder sogar eine E-Mail schreiben. Hat jemand noch eine Frage?«

Ein Mädchen, dass bisher nur still zugehört hatte, hob den Finger.

»Eine Frage habe ich. Wo kann man denn Hebammenarbeit studieren?«

»Annika!! Studieren? Das ist ein Job wie Krankenschwester!«, kam ihr eine Schülerin mit der Antwort zuvor. Und so wie diese Schülerin das Wort Krankenschwester aussprach, war klar, dass für sie nur akademische
Berufe zählten. Kein Wunder, war das doch eines dieser
Gymnasien, an denen fast alle Eltern studiert hatten.
Selbst die Mütter, die als Vollzeithausfrau arbeiteten.

»Hebamme ist tatsächlich ein Ausbildungsberuf, obwohl es einiges an medizinischem Wissen braucht.«

Und nicht nur medizinisches, sondern auch psycho-
logisches und soziales Feingefühl, dachte Ella.

»Bieten Sie im Geburtshaus denn auch eine Ausbildung an?«, hakte Annika nach.

»Nein, dafür erfüllen wir nicht die Voraussetzungen,
aber wenn Sie möchten, dann bewerben Sie sich doch für
ein Praktikum.«

Im selben Moment fragte Ella sich, was wäre, wenn die
Schülerin sich wirklich bewerben würde. Bisher hatten sie
Praktikantinnen immer abgelehnt, weil sie die Privat-
sphäre während der Geburten und Untersuchungen nicht
stören wollten. Als sie Annikas Strahlen sah, brachte sie
es aber nicht übers Herz, einen Rückzieher zu machen.
Vielleicht könnte sie die Schülerin auch einfach an das
St.-Laurentius-Krankenhaus verweisen.

Annika verabschiedete sich schüchtern und steckte
einen Prospekt in die Hosentasche. Und trotz der Schüch-
ternheit sah Ella diesen Funken in ihren grünen Augen.
Ella hatte etwas von ihrer Begeisterung mitgeben können.
Sie lief mit dem Pulk an Schülern auf den Schulhof und
beobachtete das Treiben einen Moment. Neben dem

Fahrradständer standen ein paar Jugendliche mit Zigarette. Die Raucherecke hatte es auch zu ihrer Zeit schon gegeben, genauso wie die Schüler, die alleine über den Schulhof strichen, die Fünftklässler, die noch Seilchen sprangen oder Fangen spielten. Die Coolen, die Alternativen ... Was wohl aus den ganzen Mädchen werden würde? Theoretisch würden sie alle studieren können. Wie viele würden am Ende völlig unter ihren Möglichkeiten bleiben, weil sie als Mütter zu Hause blieben? Oder war dieser Gedanke ungerecht? Gab es vielleicht nichts Besseres? Zumindest für eine Zeit?

»Entschuldigung?«

Ella drehte sich um. Das schwarzhaarige Mädchen stand vor ihr, ein lockeres rotschwarzes Holzfällerhemd über der schwarzen Jeans und eins dieser Tribal-Halsbänder um die helle Haut.

»Ja?« Ella hielt den Frauentorso fest und bemerkte erst jetzt, dass ein paar kleinere Jungs sie neugierig anstarrten.

»Sie haben als Hebamme doch auch Schweigepflicht, oder?«

Andrea, so stellte sich die Schülerin Ella vor, wollte Sport eh blaumachen und hatte jetzt Zeit. Aber keiner sollte sehen, dass sie mit der Hebamme sprach.

»Kennen Sie den Metzger um die Ecke? Der hat im Hinterzimmer einen Mittagstisch.«

Ella schmunzelte. Sie erinnerte sich daran, dass jeder Imbiss rund um die Schule immer voller Schüler war.

Außer Ella und Andrea waren nur ein paar Senioren in dem Raum, der mit Geweihen geschmückt war. Andrea hatte sich eine Erbsensuppe bestellt und sortierte alle Wurststückchen auf eine Serviette aus. Ella biss in ihr Bratwurstbrötchen. Sie konnte sich gar nicht mehr daran erinnern, wann sie das letzte Mal eine Bratwurst gegessen hatte.

»Magst du kein Fleisch?«, fragte Ella, um das Gespräch in Gang zu bringen. Bisher hatte Andrea noch nicht gesagt, womit sie ihr helfen konnte.

»Doch, aber ich bin Vegetarierin.«

»Und dann willst du in einer Metzgerei essen?«

»Hier geht niemand aus meiner Stufe hin, das ist denen viel zu uncool.«

»Kann dir doch egal sein, was die anderen denken.«

»Nee, kann es nicht.«

Und dann begann das Mädchen zu heulen. Das Seniorenpaar am Tisch nebenan schaute schon neugierig. Ella war froh, dass die zwei beidseitig dicke rosa Hörgeräte trugen. Erfahrungsgemäß nutzten die Dinger nicht allzu viel.

»Sie halten mich bestimmt auch für superdämlich«, schniefte sie.

»Nein, warum sollte ich?«

»Na, weil, ich meine, ich habe Bio-LK, und schon in der Mittelstufe kam einmal im Jahr die Frau von pro familia, um mit uns zu üben, Kondome über Bananen zu ziehen. Und ich weiß alles und bin trotzdem …«

Sie senkte ihre Stimme.

Schwanger. Was sonst. Ella atmete tief durch. Ob Andrea dämlich oder leichtsinnig gewesen war, spielte keine Rolle. Sie brauchte Hilfe. Und vielleicht war es

Schicksal, dass sie genau heute einer Hebamme über den Weg gelaufen war.

»Und wie geht es dir damit?«, hakte sie vorsichtig nach.

»Keine Ahnung. In erster Linie bin ich damit beschäftigt, dass es keiner merkt, bis ich mir was überlegt habe.«

»Wie weit bist du denn?«

»Es muss vor fünfzehn Wochen passiert sein. Das war der zwanzigste Geburtstag meiner Schwester, und wir haben bei uns im Partykeller gefeiert und, na ja, ich hatte ganz schön viel Baileys getrunken. Meinen Sie, das Baby wird deswegen nicht so schlau? Danach habe ich auch nichts mehr getrunken, mir wurde nur bei dem Gedanken an Alkohol schon übel.«

»Wie alt bist du denn?«

»Achtzehn. Seit drei Wochen. Hatte aber keine Lust auf eine große Party.«

Das wunderte Ella nicht. Und dass sie schon volljährig war, machte die Sache komplizierter und leichter zugleich.

»Und was ist mit dem Vater?«

»Der darf es nie erfahren.«

»Und warum nicht?«

»Weil, ich kann nicht sagen warum, aber es geht nicht.«

Ella betrachtete die hübsche junge Frau, die selbst noch fast ein Kind war. Und die seit Wochen dieses Geheimnis mit sich rumschleppte.

»Und wie kann ich dir helfen?«

»Ich brauche jemanden, der schaut, ob alles okay ist. Und ich will auf keinen Fall zu meinem Frauenarzt. Das ist ein Freund meiner Eltern, und nachher erzählt der was.«

Andrea hielt die Suppenschüssel schief, um auch den letzten Rest auf den Löffel zu bekommen.

»Du suchst also auch jemanden zur Geburtsbegleitung?«

»An die Geburt habe ich noch gar nicht gedacht. Ich weiß einfach noch nicht, was ich machen soll.«

Ella schauderte es. Wie oft kam es doch noch vor, dass ein ausgesetzter Säugling gefunden wurde. Meist war es dann zu spät, irgendjemandem zu helfen. Was Andrea brauchte, war Zeit und eine Vertrauensperson.

»Ich helfe dir. Am besten machen wir für nächste Woche einen Termin aus, und dann schauen wir mal nach dem Baby. Für alles Weitere hast du noch Zeit.«

Ella hatte sich angewöhnt, einen Taschenkalender dabeizuhaben, damit sie nicht erst im Geburtshaus nachschauen musste, wann sie noch nicht belegt war. Sie holte den Kalender hervor und schlug ihn auf.

»Wann könntest du?«

Andrea nannte einen Termin. Ella sagte nichts dazu, dass er in der Schulzeit lag.

»Gibst du mir noch deine Telefonnummer, für den Fall, dass bei mir was dazwischenkommt?« Für nächste Woche stand wahrscheinlich keine Geburt an, aber sicher war sicher.

Andrea zog die Hemdsärmel über ihre Hände, als wollte sie in dem Pulli verschwinden. »Ich möchte meine Nummer nicht rausgeben.«

Ella nickte. Das war ja klar.

»Hast du Angst, dass ich deinen Eltern was erzähle?«

»Nein, ich vertraue Ihnen. Ich habe das Gefühl, dass Sie das alles voll ernst meinen.«

»Ja, das tue ich auch.«

»Aber trotzdem. Nachher müssen Sie mich melden.«

»Du bist erwachsen. Solange ich keine Eigengefährdung oder Gefährdung des Kindes sehe, brauche ich niemandem etwas zu sagen.«

»Gut.«

»Du kannst ja kurz vor dem Termin im Geburtshaus anrufen, ob ich da bin. Damit du den Weg nicht umsonst auf dich nimmst.«

»Okay.«

»Andrea?«

»Ja?«

»Du hast monatelang nichts unternommen wegen der Schwangerschaft, und jetzt hast du einen Termin mit einer Hebamme ausgemacht. Warum?«

»Wissen Sie, einfach weil es die Gelegenheit gab heute mit Ihnen. Ich grüble die ganze Zeit, was ich machen soll, und als Sie dann vorhin von der Geburt erzählt haben, dachte ich, vielleicht wird ja doch nicht alles so schlimm.«

Die Metzgersfrau kam mit einem Tablett und sammelte die Teller ein. Als sie Andreas Wurststückchen auf der Serviette im Teller sah, zog sie eine Augenbraue hoch. Andrea bemerkte es nicht, aber Ella warf der Frau einen Blick zu, dass sie bloß keine Bemerkung fallen lassen sollte. Es war die Gelegenheit. Dieses »Zur rechten Zeit am rechten Ort«-Sein. Andreas Situation war schlimm, aber Ella konnte ein Lichtblick sein.

* * *

Endlich würde es wieder eine Geburt geben! Es war ungewöhnlich ruhig die letzten Wochen gewesen. Ein paar der Schwangeren von Susanne hatten früher entbunden, ein paar Babys ließen sich extralange Zeit. Heute Morgen hatte Claudia angerufen. Etwas Fruchtwasser war abgegangen, und die ersten Wehen kündigten sich an. Susanne hatte die werdende Mutter gerade besucht. Es sah aus, als hätten sie noch ein paar Stunden Zeit. Susanne lüftete das Geburtszimmer durch, arrangierte die Blumen im Empfangsraum neu und entfernte ein paar welke Blüten. Windeln, Unterlagen, alles lag schon bereit. Nur die Schwangere fehlte noch.

»Ich mache dann mal Feierabend!« Hilde riss die Tür zum Geburtszimmer auf.

»Mach das. Ich hoffe, du hast was Schönes vor.«

Susanne fragte sich, ob Hilde sich nicht langweilte. Im Krankenhaus hatte sie kaum Zeit gehabt, mal einen Plausch zu halten, war meist als Erste gekommen und als Letzte gegangen.

»Was Schönes vor! Dass die jungen Frauen immer nach dem Vergnügen fragen müssen. Aber ja, ich gehe gleich zum Friseur.«

Hildes graue Locken waren tatsächlich etwas außer Form geraten. Susanne zog ihr Haargummi straff. Die lange Mähne trug sie, seit sie zwanzig war. Praktisch und schön, aber sie hatte entdeckt, dass sich die ersten grauen Haare unter die roten Locken mischten.

»Und könnte dir auch nicht schaden, mal etwas properer rumzulaufen.«

Das Telefon klingelte.

»Mach dich ruhig auf den Weg, ich gehe schon dran.«

Hilde zog die Tür hinter sich zu, und Susanne hob den Hörer ab. Eine Frau, die den letzten Vorstellungsabend besucht hatte, wollte sich anmelden. Wunderbar. Der Kalender füllte sich immer gerade rechtzeitig. Wann Claudia wohl endlich kommen würde? Ob es sich noch lohnen würde, Antonius in der Buchhandlung zu besuchen, die unter ihrer gemeinsamen Wohnung lag? Sie brauchte ja nur die Straße ein paar Minuten herunterzulaufen. Am frühen Nachmittag war meist nicht viel los, und Antonius arbeitete die elektronischen Bestellungen ab.

Susanne sah auf den Computer, den sie nur noch selten benutzte, seit Hilde hier im Büro arbeitete. Sie würde Antonius eine Nachricht schicken. Wie in dem Film mit Meg Ryan. Susanne hatte keine eigene E-Mail-Adresse. Wozu auch? Privat schrieb ihr niemand E-Mails, und die paar Schwangeren, die per Mail schrieben, benutzten die Geburtshausadresse. Claudia sollte sie über den Pieper anrufen, also wäre es kein Problem, wenn die Telefonleitung kurzzeitig besetzt wäre.

Das Modem fing an zu pfeifen, als Susanne sich in das Internet einwählte. Nach einer Minute hatte sich das Nachrichtenprogramm schon geöffnet. Susanne klickte das Nachrichtensymbol an, einen kleinen Briefumschlag. Antonius' E-Mail-Adresse hatte sie auf einer Visitenkarte stehen, die sie in der Tasche trug.

Antonius war richtig stolz gewesen, die neuen Karten zu drucken. Er meinte sogar, vielleicht würden die E-Mail-Bestellungen dabei helfen, gegen die Riesen wie die *Mayersche* zu bestehen, weil die Kunden dann nicht mehr so abhängig von den Öffnungszeiten waren.

Was sollte sie in die Betreffzeile schreiben?

Liebe Grüße ...

Da wusste er gleich, dass es nicht um eine Bestellung ging.

Lieber Antonius,

wenn du das liest, funktioniert das mit dem Mailen. Schön, dass es immer noch erste Male zwischen uns gibt, heute eben die erste E-Mail. Ich hoffe, es geht dir gut. Wahrscheinlich wird es heute spät, weil ich auf eine Schwangere warte. Ich kann es kaum erwarten, dich wiederzusehen, und fand – du weißt schon was – gestern wieder total schön. Freue mich aufs nächste Mal, deine Susanne.

Susanne klickte auf den kleinen Pfeil. Die Nachricht war gesendet. Sie fühlte sich wie eine Fünfzehnjährige, die dem süßen Jungen drei Reihen vor ihr ein Briefchen zuwarf, auf dem *Willst du mit mir gehen?* stand. Anders als viele Teenager, die verzweifelt darauf warteten, dass der Angebetete wenigstens die Option »Vielleicht« ankreuzte, konnte sie sich einfach auf ihren Mann freuen.

»Hallo! Ich bin's!«

Carola war wie immer nicht zu überhören. Mit einem lauten Rumms ließ sie die Tür zufallen und knallte die Tasche auf den Tisch.

»Carola, schön, dich zu sehen. Ich dachte, du hättest heute Nachmittag frei.«

»Hatte ich eigentlich auch, aber eine Schwangere hat den Vorsorgetermin nicht anders legen können. Und heute ist eh Papa-Nachmittag für Florian.«

»Aber bitte übertreibe es nicht wieder. Ich meine, frei ist frei.«

Susanne nahm sich vor, wieder einmal auf ihr Patenkind Florian aufzupassen. Damit Carola und Andreas etwas alleine unternehmen konnten.

»Keine Sorge. Ich passe schon auf mich auf.«

In diesem Moment hörte Susanne ein wohlbekanntes Piepen. Sie griff in ihre Hosentasche, genau wie Carola.

»Ich bin es, Carola.«

Auf einmal verspürte Susanne einen Adrenalinschub. Sie trennte die Internetverbindung und wählte die angezeigte Telefonnummer. Wie sie schon geahnt hatte, war es Claudia. Sie wäre jetzt bereit, ins Geburtshaus zu kommen.

* * *

Carola steckte ihren Pieper erleichtert wieder ein. Obwohl sie nur noch ganz wenige Geburten betreute, hätte es ja sein können, dass sie gerufen wurde. Aber heute Abend hatte Maike einen Elternabend in der Schule, und einer von ihnen würde hingehen. Thomas hatte Fußballtraining, und Maike gelang es im Moment nicht gut, Florian ins Bett zu bringen. Und sie wollte den Kindern auch nicht zu viel Verantwortung zuschieben. Stefanie war bestimmt auch deshalb so schnell so weit weggezogen, weil sie zu Hause immer eingespannt worden war. Und Carola hatte es noch bisher nur ein einziges Mal geschafft, ihre Tochter in Berlin zu besuchen. Dabei vermisste sie ihre Tochter wirklich, auch wenn der Alltag sie meist davon ablenkte. Und irgendwie war es ja auch wichtig, sich voneinander abzunabeln.

Susanne hatte es anscheinend wirklich eilig gehabt, die Kaffeetasse stand noch neben dem Computer und das Modem blinkte.

Carola setzte sich auf den Bürostuhl, tippte auf die Tastatur, damit der schwarze Bildschirmschoner mit dem bunten Kubus sich verabschiedete, um den Computer runterfahren zu können. Das Mailprogramm war auch noch offen. Fünf neue Mails. Carola öffnete eine nach der anderen. Werbung für ein Diätmittel. Die wussten doch nicht, dass hier eine mit ein paar Kilos zu viel saß? Brauchten sie auch gar nicht. Irgendwie wollte doch jede zweite Frau abnehmen. Carola löschte die E-Mail und beantwortete die beiden Anfragen. Zwei Kursanmeldungen, einmal von *Flottebiene77* und von *Familieistalles*.

Warum nahmen die Leute nicht einfach ihren Namen? Carola öffnete die letzte neue Mail.

An die süßeste Hebamme der Welt,

jedes erste Mal mit dir ist wunderschön, und mein Herz hüpft über die ersten elektronischen Zeilen, die du mir geschickt hast. Es ist ja fast wie Gedankenübertragung. PS: Ich fand du weißt schon was gestern auch total schön.

Dein du weißt schon wer.

Nee, wusste Carola nicht. Hatte Annett nicht noch gewarnt, dass sich auch ganz schön viele unseriöse Typen im Netz tummeln würden? Ihre E-Mail-Adresse stand ja auf dem neuen Prospekt. Aber diese Mail klang nicht nach einem Verrückten, sondern eigentlich richtig süß. Ob sie von Andreas kam? Konnte nicht sein, einmal war gestern nichts Besonderes passiert, und zum anderen hatte sie Andreas keinen Liebesbrief über das E-Mail-Programm geschickt. Als sie sich den Absender genauer anschaute, kapierte sie, wer hier die Arbeitsgeräte zum Flirten nutzte.

Was sollte sie jetzt mit der Nachricht machen? Sie drinlassen? Hilde würde sich beömmeln. Löschen? Dafür war sie zu nett. Oder: Löschen war vielleicht doch eine gute Idee, sie druckte sie aber vorher aus und legte den Brief in Susannes Fach. Zeitgleich klingelte es an der Tür. Das musste Verena Schmidt-Kricketal sein. Für einen Doppelnamen sah sie fast etwas jung aus. Ihre blonden Haare waren glatt geföhnt wie die von Gwyneth Paltrow, das Sommerkleid umspielte sanft das Bäuchlein, die Zehennägel in den Sandalen waren perfekt lackiert. Eindeutig das erste Kind. Halt, sagte sie sich, ich will nicht gleich wieder Schubladen öffnen. Sie führte Verena Schmidt-Kricketal in das kleinere Geburtszimmer, das große würde Susanne gleich benötigen.

Die Schwangere schaute sich alles neugierig an und wurde mit der Zeit etwas entspannter. So ganz entschlossen, sich hier anzumelden, war sie anscheinend nicht, obwohl alle Werte unauffällig waren.

»Einen Platz könnte ich auf jeden Fall für das Jahresende noch anbieten, und soweit ich weiß, haben auch meine Kolleginnen noch Kapazitäten. Und wenn Sie nichts dagegen haben, wir duzen uns gerne.«

Und bei den ganzen Doppelnamen würde sie sonst auch nie Feierabend machen können, dachte Carola, die es ganz vernünftig fand, dass Doppel-Doppelnamen verboten waren, sonst würde ein Name wie Schmidt-Kricketal-Müller-Lüdenscheid noch den Platz auf dem Mutterpass sprengen. Als Andreas und sie Mitte der Siebziger geheiratet hatten, war es noch nicht mal erlaubt gewesen, den Namen der Frau als Familiennamen zu wählen.

»Ja, duzen wäre okay, und ich kann mir vorstellen, dass du meine Hebamme wirst. Bis wann müsste ich mich denn entscheiden?«

Verena schlug die Beine übereinander und stützte den Kopf auf ihre Hände.

»Möglichst bald. Hast du denn noch Fragen, die dir dabei helfen könnten?«

Verena zögerte. Carola betrachtete sie abwartend. Es war wichtig, alle Ängste ernst zu nehmen. Die Frauen, die hier hinkamen, hatten oft das Gefühl, viel stärker Verantwortung übernehmen zu müssen. Wenn etwas schieflief, waren sie »selbst schuld«. So zumindest die Meinung vieler Leute. Im Krankenhaus dagegen war es Schicksal.

»Also ihr arbeitet hier noch ohne Technik?«

Was meinte sie mit Technik?

»Wir verzichten auf so viele Eingriffe wie nur möglich, haben aber einiges an Ausrüstung für den Notfall. Auch Sauerstoff, falls ein Kind welchen benötigt. Und wir arbeiten sehr eng mit den umliegenden Kliniken zusammen. Im Notfall sind wir in zehn Minuten im OP.«

»Und was ist mit Computern?«

»Seit Kurzem sind wir auch per E-Mail zu erreichen, geht schneller als die Post.«

Sie hatte ja schon die absurdesten Fragen bei den Kennenlerngesprächen gehört, aber nach den Computern hatte sich noch niemand erkundigt.

»Und der Entbindungstermin macht dir keine Sorgen?«

An den konnte sich Carola gar nicht mehr erinnern. War auf jeden Fall noch ein paar Monate hin. Unter fünf Prozent Kinder hielten sich an den errechneten Termin.

»Nein, wieso?«

»Erster Januar.«

»Schöne Schnapszahl, und dein Kind hat immer frei an seinem Geburtstag, außer es wird Krankenschwester, Hebamme oder Polizist.«

»Aber der erste Januar im Jahr zweitausend!«

»Noch schöner! Ein tolles Datum.«

»Und wenn nicht? Ich gebe normal nichts auf solche Geschichten, aber ich habe jetzt mehrere Artikel gelesen, in denen stand, dass beim Jahrtausendwechsel die ganze computergesteuerte Infrastruktur zusammenbrechen könnte.«

»Wo ist da die Logik? Es ist nur eine Zahl.«

»Trotzdem. Das sagen ja nicht nur Verrückte, sondern letztens auch ein Wissenschaftler bei *Wetten, dass..?*«

Wetten, dass rein gar nichts passiert?, lag es Carola auf der Zunge. Schwangere waren manchmal von irrationalen Ängsten geplagt, die sie nicht belächeln durfte.

»Also selbst wenn die Infrastruktur zusammenbrechen

würde, wir könnten die Geburt bei Kerzenlicht durchführen.«

»Aber wenn ich euch nicht anrufen kann, wenn es losgeht?«

»Auch dafür finden wir eine Lösung.«

Silvester im Geburtshaus zu arbeiten wäre eine gute Option. Carola ließ die Böllerei jedes Jahr über sich ergehen, ohne einen Funken Freude daran zu empfinden. Es war laut, stank und verpestete die Umwelt.

»Okay. Wird schon keine Apokalypse kommen.«

So wie Verena das sagte, war sie nicht felsenfest davon überzeugt, dass zum Jahrtausendwechsel die Welt unterging oder zumindest ordentlich ins Wanken geriet, aber einen Restzweifel hatte sie schon.

»Das denke ich auch. Alles wird gut gehen. Wir haben einige Frauen mit Entbindungstermin um Silvester rum.«

Das schien Verena zu beruhigen, auch wenn es weitaus irrationaler war.

»Und ich brauche nicht mehr überlegen. Ich hätte dich gerne als Hebamme.«

Verena reichte ihr die Hand zum Abschied. Carola schüttelte sie.

»Auf dass wir es allen Bastlern aus dem Silicon Valley zeigen, die nicht langfristig genug geplant haben.«

Carola merkte, dass ihre Bemerkung nicht ganz so gut ankam. Aber tückische Computerfallstricke würden noch die geringsten Gegner im Dschungel der Mutterschaft sein.

Als sie Verena herausbegleitete, sah sie Susanne mit einer Hochschwangeren und Partner hereinkommen. Die

Schwangere sah noch recht entspannt aus und lächelte Carola freundlich an. Carola lächelte zurück und wendete sich an Susanne.

»Übrigens, du hast Post bekommen.«

Wenn die Welt an der neuen Technik zugrunde ging, dann nur, weil die Menschen sie nicht bedienen konnten. Und sie wollte Susanne ersparen, alle zu fragen, wer denn nun Post in ihr Fach gelegt habe.

* * *

Ella schloss die Tür zu ihrer WG auf. Es war ein Luxus, an einem Ort zu arbeiten, der wunderschön war, und am Feierabend in eine behagliche Wohnung zu kommen. Sie dachte an die Menschen, die tagsüber Bahnhofsklos putzten und abends in eine heruntergekommene Hochhauswohnung zurückkehrten. Sie dachte an Menschen, die keinen Tag krank werden durften, weil sie als Tagelöhner arbeiteten. Ein Wort, dass es hier gar nicht mehr gab. In Uganda hatte sie viele Menschen getroffen, die ihre Familie damit ernährten, Passanten gebratene Hühnchen oder Bananen zu verkaufen, ohne zu wissen, ob sie am nächsten Tag noch etwas hatten, das sie anbieten konnten. Wenn sie ausfielen, sprang keine Krankenkasse, kein Amt ein. Als sie die Küche betrat, blieb ihr Blick an einem großen Strauß aus Sonnenblumen, Kornblumen und weißen Rosen hängen. Dagmar saß am Küchentisch und sortierte Entwürfe. Schwarze Kleider, Frauen mit spitzen Schultern, Pumps, futuristisch mutete das alles von den Formen her an. Passte doch zum baldigen Jahrtausendwechsel.

»Hi Ella, schön, dich zu sehen. Ich bewerbe mich

gerade bei einem Designer in München. Meinst du, ich kann dir morgen eine Diskette mitgeben, und du druckst das Anschreiben für mich aus?«

»Klar, das mache ich gerne. München ist aber ganz schön weit weg.«

»Stimmt, aber die Chance, da genommen zu werden, ist auch winzig. Ich würde euch vermissen, aber ich möchte weiterkommen. Endlich Karriere machen, statt mein Geld nur mit dem Ändern von anderer Leute Luxusmarken zu verdienen.«

Ella nahm sich ein Glas aus dem Regal und füllte es mit Leitungswasser. Es war immer noch warm draußen, obwohl sich die Blätter langsam verfärbten und es abends wieder früher dunkel wurde.

»Ich wünsche dir auf jeden Fall viel Glück. Und klar, ich drucke dir gerne was aus. Schöne Blumen übrigens.«

»Ja, fand ich auch. Und sind für dich. Kamen vorhin mit Fleurop.«

Also nicht von Frank. Der würde, wenn überhaupt, Blumen in dem Lädchen um die Ecke kaufen. Und er hielt Blumen für unnötigen Luxus. Sie vergammelten nach ein paar Tagen, und dann reagierte er auf verschiedene Blüten auch noch allergisch. Vielleicht ein Geschenk von dankbaren Eltern. Ella liebte Blumen, auch wenn sie Luxus waren, und stellte sich gerne hin und wieder welche in ihr Zimmer.

»War auch ein Brief dabei, liegt in unserem Postkästchen.«

Frank hatte sie offenbar gehört und trat aus seinem Zimmer in die Küche.

»Hi Ella, schön, dass du da bist.«

Frank nieste.

»Gesundheit.«

»Danke. Vielleicht könnt ihr das Gestrüpp woanders unterbringen.«

»Gestrüpp?«, ereiferte sich Dagmar. »Das ist ein wunderschöner Spätsommerstrauß, der beweist, dass die Natur immer noch die beste Designerin ist.«

»Mag sein, aber Klamotten reizen meine Nase nicht so, außer sie kommen aus dem Secondhandladen.«

Statt sich an der Diskussion zu beteiligen, holte Ella den Brief aus dem Postkästchen und fischte die beigelegte Karte aus dem Umschlag.

Liebe Ella,

ich hoffe, du bist wieder vollkommen genesen. (Ich habe den Schreck noch nicht ganz überwunden, ich dachte einen Moment, ich hätte dich für immer verloren.) Bitte melde dich mal, damit ich weiß, dass es dir wieder gut geht.

Liebe Grüße, Christoph

Ella steckte die Karte wieder ein.

»Die Blumen sind übrigens von Christoph. Sozusagen noch Genesungswünsche«, erklärte Ella, als müsste sie sich rechtfertigen.

»Uh, der Arzt, dem die Frauen vertrauen? Ist ja schon ein heißer Feger, der Typ, aber der weiß das auch.« Dagmar grinste Ella an.

»Heißer Feger? Eingebildeter Gockel ist das! Zum Glück bist du immun gegen diesen Typ selbst ernannter Alphamann. So was von gestern, diese Ausläufer des Patriarchats!« Frank küsste Ella auf die Haare und musste direkt wieder niesen, als er in die Nähe der Blumen kam.

»Ich stelle sie in mein Zimmer.« Ella nahm den Strauß und stellte ihn auf den Boden neben ihr Bett. Die bunten Blumen machten sich wunderbar in dem ganz in Weißtönen gehaltenen Raum. Genesen war sie vollkommen. Nur eine winzige Narbe zeugte noch von dem Sturz.

* * *

Susanne brachte Claudia und ihren Mann Uwe in das große Geburtszimmer, das sie gerade noch vorbereitet hatte. Sie zog die Vorhänge zu und schaltete das sanfte Licht an, sodass der Raum wie eine gemütliche Höhle wirkte.

»Perfektes Timing, oder?«, fragte Claudia.

Es stimmte. Es war erst früher Nachmittag und Claudias Muttermund schon sechs Zentimeter auf. Wenn alles gut lief, könnte Susanne noch mit Antonius den Abend gemeinsam ausklingen lassen. Ob er die Mail gelesen hatte?

»Ja, du hättest mich zwar auch gerne um drei Uhr nachts rausklingeln können, aber am Nachmittag ist es schon perfekt!«

Für jede Geburt gab es von der Krankenkasse eine Pauschale, ganz egal, ob sie an einem Feiertag oder Werktag stattfand. Und ganz egal, wie lange sie dauerte.

»Meinst du, wir können die Fotografin schon anrufen?« Claudia hielt inne, um eine Wehe zu veratmen. Die

Fotografin. Das war eine der besten Ideen gewesen, Anja Cornelsen, die damals ihren Job bei Foto Gregor am Neumarkt nicht mehr ausüben konnte, als sie mit dem dritten Kind schwanger war, als Geburtshausfotografin zu engagieren.

»Ja, das sollten wir machen, wenn sie rechtzeitig da sein soll.«

Susanne ließ die beiden alleine, um im Büro zu telefonieren. Ach, Carola hatte ja was von Post gesagt, also schaute sie erst einmal in ihr Fach. Nur ein zusammengefaltetes Blatt.

An die süßeste Hebamme der Welt,

jedes erste Mal mit dir ist wunderschön, und mein Herz hüpft über die ersten elektronischen Zeilen, die du mir geschickt hast. Es ist ja fast wie Gedankenübertragung. PS: Ich fand du weißt schon was gestern auch total schön.

Dein du weißt schon wer.

Auf der Rückseite stand mit Bleistift gekritzelt: *Habe die Originalmail mal gelöscht, damit Hilde nicht wieder was zum Augenverdrehen hat.* Carolas Handschrift. Susannes Wangen wurden heiß, und sie brauchte erst gar nicht in den Spiegel zu schauen, um zu wissen, dass sie knallrot geworden war. Gut, dass sie beide nicht weiter ins Detail gegangen waren. Sie nahm sich das Telefon und tippte Anjas Nummer ein. Sie hatte tatsächlich gerade Zeit und begleitete wenig später die Geburt mit ihrer Spiegelreflexkamera, nicht ohne vorher zu besprechen, was die werdenden Eltern gerne fotografiert haben wollten. Anja machte sich jedes Mal fast unsichtbar, und am Ende waren alle fasziniert von den wunderschönen und so persönlichen Fotos. Manche Eltern fanden es auch völlig absurd, so einen intimen Moment mit der Kamera festzuhalten, aber viele waren froh über das Angebot.

Zwei Stunden später – Anja wechselte gerade noch den Film in der Kamera und packte den alten in ein kleines schwarzes Döschen – saß Claudia in der Geburtswanne. Susanne hockte vor der Wanne, während Uwe hinter seiner Frau auf dem Rand saß und ihren Rücken hielt. Als Susanne bemerkte, dass die Wehen in Presswehen übergingen, hielt sie sich bereit, das Kind entgegenzunehmen. Der Kopf war zu sehen, und der Körper glitt schnell heraus. Susanne wollte nach dem Säugling greifen, doch Claudia hatte ihn längst in der Hand und hob ihn instinktiv hoch an ihre Brust. Susanne ließ den Eltern die Zeit, ihr Kind kennenzulernen. Die Haut des Babys wurde schnell rosig, es schrie kurz, als gehöre das halt zum Protokoll, und schaute seine Eltern dann mit großen Augen an. Alles war gut. Es gab keinen Grund zur Hektik.

Auch die Plazenta wurde vollständig geboren. Das war immer der zweite Moment, in dem Susanne Freude und Erleichterung verspürte. Ganz selten einmal kam es vor, dass das Baby zwar gut auf die Welt gekommen war, aber eine unvollständige Plazenta zu Blutverlust bei der Mutter führte. Dann zählte jede Sekunde. Zum Glück hatten sie den Text, der neben dem Telefon stand, damit ihnen in der Panik nicht die Worte fehlten, im Geburtshaus noch nie ablesen müssen.

Claudia, Uwe und das noch namenlose Baby lagen auf dem Bett, ein seliges Lächeln in den Gesichtern. Genau so sollte jedes Leben beginnen, dachte Susanne wehmütig. Sie erinnerte sich noch an die Geburt ihrer Tochter Julia. Sie selbst war erst sechzehn gewesen, doch in dem Moment der Geburt hatte sie eine Ahnung davon bekommen, was für eine Kraft in ihr steckte. Dass sie ihre Tochter damals weggeben musste, hatte sie unendlich viel Schmerz gekostet, aber keine Sekunde verbittern lassen. Die Schwangerschaft und die Geburt waren achtzehn Jahre lang die einzigen Erlebnisse, die sie mit ihrer Tochter geteilt hatte.

»Möchtet ihr die Plazenta behalten?«

Claudia schüttelte den Kopf. Manche Familien begruben den Mutterkuchen, über den sich das Baby monatelang ernährte, im Garten und pflanzten einen Baum für das Kind darauf. Manche wollten das Gebilde, das aussah wie ein fleischiger großer Wasserballon, nicht einmal ansehen.

»Was macht ihr denn damit?«, fragte Uwe.

»Früher kam einmal im Monat ein Wagen vorbei, der die Plazenten bei uns und den umliegenden Krankenhäusern einsammelte. Die Inhaltsstoffe wurden zum Beispiel in Cremes verarbeitet. Aber seit HIV landen die meisten Plazenten im Klinikmüll und werden verbrannt.«

»Ganz schön komisch, sich so was auf die Haut zu schmieren. Hätte ich nie gedacht.«

Dabei hatten die Kosmetikfirmen noch nicht mal einen Hehl daraus gemacht und nannten ihre Cremes Placentubex oder Hormocenta. Und versprachen gleich ewige Jugend für die Haut. Viele Säugetiere aßen ihre Plazenta auf, was Spekulationen aufwarf, ob das auch für Menschen gesund wäre, um nach der Geburt wieder zu Kräften zu kommen. Wobei das bei Tieren vor allem einen ganz pragmatischen Grund hatte: Sie wollten mit der Nachgeburt keine Aasfresser anlocken.

* * *

Ob sie Andreas auch mal wieder einen kleinen Liebesbrief schreiben sollte?, fragte sich Carola, als sie nach Hause kam. Der letzte war schon ein paar Jahre her, wenn sie die kleinen Post-its am Kühlschrank nicht mitrechnete.

Milch ist alle, bringst du auf dem Rückweg welche mit? Liebe dich :-)

Die meisten Menschen fieberten lauter ersten Malen entgegen, aber niemand wollte sich damit auseinandersetzen, wann etwas das letzte Mal passierte. Irgendwann kam der Tag für den letzten Liebesbrief, die letzte gemeinsame Party, der letzte richtige Kuss, der letzte Sex. Und dafür musste man noch nicht mal sterben, es reichte, wenn eins nach dem anderen einschlief. Und auf das Alter durfte man das nicht schieben. Carola dachte an ihre gleichaltrige Kollegin Susanne. Die war immerhin auch schon zehn Jahre mit Antonius zusammen.

»Hallo, jemand zu Hause?«

Im Wohnzimmer lagen mindestens zwei Kisten Lego ausgeschüttet. Ob Andreas mit Florian überstürzt aufbrechen musste? Ihr Herz klopfte. Hoffentlich war nichts passiert. Sie lief in die Küche, um nach neuen Post-its zu sehen. Das war ihre Vereinbarung, um sich wichtige Infos zu übermitteln, falls sie telefonisch nicht zu erreichen waren.

Bin mit Florian und Maike Eis essen gegangen. Maike hatte eine Zwei in Deutsch!

Ob Carola zur Eisdiele laufen sollte? Sie war gute zehn Minuten zu Fuß entfernt. Und sie hätten ja noch etwas warten können, dann wäre sie mitgegangen. Aber was ärgerte sie sich darüber, ausgeschlossen zu sein? Sie war halt nicht da gewesen, und außerdem freute sie sich über die gute Note in Deutsch. Ein Wunder. Musste sie doch die letzten Jahre ständig zu Elterngesprächen, weil Maikes Leistungen nicht gut genug waren.

Carola warf einen Blick in die Töpfe auf dem Herd. Linsensuppe. Bei dem warmen Wetter wäre ein Salat besser. Und für ihre Figur auch. Sie sah an sich herunter. Wenn sie nicht schon Mitte vierzig wäre, würde ihr Bäuchlein immer noch als schwanger durchgehen. Wenn sie mit Stefanie unterwegs war, kam sie sich neben ihrer modelnden Tochter immer doppelt matronenhaft vor.

Noch bevor sie anfangen konnte, sich ein paar Gurken zu schnippeln, klingelte das Telefon. Carola fluchte auf dem Weg dorthin, weil sie über ein paar Legosteine stolperte.

»Hardgenbusch?«

»Guten Tag, Frau Hardgenbusch, hier spricht Polizeioberkommissar Werner von der Wache Innenstadt.«

Aus dem Herzklopfen wurde Herzrasen. War Thomas etwas passiert? Ein Unfall? Wenn in der Nähe der Eisdiele was passiert wäre, hätte sie das Martinshorn gehört. Und dann würde nicht die Innenstadtwache anrufen. Oder war Thomas in seinem Zimmer? Warum hatte sie erst ans Essen gedacht, statt sich zu vergewissern, dass es allen gut ging?

»Frau Hardgenbusch, alles in Ordnung?«

»Das möchte ich von Ihnen hören.«

Carola ließ sich auf das Sofa fallen und musste husten, als sie Staub aufwirbelte. Wenn etwas ganz Schlimmes passiert wäre, dann hätten sie wahrscheinlich an der Tür geklingelt, versuchte sie sich zu beruhigen.

»Wir ermitteln in mehreren Fällen sexueller Nötigung und Körperverletzung und möchten Sie gerne als Zeugin befragen.«

»*Mich?*«

»Sagt Ihnen der Name Detlef Kron etwas? Fotograf?«

Detlef Kron. Sie hatte von Anfang an ein schlechtes Gefühl gehabt. Was hatte er Stefanie angetan? Warum hatte sie damals nicht verhindert, dass Stefanie allein zu einem zwielichtigen Fotografen ging, um Fotos für eine Setcard anfertigen zu lassen? Stefanie war danach völlig verändert gewesen. War sie in Carolas Augen davor oft zu freizügig herumgelaufen, versteckte sie sich danach wochenlang unter riesigen grauen Rollkragenpullovern. Carola war immer dagegen gewesen, dass ihre Tochter Model wurde. Sie sollte etwas Ordentliches erlernen, statt Geld damit zu verdienen, ihren Körper zu präsentieren.

»Ja, der Name sagt mir was.«

»Wir haben die Unterlagen im Fotoatelier untersucht, und laut der Daten waren Sie am 30. September 1994 für eine Aufnahme bei Detlef Kron.«

»Telefonieren Sie jetzt alle Kundinnen der letzten fünf Jahre ab, oder gibt es einen konkreten Verdacht? Ich war nicht bei dem Mann, aber meine Tochter.«

»Oh, das tut mir leid. Könnte ich Ihre Tochter sprechen?«

»Sie ist schon ausgezogen.«

»Könnten Sie mir bitte die Telefonnummer Ihrer Tochter geben?«

»Das kann ich, aber vorher erzähle ich Ihnen alles, was ich weiß.«

Viel war das nicht. Sie hatte damals einfach ein ungutes Gefühl gehabt. Und Stefanie hatte Andeutungen gemacht, warum sie erst mal doch kein Model werden wollte. Und Anja hatte ihre Kontakte genutzt und bei ihrem alten Arbeitgeber Foto Gregor recherchiert. Detlef Kron war dort ein guter Kunde und ließ seine Filme dort entwickeln. Die Motive waren zum Teil pornografisch gewesen. Das war rechtlich nur dann ein Problem, wenn die Frauen zu den Fotos gezwungen worden oder noch minderjährig waren. Aber wie es aussah, bezahlten die Frauen den Fotografen gut für die Fotos, die vor allem als Bewerbungen bei Modelagenturen dienen sollten. Also war alles freiwillig …

»War Ihre Tochter damals noch minderjährig?«

»Sie war gerade achtzehn. Aber hören Sie, das ist kein Grund, dass er seine Grenzen nicht kennt.«

»Wie gesagt, es kam kürzlich zu mehreren Anzeigen, sodass wir jetzt allen Hinweisen nachgehen.«

* * *

»Ella, was ist denn los?«

Ella hatte sich die ganze Zeit bemüht, sich während der Vorsorgeuntersuchungen nichts anmerken zu lassen, aber sobald sie die letzte Schwangere verabschiedet hatte, war ihr die Sorge im Gesicht abzulesen. Annett schaute sie an, als ließe sie sich nicht abspeisen. Und das schätzte Ella an Annett besonders, dass sie nicht lockerließ, wenn es jemandem nicht gut ging.

»Schweigepflicht gilt doch nicht unter uns, wenn keine von uns was nach außen trägt, oder?«

»Wenn es im Sinne der Frau ist, dann müssen wir auch mal über Geheimnisse reden. Du brauchst ja keine Namen nennen, und ich behalte alles für mich.«

Wenn Andrea wirklich zur Betreuung ins Geburtshaus käme, dann wäre eh klar, wer die achtzehnjährige Schwangere war. Und tatsächlich hatte Andrea gerade angerufen, ob es bei dem Termin bleiben würde. Wahrscheinlich aus einer Telefonzelle. Eine Nummer war nicht angezeigt worden.

Sie zogen sich in das kleinere Geburtszimmer zurück. Wie schön es hier war, dachte Ella. Frische Blumen auf der Fensterbank, ein warmer Orangeton an der Wand und cremefarbene Vorhänge an den Fenstern. Ein großes Bett, ein Seil von der Decke, Pezziball und Gebärhocker.

Ein CD-Player und ein Duftlämpchen auf dem Sideboard sorgten bei Bedarf für noch mehr angenehme Sinneseindrücke. Wer hier sein Kind bekam, schwelgte im Luxus. Ella dachte an ihre Zeit in Uganda. Manche Frauen waren froh, wenn sie überhaupt einen Rückzugsraum hatten.

Annett setzte sich auf den Pezziball und Ella auf das Bett.

»Dann schieß los!«

»Zu mir kommt heute eine sehr junge Schwangere.«

Annett nickte. »Wie jung?«

»Achtzehn.«

»Na, so jung ist das doch nun wirklich nicht.«

Annett, die in Ostberlin aufgewachsen war, konnte die Bedenken der westdeutschen Frauen oft nicht verstehen. Früh ein Kind zu bekommen war für sie kein Beinbruch.

»Ja, aber eine junge Frau, die seit drei Monaten weiß, dass sie schwanger ist und bisher mit niemandem darüber geredet hat. Sie erscheint mir nicht komplett verantwortungslos, hat aber noch keinen Plan, was sie mit dem Kind machen soll. Und sie will, dass ihre Familie möglichst nichts mitbekommt.«

»Weißt du was über den Vater?«

»Der soll erst recht nichts erfahren. Und so, wie sie bei meiner Nachfrage reagiert hat, steckt da keine gute Geschichte hinter. Es ist wohl auf einer Fete im heimischen Partykeller passiert.«

Ella stellte sich einen dieser typischen Partykeller vor, dunkel, muffig, Hausbar, an der zehn Alkoholiker eine Woche versorgt werden könnten, alte Sofas und finstere Ecken, ein Spülbecken, in denen die Bakterien ebenfalls Party machten. Und wenn es eine dieser Feiern gewesen war, bei der ein paar der Gäste noch einen Haufen Bekannte mitbrachten, waren da nicht immer nur nette Leute dabei.

»Und wenn eine Straftat dahintersteckt? Oder es sogar jemand aus der Familie war?«

»Solche Gedanken sind mir auch schon gekommen. Und wer immer es auch ist, selbst wenn sie ihn nicht in ihrem Leben haben möchte, sollte er wenigstens für das Kind Unterhalt zahlen.«

Immerhin konnte man heutzutage die Vaterschaft nachprüfen und die Väter meist zur Verantwortung ziehen. Gar nicht so lange her, dass eine ledige Schwangere in der Gesellschaft erledigt war und ihr Kind als Bastard angesehen wurde. Weniger wert als ein ehelich geborenes Kind. Gut, dass diese Zeiten vorbei waren, auch wenn es ledige junge Mütter immer noch schwer hatten.

»Ich habe Angst, dass sie sich und dem Kind was antut. Oder es am Ende aussetzt. Wenn eine Schwangere in Not mit niemandem reden kann, passieren manchmal schreckliche Dinge.«

»Aber sie kann doch mit dir reden. Ich würde erst versuchen, Vertrauen aufzubauen.«

Ella nickte. Am liebsten würde sie Andreas Eltern sprechen. Sie mit ins Boot holen. Vielleicht würde das Kind einfach in der Familie mitaufwachsen. Vielleicht konnte die Mutter die Betreuung übernehmen, während Andrea weiter zur Schule ging. Sie stand so kurz vor dem Abitur.

»Irgendwann wird es nicht mehr zu übersehen sein, spätestens dann wird sie mit ihren Eltern sprechen müssen.«

Ella führte Andrea erst einmal durch das Erdgeschoß des Geburtshauses, beide Geburtsräume waren frei, es duftete nach Lavendel, im Foyer standen Christophs Blumen. So

hatten alle was von dem schönen Strauß, und Frank muss-
te nicht dauernd niesen, wenn er in ihrem Zimmer war.
Ella vermutete ohnehin, dass es weniger die Blüten als der
Geber war, der Frank reizte. Aber dafür gab es keinen
Grund.

»Sieht ja gar nicht so gruselig aus, wie ich mir das vorgestellt habe.«

»Gruselig?«

»Na, halt so wie im Krankenhaus.«

»Kann da auch sehr gut sein.«

Sie zogen sich in das kleine Geburtszimmer zur Vorsorge zurück. Ella schloss die Tür.

»Du warst immer noch nicht bei einem Arzt, um die
Schwangerschaft untersuchen zu lassen?«

Andrea schüttelte den Kopf.

»Du brauchst keine Angst zu haben. Ich mache nichts,
was du nicht willst. Und heute können wir uns einfach
unterhalten. Für das Kind spielt es meistens auch keine
Rolle, wenn man mit der Vorsorge erst später anfängt.«

Andrea setzte sich an die äußere Kante des Bettes und
schaute sich weiter neugierig in dem Raum um, als habe
das gar nicht wirklich was mit ihr zu tun.

»Bist du ganz sicher mit der Schwangerschaft? Manchmal sind es in deinem Alter auch einfach Zyklusschwan-
kungen.«

»Ich bin extra ans andere Ende der Stadt gefahren,
um drei Schwangerschaftstests zu kaufen. Sie waren alle
positiv.«

»Weißt du, dass das noch gar nicht so lange möglich ist?
Noch vor dreißig Jahren musste man dafür seinen Urin

beim Arzt oder in der Apotheke abgeben und konnte den Test gar nicht geheim halten.«

Und dann wurde der Urin Fröschen oder Mäusen gespritzt, die auf die Hormone reagierten.

»Nein. Das ist ja schrecklich.«

»Ja, finde ich auch.«

»Ich würde es am liebsten ganz heimlich machen. Das Kind kriegen und dann abgeben. An richtig nette Eltern. Und dann vergessen, dass ich je schwanger war.«

War ihr nicht klar, dass sie das nie vergessen würde, egal, wie sehr sie sich bemühte? Sollte sie Andrea mit Susanne sprechen lassen?

»Vielleicht sieht man ja bis zum Schluss nicht viel. Bald kommt der Winter, da laufe ich eh mit dicken Klamotten rum.«

Es war wirklich ein Phänomen, dass sich mancher Fötus bis zum Ende hin quasi versteckt hielt, wenn die Mutter die Schwangerschaft nicht wahrhaben wollte.

»Kannst du mir nicht helfen, es heimlich zu kriegen? Ihr macht doch hier extra ambulante Geburten. Dann gehe ich danach einfach wieder nach Hause.«

Ella legte ihre Hand auf Andreas. »Nein, das kann ich nicht. Anonyme Geburten sind bei uns verboten. Und ganz davon abgesehen würde das wahrscheinlich nicht funktionieren. Was ist, wenn du vor deinen Eltern einen Blasensprung bekommst? Oder mitten in der Nacht Wehen? Und außerdem haben Kinder mittlerweile ein Recht darauf zu erfahren, von wem sie abstammen.«

»Auch zu wissen, wer der Vater ist?« Ihre dunklen Augen waren vor Schreck geweitet.

»Niemand kann dich zwingen zu erzählen, wer der Vater ist. Es könnte ja auch sein, dass du es gar nicht weißt.«

»Das darf auch nie jemand wissen. Damit würde ich alles kaputtmachen.«

Ella atmete tief durch. Es hatte keinen Sinn, Andrea zu drängen, etwas zu erzählen.

»Andrea, es gibt viele Möglichkeiten, dir zu helfen. Es gibt in Köln auch ein Haus für minderjährige Schwangere, in denen sie gut versorgt werden und auch die Babys betreut werden, damit die Mütter wieder zur Schule gehen können. Wenn du dich zu Hause nicht mehr gut fühlst, könntest du dort unterkommen.«

»Vielleicht.«

Ella erzählte noch nichts davon, dass sie vor der Geburt einen Hausbesuch machen würde. Einmal, um den Weg zu kennen, und zweitens, um zu schauen, ob die Wohnung im Notfall auch für eine Hausgeburt geeignet wäre.

* * *

Susannes Enkeltochter Susy hatte heute schulfrei, weshalb Susanne sich bereit erklärt hatte, die Achtjährige zu betreuen. Egal, wo Susanne mit Susy auftauchte, jeder hielt sie für ihre Tochter. Die beiden sahen sich so ähnlich, und Susanne sah niemand die vierundvierzig Jahre an.

»Oma Susanne, wenn heute ein Baby kommt, darf ich dann dabei sein?«

Hand in Hand liefen sie von Susannes Wohnung aus zum Geburtshaus.

»Nein, das geht leider nicht. Wenn ich heute eine Geburt betreuen muss, holt Antonius dich ab.«

Susy las ohnehin gerne und würde dann eben auf dem Lesesessel in der Buchhandlung Platz nehmen.

»Schade. Aber ich verstehe das schon. Ist ja doch eine sehr private Sache.«

Susanne schmunzelte. Susy redete oft wie eine kleine Erwachsene.

»Aber vielleicht kannst du bei der Vorsorge dabei sein, wenn es für die Frauen okay ist.«

Susy nickte, wobei ihre roten Locken auf und ab hüpften.

»Wir haben jetzt in der Schule auch gelernt, wie das mit den Babys geht.«

Zu Susannes Zeit war der Aufklärungsunterricht in der Grundschule nicht wirklich einer gewesen. Verschämt wurde was von primären und sekundären Geschlechtsmerkmalen erzählt, und jeder hoffte Ende der Sechziger wohl darauf, dass die eigenen Kinder am besten erst in der Hochzeitsnacht aufgeklärt würden. Ihre Tochter Julia hatte ihr Wissen wahrscheinlich auch eher aus der *Bravo* als von der Schule oder ihren Eltern gesammelt. Angela und Gerd, Julias Adoptiveltern, bekamen schon einen roten Kopf, wenn sie über das Thema Geburt sprachen. Über Sex hatten sie mit Julia bestimmt nie gesprochen. Susanne allerdings auch nicht, da sie schlicht und einfach bis zu Julias achtzehntem Lebensjahr nicht da gewesen war.

»Und was habt ihr gelernt?«

»Dass Mann und Frau sich ganz doll lieb haben müssen, damit sie ein Kind kriegen.«

»Das ist auf jeden Fall schön, wenn Eltern sich sehr lieb haben.«

»Ja, aber ich wusste schon, dass das nicht reicht. Und ich habe der Lehrerin gesagt, dass meine Eltern sich doll lieb haben und meine eine Oma, also du, und ihr Mann sich auch voll lieb haben und es trotzdem kein Baby gibt.«

Susanne konnte sich bildlich vorstellen, wie Susy ihre Lehrerin in Verlegenheit – oder zum Lachen – gebracht hatte.

»Nein, Liebe allein reicht nicht.«

Bei ihr und Antonius hatte es einfach nicht funktionieren wollen. Das war für die Liebe nicht einfach gewesen, aber sie hatten es überstanden.

Nun schwiegen Susy und Susanne einträchtig. Wahrscheinlich dachte Susy gerade daran, welches Wissen sie ihrer Oma zumuten konnte.

»Weißt du, ich wünsche mir eine Schwester. Ein Bruder wäre auch okay.«

Susanne wusste, dass Julia erst einmal in ihrem Job ankommen wollte. Sie arbeitete als Frauenärztin in einem Krankenhaus im Bergischen, in dem auch ihr Mann Lukas eine Stelle hatte. Beide hatten mit Baby Medizin studiert, und obwohl Lukas Julia immer geholfen hatte, hatte sie schon ein paar Semester länger gebraucht.

»Ja, das wäre schön«, antwortete Susanne, wobei sie sich auf keinen Fall in die Familienplanung ihrer Tochter einmischen wollte.

Sie waren vor dem Eckhaus in der Cranachstraße 21 angekommen, und Susanne schloss die Tür des Geburtshauses auf. Es fühlte sich immer noch wie ein Paradies an, wie ein Elfenbeinturm inmitten einer stürmischen Welt. Ein Ort, an dem alles so war, wie es sein sollte.

Susy lief vor und drehte sich in dem großen Vorraum im Kreis, wobei ihr Kleidchen wie ein Teller mitschwang. Es klingelte, und Susanne, die noch im Türbereich stand, öffnete.

»Oh, das ging aber schnell. Ich bin Martina. Bin ein bisschen früh dran.«

»Hallo, Martina, schön, dass du wieder hier bist!«

Susanne hatte schon Martinas erste Geburt vor zwei Jahren begleitet.

»Ja, ich freue mich auch total. Gut, dass du noch einen Platz frei hattest.«

Bisher hatten sie sehr selten eine Frau abweisen müssen. Eigentlich nur, wenn sie erst im achten Monat anfragte, aber mittlerweile hatte sich zum Glück rumgesprochen, dass jede Schwangere sich am besten spätestens in der dreizehnten Woche melden sollte.

»Hast du etwas dagegen, wenn meine Praktikantin heute dabei ist?«, fragte Susanne und zeigte auf Susy.

»Ganz und gar nicht! Ich dachte, deine Tochter wäre längst erwachsen? Aber seit ich wieder schwanger bin, vergesse ich auch die Hälfte.«

Martina winkte Susy zu. Die Schwangere hatte was von Julia Roberts in *Pretty Woman*, nur dass die große schwarze Brille sie etwas seriöser aussehen ließ. Susannes Privatleben spielte bei der Betreuung der Frauen keine Rolle, und meist fragten die Frauen auch gar nicht viel. Gut, jede wollte wissen, ob die Hebammen auch Kinder hätten. Spielte das eine Rolle? Waren Susanne und Carola einfühlsamer, nur weil sie selbst schon Kinder geboren hatten? Nein, jede von ihnen war auf ihre eigene Weise gut.

»Ist auch nicht meine Mama, sondern meine Oma!«, strahlte Susy und grinste, als sie Martinas verdutztes Gesicht sah.

»So ist es. Ich habe früh angefangen«, bestätigte Susanne und führte Martina in den kleineren Geburtsraum im Erdgeschoß. Martina traute sich wohl nicht zu fragen, wie früh, und Susanne mochte es von sich aus nicht erzählen. Susy kannte die Geschichte ihrer Mutter zwar in groben Zügen, aber Susanne wollte nicht, dass Susy Gespräche darüber mitanhören musste.

»Du hast gesagt, dass es beim zweiten Mal leichter wird. Da verlasse ich mich drauf.« Martina nahm auf dem Bett Platz.

»Wird es bestimmt, wobei ich deine erste Geburt auch als sehr unkompliziert in Erinnerung habe. Aber jetzt werden die Geburtswege noch gedehnter sein, und dein Körper erinnert sich an die erste Geburt.«

Susanne nahm den Mutterpass entgegen, in dem Martinas Frauenärztin schon Notizen über die zweite Schwangerschaft gemacht hatte. Alles sah unkompliziert aus. Und im vierten Monat war die Gefahr für eine Fehlgeburt auch schon verschwindend gering.

Susy setzte sich in die Spielecke, die die Hebammen für Geschwisterkinder eingerichtet hatten. Sie spitzte aufmerksam die Ohren, verhielt sich aber ansonsten ruhig.

»Dann ist ja gut. Ich bin echt so froh, dass du wieder meine Hebamme bist. Ein anderer Geburtsort als das Geburtshaus kommt für mich auf keinen Fall infrage.«

»Das freut mich, aber bitte versteife dich nicht zu sehr.

Manchmal ist es auch noch unter der Geburt nötig, ins Krankenhaus zu fahren.« Von zehn angemeldeten Schwangeren musste im Durchschnitt eine doch noch ins Krankenhaus. Manchmal stockte die Geburt, manchmal wurden die Herztöne schlecht, manchmal gab es Probleme mit der Nachgeburt. Und Susanne und ihre Kolleginnen gingen lieber auf Nummer sicher, als eine Geburt um jeden Preis im Geburtshaus zu Ende zu bringen.

»Gibt es irgendwelche Hinweise, dass es so kommen wird? Ich meine, bisher ist doch alles in bester Ordnung.«

»Ist es auch! Es wird schon alles gut werden!«

Susanne verkniff es sich, Martina nach dem Wiegen zu sagen, dass sie verhältnismäßig viel zugenommen hatte. Das ging beim zweiten Kind immer schneller, und mit Kleinkind zu Hause war die Tafel Schokolade einfach verführerische Nervennahrung.

»Und wenn ich ins Krankenhaus müsste, würdest du aber auch mitkommen, oder?«

»Wir begleiten die Frauen dann bis zum Kreißsaal oder zum OP, dann ist aber das Team vom Krankenhaus zuständig.«

Ella hatte einmal um eine Ausnahme gekämpft und ihre Schwangere auch im St.-Laurentius-Krankenhaus begleitet. Christoph hatte sich um eine Sondererlaubnis gekümmert. Auch wenn Carola, Ella und sie sich im St. Laurentius kennengelernt und gerne dort gearbeitet hatten, waren sie nun schon zehn Jahre kein Teil der Krankenhausbelegschaft mehr. Und es war wichtig, klare Grenzen zu ziehen.

»Schade, ich werde einfach alles dafür tun, dass es hier

klappt.« Martina lächelte Susanne siegessicher an, als wäre die Geburt ein Wettkampf, den es zu gewinnen gelte.

* * *

Carola hatte ihre Stefanie mehrere Tage telefonisch nicht erreicht. Nicht mal ihre beste Freundin Michaela aus Schulzeiten, mit der sie sich eine Altbauwohnung am Prenzlauer Berg teilte, war ans Telefon gegangen. Und jetzt war immerhin besetzt. Sie legte den Hörer wieder auf. Hoffentlich plauderte Stefanie gerade mit einer Freundin. Hoffentlich war es nicht einfach ein anderer Anrufer, der es zur selben Zeit vergeblich versuchte.

»Jetzt beruhige dich doch mal. Du weißt doch, wie viel Stefanie unterwegs ist. Hat sie nicht letzte Woche von einem Termin in Paris erzählt?«

Wie immer fand Andreas ihre Sorgen übertrieben, obwohl er als Schriftsteller doch über viel mehr Fantasie verfügte. Am liebsten hätte sie Stefanie dazu verpflichtet, dass sie von jedem Auftraggeber die Telefonnummer hinterließ, damit Carola wusste, wo sie im Notfall zu erreichen wäre.

»Und auch in Paris kann es gefährlich sein. Und dieser Polizist hat ja bestätigt, dass sie in Gefahr war. Oder vielleicht dass sie schon Opfer wurde. Meine Güte, ich habe es damals geahnt und hätte nicht zulassen dürfen, dass sie alleine zu diesem Perversen geht!«

Carolas Herz raste, und in ihrem Kopf pochte es.

»Stefanie ist erwachsen. Und ich glaube, die schlechte Erfahrung lässt sie vorsichtig genug sein.«

Statt zu antworten, nahm Carola den Telefonhörer erneut zur Hand. Ein Freizeichen.

»Hardgenbusch?«

Gott sei Dank. Stefanie lebte. »Hallo, hier auch, also Mama ist hier.«

»Alles klar?«, kam es argwöhnisch.

»Ja, ja, bei uns ist alles bestens. Ich hatte nur einen Anruf von der Polizei wegen, also, wegen diesem blöden Fotografen, diesem Detlef Kron.«

Hätte sie ihre Tochter vorsichtig auf das Thema vorbereiten sollen? Sie kringelte sich die Telefonschnur um den Finger.

»Ach nee, haben sie seine Leiche aus dem Rhein gefischt?«

Carola irritierte Stefanies Humor manchmal, war sie doch die letzten Jahre deutlich sarkastischer geworden.

»Nein, leider nicht.«

Das war auch nicht besser, dachte Carola in dem Moment, in dem sie es ausgesprochen hatte.

»Was dann?«

»Also es gab wohl Anzeigen gegen ihn wegen Nötigung und Körperverletzung. Und die Polizei würde dich gerne als Zeugin befragen.«

Schweigen. Carola suchte Andreas' Blick, aber ihr Mann hatte sich schon aus dem Wohnzimmer zurückgezogen.

»Müsste ich dafür nach Köln kommen?«

»Wäre doch schön, dich mal wieder zu sehen.«

»Ja, wäre es, aber ehrlich gesagt weiß ich nicht, ob ich Lust habe, diese ollen Kamellen aufzuwärmen.«

»Du könntest damit für Gerechtigkeit sorgen.«

Stefanie seufzte. »Ich konnte mich damals wehren. Er hat mir nichts tun können.«

»Stefanie, ich weiß zwar nicht genau, was passiert ist, aber ich weiß, dass du danach wochenlang verunsichert warst. Das reicht doch!«

»Ich weiß nicht, Mama, ich habe doch nichts in der Hand. Und im Grunde hat er nicht wirklich was gemacht. Bei mir jedenfalls nicht.«

»Überlege es dir einfach, okay? Und es kann sein, dass die Polizei dich anruft. Ich habe ihnen deine Nummer gegeben.«

»Och, Mama, da hättest du mich erst fragen müssen!«

»Du warst tagelang nicht erreichbar.«

»Ist ja okay. Ich überlege es mir.«

Carola machte sich Sorgen um Stefanie. Sie hatte zwar alles, wovon viele junge Frauen träumen, Reisen durch ganz Europa, die tollsten Partys, viel Geld und wahrscheinlich Massen an Verehrern, aber niemanden um sich, der ganz besonders zu ihr gehörte. Gut, ihre alte Freundin, die Jura studierte und zum Glück mit dem Modelzirkus nichts am Hut hatte. Ihre Familie war weit weg. Einen festen Freund hatte sie nicht und wollte sie auch nicht, wie sie immer betonte. Ihre Schwester Heike hatte Carola mal zur Seite genommen und gefragt, ob Stefanie vielleicht nicht ganz normal sei.

Nein, sie ist außergewöhnlich, hatte Carola geantwortet und sich dennoch über die Frage ihrer Schwester geärgert. Dass ihr Sohn Konrad mit Anfang zwanzig noch als Single unterwegs war, erzählte Heike sogar stolz herum und betonte, wie anspruchsvoll er eben sei.

* * *

»Kennst du die Kunst des Wu Wei?«, fragte Frank Ella, als sie am Samstagmorgen das Frühstück vorbereiteten. Dagmar war Brötchen holen gegangen, Frank deckte den Tisch und Ella presste Orangen aus. Natürlich hing der Pieper an ihrem Hals. Das Wochenende bedeutete keine Pause für die Rufbereitschaft.

»Nein, nie gehört.«

»Das ist eine daoistische Lebensphilosophie. Es geht weniger darum, nichts zu tun, als sich einfach dem Fluss des Lebens hinzugeben. Nicht streben und strampeln, sondern mit dem Strom schwimmen.«

»Mit dem Strom schwimmen? Ich dachte, du hasst es, mit dem Strom zu schwimmen.«

»Mit dem Strom anderer Leute. Weißt du, mir ist aufgegangen, dass ich schon immer ein Anhänger dieser Philosophie gewesen bin.«

Ella presste noch den letzten Saft aus der Orange. *Entweder frisch gepresst oder Valensina*, kam ihr der Slogan in den Sinn.

»Ehrlich?«

»Ich höre die Ironie. Ehrlich. Also nur ein Beispiel: Ein Kommilitone von mir hat wochenlang darüber gegrübelt, über was er seine Magisterarbeit schreibt. Ich bin in die Bibliothek gegangen, und jemand hatte ein Buch auf dem Tisch liegen lassen, an den ich mich setzen wollte. Ich habe es aufgeklappt. Ein Buch über die Beziehung der alten Ägypter zu ihren Haustieren. Das habe ich einfach mal als Wink des Schicksals gesehen und meine Arbeit über die Katze im alten Ägypten geschrieben. Tja, und die Eins erlaubt es mir jetzt, die Doktorarbeit zu schreiben.«

Ella dachte über Franks Worte nach. Ein bisschen war es ja tatsächlich so, dass sich viele wichtige Dinge von alleine ergaben. Aber den Stein ins Rollen bringen musste man schon selbst.

»Aber es kann auch passieren, dass das ganze Leben nichts passiert, wenn man nicht aktiv wird.«

Ella nahm die Orangenschalen und warf sie in den Restmüll unter der Spüle. Dabei nahm sie die Verpackung von der Butter wieder aus dem anderen Mülleimer, der für den Gelben Sack gedacht war. In den alles mit dem Grünen Punkt musste, damit es recycelt werden konnte. Aber mit der Butter, die an der Folie klebte, hätte man noch zwei Brote schmieren können. Ella schabte die Butter mit dem Messer ab und strich sie an den Rand des Restmülls. Sie hatte keine Lust, mit Frank über die Einhaltung der Müllregeln zu diskutieren.

Die Tür würde aufgerissen. Dagmar kam mit einer Brötchentüte und einem aufgerissenen Brief in der Hand hereingestürmt.

»Ich bin angenommen worden! Holt den Sekt aus dem Kühlschrank!«

Seit einer Woche stand eine Flasche Rotkäppchen-Sekt im Kühlschrank, weil Dagmar ihre Karriere nicht nur aktiv plante, sondern sich nach allen Zweifeln auch vorgenommen hatte, vom Besten auszugehen.

Dagmar umarmte Frank und Ella gleichzeitig.

»Endlich kann ich richtig als Designerin arbeiten. Ich werde von Anfang an eine eigene Kollektion entwerfen dürfen. Und die wird dann in ausgewählten Boutiquen verkauft!«

Dagmar holte den Sekt selbst, weil Frank und Ella nur bedröppelt dastanden.

»Wo bleibt die Gratulation?«

»Herzlichen Glückwunsch! Ich wusste, dass du gut bist. Aber gibt es in Köln keine großen Designer? Oder zumindest in Düsseldorf?«

Frank holte die Leonardo-Sektgläser aus dem offenen Küchenregal.

»Och, Frank! Jetzt verdirb mir nicht die Freude.«

»Wir werden dich einfach vermissen, Dagmar.«

Ella lächelte ihre Mitbewohnerin tapfer an. Und verstand auf einmal ihre Mutter, die ganz schön damit zu kämpfen hatte, als alle drei Töchter ausgezogen waren.

»Ach, Leute, ihr setzt euch halt mal in den Zug und kommt mich besuchen. Und ich komme auch immer wieder nach Köln. Schon zu Karneval werde ich immer hier sein! Und ihr werdet schon eine neue nette Mitbewohnerin finden. War doch von Anfang an klar, dass so eine WG nicht für immer ist.«

Im Gegensatz zu einer Eheschließung, bei der die allermeisten von »für immer« ausgingen, aber ein Drittel dann doch vor dem Scheidungsrichter landete, dachte Ella. Nein, am Anfang war das eine reine Zweckgemeinschaft gewesen. Aber dann waren sie alle drei Freunde und Frank und sie sogar ein Pärchen geworden. Sie durfte Dagmar den Abschied nicht schwer machen.

»Das hoffe ich doch sehr, dass du uns besuchen kommst. Und ich freue mich schon richtig auf deine Entwürfe. Ich glaube, dann kaufe ich endlich mal wieder nicht secondhand.«

Sie stießen mit dem Sekt an, der es von der DDR-Marke zum gesamtdeutschen Lieblingssekt geschafft hatte. Die letzten zehn Jahre war so viel passiert. Im Kleinen wie im Großen. 1989 hatten sie das Geburtshaus gegründet, und die Mauer war gefallen. Für Ellas Leben war Ersteres vor allem eine Nachrichtenmeldung gewesen, die ihr Leben nicht so verändert hatte wie die Gründung des Geburtshauses. Erst nachdem Annett zu ihnen gestoßen und viel von ihrer Zeit vor der Wende erzählt hatte, war Ella die Tragweite des Mauerfalls wirklich bewusst geworden.

»Auf uns!«, sagte Ella.

»Auf euch und eure zukünftige Mitbewohnerin!«

»Auf Wu Wei und darauf, dass alles so wird, wie es werden soll!«

»Was ist Wu Wei?«, fragte Dagmar und nahm den ersten Schluck Sekt.

»Auf das Nichtstun«, übersetzte Ella.

»Nein, nein, nein, das ist nicht zu vergleichen mit dem Nichtstun, sondern …«

Ella hörte gar nicht mehr richtig zu, während Frank Dagmar die Vorzüge von Wu Wei schilderte.

»Ella, was hast du vor?«

»Etwas Wu Wei.« Sie hatten bis zum Mittag am Küchentisch gesessen. Ella hatte es bei einem kleinen Glas Sekt belassen, man konnte nie wissen, ob der Pieper Alarm schlug.

»Du?«

»Ich fahre in die Stadtbib. Irgendwie brauche ich Input

von außen. Vielleicht finde ich auch ein Katzenbuch auf 'nem Tisch und weiß, was ich machen soll.«

»Du hast doch deinen Traumberuf«, lachte Frank und spülte die Sektgläser wieder ab, bevor die Orangenfruchtfasern antrocknen konnten.

»Ja, aber der Beruf ist nicht alles.«

Er sah sie verwundert an, öffnete den Mund und schloss ihn dann wieder und schaute so zufrieden wie zuvor.

Meine Güte! Wie Ella dieser Gleichmut in letzter Zeit aufregte. Jeder andere Mann hätte jetzt mal nachgefragt, ob sie vielleicht die Beziehung meine. Aber wenn Ella ehrlich war, war sie doch eigentlich zufrieden mit ihrer Beziehung. Mit Frank zusammen zu sein fühlte sich an, wie mit dem besten Freund zusammen zu sein, mit dem halt auch ein bisschen mehr läuft.

Sie hievte ihr Fahrrad aus dem Flur und dann die Stufen nach draußen, schwang sich aufs Rad und fuhr zum Neumarkt. Sie hatte die Stadtbibliothek ganz neu für sich entdeckt. Durch die Reihen zu streifen, sich von den Titeln neugierig machen zu lassen, die Ruhe dort … war eine ganz neue Kraftquelle. Besonders gerne stöberte sie unter den Büchern rund um Frauenthemen. Und um Mütterthemen. Wie oft waren diese Themen noch Randthemen. Hatte nicht kürzlich erst der neue Bundeskanzler das Familienministerium, dass sich auch um Frauenangelegenheiten kümmerte, als »Gedöns« bezeichnet? Und hatte Schröder dann später nicht zerknirscht zugegeben, dass man eine vernünftige Kinderbetreuung bräuchte, um die Begabungsreserven der Frauen voll auszuschöpfen? Es gab doch auch nichts mehr zu tun,

Frauen waren doch längst gleichberechtigt, konnten machen, was sie wollten. Das sagten sogar viele Frauen in Ellas Alter und fanden Aktivistinnen wie Alice Schwarzer hysterisch.

Ella musste an Andrea denken, die schwangere Schülerin. Spätestens mit einem Kind im Bauch wurde ein Mädchen, dem vorher theoretisch die Welt offenstand, so unfrei, wie es nur ging. Und der Vater? Ella war wütend. Wer immer dieser Mann war, er schaffte es wahrscheinlich ohne Blessuren aus der Angelegenheit. Ella griff zu einem Buch, bei dessen Titel sie sich nicht angesprochen fühlte: *Wenn Frauen zu sehr lieben. Die heimliche Sucht, gebraucht zu werden.*

Robin Norwoods Analyse von Frauen, die die eigenen Bedürfnisse verleugneten, hatte sie schon immer mal lesen wollen, auch wenn Frank zum Glück keiner war, der so eine Art von Liebe verlangte. Halt, sagte sie sich, geht es jetzt doch nur um seine Wünsche?

Auf der Suche nach dem verlorenen Glück legte sie ebenfalls in ihr Körbchen. Jean Liedloff hatte jahrelang im Dschungel geforscht und die Lösung für das Glück entdeckt, das in der westlichen Welt ihrer Meinung nach nur gejagt und nie gefunden wurde.

Neben den populären Arbeiten gab es auch ein Regal mit wissenschaftlichen Arbeiten, die es zwischen zwei Buchdeckel geschafft hatten. Ob Franks Dissertation auch irgendwann hier stehen würde? Oder nur in der geisteswissenschaftlichen Fakultät?

»Kann ich Ihnen helfen?«, fragte eine junge Frau mit Brille und Bundfaltenhose, die einen kleinen Wagen mit

Büchern durch die Regale schob, wahrscheinlich um sie wieder einzusortieren.

»Haben Sie zufällig etwas über Schwangere in prekären Situationen? Junge Schwangere?«

»Bestimmt. Könnte bei Pädagogik oder Soziologie stehen. Schauen Sie mal links in der dritten Reihe. Wenn Sie nicht weiterkommen, sprechen Sie mich gerne an.«

Ella nickte und versuchte, sich die Hinweise zu merken. Die Bibliothekarin fuhr mit ihrem Wagen weiter.

»Na, ganz so jung siehst du zum Glück nicht mehr aus.«

Ella drehte sich um und blickte in das Gesicht einer jungen Frau, die zu ihrem kurzen Rock Dr. Martens trug.

»Brauche das Buch auch nicht für mich.«

»Nee, ist klar, für eine Freundin. So kommen sie zuerst auch immer zu uns. Rufen an, weil sich die Freundin angeblich nicht traut, zum Hörer zu greifen. Und erst wenn sie merken, dass sie bei uns sicher sind, rücken sie raus, dass sie das Mädchen sind, das Hilfe braucht.«

Bisschen vorwitzig, dachte Ella und wollte sich schon umdrehen, um weiterzuschauen. Aber wie war das mit Wu Wei? Sich treiben lassen und dann die Chancen ergreifen? Oder war das keine asiatische Philosophie, sondern der liebe Gott, der sie mal wieder zur rechten Zeit am rechten Ort sein ließ?

»Wer seid ihr?«

»Also wir, damit meine ich das St.-Elisabeth-Haus, wir bieten Beratung und betreutes Wohnen für minderjährige Schwangere. So was, was sich früher Haus für gefallene Mädchen nannte. Wir sorgen dafür, dass die Mädchen wieder auf die Beine kommen.«

»Dich schickt der Himmel.«

»Übertreib es mal nicht.«

»Darf ich dich zu einem Kaffee einladen und dir ein paar Fragen stellen? Nicht für mich, auch nicht für eine Freundin, sondern ganz einfach für eine Schutzbefohlene?«

* * *

Susanne schlenderte mit Julia und Susy durch Ehrenfeld. Die kleine Familie ihrer Tochter hatte dort vor zwei Jahren eine größere Wohnung gefunden. In der Körnerstraße. Und Susanne schämte sich ein klein wenig dafür, dass sie sich darüber freute, dass Julias Adoptiveltern dieses »bunte«, laute und etwas heruntergekommene Viertel nicht standesgemäß für ein junges Ärztepaar hielten, Susanne ihnen aber geraten hatte, die Wohnung zu kaufen. Es gab sogar einen kleinen Garten hinter dem Haus.

»Mama, können wir Falafeln kaufen?«

»Papa kocht heute Abend, aber morgen gerne.«

Susanne betrachtete ihre Tochter. Sie sahen sich so ähnlich, und wenn sie mit Susy unterwegs waren, wurden sie erst recht von allen angestarrt. Drei Frauen aus drei Generationen, die fast wie Klone aussahen. Wenn sie zwanzig Jahre weiter wären, dann hätte sie sich den Kinderwunsch vielleicht durch Klonen erfüllen können. Dolly lebte schließlich auch schon seit drei Jahren, und der Mensch war genauso ein Säugetier wie das weltberühmte schottische Schaf. Was Susy als erwachsene Frau wohl erleben würde? Käme es dann wirklich so wie in Huxleys *Schöne neue Welt*?

»Okay!« Susy hüpfte auf dem Gehweg entlang und winkte dem türkischen Metzger zu, der im Türrahmen seines Geschäftes stand. Hier kaufte Julia sehr gerne Lamm.

»Du hast echt Glück mit Lukas.«

»Du aber auch mit Antonius.«

Sie sprachen eher wie Freundinnen als wie Mutter und Tochter miteinander.

»Weißt du, dass meine Eltern mir geraten haben, nicht überall rumzuerzählen, dass Lukas so viel im Haushalt hilft?«

Die Formulierung »meine Eltern« gab Susanne einen Stich. Aber gut, es waren nun mal Angela und Gerd, die Julia großgezogen hatten.

»Wirklich?«

»Ja, sie meinten, andere könnten Lukas sonst für einen Pantoffelhelden halten.«

»Ist doch egal, was andere denken, oder? Ich meine, andere Männer sollten sich lieber ein Beispiel an ihm nehmen.«

Sie liefen an einem offenen Garagentor vorbei, in dem ein Radio lief. *I Want It That Way.* Die Backstreet Boys verfolgten einen auch überallhin.

»Mama, Oma Susanne, schaut mal! Ein Feuerwehrauto!«

Eine Feuerwache war das jedenfalls nicht. *Atelier Colonia* stand über dem Tor.

»Tatsächlich«, antwortete Julia etwas halbherzig. Ein Mann mit Vollbart lächelte sie freundlich an, und Julia winkte ihm zu. Ihre Tochter kannte fast jeden in der Straße. Auch Susanne kannte fast alle Leute zwischen ihrer Wohnung und dem Geburtshaus. Für sie war das Klischee der anonymen Großstadt schon lange widerlegt.

»Übrigens habe ich heute etwas mitbekommen, was echt schlecht für euch sein könnte.«

Julia blieb vor ihrem Wohnhaus stehen und suchte in ihrer Tasche nach dem Schlüssel. Susy klingelte, und bevor Julia den Schlüssel gefunden hatte, erklang der Türsummer.

Susanne lief hinter Julia und Susy die Treppe nach oben.

»Für uns?«

»Für euch Hebammen.«

Bevor Julia erklären konnte, was sie meinte, begrüßte Lukas alle drei.

»Schön, dich zu sehen. Habe heute Nachtdienst, deswegen können wir noch zusammen abendessen.«

Susanne konnte sich keinen besseren Schwiegersohn vorstellen. Manchmal dachte sie, dass irgendeine höhere Macht Julia das Leben so schön und einfach wie möglich machen wollte, nachdem der Start so dramatisch gewesen war. Oder war es einfach Julias zugleich sonniges und vernünftiges Naturell, das sie wie magisch ein gutes Leben anziehen ließ?

Julia gab Lukas einen Kuss. Es duftete köstlich im ganzen Raum. Auf dem Herd in der großen Wohnküche blubberte es schon.

»Kann ich noch irgendwas tun?«, fragte Susanne.

»Nein, setzt euch. Habe schon gehört, dass du die letzten Tage ganz schön Geburtsstress hattest. Und ich bin total froh, dass du Susy übernommen hast. Die Schule hat echt dauernd zu und der Hort dann gleich mit.«

»Mach ich doch gerne«, antwortete Susanne und war doch dankbar, sich einfach setzen zu können. Julia setzte sich ebenfalls.

»Und was wolltest du mir sagen? Was schadet uns?«

»Der Regressparagraf, der gerade verabschiedet wurde. Geht wohl um die Haftpflicht für Hebammen.«

Susanne zahlte wie alle freiberuflichen Hebammen rund dreihundert Mark im Jahr für die Haftpflichtversicherung. Zum Glück war noch kein einziges Kind unter der Geburt durch sie zu Schaden gekommen, aber es war gut zu wissen, im Notfall versichert zu sein.

»Ja, habe auch schon so was gehört, aber selbst wenn die jetzt ein paar Mark teurer wird, wird keine von uns aufhören.«

Susanne hielt nichts von der Panik, die manche verbreiteten. Warum sollten die Kosten für Hebammen jetzt auf einmal explodieren? Es passierte ja immer weniger, also könnten die Kosten für die Versicherung nicht einfach steigen.

»Ich bin keine Juristin, aber der neue Paragraf könnte dafür sorgen, dass ganz schön viele Kosten auf die Hebammen abgewälzt werden. Du weißt ja selbst, wie teuer es werden kann, ein Kind, das durch einen Geburtsfehler zum Pflegefall wird, lebenslang zu versorgen.«

»Ja, aber wenn da was geändert würde, müssten Ärzte ja dasselbe Problem bekommen. Und die würden schon protestieren, wenn es ungerecht werden würde.«

Julia arbeitete als Gynäkologin im Krankenhaus, jedoch

nicht in der Geburtshilfe, sondern in der Frauenheilkunde. Manchmal waren die Geschichten, die Julia ihr erzählte, ganz schön bedrückend.

»Warten wir es ab.«

Susy hatte sich in ihr Kinderzimmer zurückgezogen, weil sie unbedingt noch ein Überraschungsbild für ihre Oma zu Ende malen wollte, und Lukas schnitt Brot für den Eintopf auf dem Herd auf. Susanne fiel es richtig schwer, sitzen zu bleiben. Sie kannte das von Familienfeiern früher, dass alle Frauen in der Küche werkelten, während die Männer im Wohnzimmer rauchten und erzählten. Ohne den Hauch eines schlechten Gewissens. Wahrscheinlich fiel ihnen nicht mal auf, dass sie sich bedienen ließen. Als wäre das ihr Geburtsrecht.

»Manchmal hätte ich gerne bald ein zweites Kind.«

Susanne sah ihre Tochter überrascht an. Weniger, weil sie ein Kind wollte, sondern eher, weil sie damit so unvermittelt rausrückte.

»Was hindert dich daran?«

»Ich habe Angst, dass dann unser Leben durcheinandergerät. Vor allem das Berufsleben. Ich würde langfristig gerne raus aus dem Krankenhausbetrieb, in einer Praxis arbeiten, vielleicht eine eigene aufmachen. Ein Baby würde mich da voll ausbremsen.«

»Du hast dein ganzes Studium mit Kind geschafft.«

»Ja, eben. Ich weiß nicht, ob ich noch mal die Kraft hätte, alles gleichzeitig zu machen. Und gerade die erste Zeit nach der Geburt war ganz schön … belastend.«

Sie schwiegen beide. Die Anfangszeit war auch deshalb belastend gewesen, weil da alles herausgekommen war.

Das wohlgehütete Geheimnis um die Adoption war geplatzt. Susanne hatte damals geglaubt, ihre Tochter zum zweiten Mal zu verlieren.

»Julia, wenn du dich dazu entscheidest, kannst du auf jeden Fall auf mich zählen. Ich helfe dir. Und Antonius auch. Und deine Eltern mit Sicherheit auch. Es heißt doch nicht umsonst, dass es ein ganzes Dorf braucht, um ein Kind großzuziehen.«

»Danke, Mama. Ich weiß das zu schätzen. Aber jetzt decke ich doch schon mal den Tisch. Kannst mir ja helfen.«

So war sie, ihre Julia. Immer wieder schnell auf der Spur.

* * *

Weniger Abendkurse zu geben und stattdessen zweimal in der Woche vormittags einen Kurs für Mütter mit ihren Babys anzubieten war eine weitere Änderung in Carolas Arbeitsleben. In der Zeit waren Maike und Thomas in der Schule und Florian im Kindergarten. Andreas konnte so in Ruhe arbeiten, und sie war spätestens um zwei zu Hause. In den Kursen gab es immer einen theoretischen Schwerpunkt, etwa Stimmungsschwankungen nach der Geburt, Rückbildung oder Stillen. Die Babys lagen bei den Müttern auf dem Schoß oder auf den Matten am Boden, wenn eins schrie, wartete Carola kurz und erzählte dann geduldig weiter. Wie gut konnte sie sich an diese erste Babyzeit erinnern. Augenringe, Unsicherheiten, Schmerzen, aber auch so viel Freude und Zauber. Heute war ein Thema an der Reihe, dass sie gerade durch Florians Babyzeit getragen hatte.

»Sucht euch Verbündete, tauscht euch aus, trefft andere Mütter. Ich weiß, dass viele von euch keine einzige junge Mutter im Umfeld haben. Nutzt die Chance, euch auch hier in der Gruppe privat zu verabreden, die Telefonnummern habt ihr ja alle.«

Am Anfang des Kurses bekam jede eine Telefonliste, auf der auch der Name des jeweiligen Babys vermerkt war.

»Unser Treffen hier ist die schönste Zeit in der Woche. Mir fällt sonst echt die Decke auf den Kopf.« Die junge Mutter, die auch im Geburtshaus entbunden hatte, steckte ihrem Baby wieder den Schnuller in den Mund, als es quengelte.

»Und mir erst! Vor allem ist es das einzige Mal in der Woche, dass mir jemand einen Kaffee oder Tee macht.«

Auf das Stichwort hin klopfte es an der Tür. Carola rappelte sich aus dem Schneidersitz hoch und öffnete. Hilde.

»Hier kommt die Stärkung für die jungen Mütter. Die ham se sisch redlisch verdient«, verfiel die ehemalige Oberschwester ins Kölsche. Hilde stellte das Tablett mit Tee, Kaffee und Keksen auf dem Sideboard ab und verabschiedete sich wieder ins Büro. Ob sie die Dankesbekundungen noch hörte, war unklar. Carola beobachtete, wie anders jede der zwölf Mütter reagierte. Die eine ließ ihr glucksendes Baby auf der Matte liegen und stürmte zum Kaffee, die andere nahm das Baby erst auf den Arm, um dann mit einer Hand ein Getränk abzufüllen, als dürfe das Baby keine Sekunde von ihr getrennt sein. Manche quatschten in der Vortragspause schon ganz vertraut, während manch andere sich schüchtern in die Reihe stellten und schon die Frage, ob sie Milch oder Zucker zum Kaffee mochten, sie zu irritieren schien.

Ein kleiner Schreihals gönnte seiner Mama den Kaffee erst, als sie ihn angelegt hatte.

»Leon bringt mich noch zum Wahnsinn. Ich freue mich, wenn die Babyzeit endlich vorbei ist!«

Carola verkniff sich die Bemerkung, dass auch ältere Kinder einen in den Wahnsinn treiben konnten. Aber es stimmte schon, sie taten es auf eine weniger fordernde Weise, und bei den Teenagern war der Rückzug ja das Schlimme, da wünschte man sich manchmal fast die Zeit zurück, in der das Baby permanente Nähe forderte. Warum war alles an Nähe und Eigenständigkeit nicht gleichmäßig bis zum achtzehnten Lebensjahr verteilt? Carola wusste die Antwort selbst. Es wäre nicht gut für die Entwicklung.

»Ich habe keine Ahnung, wie du das mit vier Kindern geschafft hast, ich bin schon mit zweien total überfordert«, jammerte eine andere Mutter, die mit dem ersten Kind vor zwei Jahren hier gewesen war.

»Ach, es war auch nicht immer einfach. Aber mit der Zeit wurde es immer besser.«

»Also, ich finde die Babyzeit herrlich. Ich hatte noch nie so viel Zeit für mich. Habe vor lauter Freizeit sogar angefangen, ein Buch zu schreiben. Meine süße Maus schläft den halben Tag, und wenn sie wach ist, dann lacht sie die ganze Zeit. Ich hätte mich vorher gar nicht verrückt machen brauchen.«

Die Mutter der kleinen Elisa strahlte mit ihrem Baby um die Wette. Und sie war tatsächlich leicht geschminkt und hübsch frisiert. Und die ein, zwei neidischen Blicke, die sie trafen, bemerkte sie nicht einmal.

»Auch so kann es gehen. Und glaubt mir, den anstrengendsten Phasen folgen auch immer wieder entspannte Phasen. Wichtig ist, dass ihr euch um euch kümmert. Das ist kein Luxus, wenn ihr euch das Leben so schön macht, wie es irgend möglich ist. Das ist Fürsorge für eure Kinder.«

Als anschließend alle Mütter plauderten oder eben auch nur zuhörten, gönnte Carola sich selbst noch einen Kaffee. Sie mochte diese Kurse sehr gerne, freute sich ganz besonders, wenn eine der Mütter auch die Einzelberatung bei ihr buchte, freute sich, wenn ihr Monate später noch Frauen eine Postkarte schickten und erzählten, dass sie sich so gerne an die Zeit erinnerten und im Kurs eine richtig gute Freundin gefunden hätten. Aber manchmal war es auch schwer, angesichts all dieser Mütter, die noch fast alles richtig machen konnten, das eigene Versagen auszublenden.

Halt, sagte sie sich, dass bei ihren Kindern nicht alles perfekt lief, bedeutete nicht, dass sie versagt hatte. So war das Leben. Sie dachte an Stefanie. Die sich dazu durchgerungen hatte, demnächst doch eine Zeugenaussage zu machen, obwohl sie eigentlich nicht mehr an diesen blöden Detlef Kron erinnert werden wollte. Sie hatte sich damals gegen schlimmere Übergriffe seitens des Fotografen erwehren können, auch wenn die Situation für sie demütigend gewesen war. Und jetzt besaß sie den Mut, anderen zu helfen.

Sie dachte an ihren eigenbrötlerischen Sohn Thomas,

der viel zu viel vor seinem Computer hing, aber stolz war, wenn er wieder etwas programmiert hatte. Niemals wollte sie ihn gegen ihre »perfekten« Neffen Konrad eintauschen, obwohl Konrad vor allem in den Erzählungen ihrer Schwester so perfekt war. Und Maike? Ja, Maike fühlte sich oft vernachlässigt, war schlecht in der Schule, aber sie war so kreativ und liebevoll, ganz besonders zu Florian. Und ja, Florian war ein Sonnenschein, so klischeehaft es klang. Aber Carola machte sich keine Illusionen, er würde auch noch seine »Phasen« haben.

* * *

Azra war ein Glücksfall gewesen. Sie hatten sich noch eine Stunde in dem Café der Stadtbücherei unterhalten, das eher den Charme einer Kantine hatte und Tiefkühlpizza sowie frisch gepressten Orangensaft anbot. Es schloss genau wie die Bücherei um fünfzehn Uhr, sodass Ella und Azra noch ihre Telefonnummern auf die Bierdeckel kritzelten, die auf dem Tisch lagen, obwohl nicht mal Bier ausgeschenkt wurde. Und für heute hatten sie sich wieder verabredet. Ella klingelte an dem unscheinbaren Backsteingebäude, dessen Fenster viel dichter beieinandersaßen als im Haus der guten Hoffnung.

Haus Elisabeth – Hilfe für Schwangere und Mütter in Not stand auf dem Messingschild neben der Tür. Auf das Summen hin drückte Ella die Tür auf und schlüpfte in den Hausflur. Muffig roch es hier, nach altem Keller und Kochausdünstungen. Auf der rechten Seite öffnete sich eine Tür, Azra schaute heraus.

»Herzlich willkommen!«

Ella folgte Azra in das Büro. Auch hier gab es eine Spielecke für Kinder, an der Wand hingen Plakate wie »Kein Mensch ist illegal« und ein Bild der heiligen Elisabeth von Thüringen, die Rosen in ihrer Schürze trug. Der Überlieferung nach soll Elisabeth, die unter den Armen Brot verteilte, was ein Teil ihrer Familie nicht gern sah, statt Brot auf einmal Rosen im Korb gehabt haben, als sie von ihrer niederträchtigen Schwiegermutter gestellt wurde. Ein Wunder, um der Strafe ihrer bösen Verwandtschaft zu entgehen.

Ellas Blick blieb an dem Poster hängen. »Seid ihr ein kirchlicher Verein?«

»Nicht direkt. Eine Stiftung. Unsere Chefin ist ein großer Fan der heiligen Elisabeth. Und betont immer, dass diese Frau heute weltberühmt und bestimmt im Himmel ist, während ihre Widersacher, zu denen auch ein paar Kirchenfürsten gehörten, wahrscheinlich ganz woanders schmoren und so was von vergessen sind.«

Ella schaute sich um. Der graue Teppich mit den bunten Einsprengseln, die weiße Raufasertapete an den niedrigen Wänden, die Resopalmöbel, nichts war so schön wie im Geburtshaus, und doch fühlte sich Ella in dem Raum nicht unwohl.

»Frauen in Not klingt trotzdem so nach Mittelalter.«

»Wasser? Oder Kaffee?«

»Wenn es nichts ausmacht, gerne einen Kaffee. Die Nacht war wieder mal lang.«

»Dann komm mit, ich zeige dir die Räume.«

Ella lief Azra hinterher, zuerst in die winzige Teeküche, in der eine Filterkaffeemaschine stand, aus der Azra die

Glaskanne nahm, um zwei Tassen zu füllen. Im Kühlschrank, aus dem sie die Milch holte, standen Toast, Marmelade und Butter, alles in den weißen Verpackungen der Billigmarke Ja.

»Mittelalter ist gut. Wenn die Leute wüssten, wie viel Elend sich selbst in unserer Stadt abspielt.«

»Na, aber zumindest wird keine Frau mehr so verurteilt wie früher, egal, was sie gemacht hat.«

Ella wusste auch nicht, warum sie reflexartig die Situation schönreden wollte, statt weiter nachzufragen. Azra erzählte aber von sich aus weiter, während sie Ella den nächsten Raum zeigte. Ein Gruppenraum mit großer Fensterfront, Klappstühlen an der Seite, Kisten mit Duplo und Stofftieren.

»Hier gibt es Kurse, Spielkurse, Vorbereitungskurse, alles Mögliche.«

Die zwei weiteren Räume erinnerten etwas an Frau Freuds Zimmer im Geburtshaus. Nur nicht so schick, aber immerhin mit frischen Blumen auf jedem Tischchen.

»Die Frauen hier sehen so viel Mist, daher gibt es bei uns immer frische Blumen. Sozusagen als Gegengewicht. Ich sage dir, deine Schwangere gehört hier wahrscheinlich noch zu den Glücklichsten.«

Sie liefen zurück in das Büro, und Ella setzte sich auf den Stuhl gegenüber von Azra, als wäre sie selbst eine Hilfesuchende.

»Glücklich ist sie mit der Situation nicht.«

»Hast ja recht, ist hier auch kein Wettbewerb, wer die ärmste Sau ist, aber wir haben hier teilweise achtzehnjährige Prostituierte auf Droge, die schwanger sind. Manche davon haben nicht mal eine Aufenthaltsgenehmigung. Oder Vierzehnjährige, die mit Babybauch zu Hause rausgeflogen sind. Oder Frauen, die kurz vor der Zwangsräumung stehen.«

Ella dachte an die Frauen, die sie betreute. Die allermeisten lebten in glücklichen Partnerschaften, hatten ein schönes Zuhause, waren in jeder Beziehung abgesichert. Wenn sich die Frauen bei ihr ausheulten, ging es oft darum, dass sie zu wenig Schlaf bekamen oder Angst hatten, im Job den Anschluss zu verlieren. Oder dass ihnen die Decke auf den Kopf fiel. »Und wie helft ihr den Frauen?«

»Ganz unterschiedlich. Manche brauchen nur Unterstützung bei bürokratischen Angelegenheiten oder eine Übersetzerin bei Behördengängen. Manche brauchen einfach jemanden, der zuhört und ihnen Mut macht. Wir haben hier im Haus noch zwei Wohnungen für mehrere Frauen mit Kindern. Eine für ganz junge Frauen, die andere ist unterschiedlich besetzt. Und wir gehen auch in verschiedene andere Einrichtungen.«

Ella nahm den letzten Schluck Kaffee. Der aus dem Geburtshaus schmeckte eindeutig weniger bitter.

»In was für Einrichtungen?«

»Ins Gefängnis zum Beispiel.«

Ella verschluckte sich und musste husten.

Azra stand auf, trat hinter Ella und klopfte ihr auf den Rücken.

»Danke. Geht schon wieder.«

»Ja, auch da gibt es Schwangere. Die wenigsten werden im Gefängnis schwanger, aber leider schützt eine Schwangerschaft nicht vor einer Gefängnisstrafe. Du hast doch erzählt, dass du in Uganda auf einer Geburtsstation geholfen hast. Da war doch mit Sicherheit auch nicht alles eitel Sonnenschein.«

»Nein, das war es nicht. Aber da bin ich erst gar nicht davon ausgegangen, und hier … Ich meine, hier müsste es doch nicht sein. Theoretisch hat hier jede die Chance auf ein gutes und sicheres Leben.«

Ella merkte selbst, wie hohl diese Worte klangen. Natürlich waren die Rahmenbedingungen in Deutschland gut, aber nicht jeder Mensch war es, nicht jeder Partner, nicht jedes Elternhaus.

»Und für die, die es nicht haben, versuchen wir da zu sein.«

Azra nickte einer Frau mit grauen kurzen Haaren und einem Batikschal zu, die gerade in den Flur kam und kurz den Kopf reinsteckte, ohne weiter auf Ella zu achten. Wahrscheinlich hielt sie sie für eine ratsuchende Frau.

»Und wenn Andrea nicht zu Hause bleiben kann, hättet ihr noch einen Platz für sie?«

»Die Entbindung ist ja noch was hin. Ich sage dir auf jeden Fall Bescheid, wenn was frei wird. Aber erst einmal würde ich alles tun, um dafür zu sorgen, dass sie sich mit ihrer Familie ausspricht. Vielleicht reagieren die gar nicht so schlimm wie befürchtet.«

Vielleicht steckte aber auch eine viel schlimmere Verflechtung dahinter, weshalb ihre Familie nichts wissen sollte.

»Und wo schickt ihr die Frauen zur Entbindung hin?«

»Meistens ins nächste Krankenhaus.«

Ob sie anbieten sollte, auch mal einzuspringen? Oder sogar Plätze im Geburtshaus reservieren sollte?

»Wenn ihr mal spontan Hilfe braucht, meldet euch gerne.«

»Könnten wir tatsächlich brauchen. Meinst du, du könntest einmal die Woche eine offene Sprechstunde hier anbieten? Die Hebamme, die das bis letzten Monat gemacht hat, ist leider krank geworden. Wir wissen nicht, wie lange sie ausfällt, hoffen aber, dass sie bald wieder dabei ist. Krebs. Aber gute Prognose.«

War das nicht alles irgendwie Fügung? Oder Wu Wei, wie Frank sagen würde? Sich einfach mit dem Strom treiben lassen? Dann würden schon die richtigen Antworten kommen?

»Klar, gerne, ich bin dabei!«

* * *

Martinas Bauch war wieder deutlich gewachsen, sodass sie ihre Jacke gar nicht mehr zubekam. Die Wangen waren gerötet von der kalten Herbstluft, als sie das Geburtshaus betrat.

»Wenn das so weitergeht, platze ich bis zur Geburt!«

»Ach was! Das ist zum Glück noch nie passiert.«

Susanne führte die Schwangere in den großen Geburtsraum. Heute war es ruhig im Geburtshaus, sie hatte die freie Wahl.

»Und heute ist deine süße Enkelin nicht dabei?«

»Nein, das war nur eine Ausnahme, weil die Schule zuhatte, und ihre Eltern arbeiten beide in einem Krankenhaus. Da geht es mit dem Mitnehmen nicht so gut.«

»Klar, bin heute auch ganz froh, wenn wir unter vier Augen sprechen können.« Martina legte ihre Jacke über das Bett, bevor sie sich setzte. Das Rot ihrer Wangen wurde noch dunkler.

»Dann schieß los.«

Susanne setzte sich neben die Schwangere und lächelte ihr aufmunternd zu.

»Also, wie soll ich sagen, also im Vorbereitungskurs beim letzten Mal hat deine Kollegin – Carola hieß sie, glaube ich – gesagt, dass es noch okay wäre, wenn man Du-weißt-schon-was mit dem Mann …«

»Also du meinst, ob ihr noch miteinander schlafen dürft?«

»Ja, genau.«

Warum war das den Frauen noch immer so peinlich, obwohl doch fast alle genau dadurch schwanger geworden waren? Sex in der Schwangerschaft war immer noch ein Tabu für viele. Für manche sogar was Perverses, so als gäbe es keinen Grund mehr für Intimitäten, wo doch schon ein Kind gezeugt war.

»Natürlich dürft ihr das. Genießt alles, was euch gefällt und eurer Beziehung guttut. Das ist letztendlich auch das Beste für die Kinder.«

»Okay, aber ich hatte immer so ein Ziehen danach. Also fast, als würde ich Wehen bekommen, also ganz leichte.«

»Mmh, also Wehen wären natürlich nicht gut, aber meistens kommen die Schmerzen eher von gedehnten Bändern. Sollten es wirklich Wehen sein, dann bräuchtest du Bettruhe.«

Martina schlug die Beine übereinander. Der Knopf

ihrer Jeans war offen, stattdessen hatte sie ein Haargummi mit Sicherheitsnadel dort befestigt.

»Och nee, mit meinem Kleinen zu Hause komme ich nicht mal zum Mittagsschlaf, obwohl mir spätestens um zwölf die Augen zufallen.«

»Und macht dein Sohn keinen Mittagsschlaf mehr? Dann könntest du dich doch mit ihm hinlegen?«

»In der Zeit mache ich meistens den Haushalt. Bin froh, wenn ich mal einen Korb Wäsche legen oder aufräumen kann, ohne dass mein Kleiner alles wieder durcheinanderbringt.«

Susanne hatte diese Zeit mit ihrer Tochter nie erlebt, und wenn Susy da war, dann konzentrierte sie sich darauf, mit ihrer Enkelin zu spielen oder zu lesen oder sich zu unterhalten.

»Also wenn ich die Wahl zwischen Haushalt und Schlaf hätte, würde ich den Schlaf wählen. Das ist auch das Beste für dein Baby. Schleppst du deinen Großen noch viel rum? Davon kann das Ziehen auch kommen. Bitte überfordere dich nicht, im schlimmsten Fall droht sonst eine Fehl- oder Frühgeburt.«

Die allermeisten Frauenkörper waren extrem robust. Sonst würden nicht zu Kriegszeiten oder in Hungersnöten oder auf der Flucht so viele Schwangerschaften ausgetragen. Aber manchmal reichte auch der Tropfen, der das Fass zum Überlaufen brachte, um frühzeitige Wehen auszulösen.

»Jetzt mach mir keine Angst. Ich verspreche dir, dass ich mich beim nächsten Mal hinlege, statt die Wäsche zu machen.«

»Sehr gut. Dann lass uns mal schauen, wie es dem Baby geht. Wisst ihr schon, ob es ein Mädchen oder Junge wird?«

»Nee, nach dem ersten Ultraschall gab es noch keinen zweiten. Mein Frauenarzt ist damit sehr geizig. Er meint, maximal drei in der Schwangerschaft wären vertretbar. Aber nächsten Monat haben wir wieder einen, dann wissen wir es hoffentlich. Hätte ja nichts gegen ein Mädchen zur Abwechslung.«

Hebammen war es nicht erlaubt, einen Ultraschall durchzuführen, selbst im Krankenhaus nicht. Viele Hebammen hielten den Ultraschall sogar für überflüssig und übergriffig gegenüber dem Kind. Manche Kinder zeigten tatsächlich Stressreaktionen. Andererseits liebten die meisten Eltern das »Babykino«, warum sollte man ihnen das nicht hin und wieder gönnen?

Martina legte sich auf das Bett und zog ihren Umstandspullover hoch. Ein großer oranger Pulli von H&M, der Susanne hier schon öfter begegnet war. Seit die schwedische Modekette auch Umstandsmode führte und man sie nicht mehr umständlich bei baby-walz bestellen musste, ohne sie vorab anprobieren zu können, wurden die Schwangeren deutlich schicker. Vorbei die Zeiten, in denen es nur Latzhosen und Männerhemden gab.

»Na, dann schau mal, ob alles in Ordnung ist«, lachte Martina etwas unsicher, als habe sie Angst, es könnte anders sein.

Susanne tastete den Bauch ab. Irgendetwas wunderte sie.

»Alles in Ordnung?«

»Ja, ja, ich denke schon.«

Sie nahm ihr Hörrohr aus Holz und legte es an den Bauch. Da grummelte es ganz schön drin. Sie brauchte Zeit, den Herzton zu finden.

»Ah, jetzt habe ich den Herzton! Klingt gut.«

Aber was war das? Ein Stolpern? Sie legte das Pinard-Rohr weg und tastete erneut. Martina war mittlerweile in der zwanzigsten Woche. Laut Mutterpass. Konnte es sein, dass sie sich vertan hatte? Dass das Kind schon viel größer war? Susanne legte auf jede Seite des Bauches eine Hand. Und spürte auf beiden Seiten ganz leichten Widerstand.

»Was ist los? Ich sehe doch, das was nicht stimmt!« Martina richtete sich auf.

»Martina, kein Grund zur Sorge, deinem Kind geht es gut, allerdings habe ich da so einen Verdacht, dass es Zwillinge sein könnten.«

Martina schaute erst ungläubig und strahlte dann.

»Zwillinge! Meine Oma hatte auch Zwillinge! Meine beiden lustigen Tanten Elli und Elfie. Eineiig. Leben heute noch mit sechzig zusammen, weil sie nicht ohneeinander können. Die beiden sind glücklich. Aber ich würde meinen nicht so ähnliche Namen geben. Und die beiden schon gar nicht in die gleichen Kleidchen stecken.«

»Noch ist das nur ein vager Verdacht. Jetzt hast du auf jeden Fall eine Indikation für einen Ultraschall. Das ist immer noch die sicherste Methode, eine Zwillingsschwangerschaft zu erkennen. Meistens kann man schon in der sechsten Woche zwei Fruchthöhlen im Ultraschall erkennen. Wenn er beim ersten Mal nichts gesehen hat, könnte es auch sein, dass mein Verdacht Blödsinn ist.«

Jetzt schaute Martina fast so, als hätte man ihr das zweite Kind weggenommen, von dem sie bis gerade noch nichts gewusst hatte.

»Ich kann dir auch direkt einen Termin im St.-Laurentius-Krankenhaus organisieren. Das ist um die Ecke, und wenn wir Glück haben, können die dich dazwischenschieben. Wenn wir mit deiner Sicherheit und dem Ziehen argumentieren.«

»Ach, meine Oma hatte zwar einen Riesenbauch, auf dem sie angeblich ihre Kaffeetasse abstellen konnte, aber ansonsten erzählt meine Mutter immer, dass die Schwangerschaft und Geburt auch nicht viel schlimmer war als bei ihren anderen vier Kindern. Das kriegen wir schon hin.«

Susanne zog Martinas Pulli wieder über deren Bauch und notierte ihre Beobachtung. Sie würde gleich Hilde fragen, ob diese bei ihrem gemeinsamen alten Arbeitgeber anrufen könne. Schließlich hatte Hilde die besten Beziehungen zur alten Belegschaft.

»Ich möchte ehrlich zu dir sein. Risikoschwangerschaften – und dazu zählen solche mit Zwillingen – dürfen wir unter der Geburt nicht betreuen. Dann müsste ich dich leider an ein Krankenhaus verweisen.«

Oder hätte sie damit warten sollen, bis klar war, ob es wirklich Zwillinge waren? Martina hatte den Vertrag selbst unterschrieben, in dem stand, dass sie im Falle eines Risikos die Betreuung nicht übernehmen würden. Dazu gehörten auch Dinge, die früher relativ normal in der außerklinischen Geburtshilfe waren. Beckenendlagen etwa, bei denen das Kind mit dem Po voran zur Welt wollte, wobei die Gefahr bestand, dass es mit dem Kopf stecken bleiben würde. Oder eben Mehrlingsgeburten, obwohl auch diese früher allein von der Hebamme betreut wurden. Es war in Deutschland seit Jahrzehnten nicht mehr üblich, sodass auch kaum eine Hebamme lernen durfte, wie sie mit diesen Besonderheiten umgehen konnte. Mehrlingsschwangerschaften galten im Vorhinein als Ausschlusskriterium, genau wie Beckenendlagen. Es war ein Teufelskreis. Natürlich war der medizinische Fortschritt gut, aber er führte auch dazu, dass Techniken wie eine operative Geburt nicht als Ausnahme, sondern als Regel angenommen wurden, sobald etwas außerhalb der Norm lag. Dadurch verlernten die Hebammen das traditionelle Handwerk Stück für Stück.

»Nein, ich entbinde die beiden hier. Ich weiß, dass das geht. Millionen Frauen auf der Welt haben schon auf natürlichem Wege Zwillinge bekommen. Das ist kein Risiko.«

»Das kann natürlich ganz unkompliziert sein, aber wir müssen uns an die Vorschriften halten.«

»Ihr seid doch sonst auch nicht so regelkonform.«

Martina spielte darauf an, dass sie die gesellschaftlichen Normen mit der Gründung des Geburtshauses gesprengt hatten. Und natürlich hinterfragten sie auch heute noch den Status quo. Nichts sollte für immer ungefragt hingenommen werden. Vielleicht würden ihre Methoden auch irgendwann belächelt werden? Aber natürlich hielten sie sich an die Regeln, die der Sicherheit der Mütter und auch ihrer eigenen dienten. Aber sie wollte jetzt nicht mit Martina diskutieren. Sie mochte die Frau, die sie zum zweiten

Mal betreute, und sah es ja als Kompliment, dass sie um jeden Preis mit ihr entbinden wollte.

»Lass uns doch den Ultraschall abwarten und dann alles andere entscheiden.«

Martina nickte zwar, aber mit einem Blick, bei dem klar war, dass sie sich nicht so leicht geschlagen geben würde.

* * *

Mit den Silvesterartikeln wurde es bald so schlimm wie mit den Osterhasen und Schokoladenweihnachtsmännern, die monatelang in den Regalen der Supermärkte auf ihren Einsatz warteten. Jetzt gesellten sich noch die Marzipanschweinchen dazu. Immerhin konnte man Raketen nur an den wenigen Tagen vor dem Jahreswechsel, an denen es erlaubt war, kaufen. Carola lief mit Andreas durch die Stadt. Hand in Hand. Sie blieben vor einem der Schaufenster vom Kaufhof stehen. Das Traditionskaufhaus auf der Schildergasse hatte wieder alle Schaufenster im Erdgeschoß liebevoll mit Steiff-Tierlandschaften dekoriert. Jedes Fenster erzählte eine eigene Geschichte. Es gab das klassische Weihnachtsfenster mit Bären mit Engelsflügeln, Weihnachtsbaum und Schlitten, den Jahrmarkt, das Märchenfenster und das Millenniumsfenster. Teddybären in Smoking und Ballkleid tanzten miteinander. Es gab Champagnerflaschen, die überliefen. Aus was der Schaum wohl gemacht war? In der Mitte leuchtete golden die Zahl 2000, der Hintergrund war mit lilafarbenem Samt ausgehängt.

»Glaubst du, an diesen ganzen Millenniumsbefürchtungen ist etwas dran?«

In manchen Talkshows – weniger in den öffentlich-rechtlichen, die ihre Bürger ja auch beruhigt wissen wollten, wie Carolas Schwager Klaus immer wieder betonte – diskutierten Experten immer öfter über den Millennium-Bug. Als der Computer erfunden wurde, war er noch so unbedeutend, dass die Programmierer bei der Zeitschaltung nicht daran dachten, dass die neue Erfindung das 20. Jahrhundert überdauern würde. Bücher wie *Der große Crash 2000* von Michael S. Hyatt waren Bestseller. Der Autor malte die schlimmsten Szenarien aus. Aufgrund der fehlerhaften Zeitschaltung würden Krankenhäuser lahmgelegt, das Geld auf einen Schlag entwertet, Atomkraftwerke undicht werden, die Versorgung zusammenbrechen und bürgerkriegsähnliche Zustände aufkommen. Carola glaubte nicht an diesen Quatsch, aber sicher sein konnte man nie.

»Na ja, es könnte zumindest teuer werden, alles umzurüsten. Aber selbst wenn ein paar Stunden der Strom ausfällt, wird Deutschland kaum in Anarchie verfallen.«

»Eine meiner Frauen hat deshalb Angst, in ein Krankenhaus zu gehen. Sie hat am Jahreswechsel ihren Entbindungstermin und fürchtet sich davor, im Krankenhaus auf einmal im Dunkeln und Chaos zu sitzen.«

Andreas drehte sich zu ihr um. »Ach, Silvester sind wir zu einer Party eingeladen. In der Flora.«

»Und das fällt dir jetzt ein?«

»Ich überlege schon tagelang, wie ich dich überreden kann mitzukommen.«

»Mit Kindern?«

»Carola, was denkst du? In der Flora? Die Party wird

von dem Produzenten meiner Drehbücher organisiert. Es wäre echt wichtig für mich. Du weißt ja, wie das Autorengeschäft ist. Von den Romanen alleine zu leben ist schwer. Wir brauchen die Drehbücher, und man weiß nie, wie lange man noch in der Gunst des Publikums steht.«

Carola, die ja nicht an den großen Crash glaubte, würde sich dennoch besser fühlen, wenn sie zum Jahreswechsel im Kreise ihrer Familie wäre. Nicht auszudenken, wenn sie in der Flora auf einmal im Dunkeln säßen, ohne zu wissen, ob ihre Kinder in Sicherheit wären. Thomas und Maike wollten diesmal sowieso alleine feiern, vielleicht auf die Deutzer Brücke gehen. Und wer passte auf Florian auf? Stefanie würde mit Sicherheit wieder auf die Riesenparty am Brandenburger Tor gehen. Oh nein, was wäre, wenn es dort zur Massenpanik käme? Konnte die Regierung nicht sicherheitshalber ein Feier- und Versammlungsverbot erteilen, um die Bürger vor ungeahnten Vorkommnissen zu schützen?

»Und was mache ich, wenn die Geburt meiner Schwangeren ansteht?«

»Ist doch statistisch gesehen unwahrscheinlich.«

Ob sie Andreas bitten sollte, alleine dort hinzugehen? Dann wäre auch die Betreuungsfrage geklärt. Und sie bräuchte sich auch nicht mehr was Passendes zum Anziehen kaufen.

»Ich überlege es mir. Eigentlich wäre es ja schon schön, wieder mal mit dir feiern zu gehen.«

Sie zogen weiter und liefen an dem phallusartigen Brunnen auf der Schildergasse vorbei, an dem sich ein paar Touristen fotografieren ließen.

»Ja, in der Tat, immerhin haben wir uns in einer Disco kennengelernt. Und du warst richtig in Feierlaune früher.«

Carola seufzte. Das war zwar noch in diesem Jahrtausend gewesen, aber in einem komplett anderen Leben. Statt Discofieber hatte es die letzten Jahre nur erhöhte Temperatur aufgrund verschiedener Infekte der Kinder gegeben. Und die Zweisamkeit hatte die letzten zwei Jahrzehnte sowieso extrem gelitten. Also hieß es, über den eigenen Schatten zu springen.

»Okay, ich komme mit. Aber wie immer mit Pieper. Wenn der geht, muss ich los, aber du hast ja recht, rein statistisch gesehen ist das sehr unwahrscheinlich.«

∗ ∗ ∗

Ella grübelte den ganzen Tag darüber, wie sie Andrea dazu bringen konnte, sich zu offenbaren. Ella konnte ihr nur helfen, wenn sie wusste, was die Hintergründe ihrer Entscheidung waren, ihrer Familie nichts von der Schwangerschaft zu verraten. Andrea hatte heute Nachmittag um vier einen Vorsorgetermin, den sie zu Hause wahrscheinlich als Stadtbummel mit der Freundin verkaufte. Was war denn mit ihren Freundinnen? Ahnten die etwas? Wahrscheinlich nicht, wenn Andrea es nicht wollte. Ella schaute auf ihre Armbanduhr, es war schon fünf nach vier. Sie hatte extra eine Orangenduftlampe angezündet und Kekse und Tee in das Geburtszimmer gestellt. Andrea sollte sich bemuttert fühlen, wenn sie schon bei ihrer eigenen Mutter die Extrafürsorge, die eine Schwangere brauchte, nicht einfordern konnte.

Annett schaute zur Tür herein.

»Immer noch nicht da?«

Ella schüttelte den Kopf.

»Sie kommt doch mit der Bahn. Ist nicht die zuverlässigste in Köln.«

»Da hast du recht.«

»Wenn du mich brauchst, ich bin nebenan.«

Ella lief zur Tür, öffnete sie und schaute auf die Straße, als könnte sie Andrea dadurch schneller herbeizaubern. Was war, wenn Ella durch ihre Verschwiegenheit eine Katastrophe heraufbeschwor? Viele Möglichkeiten hatte Andrea ja nicht, die Schwangerschaft auf Dauer zu verheimlichen. Bald würde man trotz weiter und dicker Winterklamotten ein Bäuchlein sehen. Wenn sich Andrea etwas antat? Oder dem Kind? Aber hätte sie sich dann überhaupt einer Hebamme anvertraut?

Mittlerweile war es zehn nach vier. Ella lief in das kleine Büro. Hilde hatte schon Feierabend. Was Ella machen konnte, war die Schule von Andrea anrufen. Unter einem Vorwand nach der Nummer ihrer Eltern fragen. Diese dann anrufen und die Bombe platzen lassen. Sie würden sich schon wieder einkriegen, und Andrea würde nicht mehr länger unter dem Druck leiden, alles verheimlichen zu müssen.

Doch bevor Ella eine Nummer wählen konnte, klingelte das Telefon. Sie seufzte. Das Sekretariat der Schule hätte wahrscheinlich eh schon geschlossen.

»Das Haus der guten Hoffnung, Ella Valero am Apparat. Wie kann ich Ihnen helfen?«

»Ella! Was für ein Glück, dass ich dich endlich erreiche!«

Christoph. Mist. Sie hatte sich nicht einmal für den schönen Strauß bedankt.

»Hallo, Christoph. Danke für die Blumen. Habe dauernd dran gedacht, dass ich mich noch bedanken wollte, und tja, dann habe ich es vergessen.«

Ehrlich zerknirscht rollte sie die Telefonschnur um den Zeigefinger.

»Ach, Ella, deswegen rufe ich nicht an. Es geht nicht um uns. Es geht um was viel Größeres. Und du bist die Beste, die ich mir dafür vorstellen kann.«

Es klingelte an der Tür. Endlich. Das würde hoffentlich Andrea sein.

»Christoph, ich will wissen, um was es geht, aber jetzt habe ich einen Termin.«

»Klar, weißt du was? Ich habe um sechs Feierabend. Ich hole dich ab, okay? Dann erzähle ich dir alles in Ruhe.«

Zum Glück war es wirklich Andrea. Die dunklen Haare hingen ihr vor den Augen, als wollte sie nicht nur den Blick auf den Bauch, sondern auch ins Gesicht verhindern. Von dem Bäuchlein sah man erst etwas, als sie sich bis auf Hose und T-Shirt ausgezogen hatte. Die Pash-Jeans war zum Glück locker geschnitten, dennoch hatte der Bund einen Abdruck auf dem Bauch hinterlassen.

»Gut, dass du da bist. Ich habe mir schon Sorgen gemacht.«

»Ja, meine Mutter hat darauf bestanden, zuerst mit mir die Hausaufgaben anzusehen, weil ich in der letzten Englisch-Klausur nur eine Vier geschrieben habe. Sie will unbedingt, dass ich ein gutes Abi mache.«

»Sie macht sich eben Sorgen um dich.«

»Kann sein.«

Da Andrea noch bei keinem Gynäkologen gewesen war, stellte Ella ihr einen Mutterpass aus. Sie zeigte Andrea das kleine hellblaue Heftchen, in dem alles Wichtige rund um die Schwangerschaft notiert wurde.

»Was ist das?«

»Dein Mutterpass. Falls du mal ins Krankenhaus musst oder irgendwas ist, kannst du den gleich vorzeigen.«

»Ich und 'ne Mutter.« Sie zuckte mit den Schultern.

»Hast du dir überlegt, was du machen willst?«

»Ich weiß es nicht. Vielleicht wäre es das Beste, das Kind einfach zur Adoption freizugeben. Kann ich nicht hierhin kommen und das Kind bei euch lassen?«

»Ach, Andrea, wir müssen dokumentieren, wer die Mutter ist. Jedes Kind hat in Deutschland das Recht zu erfahren, wer seine Eltern sind.«

De facto hieß das, wer die Mutter ist, dachte Ella bitter.

»Aber können wir das so machen, dass meine Eltern nichts mitbekommen?«

Ella betrachtete das Mädchen, das viel zu jung war, um Mutter zu werden und so ein schweres Geheimnis mit sich herumzutragen. Mit einer heimlichen Adoption wäre ihr Leid nicht gelöst. Es gab kein Zurück mehr zu dem unbeschwerten Zustand aus der Zeit vor der Schwangerschaft. Wenn er denn unbeschwert gewesen war.

»Wenn du nicht bei deiner Familie sein möchtest, gibt es eine Wohngemeinschaft für junge Mütter, in der sie in Ruhe im neuen Leben ankommen können. Auch für den Fall, dass sie das Kind nicht behalten wollen.«

Andrea nickte traurig und streichelte sich über den Bauch. Wie erwachsen sie in diesem Moment wirkte.

»Spürst du es schon?«

»Ich glaube schon.« Sie lächelte zaghaft.

»Vielleicht kannst du es auch schaffen. Vielleicht mit deinen Eltern. Oder vielleicht in dem Mutter-Kind-Haus. Wir könnten auch erst einmal eine Pflegefamilie suchen, bis du dich entschieden hast. Aber so können wir nicht weitermachen. Wir müssen deine Eltern einweihen.«

Ella bemerkte erschrocken, wie Tränen über Andreas Gesicht liefen. Sie nahm das Mädchen in den Arm. Und wartete, bis sie sich von selbst löste.

»Okay.«

»Okay? Das heißt, du sagst deinen Eltern Bescheid? Wenn du möchtest, kann ich auch dabei sein.«

Sie schüttelte den Kopf.

»Andrea, die Schwangerschaft löst sich nicht von alleine auf. Vielleicht werden erst ein paar Leute sauer auf dich sein, aber glaube mir, am Ende beruhigen sich alle.«

Andrea sah nicht überzeugt aus, nickte aber.

»Beim nächsten Mal steht sowieso der Besuch zu Hause an. Ich muss den Weg kennen. Und notfalls schauen, ob du dein Kind auch zu Hause bekommen könntest. Und beim nächsten Mal würde ich auch gerne den Vertrag festmachen. Dann bräuchte ich sowieso deine Daten.«

»Ich weiß aber nicht, ob ich das Geld für die Rufbereitschaft bis dahin zusammenbekomme.«

Für eine Achtzehnjährige waren dreihundert Mark viel Geld.

»Andrea, ich erlasse dir die Pauschale. Und du versprichst mir, dass du dich nicht länger versteckst. Gib mir deine Adresse und deine Telefonnummer. Und ich gebe dir heute schon die Nummer von meinem Pieper. Da kannst du mich im Notfall immer erreichen.«

Ella hätte schon viel früher für Klarheit sorgen sollen, Vertrauen hin oder her. Wenn sie Andrea zu Hause besuchen würde, würde sie schnell erkennen, ob sie dort gut aufgehoben war. Und wenn nicht, würde sie eben Azra um Hilfe bitten. Noch bevor Ella die weiteren Untersuchungen machte, holte sie den Kalender aus dem Büro und fand einen Termin in drei Wochen, an dem sie Andrea besuchen würde.

Andrea kritzelte ihre Adresse und Telefonnummer auf einen Zettel. Die Vorwahl war nicht die Kölner, und der Ort lag auch außerhalb. Umso wichtiger, dass sie den Weg kannte, damit sie im Notfall keine Zeit verlor. Das wäre mit dem Fahrrad zu weit, also würde sie sich Susannes Auto leihen.

Ob sie nach einem Schülerausweis oder einer Krankenkassenkarte fragen sollte? Nein, damit würde sie das Vertrauen nur wieder verspielen. Im Notfall konnte sie immer noch in der Schule anrufen. Viel gab es für die einzelnen Vorsorgen eh nicht, das heißt, im schlimmsten Fall würde sie auf den Kosten sitzen bleiben, aber das würde Ella verschmerzen. Was sie nicht verschmerzen könnte, wäre, dieses Mädchen im Stich zu lassen.

Alle Befunde waren unauffällig, und der etwas zu hohe Blutdruck wahrscheinlich nur dem psychischen Stress geschuldet. Das würde alles besser werden, wenn sie sich ihren Eltern anvertraut hätte.

Was Christoph wohl von ihr wollte?

Nach Andrea kam niemand mehr, sodass Ella die Zeit bis zu Christophs Ankunft dazu nutzte, noch einmal durch das ganze Geburtshaus zu laufen. Im oberen Stockwerk sammelte sie noch ein paar Tassen ein, die in Frau Freuds Zimmer standen und deren Inhalt schon angetrocknet war. Auch die Blumen auf dem Tisch ließen die Köpfe hängen, und eine der Mandarinen in der Schüssel auf dem Tisch wies schon braune Flecken auf. Nach einigen Handgriffen sah es wieder einladend aus. Ella ließ frische Luft in alle Zimmer. Ihr Haus der guten Hoffnung war einfach ein wunderschöner Ort. So heimelig und gleichzeitig stark. Ein Altbau, der sogar einen Weltkrieg unbeschadet überstanden hatte. So viele Kinder waren hier schon friedlich und gesund auf die Welt gekommen. Und selbst alle Verlegungen waren gut gegangen. Immer wieder kamen Eltern erneut, immer wieder traf sie dankbare Eltern im Supermarkt oder in der Stadt, die erzählten, wie glücklich sie über ihre damalige Entscheidung waren. An jedes Gesicht konnte sie sich erinnern, auch wenn ihr nicht sofort jeder Name einfiel. Im Geburtshaus war die Welt in Ordnung. Hier war sie so, wie sie sein sollte. Warum konnte das nicht überall auf der Welt so sein?

Es klingelte. Ella rannte nach unten, ganz außer Atem öffnete sie die Tür. Christoph. Er nahm sie in den Arm, und Ella freute sich ehrlich, ihn zu sehen. Ja, er war ein Sturkopf in manchen Punkten, und sie teilten nicht immer dieselben Ansichten, aber sie war froh, dass sie sich damals im Guten getrennt hatten. Und auch über seine Schwester

Monika, die letztes Jahr schon ihr drittes Kind im Geburtshaus bekommen hatte, waren sie locker verbunden. Wobei das erste Kind zwar von Ella betreut, aber letztendlich durch einen Notkaiserschnitt entbunden worden war. Aber das war jetzt schon bald zehn Jahre her.

»Komm, ich lade dich in *unser* Bistro ein. Dann erzähle ich dir alles.«

Ella lächelte. Ihr Bistro gab es immer noch. Und es hatte immer noch die besten Crêpes der Stadt, auch wenn sie dort mit Christoph seit Jahren keine mehr gegessen hatte.

* * *

»Dass wir beide abends immer öfter vor dem Fernseher sitzen, hätte ich vor zehn Jahren auch nicht gedacht.« Antonius zog Susanne näher zu sich. Sie saßen zusammen auf dem Sofa und schauten die neue Quizsendung *Wer wird Millionär?* mit Günther Jauch.

»Vielleicht werden wir einfach alt«, lachte Susanne, die sich auch mit Mitte vierzig noch jung wähnte. Das hatte mit Sicherheit auch was damit zu tun, dass sie sich immer noch verliebt fühlte.

»Es war von der ersten Sekunde an mein Traum, mit dir alt zu werden.«

Susanne brauchte damals etwas länger, bis sie ihre Gefühle zulassen konnte, aber mit Antonius zusammen zu sein war das Schönste, was ihr im Leben passiert war.

»Dann hoffe ich, wir werden mindestens neunzig zusammen.«

»Das bekommen wir hin.«

Günther Jauch setzte mal ein Pokerface auf, als er sich mit der Kandidatin über die mögliche Antwort unterhielt, ohne sie zu verraten. Ob er die Antwort selbst kannte? Die Frau, die erzählt hatte, dass sie von dem Geld ihren Mann auf eine Segeltour in die Karibik einladen würde, war erst bei fünfhundert Mark. Damit könnten sie vielleicht den Rhein entlangschippern, aber wahrscheinlich auch nur im Motorboot.

»Was würden wir denn machen, wenn ich die Million knacke?«, fragte Susanne, die Antonius auf jeden Fall als Telefonjoker einsetzen würde. Allein dadurch, dass er immer noch versuchte, alle Bücher, die er verkaufte, zumindest anzulesen, war er so etwas wie ein wandelndes Lexikon. Aber im Gegensatz zu ihr würde er sich nie im Fernsehen zeigen. Susanne hatte sich vor zehn Jahren sogar getraut, bei Stern TV mit dem damals noch sehr jungen Jauch über das Geburtshaus zu plaudern.

»Ich weiß nicht. Eigentlich haben wir doch alles?«

Ja, im Grunde hatten sie alles. Die Liebe des Lebens. Jeder einen Beruf, der gleichzeitig Berufung war. Eine schöne Wohnung in Nippes. Gesundheit. Aber eine Lücke gab es in ihrem Leben. Sie hatten jahrelang vergeblich versucht, Eltern zu werden. Etwas, was man sich mit allem Geld der Welt nicht kaufen konnte. Man konnte es versuchen, und Susanne erlebte immer mehr Eltern, die dank des medizinischen Fortschritts doch noch Eltern wurden, obwohl sie vorher alle Hoffnung begraben hatten. Hatten Antonius und sie damals zu früh aufgegeben?

»Ja, wir haben alles. Vor allem haben wir uns.«

Kinder waren ja was Herrliches, aber wie um alles in der Welt sollten sie ein viertes Mal die Schule überstehen? Vor allem um Maike machte Carola sich Sorgen. Jedes Jahr kam sie gerade so durch. Und wenn sie zu Hause war, verkrümelte sie sich nur noch in ihr Zimmer und las deprimierende Vampirbücher. *Interview mit einem Vampir* war einer der wenigen Filme, bei denen Carola nicht eingeschlafen war, wenn sie sich abends neben Maike auf die Coach setzte und eine VHS-Kassette einschob. Der blonde Tom Cruise hatte sie wachgehalten und der Gedanke, dass sich ihre Tochter stundenlang in Anne Rices Vampirchroniken verlor. Und Maike hatte mit Florians Geburt schlagartig ihren Status als jüngstes Kind der Familie verloren. Zum Glück ließ sie das nur an ihren Eltern und nicht an ihrem kleinen Bruder aus.

Carola klopfte an Maikes Zimmertür.

»Herein.«

Sie öffnete die Tür und erstickte fast an dem Räucherstäbchendunst.

»Ich wollte dir nur erzählen, dass wir alle zu deiner Aufführung kommen.«

»Wer alle?«

Maike lag auf ihrem Bett, wie immer ein Buch neben sich. Carola fragte sich, ob das gesund war, stundenlang in solchen düsteren Fantasywelten abzutauchen. Maike war selbst schon so blass wie ein Vampir.

»Na, auch Tante Heike, Onkel Klaus und Konrad.«

»Mama, ich habe nur eine kleine Nebenrolle.«

»Trotzdem wollen wir dich sehen.«

»Ihr braucht mir jetzt nicht künstlich Beachtung zu schenken.«

»Wir kommen gerne, okay?«

»Klingt aber nicht so.«

Carola atmete tief durch. Sie kam wirklich gerne, hatte aber nicht mehr so viel Geduld für jugendliches Genervtsein. Stefanie und Thomas hatten ihre Langmut in der Hinsicht schon ausgeschöpft.

»Sogar Stefanie kommt.«

Ein kurzes Strahlen erhellte Maikes Gesicht. Carola musste ja nicht erzählen, dass der Hauptgrund für Stefanies Besuch eine Zeugenaussage war. Detlef Kron sollte vor Gericht gestellt werden.

»Okay. Aber ihr müsst ja dann nicht alle betonen, dass ihr meine Familie seid. Uns finden eh schon alle peinlich, weil wir so viele Kinder haben.«

Carola erinnerte sich daran, dass manche Leute schon ihr drittes Kind für übertrieben gehalten hatten. Sollten die Leute doch denken, was sie wollten. Aber sie erinnerte sich auch noch daran, dass ihr in ihrer Jugend auch alles peinlich gewesen war, was ihre Eltern machten.

»Nein, keine Sorge. Wir setzen uns stumm in die letzte Reihe und gehen grußlos an dir vorbei.«

»Danke«, kam es völlig ironiefrei. »Kann ich jetzt weiterlesen, Mama?«

»Ja, natürlich.«

* * *

Was Christoph da vorschlug, war aus mehreren Gründen völlig indiskutabel. Und doch so reizvoll.

»Ella, ich brauche eine Expertin an meiner Seite, die diese Geburtsstation mit mir aufbaut.«

Christoph hatte ihr von einem Angebot erzählt, dass er von einem Bekannten bekommen habe. Für dessen Organisation *Build a better world* solle er die Einrichtung einer Geburtsstation in der Nähe von Kampala in Uganda begleiten. Er werde Ärzte vor Ort einweisen, sie könne als Hebamme arbeiten. Er könne sich niemand Besseren vorstellen. Sie sei eine gute Hebamme und kenne das Land. Einerseits kribbelte es in Ella. Noch einmal was wirklich Weltbewegendes tun. Abenteuer erleben. Vielleicht Leute wiedersehen, die sie damals kennengelernt hatte.

»Ein halbes Jahr, Ella!«

»Gehst du auf jeden Fall?«

»Ja!«

Sie saßen in dem Bistro und hatten jeder einen salzigen und zum Nachtisch einen süßen Crêpe verspeist. Christoph gönnte sich ein zweites Glas Wein, Ella blieb beim Wasser, schließlich hatte sie Bereitschaft.

»Du hast ein Kind hier! Und ich dachte, du willst am St.-Laurentius-Krankenhaus weiter befördert werden?«

»Nicole ist mit dem Kleinen nach Bayern gezogen. Sie hat einen Neuen. Ich sehe Julian sowieso nicht oft. Ich werde ihm schreiben.«

»Für einen Fünfjährigen ist das doch viel zu wenig.«

Zwischen ihnen brannte eine Kerze in einem Glas. Ella wärmte sich die Hände. Die Wärme war etwas, was sie im schmuddeligen Kölner Winter vermisste. Im Gegensatz dazu hatte ihr die Hitze in Afrika nichts ausgemacht. Auch das Fehlen der Jahreszeiten nicht. Von ihr aus könnte es auch in Deutschland immer Frühling oder Sommer sein.

»Er wird später stolz auf mich sein, wenn ich was in der Welt bewege.«

»Und St. Laurentius?«

»Ihr seid doch damals auch gegangen. Alle drei gleichzeitig, und trotzdem ist der Krankenhausbetrieb nicht zusammengebrochen. Und jetzt habt ihr uns auch noch Hilde geklaut.« Er lächelte und griff nach ihren Händen.

»Geklaut! Sie ist in Rente gegangen und wollte bei uns noch ein paar Jahre entspannte Arbeitszeit dranhängen. Zu Hause fällt ihr doch nur die Decke auf den Kopf, so ganz alleine.«

Sie zog ihre Hände weg.

»Ich werde hier auch gebraucht. Im Geburtshaus.«

Auch die Vorstellung, ihre Familie wieder ein halbes Jahr nicht zu sehen, behagte Ella nicht. Ihr Vater war die letzten Jahre gebrechlicher geworden, kein Wunder nach jahrzehntelanger Maloche als Fliesenleger.

»Wann würdest du denn starten?«

»So schnell es geht.«

»Ich habe eine Schwangere, die ich auf keinen Fall abgeben kann.«

Ella fühlte sich für Andrea verantwortlich. Sie fieberte ihrem nächsten Termin schon entgegen. Dann würde sich hoffentlich einiges zum Besseren wenden. Sie war zwischendrin versucht gewesen, die Adresse und Telefonnummer zu überprüfen, hatte es aber gelassen. Andrea hatte ihr vertraut, also würde sie es auch tun.

»Ach, Ella, wahrscheinlich hält dich jede Mutter für unersetzlich. So ging es Monika auch.«

»Immerhin hast du beim dritten Kind nicht mehr versucht, sie vom Geburtshaus abzuhalten.« Ella lächelte und nahm noch einen Schluck von ihrem Wasser.

»Hätte eh keinen Sinn gehabt bei ihrem Sturkopf.«

»Das liegt wohl in der Familie.«

»Stimmt. Deshalb werde ich auch alles tun, um dich zu überreden mitzukommen. Ein halbes Jahr ist schnell rum. Dann bist du wieder hier. Im langweiligen, kalten, grauen Deutschland.«

Kapitel Zwei

Köln, Dezember 1999

Susanne, Ella, Carola und Annett schmückten den großen Flur in ihrem Geburtshaus mit Tannengrün, Strohsternen und Lichterketten. Allein die leuchtenden Augen der Geschwisterkinder, die immer öfter mit zu den Vorsorgeterminen kamen, waren es wert. Wegen der Geschwisterkinder verzichteten sie allerdings auch auf die Gläser mit den Teelichtern auf den Fensterbänken. Carola holte aus der Kiste mit Weihnachtsdekoration, die sie von ihrer Oma geerbt hatte, einen Engel mit einem Gesicht aus Wachs und einem goldenen Kleid.

»Wir könnten eigentlich jeder Familie in der Weihnachtszeit einen kleinen Schutzengel schenken. Was meint ihr?«

Susanne wunderte sich, da Carola sonst eher pragmatisch veranlagt war, obwohl sie von ihnen allen die meisten Schutzengel nötig hatte. Bei so vielen Kindern potenzierte sich ja der Bedarf.

»Eine schöne Idee. Wobei ich finde, dass unser Einsatz Geschenk genug ist.«

»Wisst ihr, dass ich jedem Kind, das ich auf die Welt begleite, einen Segen mitgebe?« Ella verteilte Kaffeetassen und einen Teller mit Weihnachtskeksen. Susanne freute sich schon darauf, das waren nämlich die selbst gebackenen von Ellas Mutter. Zimtsterne, Vanillekipferl und Kokosmakronen.

»Echt? Ist für manche Eltern vielleicht komisch.«

»Ich mache es ja auch im Stillen. Mir gibt es ein gutes Gefühl, und wenn es mehr als das ist, umso besser. Und wenn nicht, schadet es nicht.«

Sie waren im Gegensatz zu vielen Krankenhäusern kein konfessionelles Haus und waren sich von Anfang an einig gewesen, dass der Glaube oder auch Nichtglaube der Frauen, die hier hinkamen, nur insofern eine Rolle spielen sollte, dass sie ihn akzeptierten. Und dennoch war es auch für Susanne klar, dass es gerade rund um die Geburt eines Kindes so viel mehr gab, das sich eben nicht nur rein biologisch erklären ließ.

»Wisst ihr, wie meine Deutschlehrerin Engel genannt hat?«, fragte Annett.

»Nee, wie denn?«

»Jahresendflügelwesen.«

Susanne lachte.

»Ganz schön kreativ. Wobei unser Weihnachtsmann ja auch nicht viel besser ist.«

»Ob die eigentliche Bedeutung von Engeln in der DDR irgendwann ganz vergessen worden wäre?«, fragte Carola.

»Ist sie doch hier auch schon. Ich meine, wie viele feiern Weihnachten mit oder ohne Engel, und es geht doch nur um den Konsum und das Essen.«

Dass Ella das sagte, war ja klar, da sie doch so vieles infrage stellte.

»Wobei das gemeinsame Essen und Sichbeschenken auch etwas Sinnstiftendes sein kann.«

»Vielleicht machen wir ja auch etwas noch Sinnstiftenderes und verbringen Heiligabend im Geburtshaus. Ich hätte jedenfalls nichts dagegen und übernehme auch gerne für euch Bereitschaft«, bot Annett an.

Alle schauten auf Carola, sie war schließlich die einzige mit jüngeren Kindern zu Hause.

»Bei den wenigen Geburten, die ich im Moment betreue, ist es sehr unwahrscheinlich, dass ein Baby kommt, aber vielleicht könnte eine von euch Silvester einspringen. Da sind wir auf einer Feier eingeladen, wenn nicht um Mitternacht die Welt untergeht.«

»Also das ist nun wirklich Humbug!« Susanne hängte den letzten Strohstern auf. Sie setzten sich an den kleinen Tisch, auf dem ein Teelicht brannte, sie erwarteten schließlich niemanden mehr. Draußen war es schon dunkel, Hilde hatte sich nach dem Mittagessen damit verabschiedet, dass sie noch Weihnachtsgeschenke kaufen müsse. »Und wir sollten Hilde etwas schenken. Und ja, ich kann Silvester für dich einspringen. Gerne auch bei euch zu Hause. Wir haben nichts vor, und wenn ich gerufen werde, passt Antonius weiter auf.«

»Danke, Susanne. Du bist ein Schatz.«

»Mache ich doch gerne. Florian ist schließlich mein Patenkind. Und Ella, sag deiner Mutter, dass ihre Kekse echt die besten sind.«

Susanne schenkte allen Kaffee ein, obwohl es schon nach sechs Uhr war. Aber was sollte es? Sie waren vorher einfach nicht zu ihrer gemeinsamen Pause gekommen, und zu Keksen gehörte nun mal ordentlicher Kaffee. Und Kaffee Hag war einfach nicht dasselbe.

»Und wenn wir schon bei Weihnachtsthemen sind«, versuchte Susanne auf ein Thema zu schwenken, das ihr seit dem Gespräch mit ihrer Tochter auf der Seele lag, »es gibt Entwicklungen, die dafür sorgen könnten, dass es langfristig vielen Frauen so ergeht wie Maria und Josef damals, als sie von den Herbergen abgewiesen wurden.«

»Warum das?«, fragte Annett.

»Es soll wohl mehr Verantwortung auf die Hebammen abgewälzt werden, was die Haftpflichtversicherungen angeht. Sind jetzt schon mehrere Hundert Mark im Jahr, aber es gibt Leute, die vermuten, dass sich das noch deutlich steigern wird.«

»Ein paar Hundert Mark wird wohl keine Hebamme dazu bringen aufzuhören. Und die Krankenkassen werden das wohl hoffentlich ausgleichen. Ich meine, eine Hebamme ist ein Grundrecht, das jeder Frau zusteht.«

Carola war doch sonst eher vorsichtig, warum sah sie da keine ungünstige Entwicklung? Oder hatte Susanne sich von ihrer Tochter verrückt machen lassen, die als Ärztin gar nicht wirklich Einblick in die Arbeit der Hebammen hatte?

»Und was ist, wenn aus ein paar Hundertern ein paar Tausender werden?«

»Susanne, jetzt bleib mal realistisch. Das wird genauso wenig kommen wie der Zusammenbruch unserer Gesellschaft an Silvester. Vielleicht knirscht es hier und da mal im Gebälk, aber unsere Politik ist stark genug, schnell einen Ausgleich zu finden. Und wir brauchen sowieso keine Angst haben. Solange die Nachfrage bei uns weiterhin gut bleibt, erhöhen wir die Rufbereitschaftspauschale einfach. Mal ganz ehrlich, wir sind sogar bereit, auf die Feiertage mit unseren Liebsten zu verzichten, da wird keine Frau sich wegen fünfzig Mark mehr von einer Anmeldung abhalten lassen.«

Susanne hoffte sehr, dass Carola recht behalten würde. Das Gute war ja, dass sie in ihrem Geburtshaus die Regeln selbst bestimmen konnten.

* * *

Ob Stefanie diesen Wunsch nach Ruhm auf dem Laufsteg deshalb hatte, weil sie als Kleinkind zu wenig Aufmerksamkeit von ihr als Mutter bekommen hatte? Carola sah, wie ihre wunderschöne Tochter auch in der Schulaula allen die Show stahl. Die langen blonden Haare fielen wie flüssiges Gold über ihre Schultern. Die endlosen Beine in dem knöchellangen schwarzen Lederrock lugten aus dem seitlichen Schlitz heraus. Und auch der graue Rollkragenpulli konnte ihre Kurven nicht verstecken.

Nein, sie war nicht schuld daran, beruhigte sich Carola. Stefanie hatte so viel Aufmerksamkeit bekommen, wie sie damals eben geben konnte. Und sie war drei Jahre zu Hause bei ihr gewesen, bevor sie wieder im Krankenhaus zu arbeiten angefangen hatte. Carola dachte an die Beziehungsratgeber, die sie verschlungen hatte, als es mit Andreas manchmal kriselte. In allen wurde eine ähnliche Theorie verfochten. Frauen hätten immer das Gefühl, zu wenig Aufmerksamkeit vom Mann zu bekommen, und würden sich nach der Verliebtheitsphase in anhängliche, nörgelnde Nervensägen verwandeln. Und die Männer würden sich immer mehr entziehen, im besten Falle nur durch Arbeit und Hobby, im schlimmsten Falle mit Affären.

Und was waren die Gründe dafür? Die frühkindliche Prägung. Die Frau kannte nur den abwesenden Vater, um dessen Aufmerksamkeit sie kämpfen musste, da sie neben der Arbeit eben nicht wichtig war. Und der Junge musste den ganzen Tag seine Mutter um sich ertragen und war froh, wenn er im Erwachsenenalter vor der weiblichen Überbemutterung fliehen konnte.

Leider traf dieses Muster wirklich bei vielen Paaren zu. So gesehen hatte sie ihren Kindern vielleicht sogar einen Gefallen getan, indem sie jahrelang diejenige gewesen war, die auswärts arbeitete, während Andreas sich um die Kinder kümmerte.

Es wurde dunkel in der Aula. Gerade noch rechtzeitig nahmen sie ihre Plätze ein, die ihnen Heike, Klaus und Konrad freigehalten hatten. Trotz Pölsterchen am Po war der Stuhl hart. Und die Reihen waren eng, als hätten sie mit aller Macht noch zwei Stuhlreihen mehr in den Raum gequetscht. Immerhin galt es, die Kasse des Fördervereins zu füllen. Thomas hatte die Hände vor der Brust verschränkt. Florian kletterte auf ihren Schoß, Stefanie plauderte mit einer Mutter, die sie noch aus ihren Schulzeiten kannte, und Andreas versuchte, im Dunkeln das Programmheft zu entziffern.

Der Vorhang ging auf, und die ganze Theater-AG verbeugte sich, als habe sie die Aufführung schon gemeistert. Lauter Chinesen mit gelb angemalten Gesichtern.

»Wir laden Sie herzlich zu unserem Stück *Der gute Mensch von Sezuan* ein. Nach wochenlangem Proben sind wir stolz, Ihnen ein ganz besonderes Schauspiel bieten zu können.«

Manfred Sauer, der Leiter der Theater-AG und Geschichtslehrer, schaut drein, als stände er auf der Bühne des Kölner Schauspielhauses. Maike war traurig gewesen, dass sie nur eine winzige Nebenrolle bekommen hatte. Und Carola musste dreimal gucken, um ihre Tochter aus der Entfernung unter all den gelb angemalten Kindern mit schwarzer Zopfperücke überhaupt zu erkennen. War das neben ihr nicht Falk? Den erkannte sie, weil er immer noch der Pummeligste aus Maikes Klasse war. Carola erinnerte sich daran, wie sie ihre »Macht« als betreuende Mutter bei den Bundesjugendspielen vor ein paar Jahren missbraucht hatte, um dem unsportlichen Jungen zu einer Siegerurkunde zu verhelfen. Ging ja schließlich nicht um eine Medaille bei den Olympischen Spielen, sondern nur darum, den Hänseleien seiner Klassenkameraden was entgegenzusetzen.

Florian hatte Maike anscheinend direkt erkannt und winkte mit der einen Hand, während er sich mit der anderen den Mund zuhielt. Maike hatte ihm auf der Autofahrt noch eingebläut, dass er auf keinen Fall laut Maiki rufen sollte. Am besten sollten sie alle gar nichts sagen. Dennoch hatte Carola für jeden eine gelbe Rose besorgt, die sie Maike nachher in die Hand drücken würden. So lief das doch immer, und Maike sollte nicht zu den Kindern gehören, die mit leeren Händen auf der Bühne standen.

In Carolas Beinen kribbelte es nach einer Stunde sitzen. Als Maike ihren Part vortrug, reckte Carola sich etwas vor, um jede Sekunde mitzubekommen. Ein Vater vor ihr filmte das Ganze mit einer Videokamera. Vielleicht könnte er ihr eine Videokassette kopieren?

»Ich finde, sie ist wahnsinnig ausdrucksstark. Sie empfindet Brechts Worte wirklich«, flüsterte Andreas ihr zu.

»Ja, sie macht das gut.«

Sie drückte seine Hand. Falk machte es auch gut. Sehr gut sogar. Er hatte eine der Hauptrollen.

Florian dreht sich zu ihnen beiden und hielt ihre Münder zu.

»Ihr müsst leise sein. Sonst ist Maiki sauer.«

»Okay, ab jetzt schweigen wir«, flüsterte Carola.

Am Ende trat jeder einzelne Schüler und jede einzelne Schülerin nach vorne. Die Darstellerin der Shen Te bekam großen Jubel und nicht nur einzelne Rosen, sondern gleich einen Blumenstrauß von ihrer Mutter und einen Kuss auf die Wange von einem hübschen Jungen, der nicht nur stolz war, sondern wahrscheinlich auch gleich allen klarmachen wollte, zu wem dieses talentierte Mädchen gehörte. Bei den Nebenrollen wurde höflich geklatscht. Als Maike an der Reihe war, erwies es sich als außerordentlich praktisch, dass sie eine große Familie waren. Fünf Leute und dann noch ihre Schwester mit Familie sorgten dafür, dass Maike einen großen Applaus bekam. Und Carola meinte ein Lächeln auf ihrem Gesicht zu erahnen.

»Sollen wir nach vorne?«, flüsterte Carola.

»Nee, das wird ihr nur peinlich sein«, entgegnete

Andreas. Bei Falk klatschte Carola ebenfalls besonders stark, sodass ihr die Hände wehtaten. In der ersten Reihe buhte jemand. Es war dieser abfällige, gehässige Ton, der nirgendwo so oft zu hören war wie in einer Schulklasse, in der sich ein paar Idioten darum bemühten, zu den Alphatieren zu gehören. Stefanie stand auf und schritt mit zwei Rosen in der Hand Richtung Bühne. Carola hätte sie am liebsten am Lederrockzipfel festgehalten. Weniger weil sie fürchtete, dass Maike ein Familienmitglied an der Bühne peinlich wäre, sondern weil sie befürchtete, Stefanie würde Maike die Show stehlen. Stefanie war schon von mehreren Leuten als das Model von den H&M-Plakaten erkannt worden, zudem war sie erst vor Kurzem auf dem Cover der deutschen Ausgabe der *Elle* gewesen, gemeinsam mit Claudia Schiffer. Betitelt wurden sie als die »Prinzessinnen vom Rhein«, kam Claudia Schiffer doch aus Düsseldorf. Und kaum lief Stefanie an der Bühne vorbei, ging das Getuschel wieder los. Stefanie besaß auch noch die Frechheit, sich einmal wie zufällig um sich selbst zu drehen und ins Publikum zu lächeln, bevor sie die Rose zur Bühne hochhielt. Maike kam nach vorne und nahm die Rose freudestrahlend entgegen. Die Jungs in der ersten Reihe johlten. Stefanie flüsterte ihrer kleinen Schwester was ins Ohr, und während Maike Falk was ins Ohr flüsterte, der wie ein armer Tropf wieder in der letzten Reihe stand, ergriff Manfred Sauer erneut das Mikro.

»Und einen Applaus für unseren Ehrengast, eine ehemalige Schülerin, die auch mal bei mir in der Theater-AG war und jetzt auf den Bühnen dieser Welt unterwegs ist.«

Carola kramte in ihrer Handtasche nach einem

Taschentuch, um ihr Gesicht verstecken zu können. Hoffentlich sah keiner, dass sie rot angelaufen war. Dieser Sauer war wirklich unglaublich. Bühnen der Welt. Als wäre es sein Verdienst. Und davon abgesehen waren es Laufstege.

Als sie sich wieder erhob, sah sie Stefanie winken und dann Falk an den Rand des Podests kommen. Ungläubig ging er auf Stefanie zu, die ihm die Rose hinhielt und etwas zuraunte, woraufhin Falk nickte und sich zu ihr beugte. Sie streckte sich auf ihren High Heels und gab ihm einen Kuss auf die Wange. Und jetzt kam Applaus auf. Carola hätte zu gern die Gesichter der Jungs gesehen, die sich gerade noch über Falk lustig gemacht hatten. Vielleicht war dieser Modeljob ja doch für etwas gut.

* * *

Ella saß mit Frank auf dem Sofa vom Sperrmüll, dass sie sich in die große Wohnküche gestellt hatten. Ein richtiges Wohnzimmer hatten sie in der WG nicht, da sie sich sowieso am liebsten in der Küche trafen und jeder ansonsten sein Zimmer als Rückzugsort nutzte. Wohnzimmer waren was für Spießer, fehlte nur noch der Fernseher als Hausaltar. Ella hatte noch mit niemandem über Christophs Vorschlag gesprochen. Ihren Hebammenkolleginnen wollte sie erst etwas sagen, wenn sie sich sicher war, was sie tun wollte. Natürlich würden sie traurig sein, wenn sie sich schon wieder eine längere Auszeit nähme. Andererseits hatten sie es schon einmal ohne sie geschafft.

»Ich muss euch was sagen«, sagte Dagmar, als sie in die Küche kam.

Ella schaute auf. »Was ist denn los?«

»Ich kann noch vor Weihnachten in München anfangen. Jemand ist ausgefallen, und sie brauchen mich, so schnell es geht.«

Frank legte seinen Arm um Ella. »Wir beide kommen auch alleine klar, oder?«

Ella nickte, obwohl sie am liebsten gesagt hätte, dass sie gar nicht wüsste, wie lange sie noch hier wäre. Aber das konnte sie weder Frank noch Dagmar antun, das jetzt anzubringen.

»Danke. Ihr seid die Besten. Und ich werde euch vermissen.«

»Wir können dir das Zimmer ja frei halten. Im Moment verdienen wir beide genug, um uns die Wohnung nur zu zweit zu teilen, oder, Ella?«

»Ich weiß nicht, vielleicht wäre es schon besser, noch jemanden zu suchen. Dagmar, du kannst natürlich immer in meinem Zimmer schlafen, wenn du hier bist.«

»Danke!«

Dagmar gab ihnen beiden einen Kuss auf die Wange und rauschte davon. Sie sei noch verabredet. Sie müsse jetzt noch alle Freunde einmal treffen, bevor sie wegziehen werde.

»Sieht fast so aus, als rutschten wir nun doch in das ganz normale Pärchenleben. Drei Zimmer, Küche, Bad. Nur wir zwei.«

Frank küsste sie, stand dann auf und ging zum Kühlschrank, in dem noch eine halbe Flasche Weißwein lagerte.

»Lass uns darauf anstoßen!«

Ella nahm ein Glas Weißwein entgegen und stieß mit Frank an. Es half alles nichts, sie musste mit ihm reden.

»Du, Frank, ich habe ein Angebot bekommen, noch einmal nach Uganda zu gehen. Ein halbes Jahr lang eine Geburtsstation aufzubauen.«

Frank hatte immer betont, wie wichtig es ihm sei, dass sie ihren Weg ginge, all ihre Träume erfüllte.

»Und? Hast du zugesagt?«

»Nein.«

Der Wein schmeckte sauer. Sie verzog das Gesicht.

»Gut.«

»Warum gut?«

»Weil das Schwachsinn ist. Es ist überheblich, dass wir Deutschen denken, wir könnten anderen Ländern beibringen, wie sie ihre Dinge auf die Reihe kriegen. Am deutschen Wesen soll die Welt genesen … war schon immer ein Irrweg.«

»Aber du hast es doch gut gefunden, dass ich damals in Uganda war.«

»Ja, habe ich auch. Ich liebe deinen Idealismus. Und deinen Mut. Aber trotzdem halte ich nichts von dieser kolonial angehauchten Entwicklungshilfe.«

»Aber wenn ich mich dafür entscheide, würdest du mich unterstützen?«

»Ja, natürlich. Vielleicht könnte ich ja auch ein paar Monate mitkommen und dort in Ruhe an meiner Doktorarbeit schreiben.«

Das wäre eigentlich wunderschön. Aber Ella konnte sich kaum vorstellen, dass Frank das ernst meinte, fand er es schon anstrengend, ein Wochenende in der Eifel zu verbringen. Und wenn sie jetzt erzählte, dass es Christophs Vorschlag war und sie auch noch zusammen reisen würden, würde er den Plan sofort torpedieren.

»Vielleicht ist es wirklich keine gute Idee.« Ella drehte den Stil des Weinglases in ihrer Hand.

»Ella, ich wollte deine Idee nicht kaputtmachen. Bitte, entscheide du das ganz frei.«

Was sollte sie in der Ferne finden, was sie hier nicht hatte? Sie stellte das Glas beiseite, zog Frank an sich und küsste ihn. So innig, wie schon lange nicht mehr.

»Frank, magst du mit in mein Zimmer kommen?«

»Nichts lieber als das. Wir müssen die Chance nutzen, solange du noch hier bist.«

Und das taten sie. So sehr, dass Ella sich fast sicher war, dass sie in Köln bleiben sollte. Aber auch nur fast.

* * *

Susanne schaute sich die Ultraschallbilder an, die in Martinas Mutterpass steckten, während Martina mit krummem Rücken auf dem Bett saß.

»Ihr werdet das bestimmt großartig machen. Und Zwillinge sind etwas Wunderschönes. Sie haben von Anfang an einen besten Freund oder eine beste Freundin.«

»Das ist es nicht. Ich freue mich sehr über meine beiden Mädchen. Aber ich möchte so gerne hier entbinden.«

Susanne verstand die werdende Mutter. Für sie war das Geburtshaus ein sicherer Hort und Susanne die Hebamme, der sie vorbehaltlos vertraute. Genauso, wie es sein sollte. Aber es gab nun einmal die Regel, dass Risikoschwangere im Geburtshaus nicht entbinden durften.

Auch wenn die allermeisten Risikoschwangeren ihre Kinder gut zur Welt brachten. Ob sie es wie Ella machen und eine Ausnahme im Krankenhaus erwirken sollte, um die Geburt dort zu begleiten? Andererseits war es nicht gut, dauernd Ausnahmen zu machen. Dann könnte sie irgendwann auch wieder ganz ins Krankenhaus gehen.

»Martina, ich wünschte auch, dass wir das könnten, aber es geht leider nicht. Aber ich betreue dich natürlich bis zur Geburt und nachher im Wochenbett.«

Martina nickte und lächelte, auch wenn sie nicht ganz überzeugt wirkte. Aber sie würde sich schon an den Gedanken gewöhnen. Susanne hatte in all den Jahren als Hebamme noch keine Zwillingsgeburt alleine betreuen können. Im Krankenhaus gab es zwar immer wieder auch Spontangeburten bei Zwillingen, aber die hatten sich nie in Susannes Schichten ereignet. Und Dr. Kramer machte bei Zwillingen am liebsten gleich einen Kaiserschnitt. Susanne erinnerte sich an mehrere Frauen, die sie im Krankenhaus nach der Geburt betreut hatte, die einen Zwilling spontan und den anderen dann per Kaiserschnitt entbunden hatten. Wenn es noch Geburtsverletzungen wie einen Dammriss gab, brauchten diese Frauen die doppelten Reserven, um sich zu erholen. Und Dr. Kramer wurde nicht müde zu betonen, dass das Risiko für Früh- und Fehlgeburten bei Zwillingen deutlich höher war.

»Susanne, meinst du wirklich, dass alles gut gehen wird? Mein Frauenarzt meinte, ich solle mich täglich mehrere Stunden aufs Sofa legen, um eine Frühgeburt zu vermeiden.«

»Sehr wahrscheinlich geht alles gut. Aber dein Frauenarzt hat recht, ruhe dich so viel aus, wie es geht.«

»Mit Kleinkind zu Hause nicht so einfach.«

»Ja, das stimmt. Hast du Großeltern in der Nähe?«

Martina schüttelte den Kopf. »Leider nicht. Und mein Mann kommt auch immer spät von der Arbeit.«

»Weißt du, was manchmal praktikabel ist? Eine Matratze auf den Kinderzimmerboden. Tür abschließen, alle Gefahrenquellen entfernen und besonders tolles Spielzeug bereitstellen. Dann kannst du selbst ein wenig schlafen, während dein Kind um dich herumturnt.«

»Sollte ich mal versuchen. Dann lege ich ihm aber nur Kuscheltiere hin. Letztens hat er mich mit der Lok seiner Holzeisenbahn abgeworfen, und ich hatte eine Woche ein blaues Auge.«

»Gute Idee!« Susanne war froh, dass die Zeiten vorbei waren, in denen Kleinkinder eins hinter die Ohren bekamen, wenn sie mal wütend wurden. Und das nicht nur, weil ein Elternteil total überfordert war und ihm die Hand ausrutschte, sondern aus Prinzip und mit Ansage. Sie selbst hatte in dieser Beziehung Glück mit ihren Eltern gehabt. Körperliche Züchtigung war immer tabu gewesen, auch wenn das für viele in den Sechzigern noch völlig normal war. Andererseits hatte Susanne sich in ihrer Erinnerung auch immer brav verhalten. Und als sie dann so richtig aus der Reihe tanzte, da war die schlimmste Strafe gewesen, dass ihre Eltern tief enttäuscht waren und drei Tage nicht mit ihr sprachen. Dabei hätte Susanne genau das gebraucht, als sie mit sechzehn ungeplant schwanger von einem Jungen wurde, von dem sie nur den Vornamen kannte. Und auch danach wurde nicht gemeinsam nach Lösungen gesucht, sondern Susanne eine fertige Lösung präsentiert. Die Adoption.

»Mein Frauenarzt hat mir eine so schreckliche Broschüre zum Thema Schwangerschaft gegeben. Da steht zum Beispiel drin, dass bei weit über der Hälfte der Zwillingsschwangerschaften am Ende nur ein Kind überlebt.«

»Bitte lass dich davon nicht verrückt machen. Das gilt meist für ein ganz frühes Stadium, in dem die wenigsten wissen, dass sie mit Zwillingen schwanger sind. Und da bist du schon lange drüber hinaus.«

Susanne dachte daran, dass die Zahl der Zwillingsschwangerschaften zunahm, seitdem immer mehr Eltern sich Hilfe holten, wenn das ersehnte Glück ausblieb. Um die Chance auf eine Schwangerschaft zu erhöhen, pflanzten die Reproduktionsmediziner gern mehrere Embryonen ein. Ob Antonius und sie damals zu früh aufgegeben hatten? Egal, jetzt ging es nicht um sie selbst.

»Mach dir keine Sorgen, Martina. Es wird alles gut werden. Deine beiden Mädchen entwickeln sich prächtig.«

»Ja, das sagt mir mein Gefühl auch. Ich habe diese Broschüre auch direkt in den Müll geworfen. Da ging es eigentlich nur darum, was alles schiefgehen könnte.«

Diese Haltung kannte Susanne aus dem Krankenhaus auch noch sehr gut. Es gab die Partei, die grundsätzlich der Meinung war, Frauen sollten sich nicht so anstellen, ihre Ahninnen hätten ihre Kinder nebenbei auf dem Feld bekommen. Und es gab die, die eine Geburt als störanfälligen Faktor auf dem Weg ins Leben ansahen und am liebsten jede Frau per Kaiserschnitt entbunden hätten. Hier hatte man schließlich die meiste Kontrolle.

Susanne sagte ihre beruhigenden Worte nicht nur so daher. Sie glaubte wirklich, dass in den allermeisten Fällen alles gut ging und dass das umso wahrscheinlicher war, je weniger man intervenierte. Jeder Körper war ein Wunder und bereit, Wunder zu tun.

* * *

Warum konnte sie ihren Körper nicht einfach so annehmen, wie er war, fragte Carola sich in der Umkleidekabine von C&A auf der Schildergasse. Dieser Körper hatte vier wunderbare Kinder monatelang genährt, geboren und dann gestillt, sie überhaupt schon gute vierzig Jahre durch die Welt getragen, einen Zusammenbruch überlebt, kam mit wenig Schlaf aus – aber alles, was sie in dem grell ausgeleuchteten Spiegel sah, war ein menschliches Milchbonbon in blauem Stanniolpapier, kurz bevor es aus dem Papier in den Mund wanderte. Sie öffnete den Vorhang, damit Susanne ihre Meinung kundtun konnte.

»Die Farbe ist nicht schlecht.«

»Jetzt sag noch, mit Längsstreifen würde es schlanker aussehen.«

»Nee, auch mit Längsstreifen sieht es unvorteilhaft aus. Es glitzert einfach zu sehr. Die Achtziger sind vorbei.«

»Aber Blau passt zu blonden Haaren und blauen Augen.«

Susanne hatte gut reden mit ihrer Figur, die auch im Kartoffelsack gut aussehen würde.

»Und außerdem finde ich, dass wir woanders hinsollten.

Der Laden hier ist wunderbar für Kinderklamotten, aber du könntest dir ruhig was Edleres gönnen.«

»Ich weiß nicht.«

Carola steckte immer noch ihr letzter Gala-Auftritt in den Knochen, wo sie als Andreas' Gouvernante hätte durchgehen können. Bluse und Rock im faden Sekretärinnen-Look. Und jetzt hatte sie die Chance, noch mal einen glamourösen Auftritt hinzulegen. Zumindest was das Kleid betraf. In einer Woche konnte sie noch so viel Du-darfst-Produkte essen, die Figur war jedenfalls nicht mehr zu retten.

»Aber ich.«

»Vielleicht haben Verena und all die anderen ja recht, und die Welt geht eine Sekunde nach dem Eintritt ins Jahr 2000 unter. Dann ist das Kleid auch egal.«

Eine Verkäuferin mit Maßband und Nadelkissen im Arm schaute sie an. »Ganz fantastisch sieht das aus. Wirklich festlich.«

Carola nickte trotz allem freundlich, riss den Vorhang wieder zu und zog das Kleid aus. Überall wurde man veräppelt. Sie drückte der Verkäuferin das Kleid in die Hand und verabschiedete sich.

»Apropos Untergang. Kannst du dich an Kate Winslets Outfit bei den Golden Globes oder dem Oscar erinnern?«

»Nee, war da nicht eingeladen.«

»Die Bilder waren doch überall zu sehen. Das Kleid mit der Spitze. Und du siehst Kate Winslet ziemlich ähnlich.«

Zumindest ähnlicher als Meg Ryan, die ja wirklich in jedem Film aussah, als wäre sie halb verhungert, das musste Carola zugeben. Sie ließ sich von Susanne überreden, ins Modehaus Sauer weiterzuwandern. Ella hatte doch erzählt, dass ihre Mitbewohnerin dort als Änderungsschneiderin arbeitete und sie für jede Frau das passende Kleid hinbekommen würden.

Hier waren schon die Kabinen deutlich besser ausgeleuchtet, aber auch hier wurde man veräppelt, dachte Carola. Die Spiegel hingen schräg, sodass sie zwei Kleidergrößen schlanker wirkte. Und dann diese Preise!

Achthundert Mark für ein Kleid, das wirklich aussah wie das von Kate Winslet, wenn sie Susanne glauben sollte. Das Unterkleid war cremefarben, darüber schwarze Spitze mit Blumenstickereien. Carolas üppiges Dekolleté kam wunderbar zur Geltung, und die nackten Arme würde sie mit einem passenden Spitzentuch kaschieren.

»Wenn du dir jetzt noch die Haare hochsteckst, siehst du wirklich aus wie Kate.«

»Kate Winslet ist noch fast ein Kind. Genauso wie dieser Leonardo di Caprio. Die haben ihr ganzes Leben noch vor sich.«

»Nicht in *Titanic*. Und wie gesagt, da gehen sie vornehm und elegant unter.«

Den Film hatten sich Carola und Andreas letztes Jahr sogar zusammen im Kino angesehen, über drei Stunden ging der Streifen. Da war ihr fast der Hintern eingeschlafen. Ihr hatte der Film das Herz zerrissen. Vor allem die Szene mit dem alten Ehepaar, das einfach eng umschlungen im Bett liegen bleibt, als das Wasser immer tiefer in den Luxusdampfer eindringt. Andreas war es zu viel Hollywood gewesen.

»Aber achthundert Mark? Davon könnte ich zwei Monate für alle Essen kaufen. Das sind ja mehr als zwei Rufbereitschaftspauschalen!«

Sie strich über den weichen Stoff. Herrlich fühlte sich das an. Und wie fein die Blumen aus schwarzer Spitze gestickt waren! Und wie leicht es ihr über den Körper geglitten war! Aber das war einfach viel zu teuer für ein Kleid.

»Du kannst es ja später in einer dieser Secondhandboutiquen verkaufen. Da bekommst du bestimmt noch mehr als die Hälfte raus.«

»Wären ja immer noch rund vierhundert Mark für einen Abend.«

Carola drehte sich vor dem Spiegel. Unweit von ihr war eine Frau in ihrem Alter, die einen eleganten Hosenanzug trug und drei weitere über dem Arm hängen hatte. Die kirschroten Lippen, die schwarzen Haare und der helle Teint ließen sie wie ein modernes Schneewittchen wirken, das nicht den sieben Zwergen den Haushalt, sondern lieber selbst Karriere machte.

»Ich nehme es. Ich spare einfach drei Monate an Essen für mich und verkaufe es wieder. Dann tue ich auch noch meiner Figur was Gutes.«

Susanne schüttelte den Kopf. »Du siehst wunderbar aus. Hör doch endlich auf, dauernd an dir rumzumäkeln.«

Gehörte das nicht einfach zum Frausein dazu? Wann war sie je ganz mit ihrem Körper im Reinen gewesen? Vielleicht noch am ehesten in den Schwangerschaften. In ihrer letzten Schwangerschaft leider erst viel zu spät, weil sie die meiste Zeit geglaubt hatte, Bauchumfang und

Kreislaufbeschwerden wären nur ihrer schlechten Ernährung und dem Stress geschuldet.

* * *

Heute war ein sehr vollgepackter Tag nach einer langen Nacht im Geburtshaus, bei der wieder ein Baby glücklich und unkompliziert zur Welt gekommen war. Und trotz der kurzen Nacht wollte Ella ihre Beratungsstunde im Haus Elisabeth nicht ausfallen lassen. Aus der Stunde wurden schnell zwei, aber sie konnte nicht so herzlos sein, die junge Mutter, die sich gerade von einem Mann – einem Quartalssäufer – getrennt hatte und mit dem dritten Kind schwanger war, mitten im Satz zu unterbrechen. Zum Frauenarzt hatte sie sich wegen ihrer blauen Flecken nicht getraut, aus Angst, dass er ihren Mann anzeigen könnte. Azra hatte gesagt, dass sie den Mann liebend gern anzeigen würde, damit aber das Vertrauen der Frau verspielen würde, die auch noch behauptete, sie sei nur die Treppe runtergestürzt, nachdem er sie ganz leicht geschubst habe. Und die Frauen trauten der Gerichtsbarkeit oft nicht, was Azra verstehen konnte – bei einer Gesetzgebung, die erst seit zwei Jahren Vergewaltigung in der Ehe als Straftat ansah. Wichtig seien jetzt erst mal andere Dinge. Eine neue Wohnung finden, Sozialhilfe beantragen …

»Jede Frau hat doch Anspruch auf eine Hebamme und auf Beratung. Warum bieten wir hier im Haus eine zusätzliche Beratung an?«, fragte Ella Azra in einer Pause.

»Weil die Frauen sich oft schämen, über ihre Probleme zu sprechen. Wenn sie zu uns kommen, dann weil jemand

sie zu uns schickt oder weil sie wissen, dass wir hier gewohnt sind, dass nicht alles glatt läuft.«

So sehr Ella die Überbehütung ihrer Mutter oft auf die
Nerven gegangen war, gerade jetzt spürte sie Dankbarkeit
für die sorglose Kindheit, die sie erlebt hatte.

»Glaubst du, es wäre besser, wenn die meisten dieser
Frauen keine Kinder bekommen würden?«

»Und selbst wenn, es ist nicht unsere Entscheidung.
Wenn sie zu uns kommen, ist das Kind meist schon in den
Brunnen gefallen beziehungsweise unterwegs. Wobei wir
die Frauen nach der Schwangerschaft auch mit kosten-
losen Verhütungsmitteln versorgen. Einer der Ärzte in
unserem Kreis bietet sogar umsonst Sterilisationen an,
wenn wir eine Frau dafür als geeignet weiterempfehlen.«

»Widerspricht das nicht eurem Selbstverständnis einer
kirchlichen Stiftung?«

»Alles besser, als wenn die Frauen nachher heillos überfordert sind mit dem Kind oder keinen anderen Ausweg
als eine Abtreibung sehen.«

Es war ein Paradox. Jedes Leben war wertvoll, aber
manchmal war ein neues eben zu viel. Und ihre Aufgabe
war es, dafür zu sorgen, dass dieses Leben doch irgendwie
gut wurde. Ella musste an all die Geburtshausbabys denken. Natürlich gab es auch in diesen Familien Probleme.
Und es gab immer Schicksalsschläge, die auch einen ge-
schützten Rahmen brechen ließen, doch die allermeisten
dieser Kinder würden behütet, umsorgt und in Frieden
aufwachsen. Und das war auch gut so, bekräftigte Ella in
Gedanken, als müsste sie sich selbst dafür rechtfertigen,
dass es ihr im Vergleich zu den allermeisten Frauen auf

dieser Welt sehr gut ging. Unverdient. Einfach, weil sie zur richtigen Zeit am richtigen Ort geboren war.

»Macht ihr hier eigentlich nur Schadensbegrenzung, oder gibt es auch richtig gute Entwicklungen?« Ella packte ihre Sachen zusammen. Gleich hatte sie den Termin bei Andrea.

»Die gibt es auf jeden Fall. Manche Frauen bekommen die Kurve, schaffen den Ausstieg aus einer schlechten Beziehung, finden einen Job und lernen, anders mit ihren Kindern umzugehen, als sie es von den Eltern gewöhnt sind.«

Von Uganda hatte Ella Azra noch nichts erzählt. Sie wusste, wie viele Frauen dort noch mit der Frau mit der kleinsten Sozialwohnung tauschen würden. In Deutschland hatten sie Strom, fließend Wasser, einen Supermarkt um die Ecke, eine Arztpraxis fußläufig entfernt. Aber waren sie alle unglücklich dort gewesen? Nein, aber sie kannten es vielleicht auch nicht anders.

»Ich bin jedenfalls froh, dass du bei uns bist. Das war kein Zufall, dass ich dich in der Bücherei getroffen habe.«

Azra umarmte Ella.

Ella wischte sich eine Träne aus den Augenwinkeln, während sie mit Susannes Auto zu der angegebenen Adresse fuhr. Zum Glück hatte Susannes Auto ein Navigationsgerät. Ella hatte vorher sicherheitshalber auf den Stadtplan geschaut, um eine ungefähre Orientierung zu haben. Schließlich waren die Straßenkarten in den Bordcomputern nicht immer auf dem aktuellsten Stand. Die Straße befand sich zehn Kilometer von der Schule entfernt, in der sie den Vortrag gehalten hatte. Sie fuhr langsam durch die Neubausiedlung. Alles große Häuser, die Vorgärten gepflegt. Ein Spielstraßenschild. Poller, damit sich auch jeder an das Tempolimit hielt. Ella fuhr Schritttempo, als sie ein paar Jungs mit einem Fußball bemerkte, die sich von ihr nicht beeindrucken ließen. Das hier war doch eine gute Gegend, um ein Kind aufzuziehen. Ella parkte vor dem Haus, zu dem das Navi sie geführt hatte. Ein großer Klinkerbau mit einem Carport vor der Tür, unter dem ein Ford Sierra geparkt stand. Die Eltern waren also zu Hause. Auf Susannes Auto klebte ein Geburtshausaufkleber vom Haus der guten Hoffnung, darauf eine Hand, die ein Baby trug. Alles nur angedeutet mit ein paar Strichen, aber jeder würde wissen, dass das ein Hebammenauto war. Im Fenster wie immer auch der Zettel »Hebamme im Dienst«. Damit durfte sie im Notfall überall parken, solange sie keine Zufahrt blockierte. Die Jungs schauten sie neugierig an, während sie ausstieg und klingelte. Familie Dobowski. Den Namen musste sie sich gleich aufschreiben. Eine Frau in Filzpantoffeln und mit einem Putzfeudel in der Hand öffnete. Sie war um die vierzig. Noch jung genug, um sich mit um ein Baby zu kümmern, während die Tochter noch zur Schule ging. Der Geruch von einem deftigen Wintereintopf kitzelte Ellas Nase. Verhungern musste hier niemand.

»Guten Tag, ich bin Ella Valero vom Haus der guten Hoffnung.«

Die Frau musterte sie von oben bis unten.

»Hier klingeln dreimal die Woche Leute, die Spenden sammeln. Mein Mann sagt immer, wir spenden nur

Organisationen, die wir kennen. Also *Aktion Sorgenkind* und so. Laufen ja genug Betrüger draußen rum.«

Ella schmunzelte. Ihre Eltern waren auch treue Loskäufer bei der Lotterie, bei der der Überschuss wenigstens für behinderte Menschen eingesetzt wurde, auch wenn man nicht zu den glücklichen Gewinnern gehörte.

»Das verstehe ich absolut. Und keine Sorge, ich will auch keine Spenden sammeln.«

»Missioniert werden will ich auch nicht.«

»Auch das habe ich nicht vor. Ich habe einen Termin mit Andrea.«

»Mit Andrea?«

Ella nickte.

»Hier gibt es keine Andrea. Wir sind aber auch erst vor einem halben Jahr eingezogen.«

»Veilchenweg 23. Das Navi hat mich hierhin geführt.«

Die Frau schaute auf die bronzefarbene 23 neben der Haustür, als müsse sie sich vergewissern, dass das wirklich ihre Hausnummer war.

»Ich traue der neuen Technik eh nicht.«

»Aber die Adresse stimmt mit meiner überein. Vielleicht habe ich den Namen auch falsch verstanden.« Oder Andrea hieß gar nicht Andrea, dachte Ella und fuhr fort: »Haben Sie eine achtzehnjährige Tochter?«

»Nee, ich habe drei Jungs.«

»Und kennen Sie eine Andrea hier aus der Nachbarschaft? Achtzehn Jahre? Lange dunkle Haare? Geht noch aufs Wilhelm-Busch-Gymnasium.«

»Nee, nie gehört, könnte höchstens mal meinen Großen fragen. Der ist auch in dem Alter.«

Bevor Ella antworten konnte, rief die Frau mit der Stimme eines Feldwebels: »Kalle, kannste mal kommen?«

Kalle, ein schlaksiger junger Mann, kam tatsächlich die Treppe runtergeschlurft. Ob das Ganze ein Hinweis auf den Vater war? Das ergab aber keinen Sinn, schließlich wollte Andrea doch auf keinen Fall, dass jemand erfuhr, wer ihr Kind gezeugt hatte. Kalles rote Haare hingen ihm ins Gesicht. Das Lächeln offenbarte eine Zahnspange.

»Was ist denn, Mama?«

»Kennst du eine Andrea hier in der Gegend? Dein Alter?«

Kalle schüttelte den Kopf, und sosehr Ella auch Anzeichen von Nervosität suchte, da waren keine. Fast schade. Kalle sah zumindest nicht aus wie einer, vor dem Andrea Angst haben müsste.

»Aus der Schule vielleicht? Darf ich fragen, in welche Schule du gehst?«

Es war Andreas Schule.

»Andrea heißen da einige, aber ich habe mit keiner was zu tun.«

»Danke. Es tut mir leid. Vielleicht habe ich mir die Adresse falsch aufgeschrieben.«

Ella hob die Hand zum Abschied und drehte sich um. Ihre Hände zitterten am Lenkrad, und sie musste aufpassen, dass sie die spielenden Kinder nicht überfuhr, als sie rückwärts aus der Einfahrt bog.

Andrea hatte sie angelogen. Sie hatte von Ella absolutes Vertrauen eingefordert. Und Ella hatte sich darauf eingelassen. Hatte Andreas Bedingungen akzeptiert, hatte nicht interveniert, hatte vertraut. Als Ella an einer Ampel stand, nahm sie die Hände vom Lenkrad, ballte die rechte Hand zur Faust und schlug damit auf die linke Handfläche. Sie hätte sich ohrfeigen können. Warum war sie so blöd gewesen?

* * *

Ella hatte sie alle um eine Krisensitzung gebeten. Und nun saßen sie nach der letzten Vorsorge gemeinsam am Tisch. Susanne drehte die Heizung auf. Es war kalt geworden. Der Regen prasselte an die Fensterscheibe in dem Raum, der früher der Schlafraum für die Eltern nach der Geburt gewesen war und ihnen nun als Besprechungsraum diente.

Susanne, Annett und Carola warteten darauf, dass Ella endlich mit der Sprache rausrückte.

»Ich … ich weiß nicht, was ich machen soll!«

»Wir auch nicht, wenn du nicht endlich sagst, was los ist!«

Susanne zog ihre Strickjacke enger um ihren Körper. Sie war müde und wollte nach Hause. Allein, um für die nächste Geburt ausgeschlafen zu sein.

»Andrea hat mich angelogen. Ihre Adresse stimmte nicht. Wir hatten uns für den Hausbesuch verabredet, sie hatte mir endlich eine Adresse gegeben, aber die war falsch.«

»Ach du Sch…« Susanne hielt inne. Sie versuchte, nicht mehr zu fluchen, nachdem Susy ein paarmal ihre Schimpfwörter mit nach Hause gebracht hatte. Vor allem in das Zuhause von Angela und Gerd, ihren anderen Großeltern, die wahrscheinlich nicht einmal das Wort Scheibenkleister benutzten.

»Kannst du laut sagen. Und jetzt?«

»Kann ich nicht anders, als herauszufinden, wo sie wirklich wohnt.«

»Habt ihr außerdem einen Termin ausgemacht? Vielleicht kommt sie zu dem nächsten ja und wollte nur nicht, dass du sie zu Hause besuchst?«, fragte Annett.

»Leider haben wir keinen nächsten Termin, und selbst wenn, dann würde ich mich wundern, wenn sie einfach so reinspaziert. Aber warum hat sie mir nicht einfach gesagt, dass sie nicht möchte, dass ich komme?«

»Weil du früher oder später darauf bestanden hättest.«

Und das hätte sie auch gemusst, dachte Susanne. Sie waren verpflichtet, die Daten der Mütter aufzunehmen. Anders konnten sie auch gar nicht mit der Krankenkasse abrechnen. Gut, das sollte nicht im Vordergrund stehen, aber das Geburtshaus lebte eben nicht von Luft und Liebe allein.

»Und wie willst du das jetzt rausfinden?«, fragte Carola.

»Ich werde morgen früh in der Schule anrufen. Und ich versuche, dabei die Sache mit der Schwangerschaft nicht auffliegen zu lassen, wobei es langsam zu sehen sein müsste.«

Susanne erinnerte sich an ihre eigene Schwangerschaft mit sechzehn. Bis zum siebten Monat war kaum was zu sehen gewesen. Es gab zwei Sorten von Frauen, die die Schwangerschaften lange verheimlichen konnten. Die sehr großen, jungen Frauen, bei denen das Baby viel Platz hatte, sich zu strecken, und die mit einer kompakten Figur und viel Leibesfülle, die eigentlich immer so aussahen, als wären sie schwanger. Und dann gab es immer noch die Babys, die sich versteckten, als müssten sie ihre Mutter schützen. Das war bei ihr auch so gewesen, wobei es vielleicht sogar leichter gewesen wäre, wenn alle Welt die Schwangerschaft gesehen hätte. Dann hätte sie auch nicht so tun können, als wäre nichts.

»Was ist, wenn Andrea sich etwas antut? Dann bin ich schuld.«

»Nein, Ella, das bist du nicht. Du warst so gut für sie da, wie du konntest«, versuchte Susanne Ella zu beruhigen. Mit Schuldgefühlen war sie selbst bestens vertraut, und es hatte lange gedauert, bis sie sich manche Dinge verzeihen konnte.

»Jetzt warte mal ab. Vielleicht meldet sie sich spätestens dann bei dir, wenn es aufgeflogen ist«, versuchte es auch Carola.

»Ruf morgen früh in der Schule an, vielleicht erfährst du dann etwas Konkretes. Ich wünschte, wir würden in einer Welt leben, in der ein Mädchen direkt nach dem positiven Test zu ihren Eltern gehen könnte«, meinte Annett.

»Ja, es wäre schön, wenn wir in einer perfekten Welt leben würden«, seufzte Carola.

Wäre es das, fragte sich Susanne. Und was wäre schon perfekt?

»Zumindest in einer Welt, in der niemand seine Geheimnisse für sich behalten muss.«

Susanne war selbst oft so etwas wie eine Beichtmutter für Frauen gewesen. Sie dachte an Heidi und Günther, die sie damals im St.-Laurentius-Krankenhaus betreut hatte. Heidi hatte ihrem Mann bis nach der Geburt nichts von ihrer ersten Schwangerschaft erzählt. Oder an Erika, die auf ungewöhnlichem Weg schwanger geworden war. Diese beiden Frauen konnten am Ende mit ihren Partnern über ihr Geheimnis sprechen, aber es hatte auch einige gegeben, die ihre Kuckuckskinder, Kindheitstraumata oder einfach nur ihre ihrer Meinung nach verbotenen Gefühle niemand anders als Susanne anvertrauen wollten. Für Susanne war es einmal schwer gewesen, dem ahnungslosen Vater in die Augen zu schauen, der nicht der biologische Vater war. Aber so ein gebeichtetes Geheimnis musste sie bewahren. Und sie hatte es nur anvertraut bekommen, weil die Mutter wusste, dass sie es nicht weitererzählen würde. Aber was wäre, wenn durch das Geheimnis jemand in Gefahr wäre?

* * *

Maike und Thomas waren schon in der Schule und Florian im Kindergarten; Andreas, Carola und Stefanie saßen noch am Frühstückstisch. Andreas hatte alle Kölner Zeitungen vom Bäcker mitgebracht, wie an jedem Morgen in der letzten Woche. Und heute war zumindest in der Rundschau ein Bericht über Detlef Kron drin.

Kölner Fotograf zu zwei Jahren Haft verurteilt.

Sein Verhalten gegenüber den Frauen und Mädchen war wahrscheinlich nicht der tatsächliche Grund dafür, dass Detlef K. aus Köln hinter Gitter kam, sondern die Summe aus Steuerhinterziehung, Körperverletzung und Nötigung, wie der Artikel verriet.

»Ha, der packt kein Mädchen mehr an!«

Carola sah diesen Mann auf dem Foto zum ersten Mal, auch wenn seine Augen von einem schwarzen Balken verdeckt waren. Graue Haare, zum Zopf gebunden. Ein schwarzes Hemd. Eher der Typ Künstler als ein »Föttjesfühler«, wie man es im Kölschen gern verharmloste. Aber was war schon der äußere Eindruck?

»Na, wenn es blöd läuft, fängt er danach halt woanders wieder an«, entgegnete Andreas, der dabei war, den *EXPRESS* durchzublättern. Dem war der Fotograf wohl nicht reißerisch genug. Im Lokalteil stand was von der Oma, die mit hundertzwei Jahren einen Einbrecher mit dem Krückstock in die Flucht geschlagen hatte, sowie von einer jungen Frau, die vermisst wurde.

»Erst mal ist er jedenfalls weg vom Fenster. Und er ist ja nicht der Einzige, der sich Frauen gegenüber wie ein Lustmolch verhält. Mir sind die schwulen Fotografen immer die liebsten.« Stefanie nahm sich noch ein Croissant und bestrich es mit Nutella.

»Und warum machst du diesen Job überhaupt?«, fing Carola wieder mit der alten Diskussion an. Für sie war das immer noch ein grundsätzlich frauenverachtender Beruf, auch wenn sie sich bemühte, mit Stefanie möglichst nicht mehr darüber zu diskutieren. Die Zeit arbeitete für sie, und spätestens mit dreißig musste Stefanie sich nach einem anderen Job umschauen.

»Weil er mir Spaß macht und nicht alle so sind. Und weil er mir einfach ein gutes Leben ermöglicht. Und wir können uns doch nicht wegen ein paar schwarzen Schafen die Freude am Job verderben lassen. Denk doch mal an den Hebammenjob. Es gibt auch blöde Hebammen, die die Frauen unter der Geburt anraunzen. Oder ihnen das Gefühl geben zu versagen. Sind deswegen alle falsch?«

»Nein, natürlich nicht«, antwortete Carola nur und verkniff sich die Bemerkung, dass sie da Äpfel mit Birnen verglich. Sie war froh, dass Stefanie so lange da war, und wollte keinen Streit.

»Apropos Fotojobs. Vermisst dich in Berlin keiner?«

»Willst du mich loswerden, Papa?«

»Nein, ich wundere mich nur, dass du immer noch hier bist. Normal bist du doch nur op Jöck.«

»Op Jöck! Ich arbeite! Aber ich habe die letzten Monate so durchgearbeitet, dass ich ganz froh bin, jetzt mal eine Pause zu haben.«

Carola dachte an die Summe, die Stefanie für einen Vertrag mit einer Kosmetikfirma bekommen hatte. So viel Geld für ein Dutzend Fotoshootings, das verdiente sie in drei Jahren nicht.

»Und es gibt noch einen Grund, warum ich was länger hierbleibe.«

Carolas Herz pochte. Es kam ihr gleich verdächtig vor, dass Stefanie die große Freiheit gegen zwei Wochen in ihrem alten Kinderzimmer tauschte, in dem noch die gleichen Poster an der Wand hingen und die Coladosen-Sammlung und ein paar Stofftiere im Regal verstaubten.

»Und zwar?«

Ein Baby? Ein Outing? Die Ankündigung, per Anhalter durch Indien zu reisen?

»Ich würde gerne mit euch was durchsprechen.«

»Alles, was du willst.« Carola dachte an Ellas Schwangere, die sich ihren Eltern nicht anvertrauen konnte.

»Einen Kaufvertrag. Und im Grunde bräuchte ich euch auch als Bürgen. Aber keine Sorge, ich kann mit fünfzig Prozent Eigenkapital in die Verhandlung gehen.«

»Wovon sprichst du?« Carola stellte ihre Kaffeetasse ab.

»Also ich möchte euch bitten, mit mir zur Bank zu gehen. Bin ja immer noch bei meiner alten Hausbank. Also ich würde gerne meine Wohnung kaufen.«

»Diese Bruchbude?!«

Andreas schüttelte den Kopf, und auch Carola wunderte sich. Sie wusste ja, dass Stefanie sich einiges angespart hatte, und fand den Gedanken grundsätzlich gut, aber wenn sie was in Berlin kaufen würde, würde sie wahrscheinlich für immer dableiben. Warum nicht in Köln? Und warum ausgerechnet eine Wohnung mit Klo auf dem Flur und Kachelofen statt Heizung? Carola und Andreas hatten Stefanie einmal für zwei Tage besucht, während Susanne auf Florian und Maike aufgepasst hatte. Carola hätte sich am liebsten den guten alten Nachttopf unters Bett gestellt oder besser gesagt neben die Luftmatratze auf dem Holzboden, weil sie auf dem Weg durch den langen Flur bis zum Treppenhaus fast erfroren wäre. Und dann hatte sie mitten in der Nacht einen Schrei losgelassen, weil auf dem Klo ein Mann aus der Nachbarwohnung saß.

Stefanie sagte immer, die Wohnung sei romantisch. Und außerdem in einer coolen Ecke. Prenzlauer Berg. Und richtiger Altbau. Hohe Decken. Flügeltür zum Wohnzimmer. Stuck an der Wand. In Berlin gäbe es halt auch mehr davon, weil nicht alles so zerbombt gewesen sei wie in Köln.

»Puh. Machst du dir keine Gedanken, warum der Eigentümer sie loswerden will?«

»Der will 'ne Weltreise machen. Und mit fünfhundert Mark Miete kommt er nicht weit.«

»Und was will er für die Wohnung haben?«

»Zweihunderttausend Mark.«

»Na, davon kann man echt 'ne Weile reisen.«

Carola schluckte. Ihre Tochter hatte also schon die Hälfte auf der hohen Kante. Ihre Tochter, die sich bis zum Teenageralter ein Zimmer mit ihrer Schwester teilen musste, die sich Klamotten von Benetton oder die Levi's zum Geburtstag wünschen musste, während ihre Freundinnen sie einfach so bekamen. Die mit ihren Eltern noch nie geflogen war, jettete jetzt durch die Weltgeschichte, trug Designerklamotten, die sie meist auch noch geschenkt bekam, und hatte so viel Geld auf dem Sparkonto, dass sie wahrscheinlich mehr Zinsen bekam, als manche Billiglohnkraft im Monat verdiente. Und wollte sich eine Wohnung kaufen. Mit Mitte zwanzig.

»Das ist immer noch viel Geld«, sagte Andreas. »Was ist, wenn du den Kredit nicht abbezahlen kannst, wenn die Aufträge ausbleiben?«

Andreas war als Schriftsteller ja genauso von der Gunst der Leute abhängig. Und ja, eine Modelkarriere konnte schnell zu Ende sein.

»Ich bin ja nicht naiv. Michaela und Lilli, eine Modelkollegin, wollen auf jeden Fall drinbleiben, und dann zahlen sie mir die Miete. Und wenn ich gar nicht mehr gebucht werde, suche ich mir halt 'nen anderen Job. Messehostessen werden immer gesucht.«

Vor Carolas innerem Augen tauchten traurige Bilder auf. Ihre Tochter nicht nur begafft von blöden Fotografen, sondern zitternd in der kalten Wohnung, seit Wochen nur noch Haferflocken mit Milch verspeisend, weil sie den letzten Pfennig für den Kredit ausgibt und keiner sie mehr als Model buchen will. Und dann als Notlösung Fleischbeschau Messehostess? Und Andreas und sie, wie sie ihr eigenes Haus verkaufen müssen, weil sie für Stefanie gebürgt haben.

»Ich halte das für ziemlich riskant. Denk mal an Monopoly und die Gemeinschaftskarte, auf der steht, dass alle Häuser renoviert werden müssen. In so einem Haus mit mehreren Parteien bist du doch völlig ausgeliefert. Stell dir vor, alle anderen wollen sanieren und … Oder wenn du die Wohnung wieder loswerden willst. Wer kauft schon so eine Bruchbude? Und dann noch in so einem lauten Viertel voller Imbissbuden? Und ist das nicht immer noch Ostberlin? Habe letztens 'ne Doku gesehen, dass da noch so viel leer steht. Nachher hast du einen Klotz am Bein, den du nicht mehr loswirst.«

»Ach, Mama, aber vielleicht ist die Wohnung in zwanzig Jahren auch fünfmal so viel wert.«

»Vielleicht. Das ist äußerst unwahrscheinlich. Und reine Spekulation. Hat dir das der Vermieter etwa eingebläut?«

»Nee, der jammert, dass ich mich endlich entscheiden soll, weil er gerne die ersten Flugtickets buchen würde. Er hat die Wohnung von einer Tante geerbt, und ihm ist es schon zu viel, sich um eine Elektroheizung zu kümmern.«

Tja, der wusste wohl, warum er die Wohnung loswerden wollte.

»Wir denken drüber nach, okay? Es ist leider nicht so, dass wir wirklich für dich einspringen könnten, wenn die Bank das Geld sofort haben wollte und du nicht zahlen könntest.«

»Und im Moment könnten wir auch nicht wirklich was dazutun. Oder, Carola? Ich meine, wir könnten mal schauen, aber wir zahlen unser Haus ja selbst noch ab.«

Andreas traute dem aktuellen Erfolg auch noch nicht so ganz, hatten sie doch jahrelang von der Hand in den Mund gelebt.

* * *

Ella griff im Geburtshausbüro zum Telefonhörer. Hilde kam erst um zehn Uhr, so konnte sie jetzt noch ungestört sprechen. Sie kam sich wie eine Verräterin vor, als sie die Nummer der Schule wählte. Draußen begann es zu schneien, und ein paar Kinder mit Schulranzen auf dem Rücken jagten den Flocken nach. Sie würden zu spät kommen, wenn sie sich jetzt nicht beeilten.

»Sekretariat des Wilhelm-Busch-Gymnasiums, Meinertzhagen am Apparat.«

»Guten Morgen, Frau Meinertzhagen. Könnten Sie mir Auskunft über die Telefonnummer einer Schülerin geben? Ich habe neulich einen Vortrag an ihrer Schule gehalten und es ging um …«, Ella hasste es zu lügen, aber manchmal musste es sein, »… ein Praktikum.«

»Na, klar, ich habe ja alle Nummern hier. Wir sind froh, wenn wir unsere Schüler vermitteln können. Ist ja gar nicht immer so einfach heutzutage.«

Das lief doch gut.

»Leider habe ich nur den Vornamen und die Klasse. Eine Andrea aus der dreizehnten, Bio-LK.«

»Andrea, Andrea, ich schaue mal nach. Andreas gibt es ja einige.«

Ella hörte, wie die Sekretärin aufstand und sich wenig später wieder auf den Sessel fallen ließ.

»Uff, ganz schön schwer, der Ordner der Dreizehnten. Sie meinen aber nicht Andrea Vetterle?«

Die Stimme klang verändert.

»Ich kenne den Nachnamen wie gesagt nicht. Hätte ich mal nachfragen sollen.«

Wobei sie das ja sogar versucht hatte.

»Wie sah sie aus?«

»Relativ groß, lange dunkle Haare. Und wie gesagt, sie war in dem Bio-Leistungskurs.«

»Und sie wollte bei Ihnen ein Praktikum machen?«

»Ja, wir wollten zumindest darüber sprechen.«

»Andrea Vetterle wird seit zwei Wochen vermisst.«

»Oh Gott, das tut mir leid.«

Ella erschrak. Sie hätte sofort handeln müssen. Andrea vermisst. Vielleicht lebte sie nicht mehr. Vielleicht hielt sie sich auch draußen auf. Die Schulkinder auf der Straße waren nicht mehr zu sehen, aber der Schneefall wurde stärker.

»Ja, ganz schöne Aufregung. Die Schülervertretung hat überall Plakate aufgehängt, und ein paar Zeitungen haben auch darüber berichtet. Die Polizei kann nicht viel machen. Sie sagt, die junge Frau sei erwachsen, und solange es keine Hinweise auf eine Gefährdung gibt, ist es ihr gutes Recht, mal auszubrechen. Die meisten Teenager und jungen Erwachsenen kämen wohlbehalten wieder. Nee, die wissen doch alle gar nicht, wie gut sie es meistens haben. Die Andrea jedenfalls hat keinen Grund, von zu Hause abzuhauen. Nette Eltern. Nette Schwester. Ganze Familie engagiert sich im Förderverein und in der Karnevals-AG.«

Vielleicht war das alles auch nur ein trügerischer Schein. Vielleicht hatte Andrea sehr wohl einen Grund, ihren Eltern nicht zu vertrauen.

»Sind Sie noch dran?«

»Ja. Können Sie mir die Nummer der Eltern geben?«

Ella musste mit den Eltern sprechen. Und mit der Polizei. Hoffentlich war es noch nicht zu spät.

* * *

»Und was wünscht ihr euch zu Weihnachten?«, stellte Antonius eine scheinbar unschuldige Frage, während Susanne, ihre Tochter Julia und ihre Enkelin Susy am Kaffeetisch in ihrer Wohnung saßen. Drei Kerzen flackerten am Adventskranz. Alle waren kaum benutzt. Wann kamen sie schon dazu, sich gemütlich hinzusetzen? Für Antonius bedeutete die Vorweihnachtszeit einen einzigen Buchverkaufsmarathon, und Susanne hatte gerade viele Vorsorgen. Julia stellte ihre Kaffeetasse ab und sah Susanne in die Augen. Susanne betrachtete ihre Tochter, die ihr so ähnlich sah. Achtundzwanzig Jahre war sie mittlerweile alt. Die ersten Fältchen bildeten sich um ihre Augen, wenn sie lächelte, aber gerade lächelte sie kein bisschen.

Susy nahm sich unterdessen noch ein paar Kokosmakronen. Der Bratapfel lag zermatscht auf ihrem Teller.

»Ich wünsche mir meinen Vater zurück.«

Susanne verschluckte sich und hustete. Wie konnte sie sich jemanden zurückwünschen, der nie Teil ihres Lebens gewesen war? Und auch wenn Julia einen sehr offenen Erziehungsstil führte, musste sie so etwas vor Susy sagen?

»Aber Mama, Opa Gerd ist doch da. Und ein bisschen ist Antonius doch auch dein Papa!«

Susy streichelte ihrer Mutter über den Rücken, während Susanne noch nach einer Antwort rang. Antonius lächelte. Er freute sich wohl über Susys Bemerkung.

»Ich meine, meinen echten Vater. Der, der mich gezeugt hat.«

»Mama, was heißt zeugen?«

»Das weißt du doch. Ich sage dir es nachher noch mal.«

Susanne seufzte. »Julia, selbst wenn ich wollte, wir würden deinen Vater niemals finden. Lass es gut sein.«

»Warum?«

»Können wir das wenigstens allein besprechen?«

Was war los mit Julia? Hatte das etwas damit zu tun, dass Lukas in letzter Zeit so selten dabei war? Heute hatte Julias Mann schon wieder Wochenenddienst. Und als Susanne die beiden letztes Mal zusammen getroffen hatte, war eine angespannte Stimmung zwischen ihnen gewesen. Hoffentlich bahnte sich keine Ehekrise an.

»Also, ich wünsche mir immer noch ein Geschwisterchen«, goss Susy noch Öl ins Feuer. Nur Antonius lächelte über die Antwort. Susanne zerriss es das Herz.

»Also ich wünsche mir, dass wir einfach eine schöne,

friedliche Zeit miteinander verbringen können. Wir sind doch schon eine so wunderbare Familie.«

Wie immer war Antonius versöhnlich und auf der Suche nach Harmonie. Susanne griff nach seiner Hand. »Das finde ich auch. Und es gibt Dinge, die liegen einfach nicht in unserer Hand.«

»Doch, Mama, manche Dinge liegen sehr wohl in unserer Hand. Wenn du es wirklich rausfinden wollen würdest, dann würdest du das schaffen.«

»Sollen wir im Buchladen nach einem schönen Buch für dich suchen, Susy? Die Erwachsenengespräche sind doch langweilig.«

Ohne eine Antwort abzuwarten, stand Antonius auf, und Susy folgte ihm. Sie warf im Rausgehen ihrer Mutter einen besorgten Blick zu.

Susanne wartete, bis die Tür ins Schloss gefallen war. »Julia, bitte, das führt doch zu nichts.«

Susanne hatte es als Jugendliche gehasst, dass ihre Eltern alle Probleme unter den Teppich kehrten. Ja, über ihre Schwangerschaft wurden damals kaum Worte verloren. Susanne wurde bis zur Niederkunft in ein Heim für minderjährige Schwangere gesteckt, während alle im Umfeld in dem Glauben gelassen wurden, dass sie ein paar Monate in England verbrachte, um ihre Fremdsprachenkenntnisse zu verbessern. Sie musste ihr Kind zur Adoption freigeben, und danach hielten es alle für das Beste, so zu tun, als hätte es diese Schwangerschaft nie gegeben. Als Julia achtzehn wurde, hatte sich Susanne auf die Suche gemacht. Und jetzt wollte sie nicht, dass ihre Tochter ihren Vater suchte?

»Du hast doch auch nicht lockergelassen, bis du mich gefunden hast.«

»Ach, Julia.« Susanne sah ihre Tochter an. Eine wunderbare junge Frau, die schon so viel erreicht hatte: Sie war Ärztin, nachdem sie das Medizinstudium mit Baby durchgezogen hatte, hatte einen liebevollen, gleichberechtigten Mann an ihrer Seite, war freundlich und offen und nahm das Leben meist mit einer bewundernswerten Leichtigkeit.

Aber Susanne wusste nur zu gut, wenn Julia verletzt war, dann konnte sie so stur sein. Als sie nach Susys Geburt herausgefunden hatte, dass ihre Hebamme gleichzeitig ihre leibliche Mutter war, hatte sie den gerade erst entstandenen Kontakt abgebrochen. Und wollte zunächst nie wieder was von Susanne wissen.

»Du warst mein Kind. Ich habe dich achtzehn Jahre lang jeden Tag vermisst.«

»Und ich vermisse meinen Vater, seit ich weiß, dass Papa nicht mein echter Vater ist.«

»Aber Gerd war dir immer ein guter Vater.«

»Trotzdem. Ich habe das Gefühl, dass ein wichtiges Puzzlestück in meinem Leben fehlt. Es gibt immer wieder Momente, in denen ich mich selbst nicht erkenne. In denen ich mir selbst Angst mache. Vielleicht bin ich dann so wie er.«

Susanne konnte jetzt kaum sagen, dass sie sselbst schon verkorkst genug war, sodass sie nicht nach ihrem Vater suchen musste. Es war eh unglaublich, wie stark und ausgeglichen Julia immer war. Oder war das ein Trugschluss? Hatte sie sich all die Jahre nur zusammengerissen?

»Du bist so viel mehr als deine Gene. Und Krisen sind völlig normal. Was bedrückt dich denn gerade?«

»Du bist wie Antonius. Ihr geht allen Konflikten aus dem Weg. Hauptsache, alles ist immer harmonisch.«

»Und was ist so verkehrt daran, Frieden haben zu wollen?«

»Das ist kein Frieden. Die Zündschnur zischt im Inneren, bis die Bombe hochgeht.«

Wie sehr hatte Susanne sich auf einen friedlichen Adventskaffee gefreut. Und jetzt wollte Julia in der Vergangenheit rumbohren? In einer Vergangenheit, mit der sie endgültig abgeschlossen hatte?

Köln war im Zweiten Weltkrieg heftig bombardiert worden. Die halbe Stadt lag in Schutt und Asche, dabei waren noch nicht einmal alle Bomben hochgegangen. Unzählige schlummerten noch unter der Erde, und immer, wenn eine entdeckt wurde, wurde sie unter größten Vorsichtsmaßnahmen entfernt. Die Bombe, die Julia meinte, konnte man nur liegen lassen. Einmal würden sie sehr wahrscheinlich vergeblich graben, und falls sie fündig werden würden, war die Stärke der Explosion nicht abzusehen.

»Julia, ich bitte dich einfach, nicht in der Vergangenheit zu graben.«

»Wovor hast du Angst, Mama? Was soll denn schon passieren? Wir haben nichts zu verlieren.«

Ja, was hatten sie eigentlich zu verlieren? Vielleicht eine Illusion? Der Einzige, der wirklich etwas zu verlieren, aber noch mehr zu gewinnen hatte, war James, ein mittlerweile Mitte vierzig Jahre alter Mann. Was für ein Mann war der

damals ebenfalls sechzehnjährige Junge mit Sommersprossen und Vorliebe für die Stones wohl geworden? Und gab
es damals nicht Tausende Jungs mit dem Namen James,
die Sommersprossen hatten und Stones-Fans waren?
Vielleicht sogar Zehntausende? Gut, nicht alle davon lebten 1970 in der Nähe von Liverpool. Trotzdem, es war besser, die Vergangenheit ruhen zu lassen.

***

Carola grinste in sich hinein, als sie ein weiteres Päckchen
mit einer Schleife verzierte. Sie hatte ihren persönlichen
Rekord gebrochen: schon eine Woche vor Weihnachten
alle Geschenke besorgt. Und fast alle eingepackt. Sogar
die für ihre Eltern und ihre Schwester und ihre Familie.
Nicht nur dank Quelle und Otto, sondern auch der
Freundschaft ihres jüngsten Sohnes mit der Nachbars-
tochter. Carola hatte Gundula Kunze nach der Geburt
betreut, auch wenn die Nachbarin nicht nur ihre Arbeit
im Geburtshaus immer skeptisch beäugt hatte. In allem
waren die beiden Frauen grundverschieden, was jeder
Plausch am Gartenzaun bestätigte. Gundula Kunze schüttelte den Kopf darüber, dass Carola mit vier Kindern noch
arbeiten ging, darüber, dass ihr die Fenster und der Vorgarten nicht so wichtig waren, darüber, dass Maikes
Kaninchen, die doch nicht zwei Weibchen gewesen waren,
sich noch mehr als Carola und Andreas vermehrt hatten
und jetzt acht Kaninchen durch den Garten hoppelten
und aus dem hübschen Rasen einen Flickenteppich machten. Und sie hatte schon die eine oder andere Bemerkung
darüber fallen gelassen, dass die Hardgenbuschs ihre

Kinder zu frei erziehen würden. Wie die manchmal rumliefen! Bis auf die Älteste, aber die war ja auch Model … Gundula machte genauso wenig einen Hehl daraus, dass sie Carola komisch fand. Auch wenn Carola vom Küchenfenster oft beobachten konnte, dass Gundulas Mann jetzt jeden Samstag auch links und rechts mit Plastiktüten von *ALDI* beladen aus dem Auto stieg und er mit der Tochter nachmittags Fahrrad fahren ging, während Gundula an dem Tag immer putzte (Carola wusste das, weil Gundula stets die Eimer mit Dreckwasser vor der Haustür in den Gully kippte und das Küchenfenster der Hardgenbuschs zur Straße hin lag), hielt Carola ihre Nachbarin immer noch für eine unterdrückte Frau, die niemals etwas für sich einforderte. Oder viel zu wenig.

Und jetzt waren Florian und die ein Jahr ältere Lena die allerbesten Freunde, die nachmittags oft abwechselnd bei den Hardgenbuschs oder Kunzes oder auf der Straße vor dem Haus spielten. Und so hatte Carola immer wieder Zeit für Dinge, die sie sonst nur erledigen konnte, wenn Florian im Bett oder Kindergarten war.

Es klingelte an der Haustür. Carola legte die Schere ab, mit der sie gerade Kindergeschenkpapier zuschnitt.

Florian und Lena standen davor. Die Wangen rot von der Kälte, die Schuhe voller Schneematsch.

»Uns war langweilig drüben.« Lena lachte spitzbübisch. Im Gegensatz zu ihrer Mutter forderte sie sehr wohl ein, was sie wollte.

»Und wir haben Hunger!«

Beide zogen brav ihre Stiefelchen aus und stellten sie direkt im Flur ab. Und rannten in den offenen Wohnbereich, wo sich die Geschenke auf dem Tisch stapelten. Zum Glück fast alle eingepackt. Carola stellte sich den Kindern in den Weg.

»Halt. Stopp. Hier ist Kinderverbotszone, weil, weil …«

Was sollte sie sagen? Florian wusste bereits, dass es keinen Weihnachtsmann gab, aber Lisbeth hatte ihr kürzlich noch erzählt, dass sie extra alle Pakete vor Weihnachten zu ihrer Tante liefern lassen würde, damit bei Lena bloß kein Verdacht aufkam, dass der Weihnachtsmann oder das Christkind gar nicht existierte. Und Carola wollte nicht die Spielverderberin sein, so viel Solidarität unter Müttern musste sein.

»Weil du gerade Geschenke einpackst?«, fragte Lena, die die Päckchen und das Papier, die Schleifen und Bänder längst entdeckt hatte. In diesem Punkt war sie ihrer Mutter sehr ähnlich. Die sah auch immer alles ganz genau, selbst wenn es nicht für ihre Augen bestimmt war. Ja, es musste einen Punkt im nachbarlichen Garten geben, von dem aus sie sogar ins Wohnzimmer gucken konnte.

»Äh, ja, Geburtstagsgeschenke.«

»Aber von uns hat doch gar keiner Geburtstag!«, rief Florian.

»Ich sage dir gleich, wer Geburtstag hat, aber zuerst wascht ihr euch ganz gründlich die Hände mit Seife. Und dann mache ich euch was zu essen.«

»Okay.« Die beiden trollten sich ins Gästebad. Carola packte schnell alle Geschenke in den Wäschekorb, der zufällig im Wohnzimmer stand, lief mit dem Korb in Andreas' Arbeitszimmer und verschloss hastig die Tür. Andreas war nicht da, sondern in Antonius' Buchhandlung, um Bücher zu signieren. Carola hatte das Plakat im Schaufenster der Buchhandlung, in der sich auch Andreas' Bücher stapelten, immer wieder bewundert, wenn sie in der Geburtshauspause mal um den Block lief. Als kleine Buchhandlung musste sich die Nippeser Bücherstube was einfallen lassen. In der *Mayerschen* hatten erst neulich Ken Follett und Hera Lind Signierstunden gegeben; die Kette hatte Lesesessel aufgestellt und sogar eine Ecke mit Kaffeeverkauf eingerichtet. Da konnte Antonius kaum mithalten. Hoffentlich kamen genug Leute.

»Mama, wer hat denn Geburtstag?«, fragte Florian.

Carola hörte die Klospülung. Lena war wohl noch beschäftigt. Sie beugte sich zu Florian und flüsterte: »Das Jesuskind.«

»Aber dem schenken wir doch nichts?«

»Ich will nicht, dass Lena traurig ist, wenn sie weiß, dass ihre Eltern die Geschenke bringen. Deshalb habe ich gesagt, dass ich Geburtstagsgeschenke einpacke.«

»Lena ist nicht traurig. Ich habe ihr das schon gesagt.«

Mist. Dann würde sie sich wieder was anhören können! Und da kam Lena auch schon. Am besten, sie lenkte die beiden ab.

»Und wer möchte jetzt einen warmen Kakao und ein Nutellabrot?«

»Au ja! Nutella darf ich zu Hause nie essen, weil meine Mama immer sagt, dass das Karius und Baktus macht.«

»Wir haben auch Käse oder Wurst.«

»Ich finde Käse und Wurst voll eklig. Ich nehme die Nutella«, antwortete Lena großzügig. Die beiden Kinder quetschten sich mit Carola in die Küche, die so konstruiert war, dass eigentlich nur die Hausfrau dort Platz fand.

Sie schauten zu, wie Carola dick Nutella auf die Brote schmierte und Kakao erhitzte. Carola machte sich gleich selbst einen Kaffee und schmierte ein Nutellabrot mehr, packte alles auf ein Tablett und trug es zum Esstisch im Nebenraum.

»Spielst du mit uns auch noch 'ne Runde Uno?«, fragte Lena kurze Zeit später mit vollem Mund. Warum nicht? Carola wusste, dass das in ein paar Jahren komplett vorbei sein würde, dass die Kinder und ihre Freunde noch etwas mit ihr gemeinsam spielen wollten.

Was gab es Schöneres in Kombination? Kaffee, glückliche Kinder und was Süßes. Und dann gewann sie auch noch die ersten beiden Runden, worauf Lena und Florian sich entschieden, gemeinsam gegen sie anzutreten. Carola ließ ihre Kinder niemals gewinnen.

Es klingelte wieder. Vielleicht Maike, die sich mit einer Freundin auf der Schlittschuhbahn am Heumarkt verabredet hatte? Selbst wenn die Kinder einen Schlüssel dabeihatten, klingelten sie. Und Carola erkannte mittlerweile fast jedes Kind an der Art zu klingeln. Sie erhob sich von dem Stuhl am Esszimmertisch und lief zur Tür.

Gundula.

»Sind die Kinder hier?«

Carola nickte.

»Habe mich schon gefragt, wo sie sind.«

Ohne zu fragen, ob es gerade passte, zog sie ihre Schuhe aus und lief durch den großen Flur ins Ess- und Wohnzimmer.

»Lena, da seid ihr ja. Du musst mir immer Bescheid sagen. Und du sollst doch nicht so viel naschen.«

Lena hatte ein Schokoschnütchen und hatte sogar Carolas Brot mitverputzt.

»Möchtest du vielleicht auch einen Kaffee?«, lenkte Carola von dem Thema ab.

»Oh, ja, sehr gerne! Eine Pause würde jetzt guttun. Ich stand den ganzen Tag in der Küche. Fünf Sorten Plätzchen. Und alle Betten überzogen. Auch die Gästebetten. Mein Schwager mit Familie kommt an Weihnachten. Und die Kekse muss ich morgen noch zum Basar bringen.«

Carola lief in die Küche und war froh, dass noch Kaffee in der Maschine war. Sie kam mit einer Tasse zurück. Mit Milch und Süßstoff. So trank Gundula den Kaffee immer.

Gundula schaute sich in dem Wohnzimmer um.

»Ich wünschte, ich könnte so entspannt sein wie du!«

»Wie meinst du das?«

Im Grunde war Carola stolz auf sich, dass sie wieder recht entspannt war. Sie wollte schließlich ein Vorbild für die Frauen sein, die zu ihr in die Kurse kamen.

»Na, dass dir so ein Chaos gar nichts ausmacht.«

Chaos? Sie hatte heute Vormittag zwei Beratungen, eine Vorsorge und mehrere Telefonate mit verzweifelten Müttern hinter sich. Sie hatte die Kinder bekocht, eine halbe Stunde mit ihrer schwerhörigen Mutter telefoniert, eingekauft, Geschenke eingepackt und außerdem eine Stunde aufgeräumt. Sie fand es sogar sehr ordentlich. Carola sah Florian und Lena an, die sich die Playmobilkiste aus dem Regal geschnappt hatten und nun auf dem Wohnzimmerteppich einen Bauernhof aufbauten. Sie atmete tief durch. Gundula meinte es nicht persönlich. Und selbst wenn, es lohnte sich nicht, mit der Nachbarin einen Streit anzufangen. Allein wegen der Kinder nicht.

»Und ich bewundere dich. Dass du den Haushalt so gut im Griff hast. Bei dir sieht es immer perfekt aus.«

Gundula Kunze strahlte.

Und Carola meinte das durchaus ernst. Aber es war ja gar nicht ihr Ziel, einen Haushalt so perfekt zu führen.

* * *

Zu viel Perfektion war immer verdächtig, dachte Ella, als sie in der Dunkelheit die Einfahrt des Einfamilienhauses zur Tür hinlief. Der Klinkerneubau mit einem Vordach auf Säulen über der Eingangstür war mit einer Lichterkette geschmückt. An der Tür hing ein Kranz aus Ilex und roten Christbaumkugeln. Ein bisschen wie in einem amerikanischen Weihnachtsfilm, nur dezenter. Ob die Weihnachtsdekoration angebracht worden war, bevor Andrea verschwunden war? Oder danach, damit die Nachbarn nicht auf die Idee kamen, dass etwas nicht in Ordnung war? Halt, rief sich Ella zur Ordnung. Die ganze Nachbarschaft wusste, dass Andrea verschwunden war. Schließlich hatten die Eltern sie als vermisst gemeldet. Und hatten gesagt, dass sie Ella unbedingt sehen wollten, wenn sie irgendwas von ihrer Tochter wüsste. Am Telefon hatte Ella nur gesagt, dass sie Andrea bei einer Veranstaltung in der Schule kennengelernt hätte und sie alles Weitere gerne persönlich besprechen würde.

Ella klingelte. Neben dem Klingelknopf war eins dieser Tonnamensschilder angebracht, wie sie wohl alle Grundschulkinder mal für ihre Eltern geformt hatten. Familie Vetterle mit Katze. Die wenigsten wurden tatsächlich aufgehängt.

Die Tür öffnete sich. Vor ihr stand eine Frau um die fünfzig, die Andrea sehr ähnlich sah. Ihre Augen waren rot und geschwollen. Daneben stand ein Mann, der einen Kopf größer war und dessen Gesichtszüge Ella kalt erschienen.

»Guten Tag, mein Name ist Ella Valero. Wir hatten telefoniert. Danke, dass ich kommen durfte.«

»Was wissen Sie über Andrea?«

»Gertrud, jetzt lass sie doch erst mal reinkommen!«

»Du machst dir wohl keine Sorgen, oder was?«

Ella wäre am liebsten geflüchtet, aber da musste sie durch.

Gertrud Vetterle führte sie zu der Sitzecke im Wohnzimmer, das direkt an den Eingangsbereich angrenzte. Alles war offen in der unteren Etage. Küche, Essbereich, alles floss ineinander. Das wäre Ella zu wenig Begrenzung.

»Wollen Sie etwas trinken?«

»Gerne ein Wasser.«

Gertrud Vetterle setzte sich auf das Sofa und deutete auf den Sessel gegenüber, während ihr Mann Kurt, wie er sich vorgestellt hatte, ein Glas Wasser holte und sich dann gemeinsam mit seiner Frau auf das Sofa setzte.

»Wir werden wahnsinnig vor Sorge. Ich habe so eine Angst, dass Andrea einem Verbrecher in die Hände gefallen ist. Wir haben sie immer gewarnt, nicht per Anhalter zu fahren. Sie war an dem Abend auf einer Party und ist nicht wiedergekommen.«

Kurt Vetterle nahm die Hand seiner Frau.

»Du weißt doch, was der Polizist gesagt hat. Die meisten Teenager kommen wohlbehalten wieder. Vielleicht ist sie mit jemandem durchgebrannt. Du weißt doch, was Stefan gesagt hat. Sie war nicht so brav, wie wir immer dachten.«

»Aber Party machen und über die Stränge schlagen ist was völlig anderes, als von zu Hause abzuhauen!«

Ella räusperte sich. Und hatte direkt die volle Aufmerksamkeit, obwohl sie nicht die Erste nach Andreas Verschwinden war, die angeblich etwas wusste, wie ihr die Eltern am Telefon gesagt hatten. Dennoch wollten sie nichts unversucht lassen.

»Ich bin Hebamme und habe vor einiger Zeit einen Vortrag an Andreas Schule gehalten, und sie hat mich danach um ein Gespräch gebeten.«

Ella sah den beiden in die Augen.

»Und? Was hat sie gesagt?«, fragte Gertrud und knetete ihre Finger.

»Sie ist schwanger. Sie hat mich im Vertrauen um Betreuung gebeten. Ich unterliege der Schweigepflicht in solchen Fällen, aber da es nicht ausgeschlossen ist, dass sie in Gefahr ist, möchte ich Ihnen die Wahrheit sagen.«

Gertrud schlug die Hand vor den Mund. Ihr Mann schaute betreten auf den Boden.

»Schwanger! Das kann nicht sein, man hat nichts gesehen!«

»Das heißt nichts, Frau Vetterle. Gerade bei sehr jungen, großen Frauen versteckt sich der Bauch oft. Andrea kam mir sehr verantwortungsbewusst vor. Sie wollte, dass es dem Kind gut geht.«

Das stimmte. Sie wollte, dass es dem Kind in ihrem Bauch gut ging, auch wenn sie es nicht behalten wollte. Sie hatte sich genau erkundigt, was sie essen durfte und was nicht. Verzichtete sogar auf ihre geliebte Afri-Cola.

»Frau Valero. Sie erzählen Unsinn. Andrea hat sich auf den letzten Partys betrunken, dass sie am nächsten Tag bis mittags im Bett lag und nachts über der Kloschüssel hing.«

Beim letzten Kommentar des Vaters schwiegen sie alle einen Moment.

»Und wenn es doch stimmt? Vielleicht ist Andrea deswegen abgehauen? Dann besteht immerhin die Chance, dass sie noch lebt. Warum hat sie uns denn nichts gesagt? Das ist doch kein Grund, uns so in Angst und Schrecken zu versetzen.«

Die Worte der Mutter beruhigten Ella etwas. Wenn Andrea unversehrt war, dann könnte es eine gute Wendung geben.

Es waren Schritte zu hören. Ella drehte sich um und sah zwei junge Menschen die offene Treppe herunterkommen. Hand in Hand. Das Mädchen sah Andrea sehr ähnlich. Der dunkelblonde Junge hatte was von David Hasselhoff. Auch dieses selbstsichere Grinsen.

Die beiden nickten Ella und den Eltern zu, liefen in die Küche und holten sich Saft aus dem Kühlschrank, mit dem sie sich an den Küchentresen setzten, als wären sie alle nur im gleichen Restaurant.

»Natascha und Stefan. Kommt mal her«, bestimmte der Vater mit einem gewissen Befehlston.

»Was ist denn?«

Andreas Schwester verzog den Mund, als wäre es eine Zumutung. Aber wer weiß, was das Mädchen durchgemacht hatte, dachte Ella.

»Diese Frau behauptet, Andrea wäre schwanger. Das könnte was mit ihrem Verschwinden zu tun haben. Wisst ihr irgendwas?«

Natascha sah Ella abschätzend an. »Meine Schwester schwanger? Die sitzt doch auf jeder Party am Tisch der ungeküssten Mädchen.«

Ella warf ihr einen bösen Blick zu. »Deine Schwester ist ein attraktives Mädchen, vielleicht wollte sie einfach nicht jeden küssen.«

Stefan griff nach Nataschas Hand. Und küsste sie flüchtig.

»Unterschätze deine Schwester mal nicht. Ich glaube, sie ist kein Kind von Traurigkeit.«

Die Mutter sprang vom Sofa auf.

»Seid ihr noch ganz dicht im Kopf? Andrea ist weg! Vielleicht von einem Serienmörder umgebracht! Und ihr redet über sie, als ginge es darum, ob sie ein Flittchen ist! Es ist mir ganz egal, mit wie vielen Jungs sie was hatte und ob sie schwanger ist, Hauptsache, sie kommt wieder!«

Natascha begann loszuschluchzen. »Ist ja klar, immer geht es nur um Andrea! Mich gibt es schließlich auch noch!«

Am liebsten hätte Ella gerufen, dass das jetzt wirklich Nebensache sei.

»Jetzt hör mal zu, junges Fräulein, wir reißen uns hier alle zusammen. Meinst du, mir fällt es leicht, noch zu arbeiten? Aber die Häuser bauen sich nicht von alleine. Und euer Kühlschrank füllt sich auch nicht von alleine!«

Ella stand ebenfalls auf. »Es tut mir leid, wenn ich noch mehr Unruhe hier reinbringe, aber wir sollten alle zusammen herausfinden, wo Andrea sein könnte. Sie braucht uns. Sie braucht Hilfe.«

Gertrud Vetterle und ihr Mann Kurt nickten. Natascha schluchzte noch einmal auf, nickte dann aber auch. Stefan sah genervt auf seine Armbanduhr. Das war eins dieser klobigen Dinger, die alles konnten. Den Weg mit einem Kompass weisen, die Geschwindigkeit stoppen ... Ein sauteures Ding, wie Ella von einem Schaufensterbummel wusste.

»Ihr seid doch näher an Andrea. Wisst ihr irgendwas? Hatte sie komische Begegnungen auf Feten? Irgendjemand, mit dem sie mitgegangen sein könnte? Gibt es einen Ort, wo sie sich verstecken könnte?«

»Ich glaube, diese Fragen sollten wir eher mit der Polizei besprechen. Wenn sie wirklich schwanger ist, gibt es vielleicht neue Möglichkeiten, sie zu finden. Früher oder später wird sie vielleicht in einem Krankenhaus landen. Wir sollten die Wache sofort informieren.«

Der Vater sah aus, als wollte er sofort zum Telefon greifen.

»Auf der Party in der Aula am Wochenende, bevor sie abgehauen ist, war da so ein Typ ...«

Alle starrten nun Stefan an.

»Der hatte so lange Rastalocken, und ich bin mir sicher,

was der da geraucht hat, war kein Tabak. Andrea und er hingen den ganzen Abend zusammen rum und haben rumgemacht.«

»Stimmt das?«, fragte Ella Natascha.

»Sie hat wirklich mit einem geredet und getanzt. Aber mehr habe ich nicht gesehen, weil ich früh nach Hause wollte.«

»Kennt ihr diesen Typen?«, fragte der Vater.

Natascha schüttelte den Kopf. »Nein, wenn jemand hier aus der Gegend mit Rastalocken rumlaufen würde, könnte ich mich erinnern. Aber es kommen ja dauernd welche von anderen Schulen und Dörfern. Und der sah auch eher so aus, als wäre er schon älter.«

»Sage ich doch, die Jungs aus ihrer Stufe interessieren Andrea nicht. So wie die rumgeknutscht haben, sind die vielleicht miteinander durchgebrannt.«

»Und das sagt ihr mir erst jetzt? Ich werde jeden Rastalockentyp aus dem Umkreis auf links drehen. Das kann für die Polizei ja nicht schwer sein, den ausfindig zu machen!«

»Sorry, Kurt, aber ich wollte Andrea nicht verpetzen. Wobei das ja heutzutage auch nichts Ungewöhnliches ist, mit achtzehn direkt mit einem Typen mitzugehen. Ist ganz normal.«

Ella widerten Stefans Worte an, seine Freundin dagegen kapierte anscheinend gar nicht, was für einen Typ sie da an der Backe hatte.

Natascha schmiegte sich an Stefan. »Stefan, Andrea ist kein Mädchen für einen One-Night-Stand. Und ich glaube nicht, dass da mehr war als Rumgeknutsche. Sonst hätte sie mir das erzählt. Wir haben uns eigentlich immer alles erzählt.«

Ella sah Andreas Eltern, ihre Schwester und ihren Freund an. Ihr war klar, dass einer hier ganz bewusst log.

* * *

Diesmal hielten sie ihre wöchentliche Besprechung in Frau Freuds Zimmer ab. Susanne, Annett und Carola hatten sich auf das Sofa gequetscht, während Ella auf dem Sessel gegenüber Platz genommen hatte. Die praktischen Fragen waren schnell geklärt. Sie hofften, dass alles reibungslos verliefe, wenn es an Weihnachten zu Geburten kommen würde. Spontan ins Krankenhaus zu müssen war an Feiertagen immer besonders schlecht. Viel wichtiger war jetzt die Frage, wie sie ihrer Schwangeren in Not helfen konnten.

»Ich stelle mir vor, wie sie Heiligabend hochschwanger durch die Stadt irrt, um Hilfe zu finden. Aber ohne einen Josef an ihrer Seite.«

Andreas Termin war nicht mehr so lange hin; ausgerechnet für Mitte bis Ende Januar, konnte allein der Stress für eine Frühgeburt sorgen.

»Und wenn sie doch mit dem Rastamann abgehauen ist?«, fragte Carola.

»Wenn er nett ist, würde mich das freuen, dann wäre sie wenigstens nicht alleine.«

»Hat die Polizei irgendwas rausgefunden?«, fragte Susanne, der der Fall von Andrea besonders ans Herz ging. Was war wohl mit dem Vater? Unterstützte er ihr Ausreißen von zu Hause vielleicht sogar? Keine von ihnen wollte sich ausmalen, dass Andrea gar nicht abgehauen, sondern einem Verbrechen oder einem Unfall zum Opfer gefallen war.

Ella schüttelte den Kopf. »Sie halten es wohl für wahrscheinlich, dass sie einfach durchgebrannt ist. Vielleicht ja mit dem Kindsvater. Aber ganz ehrlich, Andrea hat so ein Geheimnis um den Erzeuger gemacht, niemand sollte je davon erfahren. So als stecke noch eine ganz andere Geschichte dahinter.«

Hier in Frau Freuds Raum deutete außer einem Teelicht auf einer Untertasse nichts auf die Weihnachtszeit hin. Und richtig weihnachtlich war ihnen allen nicht zumute.

»Meint ihr, dass jedes Kind wissen muss, wer der leibliche Vater ist?«, fragte Susanne. Ihrer Meinung nach war der Mensch so viel mehr als seine Herkunft. Es lag doch an jedem selbst, welche Macht er der Vergangenheit gab.

»In Frankreich haben über zehntausend Frauen nach dem Ende des Zweiten Weltkriegs ihre Kinder anonym geboren und zur Adoption freigegeben. Es gibt eben auch ein Recht der Mütter, die Erinnerung an den Vater so gut es geht auszulöschen. Oder auch einfach nur dem gesellschaftlichen Stigma zu entfliehen. Wie wurde denn mit Frauen umgegangen, die mit dem ›Feind‹ ins Bett gegangen waren? Manche wurden öffentlich geschoren.«

Und wahrscheinlich wussten bis heute viele dieser Kinder nicht, dass sie adoptiert waren. Vielleicht war das in einzelnen Fällen auch besser so. Wie sollte man verkraften, dass die Mutter vielleicht sogar dazu genötigt worden war? In diesem Sinne war Julias Vater nichts vorzuwerfen.

Alles, was Susanne mit ihm getan hatte, hatte sie freiwillig getan. Sie hatten beide nur keine Ahnung gehabt. Susanne dachte an den Film *Die blaue Lagune*, in der zwei gestrandete Teenager um 1900 auf einer einsamen Insel die Liebe entdecken und eine Familie gründen; sie wissen nichts und doch scheint es so zwangsläufig natürlich. Susanne war Mitte zwanzig gewesen, als ein durchaus netter junger Mann sie in den Film mit Brooke Shields ins Kino eingeladen hatte. Susanne hatte den Film kaum ertragen können. Aus dem Date hatte sich nicht mehr entwickelt. Das eine hatte aber nichts mit dem anderen zu tun, sagte sich Susanne.

»Susanne, alles in Ordnung?«

Annett, die rechts neben ihr saß, hatte sie wohl aus den Augenwinkeln betrachtet.

»Es geht so. Meine Tochter möchte auch wissen, wer ihr Vater ist.«

Alle drei schauten sie betreten an. Alle drei kannten die Geschichte, zu der es Susannes Meinung nach nichts Neues mehr zu sagen gab.

»Aber du hast ihr doch alles gesagt, was du weißt, oder?«, hakte Carola nach.

»Ja, aber sie gibt sich nicht damit zufrieden, dass ich nur seinen Vornamen kenne. Sie meint, wir könnten zusammen nach England fliegen und ihn suchen. Die Idee ist hirnverbrannt.«

»So hirnverbrannt auch wieder nicht. Ihr könntet einen Aufruf im Radio in England starten. Egal, wer es war, er wird dich nicht vergessen haben.«

Annett war viel zu romantisch veranlagt, dachte Susanne,

deren Liebesgeschichte doch die romantischste überhaupt war.

»Oder wenn du den Namen seiner Schule noch weißt, dann schaue doch mal bei AltaVista nach«, schlug Carola vor.

»AltaVista?« Susanne hatte davon noch nie gehört, aber das passierte in letzter Zeit öfter, dass sie Begriffe nicht kannte. Meine Güte, es war doch erst gestern, dass sie zu den Jungen gehörte und die Alten verwundert ansah, die nicht wussten, was eine Compact Disc war.

»Das ist diese Suchmaschine im Internet. Hat der Telekom-Mann uns doch auch vorgeführt. Man schreibt was rein, und es kommen Infos. Fast so wie bei den Filmen, in denen ein Ermittler einen Namen eintippt und auf einmal ganz viele Informationen auftauchen.«

»Ach so, das, kenn und habe ich schon ein paarmal ausprobiert, aber so viel kommt dabei nicht rum. Muss halt alles vorher eingetippt werden. Dann kann man ja direkt einen Menschen fragen«, winkte Susanne ab.

Das wäre ja noch gruseliger, wenn Susanne den Namen, die Stadt und ein paar andere Infos wie die Schule eingab, und der Computer würde ihr dann fünf verschiedene Männer namens James zeigen. Wahrscheinlich war aus dem süßen Jungen längst ein langweiliger, dickbäuchiger Biertrinker geworden, der am Tresen eines Pubs über Premierminister Tony Blair lästerte und dessen rötliche Haare längst grau geworden waren. Sie würde ihn ohnehin nicht wiedererkennen. Und selbst wenn? Was war, wenn er es sich seit Jahrzehnten in irgendeinem Vorort gemütlich gemacht hatte und Frau, Kinder und Hund versorgte, die es ihm niemals verzeihen würden, dass er in der Ferne noch ein Kind hatte? Sie stellte sich vor, wie durch diese Info seine heile Welt zusammenbrechen würde. Das war es nicht wert.

Aber es könnte ja auch sein, dass er als einsamer Witwer in seiner Wohnung saß, nachdem seine Frau und sein Kind gestorben waren. Unglücklich und untröstlich, und dann kam so eine Nachricht, die wie ein Hoffnungsschimmer wirkte. Susanne rief sich zur Ruhe. Sie las eindeutig zu viele Romane. James war Vergangenheit, und selbst wenn sie wollte, würde sie ihn nicht finden.

*** *** ***

Carola war normalerweise absolut gegen jede Art der Geburtseinleitung, die nicht dringend medizinisch notwendig war, aber sie wollte alles tun, damit Verena die Geburt vor dem Jahreswechsel hinter sich hatte. Einmal, weil Verena sich nicht von ihrer Angst vor dem Millennium-Bug abbringen lassen wollte, zum anderen, weil sie Silvester gerne mit Andreas auf dem Fest in der Flora verbringen wollte.

»Hast du denn gar keine Angst?«, fragte Verena, deren Bauch schon so aussah, als hätte er sich etwas gesenkt. Sie saßen in dem roten Geburtszimmer. Der Blutdruck war wieder einmal erhöht. Kein Wunder, wenn man ständig Angst hatte, dass die Welt untergehen würde.

»Ich habe dauernd Angst vor irgendwas. Das Los der Mütter. Aber gleichzeitig weiß ich, dass die meisten Ängste unbegründet sind. Oder ich keinen Einfluss darauf habe. Und vieles im Nachhinein betrachtet lächerlich unwichtig ist.«

Verenas übrige Werte waren in Ordnung, sie klagte nur noch über Nackenschmerzen. Sie sollte sie zu Annett schicken, diedie Akupunktur am besten beherrschte. Warum die half, erschien Carola immer noch rätselhaft, aber sie half.

»Ich weiß nicht. All diese Experten würden doch nicht schreiben, dass durch die Umstellung unser System kollabiert, wenn da gar nichts dran wäre. Und alle tun so, als wäre nichts.«

»Weil sehr wahrscheinlich auch nichts sein wird!«

Carola wurde ungeduldig. Sie betreute gerade so wenige Frauen, und dann musste sie ausgerechnet eine bekommen, die ihr mit ihrer übertriebenen Angst auf den Wecker ging.

»Du nimmst mich nicht ernst!«

»Doch, ich nehme das sehr ernst! Aber weißt du, welche Gefahr real ist? Dass du mit deiner Angst Stresshormone in die Blutbahn des Kindes abgibst und es dadurch weniger widerstandsfähig wird.«

Vielleicht war das die einzige Chance, dass sie sich mal zusammenriss. Ist doch wahr, dachte Carola. So gut würde sie nie wieder auf das Kind aufpassen können wie in ihrem Bauch. Irgendwann würde dieses Kind allein zur Schule laufen, sich mit Freunden im Wald treffen, allein irgendwo übernachten.

Carola streifte ihren Pullover ab. Zu warm war es hier drin, die Heizung bis zum Anschlag aufgedreht. Sie brauchte etwas, bis sie den Rolli über den Kopf bekam, weil sich der Pieper noch in dem Stoff verhedderte. Als ihr Kopf wieder frei war, weinte Verena.

»Verena, es tut mir leid. Ich wollte dir nicht zu nahe treten.« Sie setzte sich neben Verena auf das Bett.

»Du hast ja recht. Ich mache mir viel zu viel Stress, aber ich kann nicht anders. Ich habe einfach den ganzen Tag Angst. Aber weißt du was, ich weiß auch, dass den meisten nichts passiert, aber ganz vielen passiert eben doch etwas! So locker-leicht ist das Leben nicht.«

Was Verena brauchte, war mehr als etwas Beruhigung. Sie brauchte vielleicht wirklich eine Therapie. Etwas, was weit über Frau Freuds Zimmer hinausging. Natürlich konnte Carola innerlich die Augen rollen über die Vorstellungen über den Crash zum Jahreswechsel und denken, warten wir doch einfach ab, wird schon nichts passieren. Aber sie war sich sicher: Wenn sich diese eine Angst als unbegründet herausstellte, dann käme die nächste Angst um die Ecke. Und immer neue Ängste, bis Verena sich das Thema mal in der Tiefe angeschaut hätte.

✳ ✳ ✳

»Und hier hat sich Andrea auch nicht gemeldet?«, fragte Ella Azra, während sie ein paar Kisten aus dem Auto auslud, das sie sich von Susanne geliehen hatte. Gemeinsam trugen sie sie in das Haus Elisabeth. Carolas Kinder hatten Duplo, ein paar Barbies, Kuscheltiere und Spiele gespendet. Stefanie hatte sich wohl auch von jeder Menge Designerfummeln getrennt. Ob eine der Frauen damit etwas anfangen konnte? Vielleicht wäre es sinnvoller, das Zeug zu verkaufen und den Erlös zu spenden. Antonius hatte einiges an Büchern beigetragen, und Ella selbst hatte aus eigener Tasche Bodylotion und Handcremes von

Weleda und dem Bodyshop bezahlt. Sie besaß schon lange nur das, was sie wirklich brauchte, sodass sie weder Klamotten noch Bücher noch Geschirr hätte entbehren können. Annett hatte einige Videokassetten mit Filmen und CDs gegeben, alles sah noch fast neuwertig aus. Und Hilde hatte drei Dosen mit Keksen gebacken. Sie würden also ein wunderbares Fest für die Frauen hier im Haus ausrichten können.

»Nein, hat sie nicht. Du hast ihr doch von uns erzählt, oder? Dann wüsste sie ja, wohin sie sich wenden könnte.«

»Habe ich. Ich werde noch wahnsinnig. Warum habe ich nicht direkt Kontakt zu den Eltern aufgenommen? Sie hätten ihr nicht den Kopf abgerissen wegen der Schwangerschaft. Und sie wäre nicht abgehauen.«

»Und wenn ihr doch was passiert ist, was sie davon abgehalten hat, nach Hause zu kommen?«

»Dagegen spricht, dass sie einiges eingepackt hat. Auch ihren Pass, den ihre Eltern im Wohnzimmerschrank mit allen Pässen aufbewahrt haben, damit er für Reisen immer griffbereit war. Sie sind viel gereist. Geld spielt bei denen keine Rolle. Der Vater ist Bauunternehmer, versorgt wäre das Kind zumindest.«

»Du hast den Eltern nichts gesagt, weil du ihr Vertrauen nicht zerstören wolltest. Und das würdest du doch wieder so tun, oder?«

Azra hatte sich die schwarzen Haare zu einem hohen Zopf gebunden und die Lippen rot geschminkt. Sie hatte was von einer ägyptischen Prinzessin. Apropos … Ägypten. Frank war völlig vertieft in seine Doktorarbeit, die er größtenteils am Küchentisch schrieb, weil der Schreibtisch in seinem Zimmer zu voll war. Sie hatten sogar schon überlegt, ob er Dagmars Zimmer übernehmen sollte, wenn sie ausziehen würde. Dann hätte er ein eigenes Arbeitszimmer. Andererseits wollten sie dieses Zimmer doch vermieten.

»Unser Nikolaus hat übrigens eine fette Grippe. Ich fürchte, das wird dieses Jahr nichts. So schnell bekommen wir keinen neuen.«

Azra zuckte bedauernd mit den Schultern, als sie die Kiste mit dem Kostüm öffnete und wieder verschloss. Ella war keine große Freundin dieser Tradition. Vor allem, wenn der Nikolaus in Gesellschaft von Knecht Ruprecht kam. Sie erinnerte sich an die Feiern der Freiwilligen Feuerwehr in den Achtzigerjahren auf einem Dorf, in dem eine Cousine lebte. Es gab für jedes Kind eine große Tüte Süßigkeiten, Nüsse und Mandarinen. Allerdings erst, nachdem der Mann mit dem grauen Bart aus einem Buch vorgelesen hatte, was das Kind alles verbrochen hatte oder eben auch nicht, während das Kind neben dem Mann stand und alle Eltern und Bekannten an ihren Bierbänken saßen und amüsiert zuschauten. Knecht Ruprecht stand daneben, setzte die Rute jedoch nur ein, um damit auf den Boden in der geschmückten Gerätehalle zu klopfen. Im ersten Jahr wunderte sich Ella, dass der Nikolaus sie nur lobte, bis sie im dritten Jahr dann endgültig kapierte, dass die Informationen des Nikolauses von den Eltern kamen und es tatsächlich Eltern gab, die ihren Kindern einen Denkzettel verpassen wollten. Ihr Herz klopfte, als sie den gleichaltrigen Jungen vorne sah, der den Kopf gesenkt hatte.

»Und mir ist zu Ohren gekommen, dass du deine kleine Schwester immer ärgerst. Und dein Zimmer nicht aufräumst. Aber da du so gut in der Schule bist, wollen wir noch mal ein Auge zudrücken. Dieses Jahr ...«

Ein paar Eltern lachten.

»Möchtest du irgendwas zu deiner Verteidigung sagen, Olaf?«

»Mei... meine Schwester ärgert mich immer zuerst, a... aber weil sie so klein ist, bekomme i... ich immer den Ärger.«

Jetzt war das Gelächter noch größer. Der Junge nahm die Tüte entgegen und setzte sich mit einem Kopf, der so rot wie das Gewand des Nikolauses war.

Als Nächste wurde Ella aufgerufen. Sie trat nach vorne in ihrem rot-grün karierten Weihnachtskleid mit weißem Rüschenkragen.

»Na, was sagt denn mein schlaues Buch über dich? Mmh, ein ganz braves und liebes Mädchen. Du hilfst deiner Mama im Haushalt, gehst immer schön mit in die Kirche und spendest sogar was von deinem Taschengeld für die Armen.«

Ella lächelte stolz und suchte den Blick ihrer Eltern, denen sie das Lob zu verdanken hatte. Und gleichzeitig sammelte sie Mut. Der Mann in dem roten Gewand gab ihr die Tüte und strich ihr über den Kopf.

»Wenn alle so brav wären wie du, dann hätten es all die Eltern hier einfacher. Ist ja fast eine Schande, dass Knecht Ruprecht mit der Rute nur noch den Boden fegen darf.«

Der Saal johlte.

»Möchtest du den Kindern mal sagen, wie schön es ist, ein braves Mädchen zu sein?«

Ella war grundsätzlich gerne ein braves Mädchen, aber was sie noch nie war, war ein dummes Mädchen.

»Ja, ich möchte was sagen.«

Vereinzelt kam ein »Oh« und »Ah« angesichts des hübschen Mädchens mit den Bambiaugen, das sich was traute.

»Na, dann nur zu.«

»Ich will allen Kindern sagen, dass sie keine Angst vor dir haben sollen, weil du nur ein verkleideter Nikolaus bist. Der echte ist nämlich längst im Himmel.«

Danach bekam Ella selbst einen roten Kopf, während dem verkleideten Mann der Mund offen stehen blieb. Hocherhobenen Hauptes ging Ella zurück zu ihrem Platz, während einige Erwachsene »Was für eine Unverschämtheit!« murmelten und eine Mutter ihrem Kind sogar die Ohren zuhielt.

Das Gesicht ihrer Mutter war ebenfalls rot angelaufen, aber ihr Vater klatschte. Es fiel zwar keiner mit ein, aber dieser Applaus war für Ella das schönste Kompliment ihres Vaters, an das sie sich erinnern konnte.

Der Nikolaus besaß immerhin den Humor zu sagen, dass im nächsten Jahr nicht mehr nur nette Sachen über Ella im Buch stehen würden, und rief schnell das nächste Kind auf. Es gab für Ella und ihre Familie kein nächstes Jahr mehr, weil die Familie ihrer Cousine das Ganze entsetzlich peinlich fand. Und Ella sei so herzlos, weil sie beinahe den Kindern den Weihnachtszauber genommen habe.

»Hey Ella, träumst du?«

»Äh, ja, also ist doch nicht so schlimm. Es kann ja einer von uns den Weihnachtsengel spielen.«

»Wäre auch eine Alternative.«

Sie schmückten gemeinsam den kleinen Tannenbaum, den eine alte Dame aus der Nachbarschaft gespendet hatte. In dem Kursraum würde die Weihnachtsfeier stattfinden, damit keine der Frauen und keines der Kinder sich einsam fühlen musste. Auch wenn ihre Familie manchmal anstrengend war, nicht mehr gemeinsam Weihnachten zu feiern würde Ella sehr wehtun.

»Ich höre übrigens nur Gutes von den Frauen über dich. Sie vertrauen dir.«

»Danke.«

Ella lächelte. Die Frauen vertrauten ihr tatsächlich. Ließen sich von ihr gerne untersuchen und beraten. Ella versuchte immer, jeder Einzelnen das Gefühl zu geben, richtig zu sein, auch wenn sie in der Gesellschaft als gescheitert angesehen wurde.

»Gut, dass du hier bist. Ich hatte schon Angst, du würdest dich wirklich für Afrika entscheiden.«

Azra setzte den Stern auf die Baumspitze. Da der Baum klein war, brauchte sie dafür noch nicht mal einen Stuhl.

»Azra, ich will ehrlich mit dir sein. Ich habe mich immer noch nicht entschieden.«

Azras Blick auszuhalten war schlimmer, als sich damals in der Feuerwehrfesthalle zu trauen, dem Nikolaus Paroli zu bieten.

* * *

»Bitte, Susanne, das ist mein einziger und größter Weihnachtswunsch!«

Susanne saß neben Martina auf dem Bett in dem roten Geburtszimmer. Warum äußerten alle immer nur die unmöglichsten Wünsche? Julia wollte ihren Vater finden. Martina wollte Zwillinge im Geburtshaus entbinden.

»Selbst wenn ich wollte, ich darf nicht! Wir wären nicht einmal versichert, wenn irgendwas passieren würde.«

»Und wenn ich unterschreibe, dass ich das Risiko auf mich nehme?«

»Martina, so eine Unterschrift hätte niemals Bestand, da ich dich als Expertin davon hätte abhalten müssen.«

»Aber du sagst doch immer, dass die Frauen die Expertinnen für ihren Körper sind. Dann lass es mich doch auch sein.«

Susanne hatte durchaus Verständnis für Martinas Wunsch. Und sie hatte auch schon einmal von einer Hebamme gehört, die das Verbot, Zwillingsgeburten außerklinisch zu betreuen, umgangen war, indem sie mit der Mutter vereinbart hatte, »zufällig« zu spät gerufen worden zu sein, sodass es für einen Transport in die Klinik zu spät gewesen wäre.

Es gab eine Bewegung, die sich die »rebel midwives« nannte. Susanne bewunderte sie einerseits, andererseits hielt sie sie für verantwortungslos. Aber wo war da die Grenze? Hielten nicht auch viele sie für verantwortungslos, obwohl sie genau wussten, was sie taten?

»Ich könnte dir anbieten, mit dir ins Krankenhaus zu kommen. Wenn alles gut geht, wären das nur andere Räumlichkeiten und sonst würde alles laufen wie hier.

Aber auch das wäre nur möglich, wenn alle Voraussetzungen gut sind. Die Kindslage, deine Verfassung ...«

Martina seufzte, worauf ihr riesiger Bauch bebte. »Okay, ich denke darüber nach«, sagte sie in einem Ton, als wäre sie die Chefin. Aber war sie das über ihren Körper nicht auch? Durfte ihr das irgendjemand absprechen?

»Und sonst? Geht es dir gut? Habt ihr schon angefangen, Sachen zu besorgen?«

Zwillingsschwangerschaften endeten meist ein paar Wochen früher. Auch Zwillinge brauchten anfangs nicht viel, aber ein Doppelkinderwagen war eine außergewöhnliche Anschaffung, man konnte ihn nicht mal eben von einer Freundin ausleihen.

»Ja, das Kinderzimmer ist fast fertig. Über den Doppelpack-Verein habe ich tatsächlich zwei Mütter in der Nachbarschaft kennengelernt, die auch Zwillinge haben. Habe von beiden einiges an Zeug bekommen. Die eine hatte sogar eine Hausgeburt.«

»Hier in Köln?«

»Nein, die Hebamme kam von weiter weg.«

»Wie auch immer. Lass dich bitte nicht verunsichern.«

Sie plauderten noch etwas über Babynamen und die Pläne für die Feiertage, bis Susanne sich der nächsten Vorsorge widmete.

* * *

Auch wenn Carola Gundula Kunzes Bemerkungen mehr als unnötig fand, ertappte sie sich dabei, wie sie in einen Aufräum- und Vorbereitungswahn verfiel. Geburten standen keine an, in der Woche vor Weihnachten gab es auch keine Kurse und keinen Infoabend, weil sowieso niemand kommen würde. Und auch Stefanie mistete ihr Zimmer aus, als gälte es, endgültig mit Kindheit und Jugend abzuschließen.

»Das Kissen kannst du nicht wegschmeißen. Das hat Tante Gertrud dir zur Taufe geschenkt. Und die Nesthäkchen-Bücher gehörten eigentlich mir. Komm, gib alles her, ich bringe es in den Keller.«

Selbst schuld, wenn Stefanie ihre Ausbeute im offenen Wäschekorb die Treppe hinuntertrug.

»Mama, jetzt hör schon auf. Du musst loslassen können. Ballast abwerfen. Das tut auch der Seele gut.«

Stefanie sah selbst in zerschlissener Jeans und Oversize-T-Shirt laufstegmäßig aus, während Carola das Gefühl hatte, Ballast befände sich bei ihr nicht nur in Wäschekörben, sondern vor allem an Hüfte und Hintern.

»Woher hast du denn diesen Kalenderspruch? Aus einem Ratgeber aus dem Eso-Laden in der Ehrenstraße?«

»Ach, Mama, das weiß doch jeder.«

Ihre Tochter mogelte sich leichtfüßig an ihr vorbei und lief die Treppe runter.

»Die Bücher kannst du in den Keller stellen, aber das Kissen schmeiße ich in die Altkleiderbox.«

Andererseits freute Carola sich, ihre Tochter so unbeschwert und voller Tatendrang zu sehen. Ja, sie überhaupt so lange am Stück zu sehen. Normalerweise wäre sie in Berlin und würde Heiligabend mit dem Zug nach Köln kommen, um gerade noch rechtzeitig zur Bescherung da zu sein.

Gestern waren sie zu dritt bei der Bank gewesen. Weil

Stefanie trotz ihres Alters die Hälfte der Summe an Eigenkapital beisteuerte und ihre beste Freundin und Mitbewohnerin zuverlässig Miete zahlte, war der Betrag, für den sie und Andreas bürgten, überschaubar geblieben, sodass der Berater ihren Kredit bewilligt hatte. Nach Weihnachten würde Stefanie den Kaufvertrag für die Wohnung am Prenzlauer Berg unterzeichnen.

Und seit Kurzem machte Andreas etwas, was keiner wissen sollte, was aber dafür sorgte, dass sie immer einen vollen Kühlschrank hatten, auch wenn größere Verträge für neue Bücher auf sich warten ließen: Über einen Freund war Andreas zu einem dauerhaften Engagement für einen Heftroman-Verlag gelangt. Und nun war er einer von vielen, die einen Perry Rhodan nach dem anderen raushauten. Ihr Mann behauptete, die Arbeit wäre reine Entspannung für ihn. Carola glaubte, die Entspannung käme vor allem daher, dass der Druck, jedes Jahr einen neuen erfolgreichen Roman zu schreiben, den alle kritisch in der Öffentlichkeit begutachteten, durch Auftragsarbeiten unter Pseudonym abnahm.

Und just in diesem Moment öffnete sich die Tür von Andreas' Arbeitszimmer. Er machte ein Gesicht, als hätte ihn einer dieser Science-Fiction-Fiesslinge persönlich attackiert. Blass war er eh, kein Wunder, wenn er die meiste Zeit am Schreibtisch verbrachte.

»So eine Unverschämtheit!«

»Was ist passiert?« Carola drehte sich zu ihrem Mann um, und auch Stefanie hielt inne. Maike und Florian kamen auch um die Ecke. Sie hatten wohl auf dem Sofa mit dem Gameboy gespielt, den sie sich teilen mussten.

»Irgend so ein Idiot hat mein Buch zerrissen!«

»Das ganze Buch zerrissen? Dann muss er ein neues kaufen!« Florian stampfte mit seinen Füßen auf.

»Papa meint wahrscheinlich nur 'ne Zeitungskritik. Also wenn es dich beruhigt, ich finde dein Buch toll.«

Stefanie lief mit ihrer Kiste weiter, als hielte sie sich mit solchen Lappalien nicht weiter auf. Recht hatte sie. Wenn man Autor werden wollte, musste man eben auch mal mit einer schlechten Kritik in der Zeitung leben.

»Nee, beruhigt mich nicht, weil es nämlich keine Zeitungskritik, sondern eine von diesem neuen Internetbuchhandel ist. Amazon.«

»Nie gehört«, antwortete Carola.

»Die bieten Bücher an und schreiben da gleich Kritiken zu. Ich habe ja auch nichts dagegen, wenn mich ein Reich-Ranicki oder eine Sigrid Löffler im Fernsehen oder in einer angesehenen Tageszeitung verreißt. Da weiß ja jeder, dass die streng sind. Aber wo kommen wir denn da hin, wenn jeder Hinz und Kunz seine Meinung zu einem Buch öffentlich machen kann?«

»Jetzt beruhige dich doch mal. Das liest doch eh keine Sau.« Meine Güte, das war wirklich albern.

»Und wenn das alle lesen? Und wenn noch viel mehr Leute das Buch schlecht bewerten? Die Leute sind doch wie die Lemminge. Wenn einer es blöd findet, plappern es Hunderte nach.«

»Jetzt warte doch mal ab. Das ist ein Shop von vielen. Und die meisten echten Kritiken sind doch gut. Trau den Lesern was zu!«

Maike und Florian fanden das anscheinend auch nicht

weiter wichtig und trollten sich wieder auf die Couch. Es klingelte an der Tür. Thomas. Mit einem Weihnachtsbaum unter dem Arm, der noch in einem Netz eingewickelt war.

Als sie den Baum zusammen ins Wohnzimmer trugen und im Christbaumständer befestigten, war die Kritik schnell vergessen. Carola wusste ja nicht, ob jeder Hinz und Kunz wirklich eine Kritik bei dem Onlineshop einstellen konnte, aber falls ja, würde sie einfach eine ganz tolle schreiben. Damit das nicht nach Vetternwirtschaft aussah, könnte sie sich ja anders nennen. Das ging in diesem Internet doch voll leicht, hatte sie gehört.

* * *

Obwohl die Weihnachtsfeier im Haus Elisabeth wunderschön war, konnte Ella sich darauf nicht konzentrieren. Wo steckte Andrea? Die leuchtenden Augen der Kinder, die die Geschenke von ihr und Azra entgegennahmen und ihr Engelskostüm bewunderten, konnten sie genauso wenig ablenken wie die zufriedenen Gesichter der Frauen, die wahrscheinlich das erste Mal seit Langem so ausgelassen feierten. Ja, sogar Glühwein gab es. Und Kinderpunsch. Selbst gebackene Kekse und gekaufte Christstollen, Teller mit Mandarinen und Clementinen, die köstlich dufteten, sobald jemand eine der Früchte schälte. Außer den Kindern und Frauen waren auch jede Menge Helferinnen und Helfer da, die sich ebenfalls bestens unterhielten. Meist waren es Frauen, die noch lange nach Renteneintritt ehrenamtlich hier arbeiteten. Azra hatte auf die Schnelle zwei Paar Engelsflügel gebastelt, die links und

rechts am Rücken aufragten. Eine von den Ehrenamtlerin-
nen hatte sogar ihre Digitalkamera hervorgeholt und
wollte ein Bild von den beiden knipsen.

Ella tastete alle fünf Minuten nach ihrem Pieper, ihr
war nicht nach Lächeln zumute. Was wäre, wenn sie ihn
überhört hätte? Andrea hatte ihre Nummer schließlich
auch. Ella stand mit Andreas Eltern in engem Austausch.
Die Mutter war immer noch ein Wrack, klammerte sich
aber an jeden Strohhalm und betete, dass ihre Tochter in
Sicherheit war. Der Vater wurde wohl durch seine Arbeit
abgelenkt. Als Bauunternehmer konnte er es sich gar
nicht leisten, länger zu pausieren. Er musste sich auf seine
Arbeit konzentrieren. Als Ella die beiden noch einmal
besucht hatte, saß er mit einem Bier am Küchentisch. Un-
rasiert. Es wäre übertrieben gewesen zu sagen, dass er
müffelte. Aber in seiner Nähe roch man, dass er länger
nicht geduscht hatte.

Als alle Geschenke verteilt waren und Ella eine kurze
Rede gehalten hatte, in der sie betonte, wie tapfer alle
Frauen und Kinder waren, wie kooperativ und nett und
freundlich, stimmte Azra Weihnachtslieder an. »Ihr Kin-
derlein kommet, oh kommet doch all ...«, sangen alle
krumm und schief, und doch hatte Ella selten so viel Harmonie in so einer Gruppe erlebt. Warum war Andrea
nicht hier, wenn sie schon nicht zu Hause sein wollte? Sie
musste mittlerweile einen sichtbaren Bauch haben. Das
fiel doch auf! Ella hatte nur einen Weihnachtswunsch. Sie
wollte, dass Andrea und ihr Kind wohlbehalten durch die
Schwangerschaft und Geburt kamen.

* * *

»Nee, nee, nee, dass ich ausgerechnet zwei Tage vor Weihnachten einer Frau absagen muss, ist schon deprimierend. Ich habe ihr aber das St. Laurentius empfohlen, auch wenn das ohne euch nicht mehr das ist, was es mal war!«

Hilde kam aus dem kleinen Büro, als Susanne gerade über den Flur lief. Als hätte sie Susanne abgepasst.

»Aber das ist doch zehn Jahre her!«

»Trotzdem. Seit ihr weg seid, ist der Wurm drin. Vielleicht liegt das auch an der Politik. Aber es geht immer mehr darum, dass alles schneller und effektiver wird.«

Susanne betrachtete Hilde. Ein karierter Bleistiftrock, darüber eine Seidenbluse, die sie in den Rock gesteckt hatte.

»Aber das war doch immer dein Talent, alles möglichst effizient zu organisieren.«

»Ist es immer noch, aber bitte als Dienst an den Patienten und nicht, um irgendwelche Gewinne einzufahren. Warte mal ab, das wird noch schlimmer.«

»Ich hoffe, es wird besser. Zumindest übernehmen die Krankenkassen mittlerweile ohne Murren unsere Geburtsbegleitung. Aber sag mal, musstest du wirklich einer Frau komplett absagen? Bekommen wir die nicht noch irgendwo dazwischen?«

Susanne wäre bereit, auch eine Frau mehr anzunehmen.

»Nee, ist der Mai, da seid ihr alle ausgebucht, und Annett hat auch noch Urlaub.«

Urlaub. Den brauchte jede von ihnen, und sie hielten sich auch strikt daran, ihn nicht wegen Anfragen dann doch zu verschieben oder ausfallen zu lassen. Würden sie damit einmal anfangen, würden sie sich nie erholen können.

»Vielleicht brauchen wir noch eine weitere Hebamme. Es werden langsam immer mehr Frauen, die sich bei uns anmelden.«

Ja, es gab Tage, da stolperten sie sich fast über die Füße. Vor einiger Zeit hatten alle vier Hebammen gleichzeitig eine Geburt, und vier Kinder hatten dann am nächsten Tag auf der Tafel gestanden: Jannick, Celina, Lea und Marvin. Alle waren entspannt auf die Welt gekommen. Celinas Mutter hatte das Glück gehabt, als Erste Wehen zu bekommen, sodass sie das Geburtszimmer mit der großen Gebärwanne benutzen konnte. Celina war bei Annett gewesen, und als sie wieder einmal darüber diskutierten, ob eine weitere Hebamme nötig sei, meinte Annett, dass definitiv noch mehr Badewannen gebraucht würden. Aber wie sollten sie das finanzieren? So eine Gebärwanne kostete zehntausend Mark, ohne die zusätzlich notwendigen Sanitärinstallationen. In der Geburtswohnung in der ersten Etage gab es nur eine Dusche in einem kleinen Bad.

»Wie wirst du denn Weihnachten feiern?«, fragte Susanne, als sie sich beide einen heißen Tee zubereiteten.

»Mit einer Freundin. Machen wir schon lange so.«

Susanne nickte. Hilde hatte noch nie viel von sich erzählt, aber auch niemals einen Hehl daraus gemacht, dass das Familienleben nichts für sie wäre.

»Und du sitzt mit deinem Männe alleine unterm Weihnachtsbaum?«

So wie Hilde fragte, wollte sie die Aufmerksamkeit von sich ablenken.

»Genau, machen wir auch schon lange so.«

Während es im Geburtshaus um Weihnachten eher ruhiger wurde, waren die letzten Tage in der Bücherstube die reinste Hektik. An Heiligabend kamen bis zur Mittagszeit noch Kunden in den Buchladen, um auf den letzten Drücker Geschenke einzukaufen und sie sich auch noch einpacken zu lassen. Für das Einpacken und Kassieren stellte Antonius in der Weihnachtszeit noch immer stundenweise Leute ein, aber die Beratung wollte er unbedingt selbst übernehmen. Allerdings meinte er, dass immer mehr Kunden von Anfang an wüssten, was sie wollten. Sie mussten eine andere Quelle an Empfehlungen haben als den freundlichen Buchhändler vor Ort. Auf jeden Fall war es seit ihrem ersten gemeinsamen Jahr Tradition, dass sie am Heiligabend viel zu fertig für Gäste waren und die Familienbesuche auf den ersten und zweiten Weihnachtsfeiertag verschoben.

Susanne nahm den Teebeutel aus ihrer Tasse und warf ihn in den Mülleimer unter der Spüle. »Hilde, wir sind so froh, dass du da bist. Wir würden sonst im Chaos versinken. Es ist so viel entspannter, seit wir uns nicht mehr um alles kümmern müssen.«

»Danke. Mir gefällt es hier auch. Komplett in Rente zu gehen wäre noch nichts für mich.«

Die Fältchen um ihre Augen kräuselten sich. Das Telefon klingelte. Beide wollten los, aber dann hielt Susanne inne. Die Herrin über die Organisation war Hilde. Sie hörte, wie Hilde mit dem Anrufer – oder wahrscheinlich einer Anruferin – sprach.

»Ja, in Ordnung. Ich werde es ihr direkt ausrichten. Soll

ich schon nach einem Ersatztermin schauen? Nicht? Okay, dann melden Sie sich einfach nach den Feiertagen noch einmal.«

Susanne stand im Türrahmen. »Und wer hat die Vorsorge abgesagt mit einer billigen Ausrede, damit mehr Zeit für die Weihnachtsvorbereitungen bleibt?«

Sie hatte tatsächlich bis morgen Termine angenommen, nur den Heiligabend wollte sie freihalten, um Antonius zu helfen und um genug Energie für eventuelle Geburten zu sammeln.

»Eine Martina Gruner. Einen neuen Terminwunsch konnte sie noch nicht nennen. Vielleicht auch eine von denen, die Angst haben, dass das nächste Jahr gar nicht stattfindet.«

Hilde lachte. Sie hatte als Kind den Zweiten Weltkrieg und Vertreibung mitgemacht und überlebt. Ihrer Meinung nach waren viele Menschen heutzutage Hasenfüße. Und wenn die Welt vor die Hunde ging, dann ihrer Meinung nach nur durch dumme und böse Menschen, aber mit Sicherheit nicht durch ein technisches Problem bei der Zeitumstellung.

»Martina? Meine Zwillingsschwangere?«

»Aber Zwillinge betreut ihr doch gar nicht? Schade eigentlich. Ist doch was ganz Natürliches. Die Nichte meiner Schwester hat 1945 sogar Drillinge zu Hause entbunden. Was reinkommt, kommt auch wieder raus. Sonst würde die Natur das doch gar nicht zulassen.«

Das war wieder die alte Hilde, die sich auch gut als Soldatin gemacht hätte, wären diese schon erlaubt gewesen.

Es kam ihr komisch vor, dass Martina abgesagt hatte.

Sie war doch sonst so erpicht darauf gewesen, jeden Termin bei ihr statt der Frauenärztin zu machen. Und sie kam immer sehr gerne. Wenn Martina sich nicht von sich aus meldete, würde sie auf jeden Fall nachhaken.

* * *

Carola konnte es kaum glauben. Sie saß mit ihrer ganzen Familie um den Tisch, alles war pünktlich fertig geworden, das Haus glänzte, die Geschenke stapelten sich neben dem Christbaum. Der Pieper hing um den Hals, und ihr einziges Paar Ohrringe baumelte an ihren Ohrläppchen. Heute war sie nur mit ihrem Mann und allen Kindern zusammen, was immer seltener vorkam, seit Stefanie ausgezogen war und Thomas sich am Wochenende lieber mit Freunden traf. Hoffentlich würde der Pieper heute stumm bleiben. Morgen, wenn sie mit der Verwandtschaft feierten, konnte sie es eher verschmerzen.

Gerade waren sie sogar noch alle zusammen in der Kinderchristmette gewesen, weil Florian einen Hirten beim Krippenspiel gespielt hatte. Allerliebst hatte er in dem braunen Filzumhang mit Schlapphut ausgesehen. Florian hatte vorher gefragt, ob sie sich nicht ein echtes Baby als Jesuskind aus dem Geburtshaus leihen könnten. Da weder Carola mit einem Geburtshausbaby – leider, leider – noch jemand anderes mit einem Geschwisterbaby aufwarten konnte, musste eine Babyborn-Puppe im Stroh liegen. Und jetzt saßen sie alle hier. Ihr Mann Andreas, mit dem sie schon so viele Höhen und Tiefen erlebt hatte und den sie trotz mancher Krise nie mehr missen wollte; Stefanie, die zwar einen beruflichen Weg eingeschlagen hatte, der in den Augen ihrer Eltern unvernünftig war, die aber glücklich und vor allem entschlossen wirkte; Thomas, ihr ältester Sohn, der ihr oft so fremd war, weil er in Welten abtauchte, zu denen sie keinen Zugang hatte (sein Zimmer sah schon aus wie das Techniklabor eines Informatikers. Der halbe Schreibtisch wurde von einem riesigen, kubusartigen Monitor für den Computer eingenommen, mit dem Thomas auch programmierte. Für die Playstation, diese Spielekonsole, die vor fünf Jahren auf den Markt gekommen war, hatte er einen eigenen Bildschirm besorgt, damit er nicht immer umstöpseln musste. Und gewünscht hatte er sich nur ein paar Spiele, die Carola mit viel Überwindung bei Saturn gekauft hatte); Maike, die immer noch so aussah, als müsste sie erst aus ihrem Kokon schlüpfen (in einem Moment war sie das Kind, das mit den Kaninchen spielte, im anderen eine missmutige Teenagerin, die nicht so auffällig attraktiv wie ihre Schwester war und ihre eigenen Glanzpunkte noch nicht gefunden hatte); Florian, der kleine Sonnenschein, der es ihr manchmal fast zu einfach machte, als wolle er ihr bloß nicht zur Last fallen.

»Schön, dass ihr alle da seid. Schön, dass wir eine Familie sind!« Carola hob ihr Glas, und ihre Stimme brach beinahe.

»Och, Mama, übertreibe es nicht.« Maike verdrehte die Augen.

»Auf uns alle! Auf unsere wunderbare Familie!«

Andreas neigte sich zu ihr. Sie sahen sich in die Augen. Ignorierten, dass die Kinder sie peinlich finden mussten, als sie sich küssten. Kurz, aber intensiv.

»Können wir endlich essen?«

Florian schaute sie aus seinen Knopfaugen an. Auf seinen Wangen bildeten sich Grübchen.

Nach den obligatorischen Würstchen und Kartoffelsalat, von denen keiner mehr wusste, in welcher Generation sie zum offiziellen Weihnachtsessen geworden waren, folgte die Bescherung. Früher war Carola froh über dieses einfache Essen gewesen, da sie Weihnachten oft noch arbeiten musste, aber so langsam dachte sie daran, die Tradition aufzulösen. Nur weil man etwas schon immer so machte, war es nicht immer das Beste. Das einzig Gute an Würstchen und Kartoffelsalat war, dass man sie in fünf Minuten zubereiten konnte, wenn man sich für den Salat aus dem Supermarkt entschied.

Wie jedes Jahr sangen sie *Stille Nacht* vor dem Christbaum und der selbst geschnitzten Holzkrippe, die ihr Großvater ihr vererbt hatte, bevor die Kinder sich auf die Geschenke stürzten. Hauptsächlich waren es Bücher. Für Maike der langersehnte zweite Teil der Zauberlehrlingsgeschichte *Harry Potter*, für Florian *Ritter Rost*, für Stefanie *Traumfänger* von Marlo Morgan. Auch für Andreas hatte sie sich ein paar aktuelle Romane von Antonius empfehlen lassen. Und bei Ortloff am Neumarkt hatte sie einen Füller gekauft, weil er ständig nach irgendeinem Kuli fragte, den er doch wieder verlegte. Florian war der Einzige, der noch richtiges Spielzeug bekam. Er hatte sich den Zirkus von Playmobil gewünscht, nachdem er mit seinen Großeltern im Circus Roncalli am Neumarkt gewesen war.

»Mama, das ist für dich.« Von Florian gab es ein Bild von der ganzen Familie, er stand im Mittelpunkt. Dass er sich so sah, war ein großes Geschenk, hatte Carola doch oft das Gefühl, ihr Jüngster liefe so nebenbei. Thomas schenkte ihr zusammen mit Maike ihr Lieblingsparfüm *Sunflowers* von Elizabeth Arden, von dem sie sofort etwas auf ihrem Handgelenk auftrug. Herrlich. Sie schmunzelte bei dem Gedanken, dass die beiden sich in eine Douglas-Filiale gewagt hatten. Andreas überreichte ihr einen Umschlag. Bitte keinen Gutschein, dachte Carola. Vor allem keinen selbst geschriebenen. Gutscheine waren fromme Wünsche, die nie erfüllt wurden. Sie hatte bestimmt noch zwanzig Gutscheine in ihrer Krimskramsschublade: Muttertagsgutscheine fürs Tischdecken, Essenkochen, Staubsaugen … Nicht dass die Kinder solche Aufgaben nicht auch mal übernahmen, aber das sollte kein Geschenk, sondern eine Selbstverständlichkeit sein. Und Gutscheine von Andreas, Carola wusste schon gar nicht mehr, für was alles. Sie glaubte, eine Fahrt nach Paris wäre auch dabei gewesen. Der Eiffelturm darauf war hübsch gezeichnet gewesen, die Fahrt dorthin allerdings nie angetreten worden.

Und diese Karte war ebenfalls hübsch gezeichnet. Kein Eiffelturm, aber ein Hausboot auf einer Gracht. Amsterdam. Er musste ihren enttäuschten Blick bemerkt haben.

»Diesmal ist alles anders. Die Zugtickets sind schon gekauft und das Hausboot ist gebucht.«

Sie traute sich trotzdem noch nicht, sich richtig zu freuen. Wer würde so lange ihre Stelle einnehmen? Zu Hause? Und im Geburtshaus?

»Susanne passt hier auf. Im Mai, alles schon von langer Hand geplant. Ist ja nur ein Wochenende. Und die anderen würden einspringen, falls du eine Geburt hast. Der Pieper könnte zu Hause bleiben.«

Konnte das wahr sein? Ein Wochenende nur zu zweit? In einer Stadt, die sie noch nicht kannte? Aber in die sie schon immer mal wollte?

»Danke!«

Sie kannte sich. Wenn sie einmal losgefahren wären, würden alle Bedenken von ihr abfallen. Nur während ihres Kuraufenthaltes im Sauerland nach ihrem Erschöpfungssyndrom war sie in den letzten zwanzig Jahren länger als zwei Tage am Stück von ihrer Familie und dem Geburtshaus getrennt gewesen.

»Danke, ich freue mich so drauf!«

»Ich mich auch!« Thomas grinste, als freue er sich schon auf das sturmfreie Wochenende.

»Und jetzt kommt noch was für dich, Mama. Mach mal die Augen zu.«

Carola schloss die Augen und ließ sich von Stefanie an der Hand nehmen. Sie hörte die Schritte aller anderen, die ihnen hinterherliefen. Auf der Treppe stolperte sie fast. Sie blieben vor Stefanies Zimmer stehen.

»Darf ich die Augen aufmachen?«

»Noch nicht.«

Sie hörte, wie Stefanie die Tür öffnete, und folgte ihr in das Zimmer.

»Jetzt.«

Carola öffnete die Augen. Was sie sah, sah auf den ersten Blick eher beklemmend aus. Alle Regale waren leer geräumt. Die Poster von den Wänden verschwunden. So als hätte sich Stefanie endgültig von ihrer Kindheit verabschiedet. Fehlte nur noch, dass sie das Bett und den Schreibtisch zum Sperrmüll brachte. Das Zimmer war klein, aber gemütlich und vor allem mit einem schönen Blick auf die Edelkastanie vor dem Fenster. Gut, sie freute sich, wenn Thomas und Maike mal allen Müll aus ihren Zimmern räumten, aber als Weihnachtsgeschenk würde sie es dennoch nicht bezeichnen.

»Okay, ein ausgeräumtes Zimmer?«

»Für dich!«

»Für mich?«

»Ja, ich schenke dir mein Zimmer! Papa und du, ihr geht direkt nach Weihnachten zum Baumarkt, damit du dir die passende Farbe aussuchen kannst. Und Papa und ich streichen. Und dann dachte ich, dass wir zusammen noch zum Alträucher am Eigelstein fahren. Du magst doch alte Möbel.«

»Aber heißt das, du kommst nie wieder nach Hause?«

»Stefanie kann dann bei mir im Zimmer schlafen. Das haben wir schon abgesprochen.«

Maike lächelte fast stolz. Sie steckten also alle unter einer Decke.

»Und ihr meint, ich soll dieses Zimmer für mich bekommen? Wir könnten ja auch einen Abstellraum draus machen für alle Sachen, von denen wir nicht wissen, wo sie hinsollen.«

Andreas schüttelte den Kopf. »Nee, ganz sicher nicht. Dann ist der nach einem halben Jahr voll, und wir brauchen eine neue Abstellkammer.«

Ein Zimmer für mich allein, dachte Carola.

»Das wäre doch nicht nötig gewesen«, kam Carola die

schreckliche Floskel angesichts eines Geschenks zu hören. Warum hatte sie das Gefühl, dass das Geschenk zu groß sei? Jedes Kind hatte ein eigenes Zimmer, Andreas sein Arbeitszimmer, in dem er aber auch gerne mal Computer spielte oder in Ruhe die Zeitung las. Nur sie hatte keinen Ort, an den sie sich zurückziehen konnte. Wirklich gefehlt hatte ihr das nicht, aber vielleicht auch deshalb, weil ihr das schon selbstverständlich vorkam, als Mutter zwar ein großes Haus zu managen, aber darin keinen Raum für sich allein zu beanspruchen. Und ja, wenn sie an die Menschen in der dritten Welt dachte, dann schämte sie sich schon ein bisschen dafür, dass sie in so einem Luxus lebten.

Carola holte tief Luft und sah in die erwartungsvollen Gesichter ihrer Kinder und ihres Mannes. »Danke, das ist ein wunderbares Geschenk!«

Sie würde etwas brauchen, um herauszufinden, mit was sie diesen neu gewonnenen Raum füllen würde, aber sie freute sich schon darauf, sich auf die Suche zu machen.

* * *

Die ganze Familie Valero hatte sich um den großen Esstisch im Wohnzimmer gequetscht. Sie hatten den Tisch vor das Sofa geschoben, da sie nicht genug Stühle hatten. Nun waren die Sitzriesen aufs Sofa gesetzt worden, Ella gehörte dazu, genauso wie ihre Schwester Carla und ihre Nichte und ihr Neffe. Der Rest saß auf Stühlen um den ausgezogenen Tisch.

Sogar ihre Mutter Anneliese saß mit am Tisch, statt die ganze Zeit in die Küche zu rennen. Die Aufgabe übernahmen heute Ella und ihre Schwestern. Sie bemerkte, wie ihre Eltern unter dem Tisch Händchen hielten und sich liebevoll ansahen. Das schönste Weihnachtsgeschenk für Ella, die sich oft fragte, ob ihre Eltern glücklich waren. Heute waren sie es. Stolz über ihre große Familie, die drei Töchter, die Enkel und den Schwiegersohn. Den einzigen bisher.

Ella biss ein Stück von dem Panforte ab. Das Gebäck aus Trockenfrüchten und Nüssen schmeckte köstlich, war aber nichts für empfindliche Zähne. Der Espresso hielt Ella wach, die wie alle nach dem üppigen Festmahl und dem stundenlangen Geplauder träge und müde war. Wie schön wäre es, sich gleich einfach rüber ins ehemalige Kinderzimmer zu schleppen. Vielleicht noch etwas mit Carla quatschen, die das Bett gegenüber belegen würde. Es tat so gut, sich heute einfach wie ein Kind zu fühlen und die Erwachsenensorgen vor der Tür zu lassen. Selbst in der Vierzimmerwohnung hatten ihre Eltern Ellas und Carlas Zimmer so gelassen, dass sie jederzeit zurückkommen konnten.

»Wer möchte noch einen Glühwein?«, fragte Maria, die älteste der drei Schwestern. Gerade als Ella »Ich!« rufen wollte, piepte es in ihrer Hosentasche. Die Nummer, die auf dem Display angezeigt wurde, hatte sie noch nie gesehen.

»Entschuldigung. Babyalarm. Muss kurz telefonieren.«

»Natürlich«, antwortete ihre Mutter und hatte doch etwas Enttäuschung im Blick. Es war nicht das erste Mal, dass Ella eine festlich gedeckte Tafel frühzeitig verlassen musste.

Carla machte sich ganz dünn, damit Ella sich vom Sofa an ihr vorbeiquetschen konnte. Das Telefon stand immer noch im Flur. Ella schloss die Wohnzimmertür, nahm den Hörer von dem Wandtelefon und tippte die Nummer ein, die auf dem Display stand.

Das Freizeichen ertönte. Als Ella gerade wieder auflegen wollte, meldete sich eine Stimme.

»Ella?«

»Ja, ich bin dran.«

Konnte das wahr sein? Hatte sie sich nicht genau das zu Weihnachten gewünscht?

»Ich, ich weiß nicht, was ich machen soll. Es tut so weh. Ich glaube, könnte es sein, ich meine, das ist doch noch viel zu früh. Ich bin nicht bereit.«

»Andrea, wo bist du? Ich komme sofort zu dir!«

Ella war glücklich, dass Andrea noch lebte. Sie zitterte, als sie den Motor starten wollte. Zum Glück hatte ihr Vater ihr gleich angeboten, dass sie sein Auto nehmen könne. Es war zwar ein kleiner Lieferwagen, dessen Laderaum voller Werkzeug war, aber es war das Auto, das da war. Als sie versuchte, ihre Hände ruhig zu halten, wurde ihr bewusst, was für eine Angst sie die ganze Zeit gehabt hatte. Zum Glück kannte sie das Veedel, in dem Andrea auf sie wartete. Jetzt noch in einem Stadtplan zu suchen würde nur unnötige Zeit kosten. Es war kaum etwas los, als sie über die Zoobrücke auf die andere Rheinseite fuhr. Wer war schon spät an Heiligabend auf der Straße? Zum Glück fand sie ganz in der Nähe der kleinen Pension in Kalk einen Parkplatz. »Fremdenzimmer« stand auf einem

Messingschild neben der Tür. Im Erdgeschoß befand sich eine Kneipe, die wohl dazugehörte. Ella trat ein. Vor einer Holztheke saßen drei ältere Männer auf Barhockern und drehten sich um. Ihre missmutigen Mienen erhellten sich, als sie Ella entdeckten. Die Wirtin hinter dem Tresen zapfte ein Bier und stellte es ab.

»Wat glotzt ehr so? Noch nie ne jung hübsche Wiev jesenn?«

»Jedenfalls nicht hier!« Der Mann mit Schnäuzer hob sein Glas und drehte sich wieder zu der Wirtin.

»Guten Tag, mein Name ist Ella Valero. Ich bin mit Andrea verabredet. Sie hat sich hier einquartiert.«

Der mit der Glatze pfiff, als hätte Ella da gerade was ganz Frivoles gesagt. Sie ignorierte das.

»Ach, dat junge Frollein, das Heilischabend janz alleine verbringt? Hät wohl Knatsch mit de Familisch.«

»Wo kann ich sie finden?«

»Im Flur die Trepp heruf und dann linksherüm. Zimmer vier.«

»Danke.«

»Nisch dafür.«

Ella lief zur Treppe und rannte nach oben. Der Flur auf der ersten Etage war mit olivgrünem Teppich ausgelegt. Es muffelte nach Mottenkugeln. Auf den Holztüren waren Zahlen angebracht. Ella klopfte an die Tür mit der Nummer vier.

»Andrea? Hörst du mich? Ich bin da!«

Andrea öffnete die Tür. Die Haare waren ab, was Ella noch auffiel, bevor sie sah, wie die junge Frau sich krümmte. Sie war in der siebenunddreißigsten Woche. Das Kind würde etwas zu früh kommen. Wenn es heute kam. Vielleicht ließen sich die Wehen wieder beruhigen.

»Andrea, ich freu mich so, dich zu sehen!«

Andrea schaute sie aus verquollenen Augen an. Und lächelte zaghaft, als freue sie sich auch, Ella zu sehen.

Ella schaute sich in dem Zimmer um. Ein Bett. Ein Waschbecken an der Wand. Die Gardinen vor den Fenstern waren zugezogen. Auf dem Tischchen in der Mitte standen Mandarinen, Lebkuchen und ein Pizzakarton. Wenigstens hatte Andrea nicht gehungert.

Ella führte Andrea zu dem Bett, setzte sich neben sie, als sie anfing zu schluchzen. Die Wehen schienen eine Pause zu machen, während sie weinte und erzählte.

»Ich vermisse sie so. Weihnachten sollte ich zu Hause sein.«

»Du kannst nach Hause. Deine Eltern würden sich freuen, dich wiederzusehen. Sie wissen Bescheid.«

Ella hatte sich Erleichterung erhofft. Sie wusste nicht, was diese junge Frau zu Hause befürchtet hatte. Die Eltern waren nicht begeistert, aber sie würden sie weder bestrafen noch aus der Familie ausschließen. Doch Andrea riss die Augen auf. Ob vor Entsetzen über die Information oder weil die nächste Wehe sie übermannte, wusste Ella nicht. Andrea hielt sich die Hände auf das Kreuzbein und atmete konzentriert, als hätte sie das alles im Vorbereitungskurs schon durchexerziert.

Ella wartete ab, bis sie sich beruhigt hatte. Im Film würde sie die Kneipenwirtin jetzt um heißes Wasser und frische Handtücher bitten. Handtücher lagen noch ein paar zusammengefaltet auf einem Stuhl. Wie sauber die waren, stand in den Sternen. Und sie waren nicht im Film. Ella hatte alles Nötige in ihrer Tasche, und heißes Wasser brauchte sie erst einmal nicht. Sie schaute auf ihre Uhr. Was sollte sie machen? Ins Geburtshaus fahren? Oder gleich einen Rettungswagen rufen?

»Ich habe dir gesagt, dass es niemand wissen soll! Hau ab!«

Als Ella Andrea sanft an der Schulter fasste, stieß die Schwangere sie weg.

»Ich meine es ernst, hau ab! Ich will allein sein.«

Ella trat einen Schritt zurück und verschränkte die Arme vor der Brust.

»Du bist nicht allein. Du trägst auch Verantwortung für dein Kind. Und es kann sein, dass es noch heute kommt. Du brauchst Hilfe. Und wenn du meine Hilfe nicht annehmen möchtest, ist das okay, aber dann rufe ich jetzt einen Krankenwagen.«

Andreas Gesicht verzog sich vor Schmerzen. Eine Wehe hinderte sie wohl an einer Antwort. Ella schaute sich in dem Zimmer nach einem Telefon um. Sie würde nach unten gehen und die Wirtin fragen müssen, ob sie das Telefon benutzen dürfte. Und Ella wollte keine Sekunde mehr zögern. Sie ging zur Tür, um die Treppe wieder hinunterzulaufen. Andrea packte sie an der Schulter.

»Ich habe doch gesagt, dass keiner was wissen soll! Und ich habe dir vertraut!«

* * *

Als Susanne aufwachte, musste sie erst einmal überlegen, warum sie komplett angezogen neben Antonius lag, der ebenfalls in Jeans und Hemd eingeschlafen war. Stimmt, es war Heiligabend. Sie ließ den Tag noch mal Revue passieren. Mittags hatte Antonius den Laden schließen wollen, doch es waren immer neue Kunden gekommen, die auf den letzten Drücker noch ein Geschenk kaufen wollten. Und hatte er die eine Kundin bedient, kam schon der nächste hinterher, der sich von dem »Geschlossen«-Schild nicht aufhalten ließ. Warum auch? Von draußen war es zu sehen, dass hier noch jemand hinter der Kasse stand und der Laden voller Menschen war. Susanne hatte Antonius immerhin abnehmen können, die Bücher einzupacken. Und um sechs Uhr hatten sie den Laden dann einfach abgeschlossen und jeden abgefertigten Kunden einzeln herausgelassen.

Susanne verstand nicht, wie Antonius so geduldig bleiben konnte. Mit Trude Niemeyer, die drei Häuser weiter wohnte, plauderte er gefühlt noch stundenlang. Ihr Mann war letztes Jahr gestorben, und sie hatte Antonius erst kürzlich erzählt, dass sie an Heiligabend alleine feiern wollte. Als Antonius sie einlud, winkte sie ab. Er solle es mal nicht übertreiben mit der Höflichkeit, sie komme sehr gut klar. Susanne hätte auch nichts dagegen gehabt, wenn die alte Frau mit am Tisch gesessen hätte. Doch Frau Niemeyer blieb bei ihrem Nein und wollte sich nur ganz in Ruhe noch Bücher für zwei Freundinnen aussuchen, mit denen sie am ersten Weihnachtsfeiertag Kaffee trinken würde. Und eine Frau kam mit einem Stapel Büchern, die sie umtauschen wollte. Als wenn das nicht auch bis nach Weihachten warten könnte. Überhaupt wollten so viele noch einen Klaaf halten, vielleicht auch, um dem Weihnachtsstress zu Hause zu entkommen. Susanne hatte sich den ganzen Tag auf den gemeinsamen Heiligabend gefreut. Sie hatte Pasteten und zum Nachtisch Petits Fours angerichtet und eine exquisite Dosensuppe erhitzt, während Antonius noch die Kasse fertig machte und den Laden abschloss. Morgen würden sie ein großes Fest bei Julias Adoptiveltern feiern. Angela ließ es sich nicht nehmen, die großen Feierlichkeiten bei ihnen im Hause auszurichten. Es war auch das einzige Zuhause, in dem die ganze Familie zusammen Platz hatte. Während der – vergeblichen – Wartezeit auf ein eigenes leibliches Kind hatten sie sich ein Haus gebaut, in dem eine Großfamilie Platz gefunden hätte. Mit riesigem Esszimmer. Und jetzt wurde es dennoch mit Leben gefüllt. Während Susanne die Pasteten auf einem Teller verteilte, überkam sie Mitgefühl mit Angela. Sie hatte sich jahrelang ein Kind gewünscht und war dann auf Umwegen doch noch zu einem gekommen. Selbst ein Kind zu adoptieren, dazu hatte sich Susanne nicht durchringen können. Ob das ein Fehler gewesen war?

Erschöpft hatte sich Antonius wenig später an den schön gedeckten Tisch mit den Leckereien von Feinkost Haupt gesetzt. Sie waren glücklich, einfach Zeit für sich zu haben. Endlich die Füße von den Schuhen befreien, endlich sitzen können. Endlich nur miteinander reden. Nichts mehr kochen, nichts mehr vorbereiten und vor allem nirgendwo mehr hinfahren. Den Pieper hatte Susanne um den Hals hängen. Passte nicht ganz zu der schicken Bluse, aber das war sicherer als in der Hosentasche.

Nach dem Essen hatten sie sich nur schnell aufs Bett legen wollen. Fünf Minuten die Augen schließen, bevor sie zur Christmette aufbrechen würden. Doch sie schliefen so tief, dass sie das Telefon nicht klingeln hörten. Der Pieper allerdings musste nur flüstern, und Susanne hörte ihn. Und so war es auch jetzt. Sie schrak hoch. Die Bluse zerknittert. Das Gesicht wahrscheinlich auch. Sie schaute auf die Uhr. Gleich war es Mitternacht. Die Christmette längst vorbei. Sie löste sich aus Antonius' Umarmung und schlich zum Telefon im Wohnzimmer. Gut, dass sie ein paar Stunden geschlafen hatte, sonst würde sie die Geburt nicht durchstehen. Welche ihrer Frauen wohl dran war? Sie konnte die Nummer auf dem Pieper nicht zuordnen, tippte sie einfach ab. Niemand hob ab. Sie schaute in ihrer Hebammentasche in ihrem Notizbuch nach. Da schrieb sie sich alle aktuellen Nummern neben die Namen, damit sie notfalls einfach zu der Frau fahren konnte, wenn sie nicht mehr ans Telefon ging. Alle, die ihre Geburt schon hinter sich hatten, strich sie durch. Aktuell waren es noch fünf Mütter, die in der nächsten Zeit entbinden konnten. Aber diese Nummer war nicht dabei. Auch nicht bei den anderen Nummern. Sie versuchte es noch einmal. Niemand ging dran. Ob die Anruferin über die anderen Hebammen kam? Annett war zu Hause und hob sofort ab. Sie kannte die Nummer auch nicht, und keine ihrer Frauen wäre sehr nahe am Entbindungstermin. Carola war zum Glück auch noch wach, wusste aber ebenfalls nichts. In Ellas Wohnung hob niemand ab, also wählte Susanne die Nummer ihrer Eltern. Bestimmt feierten sie zusammen. Ellas Mutter hob ab. Ella wäre nicht mehr da. Sie wäre vor zwei, drei

Stunden zu einer Geburt gerufen worden. Vielleicht war es auch einfach ein Fehlalarm. Trotzdem wollte Susanne sichergehen. Sie legte Antonius einen Zettel auf den Nachttisch, dass sie kurz zum Geburtshaus rübergegangen sei. Zum Glück waren das keine fünf Minuten zu Fuß. Sie würde in dem Ordner mit den Anmeldungen alle Telefonnummern durchgehen. Falls eine Familie vergeblich versucht haben sollte, Kontakt aufzunehmen, dann würde die im Zweifelsfall hoffentlich einen Rettungswagen holen.

* * *

Carola hatte den Telefonhörer wieder aufgelegt und lief erleichtert zurück zu ihrer Familie. Als sie Susannes Stimme hörte, dachte sie zuerst, dass Susanne Hilfe bei einer Geburt brauchte. Sobald es kompliziert wurde, holten sie sich gegenseitig schon einmal dazu. Die einzige Schwangere in der Warteschleife war Verena, aber deren Nummer war das auch nicht gewesen.

Florian lag auf dem Sofa und schlief mit offenem Mund. Ja, er schnarchte sogar hin und wieder leise. Vielleicht mussten sie die Polypen entfernen lassen. Die anderen saßen um den Tisch, auf dem das *Spiel des Lebens* aufgebaut war. Bei diesem Brettspiel brauchte man nicht viel nachzudenken, sondern konnte seinen Wagen einfach durch die klassischen Stationen des Lebens ziehen. Geburt, Schule, Heirat, Beruf – unterschiedliche Lebenswege gab es bei diesem Brettspiel nicht. Aber es machte allen Familienmitgliedern Spaß und funktionierte auch noch mit ein paar Gläsern Glühwein intus. Auch Maike durfte heute ein Glas Glühwein trinken, obwohl sie erst vierzehn war. Aber Carola dachte sich, dass es besser wäre, ein Gläschen im Kreis der Familie auszuprobieren, statt an Weiberfastnacht auf der Straße unter Fremden.

»Alles in Ordnung?«, fragte Stefanie besorgt.

»Ja, ja, mich braucht wohl grad niemand.« Carola setzte sich wieder.

»Doch, wir brauchen dich.« Andreas nahm ihre Hand. Sein Wagen war schon viel weiter vorgerückt, obwohl sie doch im echten Leben in einem »Wagen« saßen. Und heute fühlte sich das auch wirklich so an. Es war ein wunderschönes Weihnachtsfest gewesen. Mit einem wunderschönen Geschenk. Sie grinste bei dem Gedanken, sich in den Baumarkt zu stürzen und nach der passenden Farbe zu suchen. Ihr eigenes Zimmer. Das erste Mal seit über zwanzig Jahren.

* * *

Ella atmete tief durch. Die Hand auf ihrer Schulter fühlte sich schwer an, obwohl Andrea so eine zarte junge Frau war. Was sollte sie tun? Nach unten rennen und den Notruf wählen? Warum konnte man mit dem Pieper keinen Notruf wählen? Warum hatte der Raum kein Telefon? In der kleinen Kaschemme gab es auch keine Badewanne, in der Andrea sich entspannen und vielleicht sogar die Wehen stoppen könnte. Ella drehte sich um.

»Andrea, du hast mich angefunkt, damit ich dir helfe. Dann lass dir auch helfen, sonst muss ich Hilfe von außen holen. Vielleicht hätte ich das schon viel früher machen sollen. Ich habe dir auch vertraut. Und ich bin immer noch bereit, es zu tun, obwohl *du* mich angelogen hast.«

Andrea nickte. Und krümmte sich dann wieder zusammen. Sie stöhnte und hielt sich an der Wand fest. Vielleicht war die Tapete mal weiß gewesen, jetzt war sie gelb und roch nach abgestandenem Tabak, da wäre das Geburtshaus doch etwas heimeliger. Die Straßen wären frei um diese Zeit. Dennoch würden sie zwanzig Minuten brauchen. Das Krankenhaus Kalk mit seiner Geburtsstation war keine fünf Minuten entfernt.

»Ich kann das Kind nicht behalten. Niemand soll wissen, dass ich ein Kind bekomme.«

Andrea hatte diese Worte seit der ersten Begegnung wiederholt. Wie eine Schallplatte. Ella musste sich beraten. Wenn Andrea das Kind nicht bei sich behalten wollte, musste Ella sich eben kümmern, bis Pflegeeltern gefunden worden waren. Oder Adoptiveltern. Niemand könnte ihr so guten Rat geben wie Susanne. Und es wäre auch gut, wenn jemand wusste, wo sie war … falls etwas passierte.

»Du musst das Kind nicht behalten. Aber du musst es auf die Welt bringen. Sonst wird es auch für dich gefährlich.«

Andrea schwieg. Und setzte sich auf die Bettkante.

»Andrea, verstehst du das?«

Sie nickte.

»Gut. Ich werde jetzt nach unten gehen und eine Kollegin informieren. Sie hat selbst in deinem Alter ein Kind zur Adoption freigegeben. Sie wird wissen, was zu tun ist.«

»Aber du rufst nicht meine Eltern an? Und auch nicht einen Krankenwagen?«

»Du kannst gerne mitkommen und zuhören.«

Andrea schüttelte den Kopf.

Ellas Herz hatte den ganzen Weg nach unten geklopft. Was war, wenn Andrea abhaute? Die Wirtin wischte über die Theke, die Herren hatten sich wohl schon verabschiedet. Ella fragte nach dem Telefon.

»An der Wand. Fuffzig Pfennig die Einheit.«

»Habe mein Geld oben. Es ist ein Notfall. Kann ich Ihnen das später geben?«

»Na jut. Is mein Weihnachtsjeschenk. Brauchen Sie auch nicht zurückjeben.«

Ella wählte Susannes Nummer. Niemand hob ab. Vielleicht waren sie doch zur Familie gefahren. Sie wählte die Nummer von Susannes Pieper.

»Könnten Sie uns informieren, wenn jemand zurückruft?«

»Ja, aber nur, wenn derjenige in drei Minüte anruft. Ich mach jetzt Feierabend.«

»Okay. Danke.«

»Nisch dafür. Und wat is dat ewwe für ein Notfall?« Die Mittfünfzigerin mit rausgewachsener Dauerwelle und faltigem Gesicht schaute sie müde an.

»Ihr Gast aus Nummer vier ist schwanger.«

Mehr wollte Ella jetzt nicht sagen.

Die Frau lächelte.

»Och, nee, wie rührend. Dann habe ich dat ja richtisch jesehen. Dat arme Ding. Sieht gar nicht so aus wie eine von denen.«

Sie rannte wieder hoch zu Andrea. Als sie die Tür öffnete, erschrak Ella. Andrea war nicht zu sehen. Doch dann hörte sie ein heftiges Stöhnen aus dem kleinen Badezimmer. Sie klopfte.

Andrea rief sie herein. Ihre ganze Jogginghose war nass. Ein Blasensprung. Die Geburt war eröffnet. Jetzt gab es kein Zurück mehr. Auch mit Blasensprung hatten sie in der Regel aber noch genug Zeit, ins Geburtshaus zu fahren.

»Andrea. Dein Baby kommt bald.«

»Ich weiß. Hab im Bio-Leistungskurs aufgepasst.«

Das war das erste Mal, dass Andrea heute lächelte. Am liebsten hätte Ella gefragt, ob sie auch wüsste, was Presswehen sind. Denn die nächste Wehe hörte sich an wie eine.

Als spüre Andrea auch, dass sie kurz vor der Niederkunft war, begann sie sich wieder zu verkrampfen.

»Ich will das nicht!«

»Andrea, ich weiß, aber …«

»Du weißt gar nichts!«

»Dann sag es mir!«

»Nein.«

Das Nein ging in ein Pressen über. Andrea hielt sich am Waschbecken fest. Ella stand im Türrahmen.

»Du machst das wirklich gut, Andrea. Du kannst deinem Körper vertrauen. Lass das Kind los. Alles andere klären wir später.«

Das waren anscheinend genau die richtigen Worte gewesen. Andrea kam aus dem Bad und setzte sich auf das Bett. Zum Glück hatte Ella gerade die Heizung noch mal höher gedreht. Die Vorhänge waren auch zugezogen. Bei der nächsten Wehe stand Andrea wieder auf und hielt sich mit den Händen an der Wand fest. Ella breitete eine wasserdichte Unterlage aus ihrer Tasche auf dem Boden aus, und Andrea stellte sich darauf.

Normalerweise hätte Ella Andrea längst mehrmals untersucht. Den Befund des Muttermundes festgehalten. Im Krankenhaus wäre Andrea am Wehenschreiber angeschlossen gewesen. Aber es ging alles so schnell. In der nächsten Wehenpause schlüpfte Andrea aus der Jogginghose. Bei der nächsten Wehe, die sie auch im Stehen veratmete, tastete sie zwischen ihren Beinen.

»Ich glaube, da kommt das Köpfchen.«

Andrea schien ihre Sorge einen Moment zu vergessen. Wie konnte eine Frau, die ihre Schwangerschaft monatelang beiseiteschob, so offen bei der Geburt sein? Sie machte es intuitiv richtig. Ach, machten das nicht eigentlich alle Frauen, wenn man sie ließ? Ella dachte an ihre Zeit im Krankenhaus, in der die Frauen meist im Liegen gebären sollten. Das war praktischer für die Ärzte und Hebammen, machte es den Frauen aber schwerer, weil sie die Schwerkraft nicht nutzen konnten.

»Darf ich es halten?«

Natürlich würde das Kind nicht wie an einem Bungeeseil aus der Mutter fallen. Und natürlich musste Ella helfen und aufpassen, dass das Kind nicht zu schnell herauskam. Dennoch wollte Ella um Erlaubnis bitten.

Andrea nickte, und Ella hockte sich vor sie.

»Versuche nicht zu stark zu pressen. Das verhindert Verletzungen.«

Ella sah schon das Köpfchen mit ganz vielen Haaren.

Da Andrea noch bei keinem Gynäkologen gewesen war, wussten sie nicht, ob es ein Mädchen oder Junge sein würde. Ella fragte sich, ob Andrea hoffte, dass es nur ihr ähnlich sehen würde.

»Ich sehe ganz viele dunkelbraune Haare. Ich würde sagen, das ist genau deine Haarfarbe.«

So ganz genau konnte Ella das gar nicht sagen, weil Andreas Haare so offensichtlich getönt waren, wie sie es oft bei den ganz jungen Frauen sah, die noch nicht ahnten, dass sie sich irgendwann nach ihrer natürlichen Haarfarbe zurücksehnen würden.

Andrea lachte. Und heulte gleichzeitig. Mit der nächsten Wehe wurde das Kind geboren. Ein Mädchen. Andrea setzte sich auf die Unterlage. Ella legte ihr das Baby in den Arm. Sie sah auf den ersten Blick, dass die APGAR-Werte – APGAR stand für Atmung, Puls, Grundtonus, Aussehen, Reflexe – perfekt waren.

»Glückwunsch zu deiner wunderschönen Tochter.«

Andrea sah ihr Baby an. Voller Liebe. Als hätte sie ganz vergessen, dass sie es nicht behalten wollte. Ella nabelte das Baby ab, als Andrea auf dem Bett lag, und legte ihr den Säugling auf den Bauch, während sie auf die Geburt der Plazenta wartete.

»Die Wirtin reißt mir den Kopf ab, wenn ich hier so eine Sauerei hinterlasse.«

Andrea lächelte. Aber Ella spürte, dass sie sich wieder mehr darum scherte, was andere dachten, als um ihr eigenes Wohlergehen. Und dann erst dachte sie an Andreas Eltern. Die vor Sorge vergehen mussten. Sie mussten ihnen Bescheid geben. Wenn Andrea wollte.

»Was machen wir denn jetzt?«

»Erst mal die Nacht ausruhen. Auch im Geburtshaus oder im Krankenhaus müsstest du vier bis sechs Stunden in der Nähe eine Hebamme sein.«

»Kannst du hierbleiben?«

Der Säugling suchte nach ihrer Brustwarze. Andrea hatte ihr kariertes Hemd an, dass sie offen über der nackten Haut trug.

»Natürlich.«

»Danke.«

»Bist du nicht sauer, dass ich dich von der Weihnachtsfeier geholt habe?«

»Natürlich nicht. Rufbereitschaft gehört doch zu meinem Job.«

Andreas Gesicht verdunkelte sich. »Die habe ich doch noch gar nicht bezahlt.«

»Ich habe doch gesagt, dass ich sie dir erlasse.«

»Ich bezahle das noch.«

»Das ist jetzt nicht wichtig. Aber wir sollten deine Eltern anrufen. Dass es dir gut geht.«

Andrea schüttelte den Kopf. »Heute nicht mehr. Erst wenn ich alles mit der Adoption geklärt habe. Und dann behaupte ich, dass ich das Kind verloren habe.«

Ella schluckte. Sie war sich sicher gewesen, dass Andrea es sich anders überlegen würde. Und ganz davon abgesehen war eine anonyme Adoption gar nicht möglich. Gut, sie war volljährig und damit nicht verpflichtet, ihre Eltern einzuweihen.

»Okay, wir klären alles morgen. Ich habe nur zwei Windeln in meiner Tasche. Leider keine Babykleidung. Ich könnte morgen früh direkt etwas holen gehen. Auf deiner Brust und in Handtücher gewickelt müsste sie es warm genug haben.«

Das Baby trank noch immer.

»Schau mal in meine Tasche. Da sind ein paar Anziehsachen.«

Ella durchsuchte die Sporttasche, in der Wechselklamotten, Bücher und eben auch zwei Strampler, Windeln, zwei Bodys und ein Jäckchen waren. Auf den Strampler war Peter Hase gestickt. Alles passte in den warmen Beigetönen wunderbar zusammen. Auch ein leichtes Mützchen war dabei. Andrea wollte das Kind offensichtlich behalten. Warum tat sie es nicht einfach?

Ella schnitt sich den Finger an einem Foto, als sie in der Tasche wühlte. Unauffällig schaute sie in der offenen Tasche darauf. Und erschrak, als sie das Gesicht erkannte. Sie sprach Andrea nicht darauf an. Diese eine Nacht sollte den beiden gehören, ganz egal, was danach kommen würde.

Ella verbrachte die Weihnachtsnacht auf dem Teppichboden, ein Handtuch diente als Kopfkissen. Ihren Wintermantel nahm sie als Decke. Nicht nur der Geruch des Teppichs hielt sie vom Schlafen ab. Es war vor allem der Gedanke an die Geschichte, die hinter dieser Geburt steckte. Und die Frage danach, wie es weitergehen würde.

Einen Namen hatte Andrea ihrer Tochter noch nicht gegeben.

* * *

Susanne hatte noch in der Nacht alle Telefonnummern

der angemeldeten Schwangeren mit der Nummer auf dem Pieper verglichen. Keine stimmte überein. Als sie die Telefonauskunft am Hörer hatte, meinte die freundliche Dame, die Nummer gehöre zu »Ulla's Eck«. Wahrscheinlich eine Kneipe, die an Heiligabend früh schloss. Niemand hob ab. Ob sich ein Gast verwählt hatte? Und niemand schien die Räume im Geburtshaus benutzt zu haben. Sie hatte es gleich am nächsten Morgen noch einmal unter der Nummer versucht, erneut erfolglos. Und auch bei Ella meldete sich niemand.

»Sollen wir lieber absagen?«

Antonius reichte Susanne einen großen Becher Kaffee. Sie nahm dankbar einen Schluck. Heute Nachmittag würden sie zu Angela und Gerd fahren, und alle würden gemeinsam Weihnachten feiern.

»Nein, ich kann eh nichts machen. Vielleicht hat sie eine Hausgeburt betreut. Manche Geburten dauern auch über zehn Stunden. Ich gehe aber noch mal ins Geburtshaus, bevor wir losfahren. Vielleicht treffe ich Ella dort. Sie geht weder in der WG noch bei ihren Eltern ans Telefon.« Susanne versuchte, sich selbst zu beruhigen. Absagen wollte sie das Fest bei den Müllers auf keinen Fall, allein weil sie ihre Tochter und Enkelin zu Weihnachten sehen wollte.

* * *

Carola hatte darauf bestanden, wenigstens die Torte und den Kuchen zum Kaffeekränzchen mitzubringen, wenn sie schon zu sechst bei ihrer Schwester aufkreuzten.

»Na, die sind aber nicht selbst gemacht, oder?«, zwinkerte ihr Schwager Klaus ihr zu, als sie die Marzipantorte von Coppenrath & Wiese und einen Schokoflockina auf den Tisch stellte. Den Schokoflockina hatten Maike und Florian gebacken. Und er sah sehr selbst gemacht aus, weil Florians Hilfe vor allen darin bestanden hatte, alles an Zuckerdekor, was noch von der Weihnachtsbäckerei übrig war, auf den Guss zu kippen.

»Klaus!«, maßregelte Heike ihren Mann, »Carola hat wirklich genug zu tun.«

Carola wusste es zu schätzen, dass ihre Schwester sich bemühte, nett zu sein. Konrad, der mittlerweile an der Kölner Uni Jura studierte, begrüßte besonders Stefanie überschwänglich. Hatte ja nicht jeder ein Model als Cousine. Aber auch mit Thomas verstand er sich sehr gut, was Carola immer noch wunderte, so verschieden, wie die beiden waren. Carolas und Heikes Eltern saßen auf dem wuchtigen schwarzen Ledersofa, als die Hardgenbuschs hereinkamen.

»Bleibt sitzen!« Carola beugte sich als Erste zu ihren Eltern, die immer gebrechlicher wurden. Aufstehen würde sie viel Mühe kosten. Heike hatte den Esszimmertisch vor die Couch geschoben und ihn schon gedeckt. Carola betrachtete ihren Jüngsten, als alle das erste Stück Kuchen verspeisten. Im Grunde war er das einzige richtige Kind hier am Tisch. Als Konrad, Stefanie, Thomas und Maike noch jünger waren, hatten sie bei Familientreffen alle stundenlang gespielt, sodass die Erwachsenen in Ruhe über ihre Themen sprechen konnten. Tratsch und Klatsch und Politik. Meistens Themen, die nichts für Kinderohren waren. Vor allem nicht, wenn man so polarisierte wie

Klaus. Alle hörten ihm gebannt zu, während er davon erzählte, dass bald alle europäischen Länder ihre Kontur verlieren würden. Spätestens mit der Einführung des Euro, der die D-Mark ablösen sollte. Und überhaupt wandele der Frieden auf dünnem Eis … Na ja, ihr Vater war eher abwesend, und ihre Mutter spielte auf dem Kaffeetisch mit Florian mit den Krippenfiguren, die er aus der Krippe neben dem Tannenbaum geholt hatte. Mitgebracht hatte Florian noch ein paar Ritter von Playmobil, schließlich gab es bei Tante Heike kein Spielzeug mehr.

Carolas Mutter hatte die Maria, die mit dem Jesuskind aus einem Holzstück geschnitzt war, und ein Schäflein in der Hand, die sich hinter der Kaffeetasse versteckten.

»Oma, du musst aufpassen!«, rief Florian und hatte die ganze Aufmerksamkeit. Sogar Heike lächelte, als würde sie denken, wie süß ihr Neffe doch war. War er ja auch, dachte Carola stolz.

»Warum?«

Florian nahm mit einem Ritter Anlauf. »Weil der Herr Rodes ein Arschloch ist.«

»Wie bitte?!«, fragte Heike, während Klaus losprustete, als hätte seine Familie den Erziehungswettbewerb gewonnen. Aber selbst wenn, wäre das wohl kaum sein Verdienst.

»Na, weil der Herr Rodes das Jesuskind umbringen will. Und alle anderen Kinder.« Florian zog grimmig seine Augenbrauen zusammen.

»Ach, du meinst den Herodes!«, blieb Andreas ernst. »Aber besser als das A-Wort wäre Diktator oder Tyrann.«

»Tyrann und Arschloch!«, fasste Florian es noch mal zusammen.

Carola schmunzelte. Florian hatte genau wie Stefanie einen großen Gerechtigkeitssinn. Und Stefanie und Thomas hatten früher auch schon immer mit den Krippenfiguren gespielt. Am liebsten die Flucht nach Ägypten, wo das Playmobilkamel und die Ritter gute Dienste leisteten. Erweitert wurde das Ensemble dann nicht nur durch »Herr Rodes«, sondern auch durch Frau Rodes. »Ein heiliger Drei-König«, wie die Kinder sowohl Caspar, Balthasar als auch Melchior immer nannten, steckte Maria und Josef dann immer die Pläne des fiesen Herrschers.

»Trotzdem bitte nicht solche Wörter benutzen«, bemühte sich Carola um eine angemessene Reaktion. Fragte sich nur, in wessen Augen angemessen. Ausgerechnet ihre Mutter, die in ihrer Kindheit jedes Fluchen verboten hatte, bestärkte ihren Enkel.

»Wo er recht hat, hat er recht.«

»Apropos unglückliche Kinder. Habt ihr heute schon Nachrichten gehört? Radio Köln?«, fragte Klaus.

»Nee, was gibt es denn Spannendes?«

Klaus senkte die Stimme. »Man hat ein ausgesetztes Kind gefunden. Am Rheinufer.«

»Was bedeutet ausgesetzt?«

Carola schluckte. Es gab wirklich Themen, die nichts für die Kinder waren. Warum musste Klaus jetzt mit so was anfangen?

»Weißt doch, was manche Leute mit ihren Hunden machen, wenn sie in den Urlaub fahren. Einfach an der Autobahnraststätte festbinden.«

Maike erklärte den Begriff so treffsicher, dass sich Florians Augen vor Schreck weiteten.

»Das machen aber nur wenige Leute, und fast immer findet jemand den Hund und passt gut auf ihn auf!« Carola streichelte Florian über den Kopf, und er lehnte sich an sie.

»Ja, aber in diesem Fall war es zu spät, als es gefunden wurde. Die Polizei bittet um Zeugen.«

Auf einmal wurde es Carola eiskalt. Nicht nur, weil ihr Holzkopf von Schwager die Kinder verunsicherte, sondern weil sie an die Schwangere von Ella dachte. Diese Andrea. Die verschwunden war. Was war, wenn sie ihr Kind allein bekommen hatte? Völlig überfordert gewesen war? Es allein gelassen hatte?

»Gab es noch mehr Einzelheiten?«, fragte Carola. Sie musste mit Ella sprechen.

»Könnten wir bitte das Thema wechseln? Die Polizei wird sich um alles kümmern. Wir können nichts machen und wissen auch nichts über den Fall«, meinte Heike in diesem Moment resolut.

Carola schaute erstaunt zu ihrer Schwester. »Du hast recht, lass uns das Thema wechseln.«

Auf der einen Seite wollte Carola über alles offen mit ihren Kindern reden können, auf der anderen Seite musste man die Kinder nicht mit der Nase auf Dinge stoßen, die ihr Menschenbild ins Wanken brachten, bevor es so fest war, dass sie den Stürmen des Lebens gut gerüstet begegnen konnten.

* * *

Ella hatte nicht bedacht, dass am ersten Weihnachtsfeiertag alle Geschäfte geschlossen hatten. Die Kneipe hatte
auch zu, aber Ella hatte von Andrea erfahren, dass die
Wirtin Ulla ebenfalls hier im Haus wohnte. Und Ella
hatte am nächsten Morgen einfach bei Ulla geklopft und
um ein Frühstück gebeten.

»För dat Mädche in anderen Umständen?« Ulla hatte
im Morgenmantel geöffnet.

»Sie ist nicht mehr in anderen Umständen.«

»Oh, du meine Jüte, wat is passeet?«

»Das Kind ist gestern gekommen. Ich bin die Hebamme.«

»He bei mir in dä Pension?«

»Ja.«

»Och, du meine Jüte!«

Sie strahlte aber, als würde sie sich freuen und als könnte sie nichts erschüttern. »Liebschen, ich mach eusch ein
Frühstück vum Feinsten! Dat muss gefeiert werde.«

»Danke. Sie sind ein Schatz.«

»Woß isch.«

»Verstehen Sie sich gut mit Andrea?«

»Ija, m'r han emme ens widder geplaudert, ävver raus-
gerückt es se net met d'r Sproch, wat dat all op sich hät.
Isch ming, se es över achtzehn. Kann ehr ja net vörschrie-
ve, wat se maache sull.«

Ella drehte sich um, als sie leises Schreien hörte.

»Ich muss wieder rüber. Meinen Sie, Sie könnten ihr
gleich Gesellschaft leisten, während ich noch ein paar
Dinge organisiere? Mir ist das Risiko zu hoch, dass sie
Kreislaufprobleme bekommt.«

Ella würde aus dem Geburtshaus noch Babyklamotten und neue Windeln holen. Und sie musste auch noch alles fachgerecht entsorgen. Sie konnte die Plazenta kaum in den kleinen Müll im Bad stopfen. Und wenn Ella ganz ehrlich mit sich war, hatte sie Angst, Andrea könnte abhauen. Auf der einen Seite bestaunte sie ihr Baby, stillte es auch, weigerte sich aber, über einen Namen nachzudenken.

»Na klor, ävver nor, wann se m'r wat verrode.«

»Was denn?«

»Wie Se de Jeburt he hinbekommen han. Ohne heißes Wasser. Isch ming, us dä Leitung kütt's ja nor lauwarm.«

»Das verrate ich Ihnen gerne. Heißes Wasser braucht man nur in Filmen zwingend zur Geburt.«

Ella fuhr mit dem Wagen ihres Vaters vor das Geburtshaus, parkte und schloss auf. Ob sie auch noch duschen sollte? Die Nacht auf dem Fußboden steckte ihr noch in den Knochen. Während der Geburt hatte sie geschwitzt, danach gefroren. Eine heiße Dusche wäre jetzt die Rettung. Sie hatten noch lange mit Andrea und Ulla gefrühstückt, und es war Nachmittag geworden, bis sie losgefahren war. Sie konnte sich nicht von der jungen Mutter losreißen.

»Ella! Gott sei Dank!«

Ella erschrak, als sie Susannes Stimme hörte. Sie drehte sich um und sah Susanne im Türrahmen des Büros stehen.

»Ich habe versucht, dich zu erreichen. Nirgendwo bist du drangegangen. War dieser Anruf nachts an Heiligabend von dir? Auf dem Pieper?«

»Ja, ich habe versucht, dich anzurufen. Du bist nicht drangegangen. Und dann habe ich dich angefunkt.«

»Ich habe die Nummer so schnell ich konnte angerufen, aber niemand hat abgenommen.«

Dieses System war einfach noch nicht durchdacht. Wenn die Pieper wenigstens untereinander Nachrichten verschicken könnten, wäre das Ganze schon einfacher. Aber was regte sich Susanne so auf? Sie besprachen mit den Eltern immer, dass diese im Notfall sofort einen Rettungswagen anrufen sollten. Natürlich wollten sie bei jeder Geburt schnellstmöglich dabei sein, aber wenn die Eltern die Hebammen nicht erreichten, sollten sie sich anderweitig Hilfe holen.

»Ella, gestern wurde wohl ein Säugling am Rheinufer tot aufgefunden. Carola hat mich angerufen. Sie wusste es aus dem Radio. Ella, wenn das Andreas Baby war – ich meine, Andrea wird nicht die einzige Frau in Köln sein, die sich der Aufgabe nicht gewachsen fühlt –, aber wenn sie es war, dann haben wir alles falsch gemacht.«

Ich hätte dann alles falsch gemacht, dachte Ella. Sie hätte darauf bestehen müssen, dass sie die Wahrheit sagt, sich ihrer Familie anvertraut. Wer könnte ihr jetzt besser helfen als Susanne?

»Es war nicht Andreas Baby, das ist gestern zur Welt gekommen. Ein Mädchen. Es geht ihm gut. Aber Andrea möchte es nicht behalten. Kannst du vielleicht mit ihr reden?«

* * *

Auch wenn das an dem Schicksal des ausgesetzten Kindes und seiner Mutter nichts änderte, war Susanne erleichtert, dass es nicht Andreas Baby gewesen war. Und auch wenn diese Mutter verständlicherweise von allen Seiten verurteilt wurde, tat diese Frau ihr unendlich leid.

Sie hatte Ella angeboten zu fahren, damit Ella, die tiefe Schatten unter den Augen hatte, sich wenigstens ein paar Minuten ausruhen konnte. Und nun kamen sie vor der kleinen Pension in Köln-Kalk an.

»Hoffentlich ist noch alles in Ordnung.«

»Diese Ulla klingt verantwortungsbewusst. Sie wird schon aufpassen.«

Ella stürmte aus dem Auto, bevor Susanne die Handbremse angezogen hatte. Susanne folgte ihr in die Pension und die Treppe hinauf. Muffig roch es hier. Und die Tapeten sahen aus, als hingen sie seit den frühen Achtzigern an der Wand. Der gelb-beige Teppich konnte noch älter sein.

Susanne stand hinter Ella, während sie an das Zimmer mit der Nummer vier klopfte und beim »Herein!« sofort reinstürmte.

Da saß eine ältere Frau auf dem Bett, das Baby auf dem Arm. Von Andrea keine Spur.

»Wo ist Andrea?«

»Duschen. Pst. Ehr weckt se. Isch hon se jerode in de Schlof jesunge.«

»Entschuldige bitte«, sagte Ella. »Ich habe meine Kollegin mitgebracht. Das ist Susanne. Sie ist ebenfalls Hebamme in unserem Geburtshaus.«

Susanne nickte Ulla zu. Sie wollte ihr nicht die Hand geben, damit sie ihre Hände nicht vom Säugling nehmen musste, der friedlich schlief. Nichtsahnend, in was für ein Chaos er geboren war.

Andrea kam mit einem großen Handtuch um den Körper aus dem Badezimmer. Der Bauch war darunter kaum zu sehen. Auch bei ihr war es damals so gewesen, dass sie schon ein paar Tage nach der Geburt die alten Klamotten wieder anziehen konnte. Allerdings bewegte Andrea sich noch so, als habe sie Schmerzen.

»Hallo Andrea. Ich bin Susanne. Erst einmal herzlichen Glückwunsch zur Geburt deiner Tochter.«

»Danke.«

Andrea lächelte traurig.

»Ella meinte, es wäre gut, wenn wir beide miteinander reden. Mir ist ungefähr in deinem Alter Ähnliches passiert. Und ich habe meine Tochter zur Adoption freigegeben.«

»Du hältst mich also nicht sofort für einen schlechten Menschen, wenn ich so etwas tue?«

Andrea setzte sich auf das Bett und begann, sich unter der Decke umständlich ein T-Shirt anzuziehen, nachdem sie das Handtuch zur Seite gelegt hatte. Das Baby fing an zu weinen. Andrea auch. Ulla gab das Baby in Andreas Hände.

»Meinst du, sie hat Durst?«, fragte Andrea Ella.

»Leg sie ruhig wieder an. Das kann gut sein. Am Anfang würde ich sie stillen, wann immer sie will.«

Susanne beobachtete, wie Andrea mit Ellas Hilfe das Baby anlegte. Ihr selbst war direkt nach der Geburt ein Abstillmedikament verabreicht worden, wie eigentlich allen Frauen damals. Stillen galt fast als etwas Barbarisches. Brauchte man nicht, seit es Milupa gab. Und wer wirklich noch stillen wollte, dem wurde empfohlen, das

Kind schnell an einen Vier-Stunden-Rhythmus zu gewöhnen.

»Und wenn sie nicht mehr bei mir ist?«

»Dann bekommt sie die Flasche. Und du musst sie nicht sofort weggeben. Du kannst dir das in Ruhe überlegen.«

Na ja, ganz in Ruhe vielleicht auch nicht. Vor allem bewegten sie sich irgendwann rechtlich auf dünnem Eis. Das Kind musste spätestens nach einer Woche beim Standesamt gemeldet werden.

Nach dem Stillen legte Ella das Baby in die mobile Waage, ein Tuch, das in eine Waage eingehängt wurde. 2900 Gramm zeigte das Display an. Ein Leichtgewicht, kein Wunder, da es etwas früh dran war.

✻ ✻ ✻

Ella ließ heißes Wasser über ihren Körper laufen. Sie war an Frank vorbeigelaufen, der vom Küchenstuhl aufgesprungen war, als er Ella sah. Sie hatte sich so dreckig gefühlt, so verschwitzt. Sie musste erst duschen. Und einen klaren Kopf bekommen. Susanne würde erst einmal bei Andrea bleiben. Dafür würde sie sogar später zu ihrer eigenen Familie fahren. Und sollte sie zu einer Geburt gerufen werden, würde sie Ella hier in der Wohnung anrufen, damit sie zurückkommen könnte. Sie streifte sich schnell Jeans und einen dicken Wollpulli über, bevor sie zu Frank in die Küche trat. Er hatte in der Zwischenzeit Kerzen angezündet und einen kleinen Kuchen auf den Tisch gestellt. Und ein Päckchen lag auf dem Tisch. Mist, sie hatte das Geschenk für Frank, zwei wertvolle Bücher aus einem Antiquariat, nicht einmal eingepackt. Die konnten interessant für seine Doktorarbeit sein.

»Frohe Weihnachten, liebste Ella!«

Er kam auf sie zu und umarmte sie. Ella ließ sich in seine Umarmung fallen. Am liebsten hätte sie geweint. Aber dafür war jetzt keine Zeit. Sie musste Azra anrufen, ob nicht doch ein Platz in der Mutter-Kind-Wohnung frei war, bis Andrea mit ihrer Entscheidung so weit wäre. Mit dem Kind in ihr großes Elternhaus zurück wollte sie nicht. Ihre Familie sollte von dem Kind immer noch nichts wissen. Und sie musste Christoph anrufen, ob er die U2 in der Pension machen könnte. Viele Kinderärzte machten die Untersuchung zu Hause, zwar eher niedergelassene Ärzte, aber jetzt über Weihnachten jemanden zu finden war so gut wie unmöglich. Ganz davon abgesehen, dass sie Sorge hätte, ein fremder Arzt würde gleich das Jugendamt einschalten. Das wollte Ella Andrea ersparen. Sie würden zusammen auf sie aufpassen. Sie und ihre Kolleginnen vom Geburtshaus.

»Dir auch frohe Weihnachten. Tut mir leid. Mein Geschenk bekommst du später.«

»Ist mir ganz egal, Hauptsache, ich kann dir eine Freude machen. Komm, lass uns zusammen nachfeiern.«

Ella sah auf den Tisch. Ihre Lieblings-Pies von Marks & Spencer. Und eine Kanne schwarzer Tee. Frank und sie hatten einmal ein Picknick mit ihren Lieblingsprodukten des englischen Kaufhauses veranstaltet, das vor drei Jahren auf der Schildergasse eröffnet hatte. Sie lächelte.

»Okay, aber vorher muss ich noch zwei Telefonate erledigen.«

»Aber beeil dich, bevor der Tee kalt wird.«

Sie nickte und schnappte sich das schnurlose Telefon, das zum Glück in der Ladebuchse steckte, und setzte sich auf ihr Bett in ihrem Zimmer. Azra hob sofort ab.

»Habt ihr noch einen Platz für Andrea?«

»Frohe Weihnachten, meine Liebe. Es tut mir wahnsinnig leid, aber gestern haben wir noch zwei Notfälle vermittelt bekommen. Weihnachten eskaliert es bei vielen. Also ehe sie auf der Straße sitzt, kann sie natürlich auf einer Luftmatratze im Wohnzimmer schlafen.«

»Das wäre nicht so gut. Sie hat Heiligabend ihr Baby bekommen.«

»Oh.«

Ella schaute sich in ihrem Zimmer um. Ein Zimmer für sich ganz alleine. Sie dachte an Dagmars Zimmer, dass leer stand.

»Alles gut gegangen. Wir finden schon eine Lösung.«

Sie verabschiedete sich und wählte das erste Mal Christophs Privatnummer. Sie wusste ja nicht, ob er Dienst im Krankenhaus hatte, aber ein Notfall war die Untersuchung nicht. Das Kind schien gesund. Es würde reichen, wenn er im Laufe des Tages zurückrufen würde. Aber unter welcher Nummer? Sie hörte das Freizeichen und wappnete sich, auf einen Anrufbeantworter zu sprechen. Doch erstaunlicherweise meldet er sich ein paar Sekunden später.

»Dr. Hofert am Apparat.«

Komisch, dass er sich mit Titel meldete. Zu Hause.

»Hallo, hier ist Ella. Ich mach's kurz: Würdest du heute noch einen Hausbesuch machen? U2?«

Von den genaueren Umständen konnte sie ihm ja später erzählen. Dann holte sie die beiden Bücher für Frank aus der Schublade und schlug sie in ein buntes Tuch ein, dass sie sich in Kampala auf einem Markt gekauft hatte.

Der Tee war zumindest noch lauwarm.

»Und, hast du alle erreicht?«

»Ja, war eine heftige Nacht. Und ich muss nachher wieder zu der Mutter.«

»An Weihnachten?«

»Ja, Feiertage gibt es für uns Hebammen in Rufbereitschaft nicht.«

Frank nahm ihre Hand. »Ich bewundere dich, wie sehr du für deinen Beruf brennst.«

»Ja, wobei ich mich schon manchmal frage, ob es nicht schön wäre, mal etwas mit weniger Verantwortung zu tun.«

Sie nahm sich das zweite Stück Pie. Verschlang die süße Mischung aus buttrigem Teig und einer Füllung aus Äpfeln, Rosinen und Minze.

»Ja, wäre vielleicht mal ganz gut. Apropos, hast du dich eigentlich schon wegen Uganda entschieden?«

»Nein.«

»Also, wenn du das machst, überlege ich wirklich mitzukommen. Du brauchst dich dann auch nicht um mich zu kümmern, ich halte dich nicht von der Arbeit ab. Ich schreibe dann einfach an meiner Doktorarbeit und komme nicht in Versuchung, in irgendwelchen Kölner Clubs zu versacken.«

Ella lächelte gequält. Sie hatte Frank aus irgendeinem Grund immer noch nicht gesagt, dass Christoph die ganze

Sache eingefädelt hatte und auch vor Ort sein würde. Es war nicht irgendein Grund, sondern *der* Grund, dass sie frei entscheiden wollte, ob sie dort hinfahren würde. Frank konnte Christoph nicht leiden. Und er würde ihr Uganda ausreden, wenn er das wüsste. Dabei hätte sie wahrscheinlich vor Ort gar nicht so viel mit Christoph zu tun. Sie würde bei den Frauen wohnen, mit ihnen arbeiten.

»Erst mal muss ich ein anderes Problem lösen.«

Sie brachte ihn auf den neuesten Stand, was Andrea anging.

»Hättest du was dagegen, wenn sie notfalls erst mal in Dagmars Zimmer unterkommt?«

»Natürlich nicht.«

Dafür liebte sie Frank. Er war einer der großherzigsten Menschen, die sie kannte.

»Und jetzt pack erst mal dein Geschenk aus.«

Er schob ihr das Päckchen zu. Und sie ihm die eingewickelten Bücher. Sie lächelten sich an.

Ella ließ sich Zeit bei dem kleinen Päckchen. Sie zog die Schleife auf und strich den feinen Stoff auf dem Tisch glatt. Frank hatte die beiden antiquarischen Bücher schon ausgewickelt und strahlte wie ein kleines Kind, als er sie durchblätterte.

»Mensch, Ella, an dir ist eine Forscherin verloren gegangen. Die beiden Bücher hätte ich in keiner Bibliothek gefunden. Da wurde wahrscheinlich der Dachboden eines alten Geschichtsprofessors von den Kindern entrümpelt. Was für ein Glück, dass die alten Schätzchen nicht im Müll gelandet sind.«

Er gab ihr über den Tisch hinweg einen Kuss und sah

sie erwartungsvoll an, während sie langsam das Papier von dem Kästchen ablöste. Ella musste an die Weihnachtsfolge von Mr. Bean denken, in der Mr. Beans Freundin angesichts des kleinen Päckchens voller Freude einen Ring erwartet, stattdessen aber nur einen Nagel für das Bild bekommt, das Mr. Bean ihr geschenkt hat. Ella schmunzelte. Bei ihr war es eher umgekehrt. Der Gedanke an einen Verlobungsring machte ihr Angst. Und er passte so gar nicht zu Franks Lebenseinstellung. Unter dem Geschenkpapier kam eine samtene Schachtel mit goldenem Aufdruck zum Vorschein. Juwelier Michler. Vielleicht waren es ja Ohrringe.

Vorsichtig öffnete Ella den Deckel. Ein Ring. Ein goldener Ring mit einem grünen Stein. Schlicht, aber geschmackvoll. Und wahrscheinlich sehr teuer. Wahrscheinlich das Teuerste, was Frank je gekauft hatte, der sogar seinen Computer gebraucht erstanden hatte.

»Er ist wunderschön!«

Ella nahm ihn heraus und steckte ihn auf ihren rechten Ringfinger. Er passte wie angegossen.

»Nur zu deiner Beruhigung. Das ist kein Verlobungsring.«

Ella lachte und betrachtete den funkelnden Stein. »Sondern?«

»Was du möchtest.«

Also könnte es einer sein, wenn sie sich das wünschen würde. Frank griff über dem Tisch nach ihrer Hand.

»Und von meiner Seite ist es einfach ein Liebesring. Ganz ohne Hintergedanken.«

»Danke.«

Ella hielt Franks Hand fest. Auch wenn Frank nichts von ihr forderte, spürte sie, dass eine Entscheidung anstand. Aber jetzt war es erst einmal wichtiger, sich um Andreas Zukunft zu kümmern.

»Bist du sicher, dass das Ganze nicht aus dem Ruder läuft?«

Ella hatte mit Christoph vereinbart, sich erst vor der Pension zu treffen, damit sie ihm die Umstände erklären konnte.

»Nein, wir betreuen sie rund um die Uhr, und ich verspreche, dass ich mich übermorgen wegen allen weiteren Schritten ans Jugendamt wende. Ich bin froh, dass du dir trotz Feiertag spontan Zeit genommen hast.«

»Sitze doch eh alleine zu Hause rum. Nicole ist mit dem Kleinen über die Feiertage verreist. Ich hätte wenigstens einen Tag gerne mit meinem Sohn verbracht.«

»Das tut mir leid.«

»Danke. Aber jetzt zum Job. Wo ist sie denn?«

Andrea lag mit der Kleinen im Bett, Susanne saß auf einem Stuhl daneben, als Ella und Christoph das Zimmer Nummer vier betraten.

»Guten Tag, mein Name ist Dr. Hofert. Ich komme, um die U_2 durchzuführen. Erst einmal herzlichen Glückwunsch. Wie fühlen Sie sich denn?«

Andrea sah Dr. Hofert erstaunt an, als habe sie eine Strafpredigt und keine freundlichen, sachlichen Worte erwartet.

»Mir geht es gut. Danke.«

»Wie heißt Ihr Kind denn?«

»Ich … ich weiß es noch nicht.«

»Nun ja, ein paar Tage haben Sie ja noch Zeit, sonst sucht das Standesamt einen Namen aus.«

Christoph wusch sich die Hände an dem Waschbecken im Zimmer.

»Echt?«

»Ja, wirklich. Meistens nehmen sie einfach einen der beliebtesten Namen. Was steht denn gerade ganz oben? Katharina? Lena? So heißen im Moment einige Neugeborene bei uns.«

Andrea setzte sich mit dem Kind ans Kopfende, und Ella breitete auf dem Bett ein Handtuch und eine wasserdichte Unterlage aus, um eine Untersuchungsliege zu improvisieren.

Christoph musste einen ziemlich krummen Rücken machen, um den Säugling zu untersuchen. Das Mädchen war zart, aber es besaß Energie. Und sie sah ihrer Mutter so ähnlich, als gäbe es gar keinen Vater. Susanne sah erschöpft aus und hockte ebenfalls mit krummem Rücken auf dem Stuhl. Dennoch bot sie Christoph ihren an, aber er lehnte ab und kniete sich einfach auf den Boden.

»Danke, das ist sehr nett, aber ich habe kein Problem mit unkomfortablen Arbeitsbedingungen. Und gegen Uganda ist das hier doch der pure Luxus. Nicht, Ella? Da können wir uns schon mal dran gewöhnen?«

Ella bekam einen roten Kopf. Was noch schlimmer wurde, als sie Susannes Blick traf.

»Wir werden sehen, was die Zukunft bringt. Erst einmal ist es wichtig, dass Andrea und ihr Baby gut versorgt sind.«

Susanne stand auf. »Ella, wenn du nichts dagegen hast, würde ich jetzt gerne gehen. Wir wollen heute noch Julia und ihre Familie treffen.«

Ella fühlte sich unbehaglich. Sie musste mit Susanne und den anderen reden. Sie musste überhaupt mit allen reden, aber sich vorher erst einmal klar darüber werden, was sie denn nun wollte.

»Ja, ich danke dir für deinen Einsatz. Lass uns morgen mal telefonieren.«

Susanne nickte nur und wand sich an Andrea. »Andrea, du hast meine Telefonnummer. Ruf mich gerne an, wenn du noch Fragen hast. Und überstürze nichts. Wenn du einmal die Adoptionspapiere unterschrieben hast, ist sie nicht mehr dein Kind, jedenfalls juristisch nicht mehr.«

»Danke. Ich werde noch mal über alles nachdenken.«

Immerhin schien die Entscheidung jetzt nicht mehr in Stein gemeißelt.

Das namenlose Baby war gesund, und Christoph verabschiedete sich. Ella war der Vorwand, bei Andrea bleiben zu wollen, ganz recht. Christoph umarmte sie zum Abschied.

»Wir müssen uns unbedingt bald einmal treffen. Wie kann ich dir denn bei deiner Entscheidung helfen? Ich möchte bald los. Und es ist doch nur ein halbes Jahr! Das verfliegt doch ohnehin. Du verpasst hier nichts.«

»Mein Freund hat überlegt mitzukommen. Er könnte dort in Ruhe seine Doktorarbeit weiterschreiben.«

»Ist er etwa eifersüchtig, wenn du so eng mit mir zusammenarbeitest?«

Christoph knöpfte sich seinen Wintermantel zu, den er

in Uganda nicht brauchen würde. In dem Land am Äquator gab es Jahreszeiten nicht wirklich. Vielleicht würde Ella den Winter doch vermissen. Der Frühling war doch deshalb so schön, weil er nach dem Winter kam.

»Nein, natürlich ist er nicht eifersüchtig. Aber vielleicht würde er mich einfach vermissen?«

Ella schämte sich, dass sie Frank immer noch nichts davon erzählt hatte, dass das Projekt von Christoph organisiert wurde. Und jetzt könnte sie es kaum noch sagen, ohne dass das lange Zögern verdächtig wirkte.

»Und du, würdest du es so lange ohne ihn aushalten?«

Ella zögerte. Sie war doch eine emanzipierte Frau, die notfalls alleine um die Welt segeln würde, wenn sie es denn könnte und wollte. Niemals würde sie sich von einem Mann von ihrem Traum abhalten lassen. Wenn es wirklich Liebe war, würden sie sich danach umso mehr über ein Wiedersehen freuen. Sie dachte an eine Schulfreundin, die nach dem Abi für ein Jahr als Au-pair in die USA gegangen und ihren Freund zu Hause gelassen hatte. Danach hatten sie geheiratet, und soweit Ella wusste, waren sie immer noch glücklich zusammen. Aber wenn sie jetzt sagen würde, dass sie es ohne Frank gut aushalten würde, käme sie sich vor wie eine Verräterin. Sie tastete nach dem Ring an ihrem Finger.

»Es würde mir schwerfallen, aber ich würde es schaffen.«

»Okay. Wir sehen uns. Bis bald!«

Als er die Zimmertür hinter sich zugezogen hatte, ließ Ella sich erschöpft auf den Stuhl fallen.

Andrea hatte ihr Kind wieder im Arm.

»Und ich dachte, du wüsstest immer genau, was zu tun ist.«

Ella schaute Andrea an. In Andreas Alter hatte Ella auch noch gedacht, dass sie als Erwachsene genau wissen würde, wo es langgeht. Weit gefehlt.

»Schön wäre es.«

»Das heißt, du weißt gar nicht, ob du deinen Freund wirklich liebst?«

»Ach, Andrea, ich glaube, ich weiß einfach noch nicht genau, was ich von der Liebe erwarte. Früher dachte ich immer, wenn der Richtige kommt, dann wüsste ich das sofort.«

»Manchmal ist der Richtige der Falscheste von allen.«

Andrea sah auf einmal so unendlich müde und traurig aus.

»Andrea, magst du mir von dem falschen Richtigen erzählen?«

* * *

Wenn es mit Verena so weiterging, konnte sie die Geburt an eine Krankenhaushebamme abgeben. Ein Blutdruck von 170 zu 100! Oft war ein zu hoher Blutdruck ein Anzeichen für eine Gestose, eine Schwangerschaftsvergiftung, bei der Mutter und Kind nur durch einen zeitnahen Kaiserschnitt gerettet werden konnten. Verena saß mit riesigem Bauch auf dem Bett im großen Geburtszimmer. Und ließ sich von Carola die Blutdruckmanschette abstreifen.

»Verena, darf ich mal deine Knöchel sehen?«
»Warum?«

»Ich gehe mal davon aus, dass der hohe Blutdruck von der Aufregung kommt, aber ich möchte eine Gestose ausschließen. Bei einer Gestose schwellen die Knöchel oft an.«

Das Wort Schwangerschaftsvergiftung würde den Blutdruck noch mehr in die Höhe treiben.

»Okay.«

Dem Winterwetter war es geschuldet, dass Verena sich erst aus der Umstandsjeans und der Strumpfhose schälen musste, bevor Carola die Knöchel untersuchen konnte.

»Die Knöchel sehen gut aus. Aber sicherheitshalber machen wir noch einen Urintest. Und ich würde dich morgen gerne noch einmal sehen. Ich kann auch zu euch nach Hause kommen.«

»Das wäre praktisch, aber bitte sag meinem Mann nicht, dass ich mich so aufrege. Er hält mich eh schon für verrückt.«

Carola unterdrückte ein Seufzen, bis Verena auf dem Klo verschwunden war, um eine Urinprobe zu bekommen.

Verrückt war vielleicht übertrieben, aber diese Millennium-Bug-Theorie war die unwahrscheinlichste aller Katastrophen, die sie in den nächsten Jahrzehnten erleben würden. Andreas, der immerhin Science-Fiction-Romane schrieb und sich allein deshalb in die Technik eindachte, hielt die Chance für einen Zusammenbruch des Systems auch für vernachlässigbar. Allerdings war Andreas gerade im Familienalltag oft von einer anstrengenden Gelassenheit geprägt, die Carolas Meinung nach auch ein Stück Bequemlichkeit war. Florian hat keine Mütze beim Schneegestöber auf? Härtet ab … Thomas hat auf einer

Party zu viel Blue Curaçao getrunken, sodass nicht nur sein Gesicht, sondern auch das Erbrochene im Bad grün war? Haben wir doch alle mal gemacht … In seinen Romanen dagegen ging er immer vom Schlimmsten aus. Wer auf Seite zehn einen zu viel trank, wurde auf Seite hundert Alkoholiker, wer ohne Jacke in ein Schneegestöber geriet, starb an einer Lungenentzündung. Und in einem seiner Romane wurde den Menschen der technische Fortschritt tatsächlich zum Verhängnis.

Verena kam mit dem halb gefüllten Plastikbecher aus der Toilette.

»Ich bin so aufgeregt. Es sind nur noch zwei Tage. Glaubst du, die Geburt findet wirklich zum Jahreswechsel statt?«

Carola steckte ein Teststäbchen in den Becher und stellte ihn ab.

»Du weißt doch, ein paar kommen am Stichtag, die anderen innerhalb der zwei Wochen davor oder danach.«

»Die zwei Wochen davor sind aber so gut wie vorbei, also erhöht sich die Wahrscheinlichkeit, dass es doch Neujahr kommt.«

»Warten wir es ab. Noch gibt es keine Anzeichen dafür, dass die Geburt bald losgeht.«

Carola erzählte ihren Schwangeren grundsätzlich nichts von ihren privaten Plänen, damit sich keine den Anruf verkniff, nur weil sie wusste, dass Carola gerade auf einer Familienfeier war. Und so hatte sie auch nichts von dem Silvesterball in der Flora erzählt. Das Kleid hing schon mit dem passenden Schultertuch im Schrank. Nach den üppigen Weihnachtsmahlzeiten versuchte sie, nur noch Salat zu essen. Und hatte sich die neue Brigitte gekauft, die nicht nur mit einer hefteigenen Diät, sondern auch mit dem Jahreshoroskop aufwartete. Carola war Stier. Laut dem Horoskop fand sie nächstes Jahr eine große Liebe und würde herausfinden, dass sie im Job aufs falsche Pferd gesetzt hätte. Neuanfang in jeder Beziehung wäre also angesagt. Das stimmte wahrscheinlich so wenig wie das Versprechen, mit den Diätrezepten in einer Woche drei Kilo abzunehmen.

»Okay, aber wenn, dann darf ich dich sofort anrufen? Egal, wie spät es ist?«

»Natürlich. Auch um drei Uhr morgens.«

Der Pieper würde auch auf dem Ball dabei sein. Allerdings nicht um den Hals, sondern in so einer neumodischen Minitasche in der Farbe des Kleides, die ihr die Verkäuferin noch aufgeschwatzt hatte. Genau richtig für den Lippenstift und Damenhygieneartikel, hatte sie gesagt. Autoschlüssel und Geld hatte dann hoffentlich der begleitende Kerl dabei, hatte Carola noch gescherzt und diese Clutch, wie das Ding hieß, gekauft. Wenn sie das Teil immer wie die Frauen auf den letzten Seiten in der Bunten in der Hand trug, würde sie so auch den Pieper nicht überhören.

* * *

Susanne hatte darauf bestanden, sich mit Julia zu treffen. Alleine. Bei der Weihnachtsfeier war Julia so anders gewesen als sonst. Die gebratene Ente mit Rotkohl, Orangenscheiben und Kartoffelklößen hatte köstlich geschmeckt. Angela und Gerd hatten locker wie selten geplaudert und schenkten allen ständig nach, außer Susanne, die nüchtern bleiben wollte. Und Susy bekam natürlich auch keinen. Sie hielt es eh nicht lange am Tisch aus, und die Hausherren gaben ihr die Erlaubnis, aufzustehen und auf dem Teppich weiter den Playmobil-Operationssaal aufzubauen, den sie kurz vorher ausgepackt hatte. Sorgen machte Susanne sich um ihre eigene Tochter. Julia war ungewöhnlich schweigsam. Und ließen Lukas und sie sonst keine Gelegenheit aus, Händchen zu halten oder sich liebevoll anzuschauen, stand nun ein leerer Stuhl zwischen ihnen, nachdem Susy aufgestanden war. Keiner von beiden suchte die Nähe des anderen. Als Antonius nach ihrer Hand griff, schalt sie sich. Sie war übermüdet. Da malte man sich doch gern Gespenster aus und sah nicht mehr klar. Ihre Tochter hatte schon keine Ehekrise, nur weil sie nicht miteinander rumturtelten. Wer tat das schon nach acht Jahren?

»Angela, dein Essen ist wie immer ein Gaumenschmaus! Danke, dass wir kommen durften.« Susanne prostete der Adoptivmutter ihrer Tochter zu. Es war bei Weitem nicht selbstverständlich, dass sie nun an dem Leben der Familie teilhaben durfte. Und irgendwie empfand sie, nachdem ihre eigenen Eltern vor zwei Jahren kurz hintereinander gestorben waren, es als unheimlich tröstlich, dass sich ihre Familie auf eigentümliche Weise vergrößert hatte.

»Natürlich. Das gehört sich doch so.«

Angelas Augen strahlten erst, doch dann verzog sich der Mund für einen Moment zu einem dünnen Strich. Wurden sie nur aus Pflichtgefühl eingeladen? Oder damit Julia sich nicht zwischen den Müttern entscheiden musste?

»Danke.«

Sie sahen sich einen Moment an, und Angela hob ihr Glas.

»Ich mache das ja gerne. Habe mir immer ein volles Haus gewünscht.«

Susanne beobachtete, wie Lukas und Julia einen Blick wechselten. Bitte lasst das Haus nicht leerer werden, indem ihr nächstes Jahr getrennt feiert, hatte sie am festlich gedeckten Tisch noch gedacht.

Und nun spazierten sie durch das Agnesviertel. Vorbei an der Agnes-Kirche, der Kirche mit dem offenen Turm, vorbei an kleinen Läden, die auch im Winter Orangen und Äpfel vor der Tür feilboten. Man hätte sich so einen Apfel im Vorbeigehen schnappen können, dachte Susanne, die in ihrem ganzen Leben noch nicht einmal einen Kuli mitgehen gelassen hatte. Nach dem Zweiten Weltkrieg war für das Mitgehenlassen von Lebensmitteln oder Kohle zum Heizen sogar ein Begriff in Köln erfunden worden. Das Fringsen. Weil der damalige Erzbischof von Köln, Kardinal Josef Frings, den hungernden Kölnern zumindest das schlechte Gewissen nehmen konnte, als er in einer Predigt klarstellte: *Wir leben in Zeiten, da in der Not auch der Einzelne das wird nehmen dürfen, was er zur Erhaltung seines Lebens und seiner Gesundheit notwendig hat, wenn er es auf andere Weise, durch seine Arbeit oder Bitten, nicht erlangen kann.* Das hatte ihre Oma ihr bei jedem Sonntagskaffee erzählt und sie genötigt, noch ein Stück Kuchen zu essen, da sie ja nicht wisse, wie lange noch alles im Überfluss zu haben wäre. Solche Notzeiten würden über Deutschland, ach, über ganz Europa, hoffentlich nie wieder hereinbrechen. Die Menschen hatten doch aus zwei Weltkriegen gelernt.

»Julia, was ist wirklich los?«

»Was soll denn los sein?«

»Du bist so anders als sonst. Ihr seid anders zusammen, du und Lukas. Und dann die Sache mit deinem Vater, dass dich das auf einmal so interessiert.«

»Darf es das nicht?«

»Doch, natürlich. Auch wenn ich dir den Wunsch nicht erfüllen kann.«

»Du könntest es zumindest versuchen.«

Je weiter sie die Neusser Straße stadtauswärts liefen, desto näher kamen sie in die Richtung des Geburtshauses. Und zu ihrer Wohnung. Dort spielte Susy gerade mit Antonius. Er hatte ihr Schachspielen beigebracht, und die beiden beharkten sich unerbittlich.

»Ach, Julia. Ich mache mir einfach Sorgen um dich, um euch. Ihr habt so ein Glück miteinander. Setzt das nicht aufs Spiel.«

Der Vorteil beim Laufen war, dass man sich bei schwierigen Themen nicht ins Gesicht sehen musste. Der Nachteil war, dass man die Reaktion des anderen nicht sah. Als Julia nach zehn Sekunden nicht geantwortet hatte, schaute Susanne sie an. Und sah, dass ihre Tochter weinte.

Was würde sie ihr jetzt gestehen? Dass die Ehe am Ende war und sie einen anderen hatte? Oder dass Lukas nicht der nette Mann war, für den sie ihn hielt?

»Julia! Was ist los?«

»Ich weiß nicht, ob ich Glück habe. Vielleicht ist bald alles vorbei.«

Sie blieben stehen.

»Was ist vielleicht vorbei?«

»Na, vielleicht das ganze Leben! Mein Leben!«

Statt nach Hause in die Wohnung zu Antonius und Susy zu gehen, kehrten sie erst einmal in das Café *Im weißen Elefant* ein, wo sie ein ruhiges Eckchen fanden. Susanne musste sich alles in Ruhe anhören, bevor sie vor Sorge um ihre Tochter verging. So schnell starb man nicht. Und schon gar nicht Julia. Das durfte einfach nicht sein.

Bevor sie das Thema aufgriffen, bestellten sie erst einmal beide einen großen Kaffee mit Schlagsahne und ein üppiges Stück Torte. Himbeer-Sahne. Irgendwo hatte Susanne mal gelesen, dass Himbeeren gut gegen Krebs sein sollten.

»Hoffentlich nicht meine Henkersmahlzeit«, scherzte Julia, die zumindest nicht mehr so abweisend wirkte wie in der letzten Zeit. Sie nahm ein großes Stück auf die Gabel.

»Hör auf. Mit Sicherheit nicht, zumal ich dich gerne morgen und übermorgen wieder zum Essen einlade.«

»Ach, Mama, du bist immer so optimistisch.«

Julia nannte Susanne selten Mama. Die Mama war immer Angela gewesen.

»Ja, und das solltest du auch sein. Und jetzt erzähl mir, was genau los ist. Auch als Ärztin kannst du dir die Diagnose kaum selbst stellen. Bisher ist es doch Spekulation. Und die Statistik ist auf deiner Seite. Du bist viel zu jung für Brustkrebs.«

Julia hatte ihr von einem Knoten in der Brust erzählt,

den sie beim Duschen ertastet hatte. Als Frauenärztin wusste sie selbst, dass ein Großteil der Knoten gutartig war, aber als Frauenärztin auf einer Station im Krankenhaus wusste sie auch, was passieren konnte, wenn er es eben nicht war. Und nun hatte ihre sonst so mutige Tochter seit Wochen Angst, sich der Diagnose zu stellen.

»Weiß Lukas davon?«

»Nein, sonst hätte er mich sofort zur Untersuchung gezwungen.«

»Und dazu würde ich dir auch raten.«

»Aber weißt du, was das Schlimme ist? Die Vorstellung, sie sagen mir, dass ich noch eine Chance gehabt hätte, wenn ich direkt gekommen wäre. Ich kann meine Kollegen nicht anlügen, wenn sie mich fragen, wann ich den Knoten entdeckt habe.«

»Hat er sich verändert?«

»Ich weiß es nicht. Kann schon sein. Würdest du für Susy eine Mutter sein, falls das Schlimmste passiert?«

Susanne kannte wenige so kluge Frauen wie Julia. Warum verhielt sie sich so kindisch? Und selbst wenn es was Schlimmes wäre, die Medizin hatte Fortschritte gemacht. Die meisten Frauen hatten eine gute Prognose.

»Ich werde für euch alle da sein, jetzt schon. Du kannst dich auf mich verlassen.«

»Ich weiß.«

Sie schwiegen einen Moment. Susanne mochte sich gar nicht ausmalen, wie es gewesen wäre, wenn sie Julia nicht gefunden hätte. Dann hätte sie nicht für sie da sein können.

»Und Angela und Gerd werden auch für euch da sein.

Und Lukas auch. Vertraue dich ihm an. Geheimnisse zerstören die Liebe.«

Ob sie Julia davon erzählen sollte, wie sie beinahe die Liebe zu Antonius im Keim erstickt hatte, weil sie ihm nichts von ihrer Tochter erzählen konnte? Nein, sie war die Mutter. Und als Tochter wollte man die Beziehungsprobleme der Eltern nicht kennen. Eltern sollten doch ohnehin die Personen ohne eigene Probleme sein. Es war traurig genug, dass sich irgendwann oft das Verhältnis umkehrte und die Eltern hilflos wurden. Susanne dachte an die Zeit zurück, in der ihre Eltern schwer krank gewesen waren. Bei allem Leid hatte diese Zeit auch etwas Versöhnliches gehabt.

»Ja, ich fühle mich Lukas immer fremder. Ich habe ihn letztens richtig abgewiesen, als er sich ausmalen wollte, wie wir im Rentenalter um die Welt reisen. Ich habe tatsächlich gesagt, dass ich heute doch noch gar nicht wüsste, ob wir da noch zusammen wären. Nur weil ich mich nicht getraut habe zu sagen, dass ich nicht wüsste, ob ich dann überhaupt noch lebe.«

Julia wischte sich eine Träne aus den Augenwinkeln.

»Das hat er nicht verdient.«

»Nein, hat er nicht. Aber ich habe es auch nicht verdient, Krebs zu haben.«

»Niemand hat das verdient. Nicht mal ein Kettenraucher.«

Dabei hätte Susanne dem Mann einen Tisch weiter am liebsten die Kippe aus der Hand geschlagen. Passivrauchen war doch noch viel gefährlicher als selbst rauchen, zumindest wenn man mit einem Raucher zusammenlebte.

Normalerweise fiel der Qualm in Cafés oder Restaurants Susanne kaum auf, aber die Möglichkeit, dass ihre Tochter krank sein und diese Krankheit durch den Qualm noch befeuert werden könnte, machte sie wütend.

»Weißt du, Mama, Frauen, die sehr früh Brustkrebs bekommen, tragen oft ein bestimmtes Gen in sich. Du und Oma hattet nie was, aber was ist, wenn ich das Gen von meinem Vater habe? Wenn Susy es in sich trägt? Und was ist, wenn ich Schwestern habe, die das gleiche Schicksal trifft? Wie könnte ich nicht wissen wollen, wer mein Vater ist? Vor allem, wenn ich nicht mehr ewig die Chance habe, ihn zu finden.«

Susanne schluckte. Die Argumente klangen so vernünftig. Und großherzig. Sorgte sie sich echt um potenzielle Schwestern, die im Gegensatz zu ihr ihren leiblichen Vater kennenlernen durften?

»Ich verspreche dir, bei der Suche zu helfen, aber du versprichst mir, noch morgen einen Untersuchungstermin zu vereinbaren. In Ordnung?«

Julia reichte ihr die Hand über den Tisch, als reiche das Wort allein nicht.

»In Ordnung. Ich mache morgen einen Termin aus.«

So, wie sie das sagte, war Susanne sich nicht sicher, ob sie den Mut aufbringen würde, wirklich morgen zu einer Kollegin zu gehen und um eine Untersuchung zu bitten. In einem anderen Krankenhaus oder einer anderen Praxis würde es wahrscheinlich viel länger dauern, einen Termin auszumachen. Und je nach Diagnose zählte jeder Tag.

* * *

Ella trug Andreas Tasche auf der einen Seite und schob den Kinderwagen auf der anderen Seite, während Andrea Ulla ein paar Hundertmarkscheine über den Tresen reichte. Judasgeld, dachte Ella, als sie an den Geldspender dachte. Ulla gab Andrea einen der Scheine zurück.

»Mein Jeschenk zur Geburt. Du häs et nötijer als ich.«

»Danke. Aber du hast mir eigentlich schon genug geholfen.«

Andrea steckte den Schein dennoch ein.

»Lass mal von eusch hören. Und jetzt ab mit eusch! Dat Standesamt wartet nisch!«

Ella hatte herumtelefoniert, wer von ihren »alten« Müttern noch einen Kinderwagen und eine Erstausstattung übrig hatte, und hatte Dagmars altes Zimmer für Andrea und das Baby eingerichtet. Nur übergangsweise, bis entweder im Haus Elisabeth wieder ein Platz frei war oder Andrea zu ihren Eltern zurückkehren würde.

Jetzt fuhren sie mit der Bahn zum Heumarkt. Als sie am historischen Rathaus ankamen, blieben sie einen Moment stehen und sahen das Brautpaar an, das den letzten Tag des Jahrhunderts genutzt hatte, um sich das Ja-Wort zu geben. Über dem weißen Kleid trug die Frau einen Pelzmantel, der aussah, als hätte sie ihn von der eigenen Mutter aus den Siebzigerjahren geerbt.

»Ich habe mich übrigens für einen Namen entschieden.«

Jetzt hatte Andrea den Kinderwagen übernommen. Sie schob ihn auch nicht anders als einen Einkaufswagen, den sie nach dem Einkauf schnell wieder abgeben würde.

»Ja? Und zwar?«

So konnten sie sich wenigstens die Diskussion im

Standesamt ersparen. Wenn ein Kind in einem Krankenhaus geboren wurde, lief die Anmeldung beim Standesamt automatisch über die Einrichtung, bei Hausgeburten
oder im Geburtshaus musste die Hebamme die Geburtsanzeige erstellen, mit der die Eltern sich beim Standesamt
vorstellten.

»Elena. Das klingt ein bisschen wie Ella.« Andrea
schaute verlegen auf ihre Docs.

»Ein schöner Name.«

»Wenn die neuen Eltern ihn überhaupt behalten
möchten.«

Sie hievten zusammen den Kinderwagen die Stein-
treppe vor dem Rathaus hoch. Meist war es so, dass die
Väter der Kinder, die im Geburtshaus geboren wurden,
allein mit der Anzeige zum Standesamt gingen, um ihr
Kind anzumelden. Für Mütter, die alleine waren und das
Baby solange nicht woanders unterbringen konnten, war
jede dieser Treppenstufen eine Tortur für den Becken-
boden. Zumindest eine Rampe wäre gut. Nicht nur für
Kinderwagen, auch für Rollstühle.

»Wenn du dich für eine offene Adoption entscheidest,
bekommst du es mit, wie sie heißen soll.«

Sie hatten nächste Woche einen Termin beim Jugendamt wegen der Adoption.

Der Standesbeamte zog eine Augenbraue hoch, als
Andrea den Vater als unbekannt angab. Und er konnte
sich nicht verkneifen zu sagen, dass sie ja eine sehr junge
Mutter sei, als er Andreas Geburtsdatum notierte.

»Sind Sie der Vormund?«, fragte der Mann mit dem
grauen Schnäuzer Ella.

»Nein, meine Begleitung ist rein freundschaftlich.« Sie hatten nicht extra erwähnt, dass sie die Hebamme war, die die Geburtsanzeige unterschrieben hatte. Andrea lächelte Ella dankbar an. Das, was Ella hier machte, war viel mehr als freundschaftlich, zumal Andrea nicht ihre Freundin, sondern ihr Schützling war.

Eine Eigenschaft mochte Ella besonders an Frank. Sie kannte niemanden, der so gleichmütig war wie er. Und so nahm er es auch mit einem Achselzucken hin, dass er die nächsten Nächte wahrscheinlich öfter von Babygeschrei geweckt werden und der Mülleimer im Bad voller Babywindeln sein würde. Aber für seinen Vorschlag, Elena im Kinderwagen durch die Gegend zu schieben, während Ella und Andrea bei Andreas Eltern wären, liebte sie ihn!

Ella hatte darauf bestanden, dass Andrea endlich wieder ihre Eltern besuchte. Sie wussten mittlerweile zwar, dass Andrea wohlauf war, aber vermissten ihre Tochter bestimmt schrecklich. Und so fuhren sie jetzt mit Susannes Auto ins Bergische, der Kinderwagen zusammengeklappt im Kofferraum, Andrea neben Elena, die im Maxi-Cosi schlummerte, Ella am Steuer und Frank neben ihr.

»Ich habe echt Angst! Was ist, wenn sie mich hassen?«

»Das werden sie nicht. Und sie würden auch Elena lieben. Noch kannst du es dir überlegen, sie ihnen vorzustellen.«

Ella hielt an einem Feldweg nah an dem Wohngebiet von Andreas Familie. Andrea wollte sicher nicht, dass Frank an ihrem Elternhaus mit dem Kinderwagen vorbeispazierte. Sie meinte, die Nachbarn seien so neugierig, und ein Mann, der mit dem Kinderwagen rumfuhr, werde Verdacht erregen. Und es solle ja ein Geheimnis bleiben.

Ella holte den Kinderwagen aus dem Kofferraum und klappte ihn auf. Elena war in einen Schneeanzug gepackt, frisch gewickelt und gestillt, Frank konnte also ruhig eine Stunde mit ihr spazieren fahren.

»Also, Frank, wir sind spätestens in einer Stunde wieder hier. Bitte laufe einfach diesen Weg auf und ab, damit wir uns nicht verlieren.«

»Wehe, ihr lasst mich mit Kind auf der Straße sitzen.«

Es war bereits dunkel.

»Machen wir nicht.«

»Sag mir trotzdem noch mal für den Notfall die Adresse.«

»Ach, Frank. Du kannst dich auf uns verlassen.«

Sie nannte die Adresse und gab ihm einen Kuss, während Andrea Elena in den Kinderwagen legte.

»Danke, Frank.« Andrea steckte ihrer Tochter noch einen Schnuller in das kleine Mündchen und sah sie nachdenklich an. Es war das erste Mal, dass sie länger als zehn Minuten von ihr getrennt sein würde.

»Komm, lass uns schnell zu deinen Eltern fahren. Meinst du, sie sind auch zu Hause?«

»Meine Mutter ist immer da. Und mein Vater macht an Silvester normalerweise auch nachmittags Feierabend.«

Ella winkte Frank noch einmal zu und startete den Motor.

»Wenn ich sage, dass ich das Kind verloren habe, ist es

ja noch nicht mal wirklich gelogen. Ich muss es abgeben, ich habe gar keine Wahl.«

Ella nickte, obwohl sie am liebsten geschrien hätte, dass Andrea durchaus eine Wahl hatte. Sie hatte keine Ahnung, wie sie neben Andrea sitzen und die Lüge mitanhören sollte. Aber wie war ihr Mantra? Die Mutter steht an erster Stelle. Wenn es ihr Wille ist, das Kind geheim zu halten, und wenn sie weder das Kind noch sich in Gefahr damit brachte, musste sie diese Entscheidung akzeptieren.

Andrea klingelte, während Ella danebenstand. Um das Geheimnis zu bewahren, wäre es besser gewesen, Ella wäre nicht mitgekommen, aber Andrea hatte Angst, allein zu ihren Eltern zu gehen. Je nachdem, wie sie reagieren würden, brauchte sie jemanden, mit dem sie flüchten konnte, hatte sie gesagt. Und nicht einmal ihre beste Freundin war in die Schwangerschaft eingeweiht gewesen. Also war Ella die Einzige, die ihr Beistand leisten konnte.

Die Tür ging auf. Andreas Mutter öffnete. Ihre Haut war grau, genau wie der Ansatz ihrer Haare.

»Andrea?«

Unglauben überwog, aber langsam zeichnete sich Freude ab. Sie drehte sich um und rief nach ihrem Mann.

»Kurt. Komm schnell! Es ist Andrea.«

Und dann umarmte Gertrud Vetterle ihre Tochter.

»Mensch, Andrea. Wir sind fast umgekommen vor Sorge.« Dann gab sie Ella die Hand. »Wir kennen uns ja noch.«

Kurt Vetterle kam ebenfalls in den Flur und winkte Ella und Andrea herein, als hätte er keine Lust, das Wiedersehen vor den Augen der neugierigen Nachbarinnen zu begehen. In dieser Neubausiedlung waren die meisten Küchen zur Straße hin gebaut, sodass die Hausfrauen beim Zubereiten des Abendessens an der Soap-Opera der Siedlung teilhaben konnten. Andrea hatte selbst erzählt, dass die Mutter immer kommentierte, welcher Ehemann immer besonders spät nach Hause kam, welche Teenager rumliefen wie die Flodders und kurz vor der Haustür die Kippe in den Gully warfen, welche Frauen den Vorgarten und die Frisur vernachlässigten ... Da war der Tratsch über die verschwundene Tochter bestimmt der Höhepunkt der Neubausiedlung.

Ella folgte den anderen ins Wohnzimmer, in dem Natascha und Stefan auf dem Sofa saßen und Fernsehen schauten. Ella erkannte die Stimmen aus der Serie sofort, auch wenn sie in ihrer WG keinen Fernseher hatten, kannte sie *Verbotene Liebe* von zu Hause. Ihre Mutter und ihre jüngere Schwester waren zu Beginn der Serie 1995 gemeinsam eingestiegen, und auch als Carla und sie ausgezogen waren, blieb ihre Mutter dabei und verfolgte die tragische Liebe von Jan und Julia und die Intrigen von Clarissa. Passte doch ... Und was in der Serie völlig übertrieben wirkte, wurde von der Realität oft noch getoppt, dachte Ella wütend. Aber sie durfte sich ja nichts anmerken lassen. Kurt Vetterle lief zu dem Fernseher und schaltete ihn aus. Erst das schien Natascha aus ihrer Starre zu reißen.

»Papa, was soll das?!«

»Hast du nicht gesehen? Deine Schwester ist wieder da.«

Natascha schaute erst missmutig, strahlte dann aber

über das ganze Gesicht und umarmte ihre Schwester so heftig, dass Ella Angst hatte, Andrea könnte gleich die Luft wegbleiben.

»Andrea! Mensch, ich habe dich so vermisst! Du musst erzählen, was wirklich passiert ist. So kenne ich dich doch gar nicht, mit irgendeinem Typen durchbrennen! Meine kleine, brave Schwester. Und Sie? Sie waren doch die Frau, die behauptet hat, Andrea wäre schwanger! Seh ich nichts von.«

Kurt und Gertrud schauten sich an. Ella und Andrea wechselten einen Blick. Ella kniff die Lippen zusammen.

»Das ist Ella. Wir sind jetzt auch Freundinnen. Ich wohne gerade bei ihr.«

Stefan stand auf.

»Ich lasse euch mal alleine. Mit den Familienangelegenheiten habe ich nichts zu tun.« Er klopfte Andrea auf die Schulter, die ein kleines bisschen zusammenzuckte. »Freut mich, dass du wohlbehalten da bist. Mache deiner Familie bitte nicht noch mal so einen Kummer.«

Wahrscheinlich hörten nur Ella und Andrea die Drohung in Stefans Stimme.

Andrea nickte, als habe sie verstanden. Niemand hielt Stefan auf, als er die Treppe nach oben ging. Warum auch, es war ja schließlich eine Familienangelegenheit, und er gehörte nicht zur Familie.

Ella schaute auf die Standuhr mit den dicken Pendeln hinter Glas. Zehn Minuten waren schon vorbei.

»Und Andrea, was ist mit dem Kind? Warst du wirklich schwanger?«, fragte Gertrud leise. Alle Blicke richteten sich auf Andrea.

»Ich habe es verloren. Sagt nichts. Ist wahrscheinlich besser so.«

Ella konnte dieses Schmierentheater kaum ertragen. Sah der Vater erleichtert aus? Die Schwester immer noch völlig verwirrt? Die Mutter traurig? Sie hörte gar nicht richtig hin, als Andrea erzählte. Dass es ihr leidtue, der Familie Sorgen bereitet zu haben. Dass sie einfach eine Auszeit brauche. Dass sie versuchen werde, den Schulstoff nachzuholen, ja sogar bereit sei, das letzte Schuljahr zu wiederholen. Dass sie erst einmal bei Ella bleiben werde. Aber nach den Weihnachtsferien werde sie wiederkommen.

Die ganze Familie saß auf dem schwarzen Ledersofa, während Ella auf dem Sessel saß und die Uhr anstarrte. Sie würde in zehn Minuten sagen, dass sie gleich losfahren mussten, da sie noch einen Termin hätte. Länger hielt sie es hier auch nicht mehr aus. Sie bereute, dass sie keine professionelle Distanz gewahrt hatte. Sie hätte Andrea direkt an eine Psychologin vermitteln sollen. Oder an jemanden vom Jugendamt. So verstrickte sie sich doch nur weiter in Lügen. Es klingelte an der Haustür.

Kurt Vetterle erhob sich.

»Ich gehe schon.«

Ella sah ihm nach und wäre auch gerne aufgestanden und abgehauen. Sie hörte noch, wie er die Tür öffnete. Und sie hörte Babygeschrei.

* * *

»Susanne, ist es wirklich in Ordnung, wenn du morgen hier aufpasst?«

Carola hielt ihren Pieper in der Hand und starrte aufs Display, während sie den Telefonhörer ans Ohr geklemmt hielt. Maike saß vor der Glotze. *Verbotene Liebe.* So ein seichter Kram. Zwillinge, die sich ineinander verlieben, ohne zu wissen, dass sie Geschwister sind. Und dieses Hin und Her lief jetzt schon jahrelang im Ersten Deutschen Fernsehen.

Florian schaute zum Glück nicht hin, dafür malte er mit Filzstiften ein Bild. Und malte über den Rand hinaus auf den Teppich. Egal, den würden sie bald eh entsorgen können.

»Mir ist gerade eh nicht nach Feiern zumute. Habe schon mit Antonius gesprochen. Wir quartieren uns bei euch ein und haben auch Susy dabei.«

Carola konnte sich noch gut an ihre eigene Angst erinnern, schwer krank zu sein. Aber sich um das eigene Kind zu sorgen war noch einmal schlimmer.

»Susanne, du wirst sehen, alles wird gut. Es lohnt sich nicht, sich vorher verrückt zu machen. Das hilft auch Julia nicht.«

»Du hast leicht reden.«

»Egal, was passiert, ich bin für dich da.«

»Ich weiß. Danke.«

»Ich danke dir.«

Carola hatte fast ein schlechtes Gewissen, dass sie sich auf die Silvesterfeier in der Flora morgen freute, während Susanne so voller Sorge um ihre Tochter war. Aber Susanne meinte nur, dass es eine willkommene Ablenkung wäre, auf ihr Patenkind und ihre Enkelin zusammen aufzupassen.

* * *

Susanne saß im Geburtshaus im Büro und legte den Hörer auf. Hoffentlich hatte Carola recht, dass sich am Ende alles als falscher Alarm herausstellte. Die meisten Knoten waren harmlos. Zysten oder ein gutartiger Tumor. Warum konnte sie nicht einfach vom Besten ausgehen und sich nur Sorgen machen, wenn das Ergebnis tatsächlich schlecht war? Weil sie eine Mutter war, beantwortete sie sich selbst diese Frage. Und Mütter machten sich nun einmal Sorgen. Oder war das gar kein Naturgesetz? Sie war jedenfalls froh, dass Julia sich Lukas endlich offenbart hatte und die beiden am Silvesterabend mit Freunden feiern wollten. Das würde ihnen guttun. Julia sollte jede Gelegenheit nutzen, Freude zu haben und Kraft zu tanken.

Susanne hätte am liebsten noch das Geburtshaus durchgeputzt, irgendwas getan, was sie ablenken würde. Aber hier blitzte alles. Also ging sie noch einmal die Liste ihrer Mütter durch, ob noch irgendwas vorzubereiten war. Sie blieb an Martinas Namen hängen, die den letzten Termin abgesagt und noch keinen neuen vereinbart hatte. Sie bekam Zwillinge. Da war es wichtig, dass sie engmaschig kontrolliert wurde. Bei Zwillingen offenbarte sich noch einmal mehr, was für ein Wunderwerk der Körper war. Im traurigen Fall, dass eines der Kinder im Mutterleib verstarb, löste sich der Körper im Laufe der weiteren Schwangerschaft einfach auf, ohne eine Vergiftung auszulösen. Das war die einzige Chance, dass das zweite Kind und die Mutter überlebten. Angeblich vermisste das zweite Kind sein Geschwisterchen oft zeitlebens, selbst wenn es sich über dessen Existenz nie bewusst gewesen war.

Sie wählte Martinas Nummer. Ihr Mann hob ab und reichte den Hörer schnell weiter.

»Hallo Martina, ich wollte mal nachhören, ob alles in Ordnung ist. Wir sollten bald einen neuen Termin ausmachen, oder warst du zwischendrin bei der Frauenärztin?«

Viele Frauen wechselten sich bei der Vorsorge ab. Einmal ging es zur Hebamme, ein andermal zur Frauenärztin. Manches, wie einen Ultraschall, gab es eben nur in einer gynäkologischen Praxis. Und Mehrlingsschwangere hatten Anspruch auf häufige Ultraschalluntersuchungen.

»Oh, gut, dass du anrufst, ich wollte mich eh schon bei dir melden.«

»Dann schieß los, was hast du auf dem Herzen?«

»Ehrlich gesagt würde ich die Betreuung gerne wechseln.«

Das war in all den Jahren noch nie passiert, dass eine Frau wechseln wollte. Die allermeisten kamen beim nächsten Kind sogar wieder. Und selbst die zehn Prozent Frauen, die am Ende doch ins Krankenhaus verlegt wurden, meldeten sich beim nächsten Kind wieder an.

»Meinst du, eine andere Hebamme aus unserem Haus? Ich kann gerne fragen, wer noch Zeit hat.«

»Also, ähm, nein, ich habe zufällig eine Hebamme gefunden, die mit mir den Weg einer Hausgeburt gehen würde.«

Susanne schluckte. Wenn das jemand trotz Mehrlingsschwangerschaft machen wollte, ginge das eigentlich nur mit der Behauptung, die Hebamme wäre erst gekommen, als der Kopf schon herausschaute und ein Transport unmöglich war. Kam schließlich immer wieder vor, dass

Kinder in Autos oder Aufzügen geboren wurden. Wenn alles gut ging, stellte niemand diese Version der Sturzgeburt infrage. Wenn jedoch etwas schiefging, würde kaum eine Hebamme die Haftung übernehmen.

»Tatsächlich?«

»Ja, tatsächlich. Und ich höre diesen Ton heraus, als ob du mir nicht zutraust, eine eigenständige Entscheidung für meinen Körper zu treffen.«

Es war ein Dilemma. Auf der einen Seite wollte Susanne jede Frau in ihrer Selbstbestimmung bestärken, auf der anderen Seite empfand sie sich immer noch als die Fachfrau, die mehr Ahnung von dem Thema Geburt hatte. Schließlich hatte sie schon über tausend Kindern auf die Welt geholfen.

»Wie hast du denn eine Hebamme gefunden, die Zwillingsgeburten zu Hause betreut?«

Sie musste erst mal im Gespräch bleiben, um das Vertrauen nicht zu verspielen.

»Also, ich habe ja erzählt, dass ich über den Zwillingsverein Eltern gefunden habe, die ihren Zwillingskinderwagen und Bettchen verkaufen. Und die Mutter hat mir so begeistert von ihrer Hebamme erzählt, die Ole und Lola zu Hause geholt hat. Und Ole und Lola sind quicklebendige, glückliche und gesunde Dreijährige. Und du hast doch selbst gesagt, dass ein guter, sanfter Start das Beste für die Kinder ist.«

Das war es auch, aber auch in den Krankenhäusern bemühten sie sich immer mehr um eine heimelige Atmosphäre. Wichtiger als der Ort war einfach, wer bei der Geburt dabei war.

»Martina, ich kann deinen Wunsch verstehen, und ich finde es selbst schade, dass ich ihm nicht entsprechen kann, aber ich halte eine Hausgeburt mit Zwillingen für unverantwortlich. Und ich verspreche dir, dass ich dich im Krankenhaus genauso gut begleiten würde wie im Geburtshaus oder zu Hause.«

Dass sie hier doch eine Ausnahme machen würde, hatte Susanne für sich beschlossen.

»Aber ins Krankenhaus zu gehen bedeutet doch schon, dem eigenen Körper nicht zu vertrauen. Das ist wie bei der Hochzeit schon einen Ehevertrag für die Scheidung aufsetzen. Ich glaube, dass mein Körper spürt, wenn ich ihm voll vertraue oder eben nicht.«

Susanne fand einen Ehevertrag, im Frieden geschlossen, grundsätzlich sehr vernünftig, wobei sie auch keinen aufgesetzt hatten. Gut, Streitigkeiten wegen Unterhalt oder Kinderbetreuung würde es bei ihnen ohnehin nicht geben.

»Und wenn du deinem Körper einfach sagst, dass du ihm vertraust, aber so nun einmal die Richtlinien sind?«

»Du nimmst mich nicht ernst.«

»Doch, das tue ich!«

»Kirsten Wollschläger ist eine absolute Koryphäe auf dem Gebiet der Zwillingsschwangerschaften. Sie hält in ganz Deutschland Vorträge.«

Kirsten Wollschläger. Der Name kam Susanne tatsächlich bekannt vor. Hatte diese Frau vielleicht schon ein Buch geschrieben, das sie kennen sollte?

»Martina, es ist natürlich absolut deine freie Entscheidung, wen du als Betreuung wählst, aber ich bitte dich, gut abzuwägen.«

»Das habe ich. Ich habe wochenlang gegrübelt, und meine innere Stimme sagt mir, dass ich zu Kirsten gehen soll.«

Kirsten Wollschläger. Jetzt machte es klick bei Susanne. Kirsten Wollschläger hatte sich im Geburtshaus beworben, als Ella fortging und sie einen Ersatz brauchten. Sie waren sich alle drei einig gewesen, dass Kirsten Wollschläger kein geeigneter Ersatz für Ella wäre.

* * *

Ella lief ebenfalls zur Tür, als sie Frank und das schreiende Baby hörte. Wahrscheinlich hatte Frank sich nicht anders zu helfen gewusst. Sie würde ihm Elena abnehmen und Frank mit irgendeiner Ausrede wieder nach draußen bugsieren. Einmal um den Block, bis Elena sich beruhigt hatte. Doch Frank stiefelte mit Baby im Arm einfach an dem verdutzten Kurt vorbei ins Wohnzimmer und hatte sofort die volle Aufmerksamkeit von Andreas Eltern und den beiden Töchtern.

»Hallo, ich bin der Frank. Ellas Freund.«

Andreas Augen waren vor Schreck geweitet, als sie ihre Tochter weinen sah. Sie verschränkte die Arme vor der Brust. Zum Glück hatte sie einen lockeren Pulli an und war von Ella noch mit frischen Stilleinlagen versorgt worden. Natascha schaute verzückt auf den Säugling, der immerhin zu schreien aufhörte. Und auch Gertruds Gesichtszüge wurden weicher.

Ella hatte Frank die ganze Geschichte anvertraut. Mit der Bitte, Andrea gegenüber kein Wort davon zu erwähnen.

»Seht ihr dieses niedliche Baby hier?« Er hob Elena hoch, die in dem Winteranzug an einen Teletubby erinnerte.

»Ist ja nicht zu übersehen und vor allem nicht zu überhören«, knurrte Kurt ungeduldig, konnte sich ein Grinsen aber nicht verkneifen.

»Frank«, versuchte Ella ihren Freund aufzuhalten, doch er ignorierte sie.

»Und dieses süße Baby schreit jede Nacht so laut, dass ich nicht schlafen kann, sorgt dafür, dass meine Freundin kaum noch Zeit für mich hat! Und sie stinkt! Wahrscheinlich ist heute schon die fünfte Windel fällig!«

Gertrud und Kurt schauten Frank an, als wäre er verrückt. Aber sie waren anscheinend zu neugierig, um ihn einfach rauszuwerfen. Oder vielleicht auch einfach erleichtert, dass ihre Tochter wieder da war. Nach Wochen der Sorge war so ein Spinner dann auch noch auszuhalten, dachten sie wahrscheinlich.

»Frank …«, versuchte es Ella erneut, während Andrea immer verzweifelter schaute, als würde sie ihre Tochter am liebsten an sich reißen.

»Lass mich, Ella, ich habe viel zu lange zugeguckt.«

»Können Sie Ihre Beziehungsprobleme nicht untereinander klären?«, bat Kurt.

»Nein, können wir nicht. Weil es nicht unsere Beziehungsprobleme sind. Das Geschrei, der Gestank, die schlaflosen Nächte, das wäre alles kein Problem für mich, wenn es mein Kind wäre!«

So ereifert hatte Ella Frank noch nie erlebt. Er hatte hoffentlich vor lauter Verzweiflung gerade keine geraucht.

Elena fing wieder an zu schreien. Frank schrie dagegen an.

»Ist es aber nicht! Es ist das Kind von Ihrem Lieblingsschwiegersohn! Wo ist er denn? Wo versteckt sich dieser Hallodri? Es kann nicht sein, dass dieses süße Baby zur Adoption freigegeben werden soll, nur weil sich seine Mutter nicht traut zuzugeben, dass der ach so nette Freund ihrer Schwester sie geschwängert hat!«

Gertrud, Kurt und Natascha verfielen in eine Schockstarre, aus der Kurt als Erster wieder erwachte. Andrea liefen die Tränen über das Gesicht.

»Was bilden Sie sich ein? Erzählen Sie keinen Blödsinn«, blaffte Kurt Frank an.

Andrea stand wortlos auf, nahm Elena aus Franks Arm, setzte sich mit dem Säugling auf das Sofa und hob ihren Pulli hoch. Elena brauchte einen Moment, bis sie an der prallen Brust andockte.

»Er sagt die Wahrheit.«

Ella wäre am liebsten aus diesem schmucken Einfamilienhaus gerannt, aber sie konnte Andrea jetzt nicht im Stich lassen. Ja, Frank sagte die Wahrheit. Andrea hatte ihr in der Pension die ganze Geschichte gestanden. Sie war schon länger heimlich verliebt in den Freund ihrer Schwester gewesen. Auf einem langen Spaziergang, der sich zufällig ergeben hatte, hatten sie ein so tiefgründiges Gespräch gehabt, dass Andrea sich sicher war, ihren Seelenverwandten gefunden zu haben. Der auch noch darüber klagte, dass Natascha ihn nicht richtig sehe und immer mit ihren eigenen Stimmungsschwankungen beschäftigt sei. Ja, Natascha war Sorgen- und Lieblingskind der Familie zugleich. Alle liefen auf Zehenspitzen um sie herum, um sie bloß nicht zu verletzen. Hatte sie sich doch erst neulich wieder geritzt. Und Andrea hätte eh nie gedacht, neben der wunderschönen und brillanten Natascha eine Chance bei Stefan zu haben. Und verbot sich alle Gefühle. Und Stefan war auch schon für Kurt fest eingeplant. Er studierte Architektur im ersten Semester und jobbte nebenher in der Baufirma des Vaters. Und da Andrea und Natascha ja »nur« Mädchen waren, hatte Kurt bei einem Bier unter Männern Stefan schon gefragt, ob er nicht nach dem Studium ganz in die Firma einsteigen wolle. Bliebe ja in der Familie.

Stefan war begeistert gewesen, auch wenn seine eigenen Eltern – ein Geschichtsprofessor und eine Hausfrau, wenn auch studiert – immer wieder betonten, Stefan solle sein Talent nicht in der Provinz in Neubausiedlungen ausleben, sondern nach dem Studium lieber in eine Großstadt ziehen und bedeutende Gebäude entwerfen. Nun gut, das war im Zusammenhang mit der anderen Sache nicht weiter wichtig, oder vielleicht doch ein bisschen, dachte Ella. Jedenfalls hatten Natascha und Stefan an Nataschas achtzehntem Geburtstag einen heftigen Streit im Partykeller gehabt. Und auch Andrea konnte das wilde Fest, bei dem sich gerade ihre halbe Dorfclique besoff und zu Discohits von Scooter oder Britney Spears tanzte, nicht mehr genießen, nachdem Natascha mit Tränen in den Augen abgehauen war. Sollte sie ihr hinterherlaufen? Doch ausgerechnet Stefan hielt sie auf. Wenigstens sie sollte das Fest genießen. Und dann küsste er sie, zog sie

mit in den Nebenraum, in dem die Familie ihre Tennis-
ausrüstung lagerte. Andrea redete sich im Nachhinein ein,
dass sie sich nicht sicher gewesen war, ob sie träumte und
das alles wirklich erlebte. Ein paar Monate später war
sie sich allerdings ganz sicher, dass sie nicht geträumt
hatte.

Sie nahm allen Mut zusammen, um sich Stefan zu
offenbaren. Träumte sogar davon, dass er zu ihr stehen
und nun mit ihr zusammen sein würde. Doch Stefan war
verzweifelt. Er sagte, das dürften sie Natascha nicht antun.
Die werde sich noch umbringen. Und sie solle auch an
ihre Eltern denken. Die würden das alles nicht verkraften.
Das Unglück ihrer Ältesten, die Jüngere schwanger … und
dann werde ihr Vater so wütend auf Stefan sein und ihn
auf jeden Fall aus der Firma werfen. Und entsetzlich enttäuscht sein. Das alles leuchtete Andrea ein, aber sie hätte
das Kind eh nicht mehr wegmachen lassen können. Als
Stefan es von ihr erfuhr, war ihre Regel schon über fünf
Monate überfällig. Er hatte einen Plan, um ihr beizustehen. Er gab ihr Geld, damit sie irgendwo unterkommen
konnte. Und sie sollte so tun, als wäre sie von zu Hause
abgehauen. Machten junge Menschen doch öfter. Als er
hörte, dass sie über ihre Schule eine Hebamme gefunden
hätte, meinte er, das sei doch gut. Dann könne sie das
Kind bei ihr bekommen und dann direkt zur Adoption
freigeben. Das sei für alle das Beste. Aber wenn sie irgendjemandem ein Sterbenswörtchen davon sagen würde,
werde sie das Leben ihrer ganzen Familie zerstören. Und
das Schlimmste war, dass Andrea es genauso sah. Sie
liebte doch ihre Familie. Ihre Schwester. Und irgendwie

immer noch Stefan. Sie wollte doch auch einfach, dass alles wieder gut wurde.

Das alles würde Andrea ihrer Familie vielleicht irgendwann erzählen. Oder auch nur Teile davon. Nun kam Stefan die offene Treppe herunter. Die grüne Wachsjacke schon übergezogen. Ein Lächeln auf den Lippen. Von der Treppe aus konnte er das Sofa, auf dem Andrea mit Elena saß, nicht sehen. Aber Kurt, der in der Mitte des Raumes stand, den konnte er sehen.

»Ich muss jetzt dringend nach Hause, für die Klausur lernen, und meine Eltern erwarten mich zum Essen. Wir bekommen Gäste.« Er schlüpfte in seine Schuhe, die vor der Treppe standen.

»Hiergeblieben, Freundchen …«

Stefan schaute wie jemand, der am Ende doch nie Ärger bekam.

»Sorry, aber meine Eltern erwarten Pünktlichkeit bei den Mahlzeiten.«

Natascha kam auf ihren Freund zu.

»Süße, wir sehen uns dann morgen.«

Er spitzte den Mund zu einem Kuss. Und fing sich eine saftige Ohrfeige ein.

Ella konnte sich ein Grinsen nicht verkneifen.

Auch Kurt ging zu ihm und packte Stefan am braunen Cordkragen. »Dann kannst du deinen Eltern gleich mal erzählen, dass sie Großeltern geworden sind.«

Elena fing an zu schreien. Stefans Blick entgleiste, als er in Andreas Richtung starrte. Gertrud nahm Andrea das schreiende Kind ab und wiegte es in ihren Armen.

»Könnt ihr bitte mal leiser sein, was soll sie denn sonst von ihrer Familie halten?«

* * *

Carola steckte sich die Haare nach oben, tuschte ihre Wimpern, trug Lipgloss auf. Und betrachtete sich im Spiegel in dem eleganten Kate-Winslet-Kleid. Als Susanne am Nachmittag angerufen hatte, dachte Carola erst, Susanne würde absagen. Doch sie brauchte nur einen Rat, was sie mit Martina machen sollte, die allen Ernstes von Kirsten Wollschläger abgeworben worden war. War wohl die richtige Entscheidung, sie damals nicht ins Geburtshaus-Team zu holen. Carola bat darum, das Thema ein anderes Mal zu diskutieren. Und dann rief Ella an. Völlig neben der Kappe. Und erzählte eine wirre Geschichte von Andrea. Auch auf die konnte sie sich nicht konzentrieren. Und dann rief Verena an. Ob Carola auch wirklich den ganzen Silvesterabend den Pieper bei sich hätte. Und ob sie ihn überhaupt hören würde, wenn das Geböller losging?

Carola fragte sich langsam, ob nicht alle einen Knall hatten. Sorgte der Jahrtausendwechsel vielleicht sogar für ein kosmisches Ungleichgewicht, dass alle wahnsinnig werden ließ? Und ihr war in diesem Moment aufgegangen, wie albern die meisten Sorgen waren. Und auch ihre jahrelange Sorge um die Kilos, die sie zu viel mit sich rumschleppte. Wäre sie Kate Winslet, hätte sie sich selbst bis gerade auch zu pummelig gefunden. Aber als Carola fand sie Kate einfach wunderschön. Ganz davon abgesehen hatte das Gewicht nichts mit ihrer Schauspielleistung zu tun.

Und käme es um Mitternacht wirklich zum Bug, dann

hätte sie vorher wenigstens Frieden mit ihrem Körper geschlossen. Carola lächelte sich im Spiegel an. Sie kannte sich selbst gut genug, um zu wissen, dass solche Empfindungen nicht unbedingt von Dauer waren.

Andreas kam herein.

»Du siehst fantastisch aus.«

»Ich weiß.«

Er kam zu ihr und küsste sie auf den Hals. Sie erschauerte und drehte sich zu ihm um, um ihn auf den Mund zu küssen. Den Lippenstift konnte sie nachher neu auftragen.

Als sie an dem festlich gedeckten runden Tisch im Festsaal der Flora saßen, dachte sie an das letzte große Ereignis mit Andreas in dieser Art. Die Premiere des Kinofilms, für den er das Drehbuch geschrieben hatte. Gut, der Cinedom war gegen die Flora mit den goldenen Lüstern und dem Stuck an der Decke eine bessere Frittenbude, aber damals war der rote Teppich voll mit Prominenten gewesen, zwischen denen Carola in Bleistiftrock und Bluse wie ein Mauerblümchen gewirkt hatte. Und ausgerechnet an diesem Abend hatte sie Carsten wiedergetroffen. Carsten Küppers, mit dem sie zu Schulzeiten einmal zusammen gewesen war. Carola war bei der Feier fünf Jahre jünger gewesen, hatte sich aber zehn Jahre älter gefühlt als jetzt. Und erst der Zusammenbruch hatte ihr geholfen, sich im Leben anders einzurichten. Langsam, ganz langsam hatte sie immer öfter wieder das Gefühl, Kraft übrig zu haben. Wurde Zeit, dass sie sich überlegte, worin sie diese Kraft investieren sollte.

Ihre rechte Hand umklammerte die Clutch, da sie auf

dem Pieper auch einen Vibrationsalarm eingestellt hatte. Ihre linke lag in Andreas Hand.

»Was grinst du so?«, flüsterte ihr Andreas ins Ohr.

»Ach, ich freue mich des Lebens. Wer weiß, was nächstes Jahr so passiert. Uns geht es gut, das sollten wir genießen.«

»Es wird nichts passieren. Und schon gar nicht heute Nacht.«

»Vielleicht doch. Aber solange es nach dem Nachtisch passiert, ist es mir egal.«

Die Kellner schwärmten gerade aus, um das Dessert zu verteilen. Crème brûlée mit Erdbeeren. Im Winter. Was für eine Dekadenz. Vielleicht war die Welt doch dem Untergang geweiht.

Auch mit den Tischnachbarn unterhielten sie sich prächtig. Die Frau des Drehbuchautors, der für eine deutsche Sitcom schrieb, hatte selbst drei Kinder. Und Carola genoss es tatsächlich, über die Kinder und das Muttersein zu plaudern, während die beiden Autoren miteinander fachsimpelten.

Nach dem Essen wurde zum Tanz gebeten. Eine Band spielte die Hits ihrer Jugend. Das war ein sicheres Zeichen, nicht mehr jung zu sein, wenn Männer in Anzügen die Tanzhits aus der ersten Partyzeit nachspielten. ABBA, Pink Floyd, Smokie … wie lange hatte sie das nicht mehr gehört. Nun sang der Mann mit Glitzerweste und Hut aus vollem Halse *Living Next Door To Alice*, während Andreas und Carola eine Mischung aus Blues – der einzige Tanz, der Carola als Jugendliche nicht aus dem Tritt gebracht hatte – und Discofox tanzten.

Susanne saß mit Antonius, Susy und Florian an dem Esstisch im Wohnzimmer der Familie Hardgenbusch und spielte *Mensch ärgere dich nicht*. Auf dem Tisch stand eine Schüssel mit Erdnussflips, die Gläser waren mit Fanta Mango gefüllt. Carola meinte, die Kinder sollten auch das Gefühl haben zu feiern – und feiern bedeutete für die Kinder vor allem ungesunder Kram. Im Gegensatz zu den anderen drei hatte Susanne wieder alle vier Männchen auf dem Startfeld, weil Antonius sie gerade rausgeschmissen hatte.

»Nicht traurig sein, Susanne«, tröstete Florian sie.

Dabei bemühte Susanne sich doch so, fröhlich zu gucken und den Gedanken an Julias mögliche Krankheit auszublenden. Dass sie bestimmt nicht wegen dem Pech im Spiel traurig schaute, konnte ihr Patenkind ja nicht wissen.

»Da hast du recht, Florian. Und jetzt würfele ich einfach eine Sechs!«

Prompt zeigte der Würfel sechs Augen. Susanne lächelte. Ging doch. Und ja, sie hatte allen Grund, in diesem Moment glücklich zu sein. Ihre Enkelin und ihr Patenkind und den Mann, den sie liebte, bei sich. Wie eine kleine Familie. Immer noch gab es ihr hin und wieder einen Stich, dass so eine Familie nie Alltag für sie geworden war. Und am liebsten würde sie alle schütteln, die diese kleinen, friedlichen schönen Momente, wie das Spielen und Plaudern mit den Kindern, nicht voll auskosteten. Die sich wegen Kleinigkeiten angifteten, die Zeit mit den Kindern als Last empfanden, die einfach nicht schätzten, was es bedeutete, seine Liebsten gesund um sich zu haben. Susanne setzte ihre Spielfigur auf das erste Feld und würfelte die nächste Sechs. Und noch eine, mit der sie eine Figur von Antonius rauswarf.

»Manno, Oma, jetzt reicht es aber auch mal!«, schmollte Susy und schnappte sich den Würfel.

»Ich bin noch nicht fertig«, meinte Susanne lachend, nahm sich den Würfel zurück und würfelte immerhin eine Fünf.

»Wann kommen Mama und Papa denn wieder?« Florian gähnte schon. Um elf Uhr lag er sonst längst im Bett. Aber heute wollte er unbedingt bis Mitternacht aufbleiben.

»Ich weiß es nicht. Aber bestimmt erst nach Mitternacht. Sie feiern ja auch Silvester.«

»Ohne uns.«

»Ja, aber dafür feiern wir ja mit euch.«

Susanne griff nach Antonius' Hand. Sie lächelten sich an.

»Und was machen wir, wenn du zu einer Geburt gerufen wirst?«, fragte Susy.

»Na, dann ist ja immer noch Antonius hier.«

Susy nickte und gab den Würfel an Florian weiter. Das Leben konnte so schön und einfach sein.

* * *

Ella war es viel zu laut und voll, aber sie hatte Frank nicht abschlagen wollen, mal wieder was »Altersgemäßes« zu unternehmen. Und so saß sie jetzt mit Frank im Underground auf einem Barhocker und schlürfte an einem

Edgar – einer Grapefruitschorle, immerhin hatte sie Rufbereitschaft. Frank prostete ihr mit einem Bier zu. Die Tanzfläche war gerappelt voll, die Luft so voller Rauch, dass es keine Nebelmaschine brauchte, um ein Discofeeling zu fabrizieren. Frank sah mit seinen langen Haaren, der engen Jeans und dem karierten Holzfällerhemd zumindest im Halbdunkeln immer noch aus wie ein Student im vierten Semester. Wenn er dann tatsächlich mit den jüngeren Semestern ins Gespräch kam und beiläufig erzählte, dass er gerade seine Doktorarbeit in Ägyptologie schrieb, schauten die Jungspunde immer ehrfürchtig und suchten dann aber schnell das Weite. Auf der Tanzfläche war auch ein wirklich alter Mann, der versonnen tanzte und seine lange Mähne im Takt der Musik wiegte.

Ella beugte sich vor und sah Frank in die Augen.

»Hast du das ernst gemeint letztens? Dass es okay wäre, wenn es dein Kind wäre, dass da nachts schreit?«

»Wie bitte?«, rief Frank gegen den Lärm an. Ella wiederholte ihre Frage. Frank grinste.

»War schon ziemlich anstrengend. Bin froh, dass wir wieder unsere Ruhe haben.«

»Ach so.«

Andrea war tatsächlich bei ihren Eltern geblieben. Frank sei Dank, der dem Versteckspiel durch sein Auftreten ein Ende gemacht hatte. Ausgerechnet Frank, der Meister des Ausharrens, hatte auf die Pauke gehauen. Gut, das war vielleicht auch die einzige Chance gewesen, wieder Ruhe in sein Leben zu bringen. Frank hatte Ella allerdings auf der Rückfahrt versichert, dass er es in erster Linie für Elena getan hatte. Es konnte doch nicht sein, dass Andrea ihr Kind weggeben wollte, nur um Stefan zu schützen! Das war es doch in erster Linie, blinde, bescheuerte, tragische, kindische Liebe! Die den Namen Liebe nicht verdiente! Sie hatten die ganze Fahrt diskutiert, aber im Grunde war Ella auch froh gewesen, dass sie den Termin beim Jugendamt absagen konnte. Morgen würde sie wieder einen Wochenbettbesuch bei Andrea machen. Hoffentlich zerfleischten sich die Schwestern bis dahin nicht. Natascha hatte Grund genug, verletzt zu sein.

※ ※ ※

Carola fragte Andreas immer wieder nach der Uhrzeit. Zu dem Kleid hatte sie ihre Swatch nicht anziehen wollen. Für Mitternacht war ein großes Feuerwerk im botanischen Garten angekündigt worden. Die armen Tiere nebenan, dachte Carola und stellte sich vor, wie sich die Löwen, Affen und Erdmännchen im benachbarten Zoo in die hinterste Ecke verkrümeln würden, wenn der Himmel sich in ein Meer von grellen Lichtern und lautem Geböller verwandeln würde.

»Viertel nach elf, nicht mehr lange und wir werden sehen, ob die Welt untergeht oder nicht.« Er zwinkerte ihr zu.

»Scherzkeks.«

Sie befreite sich aus seinen Armen, als das Lied wechselte.

»Lass uns was trinken. Und mal an die frische Luft gehen, solange sie noch frisch ist.«

»Spaßbremse.«

»Ach, Andreas, ist doch mein Job als Mutter in der

Familie Hardgenbusch.« Sie hakte ihn unter. »Zum Glück haben wir doch noch einiges an Spaß miteinander.«

»Stimmt.«

Carola lächelte. Die letzten Jahre hatten sie wieder einiges an Leichtigkeit zurückgewonnen. Um sie herum waren lauter schick gekleidete Menschen, viele Pärchen, die meisten in ihrem Alter und älter. Eine gediegene Feier eben. Viele Filmschaffende mit Anhang. Carola hatte aus den Gesprächen viel Druck herausgehört. Wenn sie eine Familie bei einer guten Geburt unterstützte, waren am Ende alle unendlich glücklich. Im Grunde gab es fast immer einen Oscar für sie als beste Hebamme für diese Familie, während die Filmemacher selbst nach einer glücklichen Geburt – das heißt dem fertigen Film auf der Leinwand – nicht sicher sein konnten, dass ihr Werk genügend Zuschauer in die Kinosäle lockte. Und für viele Laien war ein Film, der es nicht ins große Kino oder ins Fernsehen schaffte, quasi tot. Andreas hatte ihr an diesem Abend auch Dieter Kosslick vorgestellt. Einen freundlichen Mann um die fünfzig mit grauer Stoppelfrisur, der als Chef der Filmstiftung Nordrhein-Westfalen immerhin dafür sorgte, dass sich die Nachwuchsregisseure künstlerisch entfalten konnten. Er hatte an diesem Abend auch eine launige Rede gehalten, die Carola fast so unterhaltsam fand wie die Reden bei der Oscarverleihung, die sie sich ganz gerne ansah. Wer weiß, vielleicht würde der Mann ja noch mal größere Bühnen betreten als in ihrem Heimatbundesland.

An der Bar gönnte sich Andreas den vierten Martini, während Carola sich eine Cola mit Eis bestellte. Sie musste wach und nüchtern bleiben. Während der Barkeeper die Cola auf das Eis goss und noch eine halbe Zitronenscheibe auf den Glasrand steckte, holte Carola den Pieper aus der Clutch. Und als hätte sie durch ihren Blick auf das Display einen Alarm heraufbeschworen, erschien genau in diesem Moment die Nummer von Verena, die sie vorher auswendig gelernt hatte.

Natürlich hatte Carola schon bei ihrer Ankunft in der Flora nach dem nächsten Telefon Ausschau gehalten, sodass sie jetzt nicht erst suchen musste. Und Münzgeld und Telefonkarte hatte sie auch in der Clutch. Die Cola hatte sie mit in den Flur der Flora genommen, wo ein Münztelefon hing. Während sie wählte, stellte sie das Glas auf dem Telefon ab. Verenas Mann hob sofort ab.

»Du musst sofort kommen. Verena hat heftige Wehen!«

Ja, ja, Ehemänner, die übertrieben oft.

»Und die Fruchtblase ist geplatzt. Pfütze auf dem Boden. Du weißt schon. Wollten gerade *Dinner for One* gucken.«

Gut, sie musste definitiv los.

»Soll ich zu euch nach Hause kommen, oder sollen wir uns im Geburtshaus treffen?«

Sie einigten sich auf das Geburtshaus. Andreas hatte alles aufmerksam mitverfolgt, war zur Garderobe gegangen, hatte ihren Mantel geholt und reichte ihn ihr.

»Soll ich dich begleiten?«

»Ach was, misch dich unter die Leute, unsere Zeit auf der Tanzfläche hat dich genug vom Klüngeln abgehalten.«

»Und ich habe es genossen. So oft sehe ich dich nicht

in Ruhe außerhalb unserer vier Wände. Viel Glück bei der Geburt!«

Er begleitete sie nach draußen. Die Nacht war sternenklar und mild.

»Danke, und dir noch viel Spaß beim Feiern.«

Als Carola die breite, steile Seitentreppe zum Parkplatz hinunterlief, rutschte sie kurz aus ihrem Schuh hinaus. Sie schmunzelte, weil sie an Aschenputtel dachte, mit der sie in diesem Moment auf keinen Fall tauschen wollte. Und sie wollte auch gar nicht zurück auf das rauschende Fest. Es gab wenig, was ihr so ein Fest war, wie eine Geburt zu begleiten. Viel zu selten hatte sie das die letzten Jahre gemacht.

Noch waren die Straßen leer, sodass Carola zügig fahren konnte. In einer halben Stunde wäre es Mitternacht, und Carolas Meinung nach ging es jetzt nur darum, an welchem Tag Verenas Kind Geburtstag haben sollte. Vor was die Menschen alles irrationale Ängste hatten, dachte Carola, mit einem Anflug von Überheblichkeit die eigenen Ängste ignorierend. Sie erinnerte sich noch gut an die Mikrowellendiskussion und die Warnung, auf keinen Fall auf die Mikrowelle zu starren, wenn sich das Essen darin drehte, weil die Augen sonst im schlimmsten Fall zu einer Art hart gekochter Eier wurden. Sie guckte zwar auch nicht mit Absicht auf das Küchengerät, das sie fast täglich nutzten, aber für etwas Bequemlichkeit im Alltag nahm sie gern die Gefahr von ein paar Strahlen auf sich. Fünf Minuten nach halb zwölf parkte sie zeitgleich mit Verena und ihrem Mann John vor dem Geburtshaus. Verena trug ein Badehandtuch mit Coca-Cola-Aufdruck um die Hüften über einem Trainingsanzug, als wollte sie sich vor einem zweiten Blasensprung schützen. Ihr Mann trug die Tasche.

»Du siehst toll aus!«, stöhnte Verena.

»Entschuldigung, da haben wir dich wohl von einer Party geholt.« John lächelte schuldbewusst.

Carola fiel erst jetzt wieder ein, dass sie noch das lange Kleid trug.

»Kein Problem, das gehört zu meinem Job. Und ich wollte keine Zeit mit dem Umziehen verlieren.«

Sie schloss die Tür an dem Eckhaus in der Cranachstraße 21 auf. So weltbewegend wie die neue Ära des Kölner Geburtshauses, die 1989 hier begonnen hatte, konnte der Jahrtausendwechsel gar nicht werden. Immer noch betrat sie dieses Haus mit einem Hochgefühl.

Das große Geburtszimmer mit der Gebärwanne und den dunkelroten Wänden war frei. Und als hätte dieses Zimmer nur auf sie gewartet, war es behaglich warm und duftete noch nach Lavendel. Annett hatte vor einiger Zeit in allen Zimmern Sträuße mit den getrockneten violetten Blüten aufgestellt. Das war eine gute Idee gewesen.

Während sich Verena und John in dem Zimmer niederließen, in dem Verena schon so oft zur Vorsorge gewesen war, dass sie sich schon heimisch fühlte, schlüpfte Carola im Zimmer nebenan schnell in ihre Hebammentracht.

Es war Viertel vor zwölf, als sie Verena fragte, ob sie sie untersuchen dürfe, um zu sehen, wie weit sie sei. Carola fragte ihre Schwangeren immer danach, auch wenn manche irritiert guckten. Eine hatte sogar mal geantwortet, dass Carola doch nicht zu fragen brauche, weil sie doch die Chefin unter der Geburt sei. So war das den Frauen jahrzehntelang beigebracht worden, dabei waren sie die Chefinnen und die Hebammen lediglich Begleiterinnen. Gebären musste die Frau das Kind selbst. Mittlerweile gab es auch immer wieder Hebammen und Frauen, die die Untersuchung des Muttermundes ablehnten. Die Weite der Öffnung konnte zwar Aufschluss darüber geben, wie weit die Geburt fortgeschritten war, aber manche Frau wurde nur demotiviert, wenn sie hörte, dass sie trotz stundenlanger Wehen erst bei fünf Zentimetern war. Und spätestens bei den ersten Presswehen war der Muttermund in der Regel vollständig geöffnet. Aber viele Frauen, und zu diesen gehörte auch Verena, wollten unbedingt Zahlen und Fakten wissen.

»Ja, bitte!« Sie streifte ihre Trainingshose ab und legte sich mit angewinkelten Knien auf das Bett.

»Sollen wir auch schon Wasser in die Wanne lassen?«

Carola zog sich Handschuhe über, was mit der Verbreitung des HI-Virus irgendwann so normal wie das Händewaschen vor medizinischen Behandlungen geworden war. Eine Wehe zögerte die Untersuchung und die Antwort hinaus. Als sie abgeebbt war, zeigte Verena auf den CD-Player auf dem Sideboard.

»John, kannst du schnell das Radio anmachen?«

Viele Paare wünschten sich meditative Walgesänge, Richard Claydermann oder Kuschelrock, bei dem Carola vermutete, dass das bei manchen die Musik war, die schon bei der Zeugung der Kinder gelaufen war. Aber das Radio als Hintergrund hatte sich noch keine Frau gewünscht. So richtig sorgten Staumeldungen, Musikmix, Werbejingles und Nachrichten nicht für die passende Stimmung. Wenn dann auch noch Werbung für das Seitenbacher-Müsli erklang, dann würde manche Schwangere eher an die Übelkeit der ersten Monate erinnert als auf die Geburt eingestimmt. Aber gut, die Schwangere war die Chefin, dann also das Radio. John fummelte an dem Radio rum, bis er den ersten Sender mit gutem Empfang gefunden hatte. Radio Köln. Sie spielten *En unserem Veedel* von den Bläck Fööss. Ein Lied, das ihr immer die Tränen in die Augen trieb.

Carola tastete nach dem Muttermund und lächelte tapfer. Verena sollte nicht denken, dass Carola sich wegen irgendetwas Sorgen machte. Das tat sie nämlich auch nicht, sondern wurde einfach nur sentimental.

»Alles in Ordnung?«

John setzte sich hinter seine Frau. So hatten sie es vorab vereinbart, weil Verena nicht wollte, dass er genau sah, wie sie untersucht wurde. Auch hier waren die Paare ganz unterschiedlich. Manche Frauen hielten sogar während der letzten Phase einen Handspiegel vor die Vagina und schauten gemeinsam mit ihrem Partner, wie das Kind geboren wurde. Carola unterstützte jede Frau in ihren Wünschen und war einfach froh, dass die Zeiten vorbei waren, in denen ein Mann während der Geburt in der Kneipe wartete und am besten gar nicht so genau wissen sollte, wie das Kind herauskam.

»Ja, alles in Ordnung.«

Die Digitalanzeige auf dem Display zeigte 23.55 Uhr über dem 31.12.1999 an. Verena zitterte und krallte sich am

Arm ihres Mannes fest. Den Blutdruck brauchte Carola jetzt gar nicht erst zu messen.

»Der Muttermund ist schon sieben Zentimeter offen.«

Bei zehn galt er als vollständig eröffnet. Die Bläck Fööss verstummten. Ein Jingle kündigte die Verkehrsmeldungen an. Keine Staus oder Behinderungen auf den Kölner Straßen. Eine Wehe rollte heran. Verenas Atem wurde lauter. Aber sie war unkonzentriert, kein Wunder bei der Werbung kurz vor Mitternacht. Dumpf waren auch die ersten Böller zu hören. Wer hörte sonst Radio in diesem Moment? Notärzte, die auf den Einsatz warteten? Einsame Rentner, die nicht schlafen konnten? Was Andreas wohl gerade machte? Auf der Balustrade der Flora stehen und mit Fremden bei einem Glas Champagner auf das neue Jahrtausend anstoßen? Ob Florian und Susy mittlerweile auf dem Sofa eingeschlafen waren, obwohl sie vorher geschworen hatten, um Mitternacht noch wach zu sein? Ob Stefanie die Party am Brandenburger Tor genoss? Ob Thomas und seine Kumpels schon blau waren? Ob Maike und die Freundin, bei der sie übernachtete, noch die halbe Nacht plauderten und um Mitternacht mit einem Glas Sekt anstießen? Carola spürte, wie Verena verkrampfte. Oft war das ein Vorbote davon, dass die Geburt stagnierte. Aber Carola baute auf den Jahreswechsel. Und sie war froh, dass Verena heftige Wehen hatte, weil sie sich unter den Wehen nicht so auf ihre Angst konzentrieren konnte.

Der Radiomoderator begann herunterzuzählen. »Zehn, neun, acht, sieben …«

»Möchtest du aufstehen? Etwas laufen?«

Oft tat Bewegung gut. Verena schüttelte den Kopf. Carola nahm ihre Hand, spürte den rasenden Puls. Hoffentlich kollabierte sie nicht.

»... drei, zwei, eins, null!!!« Die Stimme des Moderators ging in Feuerwerk und Fanfaren über. Und das Display sprang einfach auf 00.00 Uhr am 1.1.2000. Wenn ihr jahrealtes Sony-Radio das Datum problemlos ändern könnte, würden es die Computer in der Welt erst recht tun. Carola drückte Verenas Hand und lächelte ihr zu. Verena hatte Carola vorher gebeten, ihre Angst vor ihrem Mann nicht zu thematisieren, weil es ihr schon peinlich genug war. Verena lächelte zurück. Ihre Lippen formten ein stummes *Danke*. Wofür, fragte sich Carola, sie war es nicht, die den Millennium-Bug persönlich aufgehalten hatte. Es war einfach von alleine nichts passiert. Wenn irgendwelche Computerfuzzis im Hintergrund das Chaos aufgehalten hatten, würden sie sich jetzt ordentlich feiern lassen. Oder all die angeblichen Experten, die in Büchern, Zeitungen oder Fernsehsendungen das Ende der Zivilisation heraufbeschworen hatten, schwiegen jetzt einfach, je nach Charakter erleichtert oder beschämt.

Der Nachrichtensprecher bestätigte, es seien keine Meldungen eingegangen, dass in Deutschland oder in einem anderen Land der Welt die Computersysteme zusammengebrochen seien. Hatte Carola ja gleich gesagt, was sie aber jetzt nicht noch mal laut aussprach. Verena ließ sich erleichtert ins Kissen sinken.

»Ein frohes neues Jahr wünsche ich euch.«

»Danke, das wünsche ich uns allen auch.«

»Ich auch.«

»Ich glaube, gar kein Hintergrundgeräusch wäre mir jetzt doch lieber.« Verenas Stimme klang matt, aber auch erleichtert. Carola stellte das Radio aus. Auch das Feuerwerk draußen wurde weniger. Eine Stille breitete sich aus.

»Und gegen die Wanne hätte ich auch nichts. Tut doch ganz schön weh.«

Carola ließ Wasser in die Wanne laufen, während John seiner Frau bei der aktuellen Wehe die Hand auf den unteren Rücken hielt. Und obwohl die Wehen immer stärker wurden, war Verena deutlich entspannter. Der Wasserstrahl, der in die Wanne floss, war meditativer, als es jeder Walgesang sein könnte. Auch von Carola fiel die letzte Anspannung ab. Als Verena in die Wanne stieg, gingen die Wehen in Presswehen über. Völlig entspannt kam vierzig Minuten nach dem Jahreswechsel der kleine Moritz zur Welt. Verena heulte vor Glück, als sie ihren Sohn auf die Brust gelegt bekam. John küsste seine Frau und dann den Kopf seines Sohnes mit den verklebten Haaren. Er wischte sich auch eine Träne aus den Augen. Carola betrachtete die drei und ließ sich Zeit, bis sie den Vater fragte, ob er die Nabelschnur durchtrennen wollte. Vor der Geburt hatte er stets darauf bestanden, es zu tun, damit er nicht nur doof danebenstehe. Carola wollte dem Wunsch nachkommen, auch wenn sie betonte, dass das Dabeisein das Wichtigste war. John spreizte die Schere, drückte aber nicht wieder zu, als die Nabelschnur dazwischenlag.

»Trau dich, reicht, wenn ich so ein Angsthase bin«, war Verena wieder zu Scherzen aufgelegt.

John seufzte. »Okay.«

Dann kniff er die Augen zu, als er zudrückte. Carola beobachtete genau, ob er nicht versehentlich danebenstach. Es machte ratsch. Und als John die Augen wieder öffnete, war Moritz abgenabelt. Und nichts war passiert.

Sie lachten alle drei erleichtert. Was war das für eine Nacht!

»Herzlichen Glückwunsch! Unser erstes Geburtshausbaby im neuen Jahrtausend! Möge es für uns alle ein friedliches und fortschrittliches Jahrtausend werden!«

Carola konnte ihre Tränen nun doch nicht mehr zurückhalten. Ja, das wünschte sie sich wirklich von Herzen. Nicht nur für ihre eigenen Kinder, sondern für jedes einzelne Kind, das hier und auf der ganzen Welt geboren wurde: dass all die Befürchtungen, die die Mütter hatten, sich am Ende als überflüssig herausstellen würden.

Kapitel Drei

Susanne und Angela taten etwas, was sie in den bald zehn Jahren, die sie sich kannten, noch nie getan hatten, ja, was ihnen gerade die ersten Jahre völlig absurd vorgekommen wäre. Sie verabredeten sich zum Kaffee. Wie es sich für zwei Großmütter, so unterschiedlich sie auch waren, gehörte, im Café Jansen am Heumarkt, das wie aus der Zeit gefallen wirkte. Der Salon in Pastellgrün mit viel Samt und Gold sah aus, als wäre er seit dem letzten Tanztee in den Fünfzigern nicht mehr renoviert worden. Und die Eissplittertorte aus der Vitrine schmeckte immer noch so wie in den Sechzigern, als Susanne hier manchmal nach einer Einkaufstour durch die Hohe Straße mit ihrer Oma eingekehrt war. Ach, was waren das für Bauchschmerzen gewesen nach Halbgefrorenem mit heißem Kakao!

Angela sah für ihr Alter fesch aus. Die grauen Löckchen glänzten in einem angesagten Lilaton, die Bluse mit dem grafischen Muster steckte in einer schwarzen Karottenjeans, und der Lippenstift stand ihr gut und hinterließ einen Abdruck auf der dünnwandigen Porzellantasse. Susanne hatte ihre rote Lockenmähne frisch mit Henna gefärbt, weil sie mit Mitte vierzig einfach noch nicht bereit für graue Haare war.

»Weißt du, Susanne, als ich mitbekommen habe, dass sie es dir zuerst gesagt hat, war ich richtig eifersüchtig.«

»Das tut mir leid.« Doch insgeheim freute sich Susanne ein bisschen, dass Julia ihr die Sache mit dem Knoten zuerst anvertraut hatte, wobei es an der Sache gar nichts zu freuen gab und sie ihre Tochter auch genötigt hatte, endlich auszupacken.

»Braucht es nicht. Du bist ja eher eine Expertin für körperliche Belange. Ich hätte da eh nicht viel zu sagen können.«

»Wenn es wirklich zum Schlimmsten kommt, dann braucht sie uns beide.«

Sie schwiegen einen Moment. Susanne schluckte herunter, dass sie gerade in dem Moment der Angst um ihre Tochter richtig eifersüchtig auf Angela war, die gute achtzehn Jahre Vorsprung gegenüber Susanne hatte. Aber das war nicht Angelas persönliche Schuld.

»Ja, da hast du recht. Dann kümmern wir uns um sie, so gut es geht.«

Julia war wirklich zwei Tage nach ihrem Gespräch mit Susanne zu ihrer Kollegin in die Sprechstunde gegangen. Die hatte den Knoten abgetastet, konnte aber keine Entwarnung geben. Nun wartete Julia auf die Biopsie-Ergebnisse. So offen Julia ihre Tochter grundsätzlich erzog, von dem Knoten hatte sie ihr nichts erzählt. Susy war viel zu wissbegierig und würde noch auf die Idee kommen, in den medizinischen Fachbüchern ihrer Eltern nachzuschlagen. Sie hatte ihr nur gesagt, dass sie zu ein paar Vorsorgeuntersuchungen müsse, so wie Susy das ja auch in regelmäßigen Abständen musste.

»Angesichts des Wartens kommt mir alles lächerlich vor, was mich an dir mal geärgert hat. Danke, dass du Julia großgezogen hast.«

Susanne erschrak selbst über ihre offenen Worte. Sie hatte sich all die Jahre bemüht, ihre Vorbehalte nicht offen zu zeigen. Natürlich wäre sie die coolere Mutter gewesen, aber das war leicht gesagt, wenn sie es im Alltag nie beweisen musste. Wie wäre ihr Leben verlaufen, wenn sie Julia hätte behalten dürfen? Wäre sie wie eine Nachzüglerin mit im Haushalt der Familie Winter aufgewachsen? Hätte ihre Mutter sie gehütet, während sie zur Uni gegangen wäre? Denn das war Susannes Plan vor der Schwangerschaft gewesen. Ärztin zu werden. Und ihre Eltern waren enttäuscht gewesen, dass sie »nur« eine Ausbildung zur Hebamme gemacht hatte. Hatten sie doch alles getan, um ihre Tochter zu fördern. Ja, sogar das »Problemkind« hatten sie ihr aus dem Wege geräumt! Sie hätte doch dankbar sein sollen, dass ihre Eltern so fortschrittlich gewesen waren, von Susanne nicht den klassischen Weg einer Frau zu erwarten. Welche Frau Anfang der Siebziger schaffte es schon wirklich, trotz Kind eine Karriere aufzubauen? Sie hatten es nie verstanden, warum es für Susanne damals der richtige Weg gewesen war, um schnell unabhängig zu sein. Und warum es für sie eine wirkliche Berufung war.

»Ist schon in Ordnung. Und ich habe es gerne getan. Als du dich damals in unser Leben eingemischt hast, habe ich mich nicht nur über dich geärgert, sondern dich richtiggehend gehasst. So, jetzt ist es raus.«

Sie setzte die Kaffeetasse ab, dass es klimperte.

»Ist keine Überraschung, du konntest es nicht verbergen. Aber ich habe es verstanden. Ich war ja auch echt unverschämt.«

»Eine Mutter eben, die um ihr Kind kämpft.«

Eine Kellnerin in schwarzem Kleid und weißer Rüschenschürze fragte sie nach weiteren Wünschen, und sie bestellten beide noch einen schwarzen Tee. Als die Kellnerin mit ihrem Block außer Hörweite war, beugte sich Susanne ein Stück zu Angela vor. Ihre Tochter hatte auch ihren Adoptiveltern gesagt, dass sie ihren leiblichen Vater finden wollte, das wusste Susanne. »Findest du das auch so überflüssig, dass sie ihren biologischen Vater jetzt unbedingt finden möchte?«

»Ja, absolut unangemessen. Ein Glück, dass es wie die Suche nach der Nadel im Heuhaufen ist, einen Mann namens James in England zu finden.« Angela hob eine Augenbraue und spreizte den kleinen Finger ab, als sie den letzten Schluck aus der Tasse nahm. »Aber wer weiß, Susanne, nachher ist Julia noch mit dem englischen Königshaus verwandt, und uns entgeht eine Eintrittskarte in den Buckingham-Palast.«

Trotz der Anspannung mussten sie beide lachen. Dass Angela immer Klatschmagazine wie die Bunte im Zeitschriftenständer neben dem Sofa stehen hatte und sich ausgiebig mit dem Stammbaum europäischer Adelshäuser beschäftigte, war noch so ein Punkt, den Susanne immer belächelt hatte.

»Da ist ja leider auch nicht alles Gold, was glänzt. Weißt du noch, die ganze Schlammschlacht um Charles und Diana? Ob adelig oder nicht, ich glaube, dagegen sind unsere Probleme nichts.«

»Ja, wahrscheinlich. Ich weiß noch, wie ich im Radio gehört habe, dass Lady Di verunglückt ist. Die armen Jungs. William und Harry waren doch noch so klein.«

Der tragische Unfall war mittlerweile schon drei Jahre her, aber er hatte wohl allen vor Augen geführt, dass das Leben als Prinzessin nicht unbedingt erstrebenswert war. Selbst nach der Trennung von Charles war Diana nicht frei gewesen, und die Paparazzi verfolgten sie und Dodi Al-Fayed auch, damit Leserinnen wie Angela was in den Klatschblättern zu schmökern hatten. Susanne ertappte sich dabei, wieder das Haar in der Suppe zu suchen. Angela und sie würden nie Seelenverwandte werden, aber sie hatten gewissermaßen eine gemeinsame Tochter. Allein ihr zuliebe sollten sie gut miteinander auskommen.

»Ja, diese Bilder von der Beerdigung haben mir auch das Herz zerrissen. Da mussten die beiden mit Tausenden Zuschauern um sie herum Abschied nehmen. Und dann wurde das Ganze noch im Fernsehen übertragen.«

Immerhin das würde Susy erspart bleiben, wenn … Nein, Julia würde wieder gesund werden. Wenn sie überhaupt krank war, es gab ja auch die Möglichkeit, dass sich der Knoten als harmlos herausstellte.

»Angela?«

»Ja?«

»Ich möchte mich ganz herzlich bedanken, dafür, dass du Julia immer so eine gute Mutter warst. Du hast das toll gemacht. Und danke, dass du mir noch eine Chance gegeben hast. Ich weiß, dass das nicht selbstverständlich ist.«

»Ach, komm. Ist mir nicht immer leichtgefallen, aber du bist Julias Mutter. Im schlimmsten Fall hätte ich euch beide verloren, also was blieb mir anderes übrig, als dir eine Chance zu geben?«

Angela gab sich schroff, aber Susanne spürte, dass sie sich freute.

* * *

Ella lag in ihrem Zimmer auf dem Bett, das für sie immer noch eine Ruheoase war. Sie besaß nur das Nötigste, eine Garderobe, die in einen großen Koffer passte, wenn sie den Wintermantel über dem Arm oder am Körper trug, Wände, Vorhänge und Möbel waren in Weiß gehalten. Ein Foto von ihrer Familie an der Wand, eine kleine Ikone zum Aufklappen auf dem Nachttisch, eine Kerze, Räucherstäbchen … Ihre Freundinnen hatten bei ihrem ersten Besuch gesagt, dass ihr Zimmer wie eine Klause aussehe. Und genau das brauchte Ella in ihrem Privatleben. Stille. Einfachheit. Sie liebte ihre Arbeit als Hebamme, und sie liebte auch ihren ehrenamtlichen Einsatz im Haus Elisabeth. Und bei Andrea hatte sie beides miteinander verbunden, ihre Arbeit als Hebamme wie auch sich um jemanden zu kümmern, der ein großes Problem hatte. Es müsste so eine Schleuse geben, an der man die ganzen Sorgen des Alltags vor dem Feierabend hinter sich lassen konnte. Stattdessen nahm Ella sie oft mit. Auch jetzt, während sie die Decke anstarrte, fühlte sie sich, als läge die Last der ganzen Welt auf ihren Schultern. Wie machte Carola das nur, die zu Hause auch noch jede Menge Verantwortung trug? Aber vielleicht war das ja gerade leichter? Das lenkte vielleicht von den Grübeleien ab.

Das ausgesetzte Baby ging ihr nicht aus dem Kopf. Hätte es verhindert werden können? Wie ging es der Mutter? Immer dann, wenn vom ausgesetzten Kind die Rede war, wurde vom Monster oder Scheusal gesprochen. Ella wollte die Tat nicht rechtfertigen, aber wo war die Kritik an dem Kindsvater? Wo an der Gesellschaft, die eine Frau nicht auffing? Oder waren all die Hilfsangebote mehr als genug und jede ihres Glückes Schmied beziehungsweise Schmiedin?

Was wäre passiert, wenn Ella nicht zufällig an der Schule gewesen wäre und Andrea sie angesprochen hätte? Was wäre passiert, wenn Ella Andreas Schwangerschaft nicht vertraulich behandelt hätte? Was wäre passiert, wenn Frank nicht so eigenmächtig gehandelt hätte? Sie drehte den Es-ist-das-was-du-draus-machst-Ring an ihrem Finger. Sie hatte Frank in den letzten Tagen noch mehr lieb gewonnen. Und eine resolutere Seite an ihm kennengelernt. Er hatte ihr die ganze Zeit zur Seite gestanden. Wie es wohl wäre, wenn sie einmal ungeplant schwanger wäre?

Es klingelte an der Tür, aber sie hatte keine Kraft aufzustehen. Frank klapperte mit dem Geschirr in der Küche.

»Frank, machst du auf?«

»Ja, Augenblick.«

Sie hörte, wie er zur Tür lief. Es dauerte immer etwas, bis Besucher die zwei Stockwerke Altbau hochgelaufen waren.

»Was machst du denn hier?«

Ella erhob sich neugierig.

»Ich wollte Ella besuchen. Ist sie da?«

Das war doch Christophs Stimme.

»Einen Moment. Ich schaue nach, ob sie Zeit hat.«

Ella stand auf und zog sich eine Strickjacke über ihr T-Shirt.

»Ich komme schon.«

Sie schaute Christoph an. Seine Wangen waren von der Kälte draußen gerötet. Sein Lächeln breit und die Blumen in seiner Hand hübsch. Weiße Rosen mit Efeu.

»Hallo Christoph. Was für eine Überraschung.« Ella war sich noch nicht sicher, ob es auch eine gute war.

»Ja, ich dachte, ich komme mal vorbei, um dir persönlich ein frohes neues Jahr zu wünschen. Es könnte ja ein sehr spannendes werden.«

Er zwinkerte ihr zu, und Frank nahm ihm wortlos die Blumen ab und stellte sie in eine Vase. Ella überkam bei Christophs Andeutung eine Hitzewallung. Sie hatte sich immer noch nicht entschieden und, noch schlimmer, sie hatte den richtigen Zeitpunkt verpasst, um mit Frank über die Details ihrer möglichen Uganda-Reise zu sprechen. Auch wenn Frank sich immer gegen jede Art bürgerlichen Spießertums richtete, würde es Ella doch wundern, wenn sich Frank gleichgültig zeigte, dass ausgerechnet Christoph zur selben Zeit am selben Ort wie sie wäre.

»Danke, ich wünsche dir auch ein gutes neues Jahr. Und danke für die Blumen. Hast du gut reingefeiert?«, fragte sie hastig.

Christoph zog Mantel und Schuhe aus, als wollte er auf jeden Fall noch etwas länger bleiben und nicht nur die

Blumen abgeben. Und Frank fragte jetzt auch noch, ob Christoph zum Essen bleiben wollte.

»Ja, ich habe wunderbar gefeiert. Auf dem Mediziner-Ball. Weißt du noch, wie wir damals zusammen da waren? Ich habe dich erst gar nicht wiedererkannt. Die Haare!«

Er lachte und wendete sich dann an Frank, als wäre er der Kellner in einem Restaurant.

»Danke sehr, ein Abendessen wäre fantastisch. Ich gehe mir nur schnell die Hände waschen.«

Als Christoph im Bad war, flüsterte Frank: »Wusstest du, dass der Spaßvogel kommt?«

»Nein, aber wir müssen uns jetzt nicht zu dritt an den Tisch setzen. Ich könnte auch einfach mit ihm ein Bier um die Ecke trinken.«

»So weit kommt es noch. Außerdem magst du doch gar kein Bier.«

Bier mochte Ella tatsächlich nicht so gerne, selbst als gebürtige Kölnerin bekam sie kaum mehr als ein Kölsch herunter. Und ganz davon abgesehen war sie am liebsten nüchtern. Aber jetzt wäre etwas Hochprozentiges gut. Hätte sie Frank doch vorher schon alles erzählt. Wenn es jetzt herauskam, dann musste es auf Frank ja so wirken, als hätte sie was zu verbergen.

Christoph rieb sich, als er aus dem Bad kam, noch die Hände ein, als hätte er Ellas Handcreme benutzt. Und als er näher trat, roch sie, dass er es wirklich getan hatte. Der Duft von Kamille stieg ihr in die Nase.

»Was gibt es denn Feines?«

»Ein Kichererbsencurry mit Basmatireis. Ich habe heute

Mittag eine dreifache Portion gekocht, damit wir noch etwas für stressige Tage einfrieren können.«

Ella fragte sich, wann Frank mal ernsthaft einen stressigen Tag hatte. Sein Job an der Uni war seiner Aussage nach Entspannung pur. Und am Schreibtisch über den Büchern zu sitzen war nun auch keine Schwerstarbeit. Ella beneidete Frank sogar manchmal, dass er sich richtig in ein Thema vertiefen konnte. Rein theoretisch.

»Franks Curry ist fantastisch, das kann locker mit dem *Bombay* mithalten.«

»Ella, du bist zu beneiden. Ein Hausmann zu Hause!«

»Ich bin sehr froh, dass Frank für Gleichberechtigung ist. Natürlich wechseln wir uns mit dem Kochen ab.«

Ella legte ihren Arm um Frank, küsste ihn und deckte dann den Tisch für drei Leute.

»Kann ich noch irgendwas tun?«

»Dich setzen und keinen Blödsinn erzählen«, meinte Frank süffisant.

Ella zuckte zusammen. Frank lächelte zwar, aber sie hörte an seiner Stimme, dass er Christophs Stichelei mit dem Hausmann durchaus als solche empfunden hatte. Nun tischte er das Curry auf. Allein der Duft war köstlich. Kurkuma, Ingwer und Kardamom. Und Frank hatte sogar frischen Koriander aufgetrieben, den er nun über die Soße streute. Frank öffnete noch eine Flasche Weißwein und schenkte allen ein. Ella nur ein Schlückchen, da er ja wusste, dass sie selten trank.

Sie löffelten das köstliche Essen und stießen noch mal auf das neue Jahr an.

»Habe ich was verpasst? Bist du etwa verlobt?«

Ella wurde knallrot, und Frank antwortete an ihrer Stelle.

»Vielleicht. Was immer Ella möchte, bedeutet dieser Ring.«

Er griff nach ihrer Hand und drückte sie zärtlich. Zum Glück fragte Christoph nicht, was sie denn wollte.

»Und so ein Verlobungsring oder besser noch Ehering wäre auch ganz praktisch, wenn wir tatsächlich ein halbes Jahr nach Uganda gehen. Kann mir vorstellen, dass da die Uhren noch anders ticken, und ich habe keine Lust, dass wir nicht in einer Hütte schlafen dürfen«, plauderte Frank, während er mit der Gabel gestikulierte.

Ella verschluckte sich an dem kleinen Schlückchen Wein. »Kö… könnte ich etwas Wasser haben?« Sie bekam einen Hustenanfall.

Frank goss ihr ein Glas Wasser ein und klopfte auf ihren Rücken.

»Steckt noch ein Reiskorn in deinem Hals? Mann, das hört sich ja übel an!«

Ella nickte. Der Husten ebbte ab. Hoffentlich hatten die beiden Männer das Gesprächsthema vergessen. Ella wich Christophs Blick aus.

»Ach, das ist ja interessant. Hat Ella gar nicht erzählt, dass du auch nach Uganda möchtest. Dann sehen wir uns ja wahrscheinlich öfter demnächst.«

* * *

In den Geburtsvorbereitungskursen für Paare am Wochenende waren meist mindestens zwei Frauen anwesend, die Carola am liebsten direkt in Frau Freuds Raum eingeladen hätte. Zwar wies sie immer darauf hin, dass sie auch Einzelberatungen anbot, allerdings war die Hemmschwelle sehr hoch. Den meisten war wahrscheinlich nicht einmal bewusst, dass es Probleme bei ihnen gab.

Carola ließ den Blick über die zehn Paare schweifen, die im Schneidersitz auf Gymnastikmatten saßen. Die Augen geschlossen. Der CD-Player spielte eine Entspannungsübung, die Alternative zum Mittagsschlaf. Schließlich ging der Kurs über den ganzen Tag, und das gemeinsame Mittagessen in der Alten Feuerwache um die Ecke hatte so manchen träge gemacht. Da waren Anna und Dirk, ein junges Pärchen, das sich sogar während der Meditation an den Händen hielt. Oder Uwe und Yvonne, die in der Vorstellungsrunde erzählt hatten, dass sie sich auf der Arbeit kennengelernt hatten, und die immer noch so distanziert wirkten, als säßen sie im gemeinsamen Büro. Yvonne schaute bei jeder Antwort oder Frage, die sie mit leiser Stimme vortrug, zu ihrem Mann, als brauche sie seine Zustimmung. Und Uwe, der tatsächlich als einziger Mann im Kurs ein Hemd über der Trainingshose trug und der sich in der Mittagspause sogar umgezogen hatte, um standesgemäß ins Restaurant zu gehen, schummelte bei der Meditation. Er hatte die Augen offen und starrte auf die Uhr, als hoffe er, dass die Sitzung bald ein Ende fände. Als Carolas Blick seinen traf, machte er die Augen wieder zu.

Und da war Janine, die schon zwei Kinder hatte, aber mit ihrem neuen Mann alles noch einmal erleben wollte und deshalb noch einmal einen Vorbereitungskurs für die dritte Schwangerschaft gebucht hatte.

Sie alle hörten jetzt mehr oder weniger konzentriert zu, wie eine sanfte Stimme vom Tonband dazu aufforderte, aus der Quelle zu trinken, die sich vor dem inneren Auge auf der Waldlichtung auftat.

»Du schöpfst mit deinen Händen das klare, kalte Wasser und nimmst einen Schluck. Sofort spürst du eine ganz neue Energie, die dich durch alle Herausforderungen tragen wird.«

Carola atmete selbst tief durch. Sie brauchte auch Kraft, um bis zum Abend aufmerksam zu bleiben und auf jeden eingehen zu können. Die sphärischen Klänge erfüllten den Raum und wurden jäh unterbrochen. Der Pieper? So nervtötend klang er doch gar nicht, obwohl sie kürzlich extra einen neuen Ton eingestellt hatte, weil es vorgekommen war, dass zwei Pieper gleichzeitig losgingen und niemand so recht wusste, wer denn nun angefunkt worden war.

Carola sah, wie Uwe etwas aus seiner Tasche holte. Und von dem Ding kam auch das Geräusch. Die Hälfte verharrte weiter im Stillen mit geschlossenen Augen. Yvonne und Janine starrten Uwe an, der sich erhob.

»Sorry. Das ist jetzt wichtig.«

Er lief nach draußen, als müsste er eilig auf Toilette. Das war doch eins dieser tragbaren Telefone gewesen? Also nicht so eins wie ihr tragbares zu Hause, bei dem genau in der Mitte des Gartens der Empfang abriss. Sondern so eins, das man wirklich überall benutzen konnte.

»Macht einfach weiter. Lasst euch von nichts ablenken.« Carola versuchte in einer ähnlich sanften Tonlage zu sprechen wie die Person auf der CD, aber Uwes Auftritt hatte sie aus der Ruhe gebracht. Als die Meditation zehn Minuten später vorbei war und alle die Augen öffneten, war Uwe immer noch verschwunden. Gut, manche Männer flüchteten sich während des Geburtsfilms, den sie auch gleich noch zeigen würde, auf die Toilette. Aber bei Uwe hatte es wohl was mit dem Anruf zu tun. Was war, wenn er gerade eine schreckliche Nachricht bekommen hatte? Wenn sie als Hebamme angefunkt wurde, ging es sprichwörtlich immer um Leben und Tod, na ja, eher um Leben. Sie konnte sich beim besten Willen nicht vorstellen, welche Nachricht für den Leiter einer Firma, die Werkzeuge herstellte, an einem Sonntag so wichtig sein sollte.

Carola forderte alle auf, sich zu dehnen, und verkündete zehn Minuten Kaffeepause, in denen sich jeder an dem kleinen Getränkebüffet bedienen konnte. Eine Dose dänischer Kekse stand ebenfalls neben den Tee- und Kaffeekannen und war meist am Ende des Kurstages leer.

Während sich alle auf die heißen Getränke stürzten, lief Carola in den Vorraum, wo sie fast mit Uwe zusammenstieß, der das Telefon ans Ohr gepresst hielt und im Flur hin und her lief, als werde er für jeden Meter bezahlt. Er nickte kurz, was wohl eine Entschuldigung sein sollte, und lief weiter im Kreis.

»Nein, nein, nein, die Konditionen können wir so auf keinen Fall akzeptieren. Ja, ja, bin ganz Ihrer Meinung ... Bis Dienstag? Ja, das ist kein Problem!«

Carola schaute ihn fasziniert an. Wie unangenehm war es ihr oft, wichtige Gespräche am Telefon zu führen, wenn jemand zuhörte. Uwe sah durch alles wie durch Glas, selbst durch seine Frau. Yvonne winkte ihm zu, doch er ignorierte sie. Er bemerkte auch nicht, wie Anna ihn anstarrte.

Carola wunderte sich selbst, dass Uwe gar keine Schamgefühle hatte, so öffentlich zu telefonieren. Und langsam wollte sie gar nicht mehr hören, warum Firma XY ausgebootet werden müsse und der Chef von YX ein unfähiger Idiot sei.

Sie tippte Uwe an, der erschrocken zusammenfuhr.

»Entschuldigung, du könntest dich zum Telefonieren auch hierhin zurückziehen.«

Sie lotste ihn zum roten Geburtszimmer und öffnete die Tür. Uwe lief wie ferngesteuert rein, setzte sich auf den Rand der Gebärwanne, schlug die Beine übereinander und redete weiter von Zahlen und Konditionen. Immerhin war es noch kein Videotelefon in der Art, wie es die Knoff-Hoff-Show bereits prophezeite.

Carola schloss die Tür.

»Alles in Ordnung bei euch? Ich hoffe, ihr konntet euch gut entspannen?«

»Na ja …« Anna hielt Dirk auch hier an der Hand. »… wenn dieser Wichtigtuer uns nicht alle mit seinem Telefon gestört hätte, wäre es noch besser gewesen.«

Yvonne bekam einen knallroten Kopf.

»Vielleicht war es ja wirklich sehr wichtig«, versuchte Carola zu beschwichtigen.

»Was kann schon so wichtig sein, dass es nicht bis Montag warten kann? Ich meine, wenn es in der Firma lichterloh brennt, dann ruft jemand die Feuerwehr, aber Verhandlungen in der Öffentlichkeit austragen ist doch voll peinlich. Habe letztens schon mal so jemanden im

Restaurant erlebt. Wo kämen wir denn da hin, wenn jeder auf einmal sein Telefon dabeihätte? Es würde ja nur noch klingeln um uns herum.«

Ob so ein Handy vielleicht sogar was für das Geburtshaus wäre? Statt Pieper? Dann müssten sie nicht immer erst ein Telefon suchen. Uwe kam schließlich mit hochrotem Kopf aus dem Geburtszimmer. Was bei Yvonne erneut zu einem roten Kopf führte.

Uwe schaute verwundert in den mittlerweile vollen Flur, in dem sich fast alle Kursteilnehmer versammelt hatten.

»Habe ich irgendwas verpasst?«

»Ja, einen wichtigen Moment mit deiner Frau und eurem zukünftigen Kind!« Anna grinste, als Uwe nach ihren Worten verwirrt guckte.

»Was du vielleicht verpasst hast, ist die letzte Tasse Kaffee in der Thermoskanne. Ich setze aber ohnehin noch einen auf«, vermittelte Carola.

»Danke. Ist gerade richtig was los. Wir fusionieren demnächst, und da gibt es halt kein Wochenende.«

Seine gewichtige Miene zeigte, dass es ihm noch nicht einmal unangenehm war, die Gruppe gestört zu haben.

»Kein Problem, ich möchte dennoch darum bitten, dass das nicht mehr vorkommt. Kann man so ein Handy auch leise schalten?«

* * *

Durfte sie zulassen, dass Martina einen riesengroßen Fehler machte? Was war, wenn sie sich bei Kirsten Wollschläger in Gefahr begab? Eine Hebamme, die auch mit

Zwillingen eine Hausgeburt durchführen wollte, war das nicht allzu verantwortungslos?

Susanne saß gemeinsam mit Annett und Hilde im Vorraum des Geburtshauses, dem großen Flur, in dem man hätte tanzen können, so geräumig, wie er war.

»Also ich habe da eine Mutter, die unbedingt kurzfristig noch einen Platz braucht. Wenn diese Zwillingsmutter abgesprungen ist, dann wird sie sich freuen. Sie ruft mich dreimal die Woche an, ob nicht doch noch was frei geworden ist.«

Seit Hilde das Büro übernommen hatte, lief alles entspannter. Manchmal fragte sich Susanne zwar, ob es für Hilde nicht entspannter wäre, einfach in Rente zu gehen, da sie manchmal doch ganz schön schnaufte, wenn sie von einem anderen Zimmer zum Telefon hechelte oder mal länger als bis zum Mittag arbeitete, aber so wie sie Hilde kannte, würde sie sich schnell langweilen zu Hause.

»Ich sage Bescheid, wenn wir Martinas Vertrag wirklich aufgelöst haben. Aber noch gebe ich sie nicht auf.«

Alle drei hatten eine Tasse Kaffee in der Hand, mit der sie ihre wohlverdiente Pause genossen. Annett hatte heute Nacht eine Geburt begleitet und wollte die Vorsorge am Morgen nicht absagen, sodass sie jetzt seit zwanzig Stunden auf den Beinen war. Susanne hatte einige Kennenlerngespräche und eine Vorsorge gehabt und war froh um jede Minute, die sie abgelenkt war. Julias Biopsie-Ergebnis stand noch aus.

»Verrückt, die Frau. Ich meine, wenn ihr das schon nicht hier machen wollt. Immerhin seid ihr mutig und alternativ.«

So wie Hilde »alternativ« sagte, dachte Susanne gleich an Joschka Fischer in Turnschuhen auf dem Fahrrad, aber war der nicht mittlerweile auch angepasst?

»Nee, echt, wie kann man sich nur freiwillig so in Gefahr begeben? Also ich arbeite ja supergern für euch, aber dass die Frauen freiwillig hier ohne Schmerzmittel entbinden wollen, finde ich schon unglaublich.«

»Hilde, du findest es doch eh unglaublich, dass die Menschheit noch nicht ausgestorben ist. Warum arbeitest du überhaupt hier?«

»Na, weil es mir Spaß macht, das Chaos zu organisieren! Und meine Kolleginnen hier sind noch netter als im Krankenhaus.«

Susanne sah Hilde von der Seite an. Eine Frau Mitte sechzig, die irgendwie wirkte, als hätte sie nie ein Privatleben gehabt. Oder gar ein Liebesleben. War das zwangsläufig so, dass Frauen im Alter als geschlechtsneutral wahrgenommen wurden? Nur als wertvoll, wenn sie sich um andere kümmerten?

»Warum redest du nicht einfach mit der anderen Hebamme? Vielleicht hat sie ja gute Gründe, diese Zwillingsmutter abzuwerben? Wenn du mit ihr sprichst, merkst du vielleicht, ob es besser wäre, dafür zu sorgen, dass die beiden nicht zusammenkommen.«

Annett kam damit noch einmal auf Susannes Frage zurück. So war Annett oft. Sagte wenig, aber wenn, dann brachte sie es auf den Punkt. Warum war sie nicht selbst darauf gekommen? Sie würde diese Kirsten Wollschläger anrufen. Vielleicht war es auch nur ein Vorwand von Martina, um bei Susanne abzusagen. Manchmal stimmte einfach die Chemie nicht, wobei Susanne eigentlich nicht das Gefühl hatte, dass Martina sie nicht leiden konnte.

Zum Glück fand die freundliche Dame von der Telefonauskunft Kirsten Wollschlägers Nummer schnell heraus. Susanne hatte Vor- und Nachnamen und den Wohnort Köln angegeben, und Wollschläger hatte keine Namens-Doppelgängerin in der Domstadt. Als Susanne einmal aus Spaß in dem dicken Telefonbuch der Stadt nach ihrem eigenen Namen gesucht und eine halbe Seite Susanne Winters gefunden hatte, war sie sich ziemlich gewöhnlich vorgekommen. Eine weitere Susanne Winter-Schmidtbauer gab es jedoch nicht, also hatte ihre Heirat mit Antonius sie hinsichtlich ihres Namens noch mal einzigartiger gemacht. Susanne nutzte den Doppelnamen nicht konsequent, einfach weil es schwer war, sich nach fünfunddreißig Jahren an einen neuen Nachnamen zu gewöhnen. Und ein bisschen war es auch ihr Gerechtigkeitsgefühl, das sie immer wieder über die Namensführung von Frauen stolpern ließ. Schon seit 1975 durfte ein Mann den Nachnamen der Frau annehmen, und doch entschied sich bis heute kaum einer dazu. Und Doppelnamenträgerinnen wie ihr wurde oft noch ein »Emanzentum« nachgesagt. Wenn Susanne an Antonius und sie dachte, war es für sie einfach wunderschön gewesen, seinen Namen dem ihren hinzuzufügen, und noch lieber hätte sie den Doppelnamen an gemeinsame Kinder weitergegeben, was aber ohnehin nicht mehr erlaubt war. Wenn sie jedoch an alle Frauen dachte, stellte sie diese selbstverständliche Übernahme des Familiennamens des Mannes infrage. Am allerschlimmsten war Post, die an Familie oder Eheleute Antonius Schmidtbauer gerichtet war. Als würde die Frau in der Ehe als Individuum ausgelöscht.

Susanne wählte Kirsten Wollschlägers Nummer und war doch überrascht, als sie drei Sekunden später eine zarte Stimme ins Telefon hauchen hörte.

»Hebamme Kirsten Wollschläger am Apparat?«

»Guten Tag, Frau Wollschläger. Hier ist Susanne Winter. Susanne Winter-Schmidtbauer, um genau zu sein. Ich habe gehört, dass Sie als Hebamme auf Zwillinge spezialisiert sind und habe Ihre Nummer über die Auskunft. Ich hoffe, es ist in Ordnung, dass ich Sie einfach anrufe?«

»Natürlich. Ich bin immer froh, wenn andere mich weiterempfehlen.«

Susanne war versucht, einfach so zu tun, als wäre sie selbst die Schwangere, um in Erfahrung zu bringen, was für eine Haltung Kirsten Wollschläger denn nun wirklich hatte. Aber so wollte sie mit einer Kollegin nicht umgehen, also brachte sie ihr Anliegen offen zur Sprache.

»Ehrlich gesagt handelt es sich nicht um eine Empfehlung. Es ist so, dass eine meiner Schwangeren zu Ihnen wechseln möchte, weil wir keine Betreuung von Mehrlingsgeburten im Geburtshaus anbieten können.«

Einen Moment herrschte Schweigen.

»Können oder wollen?«

»Beides. Es gibt eindeutige Ausschlusskriterien, an die wir uns halten müssen, allein schon, um versichert zu sein.«

»Das System bietet genug Schlupflöcher, um sich ihm nicht zu unterwerfen.«

Es war ja nicht so, dass Susanne keine Kritik am System

hatte, aber hier gleich von Unterwerfung zu sprechen und überhaupt das Gespräch sofort in Richtung Prinzipien zu lenken, die es zu reiten galt, stimmte sie misstrauisch.

»Können wir vielleicht einfach über Martina sprechen? Sie hat bei mir einen Vertrag unterschrieben, daher fühle ich mich verantwortlich für sie.«

»Ach, Martina. Ja, eine etwas unsichere Frau. Umso glücklicher bin ich, dass sie sich dazu durchgerungen hat, auf ihre innere Stimme zu hören. Wenn sie den Vertrag auflösen will, dann stehen Sie ihr bitte nicht im Wege. Wir Frauen sollten uns doch gegenseitig in unserer Mündigkeit unterstützen.«

Ob Kirsten Wollschläger sich daran erinnern konnte, dass sie sich mal im Geburtshaus beworben hatte? Das war ja immerhin schon bald zehn Jahre her. Und es brauchte keine fünf Minuten Telefongespräch, um zu bestätigen, dass es gut gewesen war, sie nicht mit ins Team zu holen. Das Schlimme war, dass jeder Satz, den sie sagte, auf gewisse Weise wahr war; aber so, wie sie ihn sagte, war klar, dass ihr Prinzipien weit über pragmatische Erwägungen gingen. Oder auch das Wohlergehen der Frauen.

»Ich sehe es aber auch als meine Aufgabe, Frauen vor sich selbst zu schützen, wenn sie eine Situation nicht richtig einschätzen können.« Susanne bemühte sich um einen freundlichen Ton.

Kirsten Wollschläger seufzte. »Frau Winter-Schmidtbauer. Sie reden dem Patriarchat nach dem Munde. Kein Wunder, leben wir doch alle in einer Welt der Gehirnwäsche.«

»Entschuldigen Sie, ich bin Hebamme mit mehr als zwanzig Jahren Erfahrung. Natürlich bin ich Expertin, was man von einer Schwangeren nicht behaupten kann.«

»Ich bin auch seit über zwanzig Jahren Hebamme. Und ich sage nur, die Expertin für ihren eigenen Körper ist immer die Frau selbst!«

Susanne ärgerte sich. Was für eine aufgeblasene Kuh! Sie schaffte es, dass sich Susanne, die immer auf Selbstbestimmung der Frauen achtete und diese förderte, vorkam wie die Erfüllungsgehilfin eines frauenverachtenden Systems. Und ja, im System lag vieles im Argen, aber eine Ausgeburt der patriarchalen Hölle war das Geburtshaus ganz sicher nicht. Und diese Wollschläger kam ihr vor wie eine Sektenführerin, die Frauen wie Martina die ultimative Erlösung versprach. Vielleicht ging es sogar meistens gut, aber wenn nicht, dann hatten allein die Frauen die Folgen auszubaden.

»Und Sie möchten mit Martina wirklich eine Hausgeburt durchführen?«

»Ja, warum nicht? Die allermeisten Zwillinge kommen genauso unkompliziert zur Welt wie Einlinge.«

Martina wohnte zum Glück sehr nah am Geburtshaus und damit auch am St. Laurentius. Wenn sie sich wirklich auf eine Hausgeburt mit dieser Wollschläger einließe, dann würde die Hebamme hoffentlich im Notfall nicht zögern, sofort mit ihr ins Krankenhaus zu fahren. Und ja, es stimmte, dass die meisten Zwillinge gut zur Welt kamen, aber eben nicht alle ohne medizinische Hilfe.

»Und wenn es Komplikationen gibt?«

»Mit der richtigen Einstellung gibt es die nicht. Durch

das System haben die Frauen einfach verlernt, sich natürlich zu verhalten. Das zieht sich doch durch alle Bereiche. Die Ernährung, die Fortpflanzung, die Mode …«

Susanne verkniff sich die Frage, ob Kirsten Wollschläger auch all ihre Büstenhalter in den Siebzigern verbrannt hätte. »Natürlich« hin oder her, es gab Dinge, die waren vielleicht unnatürlich, aber ein Dienst an der Menschheit. Ganz pragmatisch. Und pragmatisch musste sie auch in diesem Fall vorgehen. Sie konnte Martina zu nichts überreden. Und sie wollte es sich weder mit Martina noch mit Kirsten Wollschläger völlig verderben, um nicht jede Gesprächsgrundlage zu zerstören. Und mit Kirsten Wollschläger machte die Diskussion vorerst eh keinen Sinn.

»Frau Wollschläger, ich danke Ihnen, dass Sie sich die Zeit genommen haben. Ich werde noch einmal mit Martina sprechen, und wenn sie darauf besteht, den Vertrag aufzulösen, werde ich ihr nicht im Weg stehen. Auch wenn ich diesen Weg nicht für optimal halte.«

»Ja, das ist wohl vernünftig von Ihnen.«

Darauf sagte Susanne nichts, sonst hätte sie ihren Vorsatz schwer einhalten können.

»Und noch etwas, Frau Winter-Schmidtbauer, es war gut, dass Sie sich damals gegen mich entschieden haben. Ich habe schon geahnt, dass das Kölner Geburtshaus der Philosophie einer wirklich selbstbestimmten Geburt nicht gerecht wird.«

Susanne presste ein »Auf Wiederhören« heraus und knallte den Hörer auf die Gabel. Da war ihr jeder *EXPRESS*-Journalist lieber, der das Geburtshaus als Hexenhort bezeichnete! Ja, selbst Christophs blasierte Art, der das Geburtshaus wie viele seiner Kollegen immer noch als Gefahr für Mutter und Kind ansah, brachte sie weniger auf die Palme als eine wie Kirsten Wollschläger!

Das erinnerte sie an die Streitereien zwischen manchen Gläubigen. Im Grunde wollten sie alle das Gleiche und nur das Beste, und dann hackten sie sich mit Spitzfindig-keiten gegenseitig die Augen aus, wer denn nun näher an der Wahrheit läge. Das war zum Glück nicht die Mehr-heit, aber leider taten sich oft die Lautesten hervor. Und sie richteten den größten Schaden an. Ja, Prinzipien-reiterinnen wie Kirsten Wollschläger waren gewisser-maßen Antiwerbung für die außerklinische Geburtshilfe. Wenn die Frau es dann nicht schaffte, war sie vielleicht einfach nicht heilig – äh, selbstbestimmt genug! Susanne musste mit Martina reden! Offen reden.

* * *

Ich habe alles kaputtgemacht, dachte Ella und klingelte an der Haustür der Familie Vetterle, da der nächste Wochenbettbesuch bei Andrea anstand. So kannte sie Frank gar nicht. Immer wieder ließ sie dieses unselige Essen mit Christoph und Frank vor ihrem inneren Auge ablaufen. Hätte ich doch früher offen mit Frank gespro-chen! Aus der Angst heraus, ihn zu verletzen, habe ich ihm richtig wehgetan!

Die Tür öffnete sich. Andrea stand vor ihr, die Geburt keine drei Wochen her, und hatte schon fast wieder einen flachen Bauch.

»Wo ist denn Elena?«, fragte Ella direkt nach der

Begrüßung, als habe sie immer noch Angst, Andrea könnte das Kind weggeben. Die meisten Eltern begrüßten sie im Wochenbett mit dem Baby auf dem Arm.

»Auf dem Arm meiner Mutter. Ich hätte ja gedacht, dass sie den größten Aufstand macht, von wegen was die Leute denken und so, aber sie ist ganz verliebt in Elena.«

»Das freut mich.«

Ella dachte an das sprichwörtliche Dorf, dass es brauchte, ein Kind großzuziehen, wenn es nach einem afrikanischen Spruch ging. Heutzutage und hierzulande führte Muttersein dagegen oft in die absolute Vereinsamung. Die meisten Mütter waren tagsüber allein mit ihrem Baby. Und die Müttergruppen am Vormittag im Geburtshaus waren ein Versuch, das aufzubrechen.

Gertrud hielt das Baby auch, während Ella Andrea in ihrem Kinder- oder besser Jugendzimmer untersuchte. Zum Wochenbett gehörte hin und wieder der Blick auf eventuelle Geburtsverletzungen, das Abtasten des Bauches, die Frage nach dem Allgemeinbefinden und dem Stillen.

»Die Gebärmutter hat sich schon deutlich verkleinert. Ich denke, es dauert nicht mehr lange, dann hast du deinen alten Körper zurück.«

»Auch ohne Streifen?«

»Die werden mit der Zeit fast unsichtbar. Ordentlich mit *Frei Öl* massieren hilft. Solche kleinen Streifen habe ich schon in der Pubertät bekommen, als meine Brust gewachsen ist, und heute sieht man fast nichts mehr.«

»Ich hoffe es, wobei mich wahrscheinlich so schnell eh niemand nackt zu Gesicht bekommen wird.«

Andrea zog ihre Hose wieder an, den langen Strickpulli wieder runter und setzte sich im Schneidersitz auf ihr Bett. Bei den meisten Wochenbettbesuchen ließen die Frauen sich im Doppelbett im ehelichen Schlafzimmer untersuchen. Zwei Betten mit Ritze dazwischen, zwei Nachtschränkchen und eine Schrankwand. Das war das klassische Schlafzimmer, dass Ella immer etwas Unbehagen einflößte. Sie fand das Modell mit den zwei getrennten Schlafzimmern erfrischender, in denen man sich gegenseitig »besuchte«. Wobei Frank und sie seit diesem unglückseligen Abend kein einziges Mal nachts an die Tür des anderen geklopft hatten, um zu fragen, ob sie mit unter die Decke schlüpfen durften.

»Andrea, aber falls sich das ändert, du weißt, dass Stillen keine sichere Verhütung ist?«

Auch ein Punkt auf der Wochenbettliste …

»Ich weiß. Und so was passiert mir auch nie wieder. Irgendwie ergab eins das andere. Ich hatte damals nicht vor, mit Stefan zu schlafen. Ich wollte ihn eigentlich nicht mal küssen. Aber ich war so verliebt in ihn, dass ich ihm wohl die falschen Signale gegeben habe, und Einhalt habe ich ihm auch nicht geboten. Irgendwie bin ich ja froh, dass Elena da ist. Ich kann es mir ohne sie nicht mehr vorstellen, aber ich hasse mich dafür, was ich getan habe.«

Sie knabberte an ihren Fingernägeln, und so, wie die aussahen, tat sie das öfter.

»Andrea, hör auf, dir ein schlechtes Gewissen zu machen. Du hast mehr als genug gelitten. Und Stefan hat die Situation ausgenutzt. Er wusste, was er tat. Und er wusste auch, wie er deine Schwester damit verletzen würde. Und wie er dich behandelt hat, ist das Allerletzte. Er hätte sich einfach zu dir und dem Kind bekennen sollen.«

»Er wollte halt Natascha nicht verletzen.«

»Na, das ist ihm ja vorbildlich gelungen!«

Gut, Stefan war jung. Ein zwanzigjähriger Mann konnte durchaus mit seinen Gefühlen und einer möglichen Vaterschaft überfordert sein. Und natürlich war es nicht gut, dass er fremdgegangen war, aber Ella kannte nicht die ganze Geschichte zwischen den Schwestern und Stefan. Aber dass er Andrea nicht nur alleingelassen, sondern vor allem ausgenutzt hatte, dass es ihre größte Angst war, die Familie durch das Baby kaputtzumachen, war unverzeihlich. Wäre das Kind nicht von Stefan gewesen, hätte sie sich von Anfang an ihren Eltern anvertraut. Da nutzte auch das Geld nichts, das er ihr als Unterstützung verkauft hatte.

»Ella, er ist nicht nur schlecht. Weiß du, er hat es mit meiner Schwester auch nicht einfach gehabt, so launisch, wie sie immer ist.«

Es war zwecklos, das mit ihr zu diskutieren. »Aber wird er wenigstens Unterhalt zahlen?« Die Bombe war eh geplatzt, jetzt musste sich Stefan auch der Verantwortung stellen, und wenn es nur als zahlender Vater war. Stefan war kein armer Student, sondern ein verwöhnter junger Mann, der hier mit einem BMW-Cabrio vorgefahren war. Der nach Andreas Erzählung sehr wohlhabende Eltern hatte, die, ohne mit der Wimper zu zucken, hunderttausend D-Mark Schweigegeld gezahlt hätten, damit das Ansehen ihres Sohnes nicht beschmutzt wurde.

»Ich brauche nichts von ihm. Ich kann doch hier bei

meinen Eltern wohnen. Meine Mutter wird auf Elena aufpassen, während ich in der Schule bin. Und nach der Schule mache ich direkt eine Ausbildung, dann verdiene ich mein eigenes Geld.«

»Andrea, bitte lass Stefan nicht einfach so davonkommen. Du weißt nie, was noch passieren wird.«

»Er ist doch nicht mal offiziell der Vater. Und er hat gesagt, dass er mit der ganzen Sache nichts zu tun haben will.«

Es klopfte an der Zimmertür, und Gertrud kam mit dem Baby herein. »Ich glaube, sie hat Hunger. Möchten Sie vielleicht auch etwas zu trinken, Frau Valero? Einen Kaffee?«

»Ja, gerne.« Ella lächelte. Gertrud erinnerte Ella an ihre eigene Mutter.

Vorsichtig übergab Gertrud Elena an Andrea. Ella erhob sich.

»Ich komme mit, den Kaffee holen. Dann kannst du Elena schon mal in Ruhe stillen.«

Ella folgte Gertrud in die offene Küche.

»Frau Vetterle, ich bin sehr froh, dass Sie sich so gut um Elena und Andrea kümmern. Das ist nicht selbstverständlich.«

Gertrud reichte ihr einen Becher Kaffee und schenkte sich selbst noch einen ein. »Ich bin einfach nur froh, dass Andrea nichts Schlimmeres zugestoßen ist. Und Elena ist allerliebst. Ich hätte mir das alles anders für unsere Tochter gewünscht. Aber wir kriegen das schon hin.« Sie zuckte mit den Schultern. »Und irgendwie ist es auch schön, wieder eine richtige Aufgabe zu haben. Seit die Kinder groß sind, ist es so still hier geworden. Ich gehe zwar meinem Mann im Büro etwas zur Hand, aber nun gut.«

Sie brach ab und trank einen Schluck Kaffee. Das ganze Haus sah so aus, als würde jemand sehr viel Zeit und Liebe investieren. Und wer sollte das hier anderes sein als Gertrud?

»Wie geht es eigentlich Ihrer anderen Tochter? Natascha?«

»Es geht so. Sie zieht sich den ganzen Tag in ihr Zimmer zurück. Sie hat sofort mit Stefan Schluss gemacht, als klar war, dass Elena wirklich sein Kind ist. Ich mache mir Sorgen. Sie hat eh schon mit Stimmungsschwankungen zu kämpfen, dabei war sie doch immer das Glückskind in der Familie. Immer beliebt, nur gute Noten … Und jetzt hat sie das Vertrauen in ihren Freund und in ihre Schwester verloren.«

»Ja, eine schreckliche Situation. Aber stellen Sie sich vor, das wäre erst Jahre später rausgekommen.«

»Nicht auszudenken. Zumal Kurt ihm eine Festanstellung nach dem Studium anbieten wollte. Ja, er hatte ihn sogar als Nachfolger eingeplant. Ist ja auch schade, wenn man so eine gut laufende Baufirma hat und niemand da, der sie übernehmen kann.«

»Was ist mit Andrea oder Natascha?«

»Das sind Mädchen.«

Und das meinte Gertrud völlig ernst. Aber Ella wollte jetzt nicht diskutieren. Vielleicht reichte es, dass diese Frage aufgeworfen worden war.

»Ich glaube, ich sollte wieder zu Andrea. Ihre Tochter macht das alles erstaunlich gut, teilweise besser als manche Mutter Mitte dreißig, die seit Jahren auf ihr Kind hingefiebert hat.«

Gertrud lächelte dankbar.

»Hast du mit meiner Mutter über mich gequatscht?«

Andrea löste den Mund ihrer Tochter von ihrer Brustwarze und legte den Säugling über ihre Schulter.

»Ja, auch. Ich habe ihr zum Beispiel gesagt, dass du das toll machst. Und dass ich es super finde, dass sie sich so gut kümmert. Ist nicht selbstverständlich.«

»Ich weiß. Und ich bin ihr auch sehr dankbar. Meine Mutter hat auch alles mit der Schule geklärt. Ich habe Stoff zum Nacharbeiten, und wenn ich Glück habe, hole ich alles wieder vor dem Abi auf. Ich habe aber schon Angst, bald wieder in die Schule zu gehen. Die starren mich bestimmt alle an wie ein Alien.«

Das Baby seufzte im Halbschlaf und lächelte sein Engelslächeln.

»Ignoriere das einfach.«

»Leicht gesagt. Ich bin froh, dass Stefan und Natascha nicht mehr auf der Schule sind.«

»Das glaub ich dir.«

»Ich habe keine Lust auf Tratsch. Die offizielle Version ist schon schlimm genug. Es war irgendein Typ auf einer Party, mit dem ich dann auch noch durchgebrannt bin. Habe gehört, wie Mama diese Version sogar ihrer Schwester erzählt hat.«

»Oh Mann, das ist ja fast so schlimm wie *Verbotene Liebe*.«

»Oder die *Lindenstraße*.«

»Ja, solche Geschichten würde man jedem Drehbuch-autor um die Ohren hauen! Okay, ich würde Elena gerne noch wiegen und sie mir mal anschauen.«

»Klar.«

Andrea gab Ella ihr Baby. Elena hatte schon etwas zu-genommen und entwickelte sich gut. Der Bauchnabelrest war auch schon abgefallen. Bald würde Ella nicht mehr kommen müssen.

»Andrea, bitte versprich mir, dass du dich jederzeit bei mir meldest, wenn du Rat brauchst. Und bitte nimm Hilfe an, und wenn es von Stefan ist. Du wirst alle Kraft für dein Kind brauchen.«

Andrea nickte, auch wenn ihre Augen Skepsis verrieten. Andrea und Ella waren sich gar nicht so unähnlich. Ella hatte auch ewig damit gewartet, Frank die ganze Wahr-heit zu erzählen, und irgendwann war die Wahrheit von alleine herausgekommen.

»Andrea, was hättest du eigentlich gemacht, wenn ich nicht zufällig in der Schule erschienen wäre?«

Ella hoffte, dass Andrea sich irgendwann ganz bewusst nach einer Hebamme umgesehen hätte.

»Ich weiß es nicht.«

Diese Antwort beinhaltete für Ella die schrecklichsten Möglichkeiten. Das Bild des kürzlich ausgesetzten Kindes kam ihr in den Sinn. Sie nickte nur.

»Aber du warst da. Deshalb stelle ich mir die Frage gar nicht.«

* * *

»So, so, Sie wollen also ein mobiles Telefon erwerben?«

Carola stand vor einem großen Mann in schwarzem Anzug mit pinker Krawatte. Und wenn sie sich ein Mobiltelefon kaufen würde, dann ganz sicher woanders, wenn der Verkäufer so arrogant war.

»Und was ist daran so witzig? Stehen die Dinger hier nur zum Spaß rum?«

»Nein, natürlich nicht. Die Kunden, die ein mobiles Telefon erwerben, sehen in der Regel einfach nur ganz anders aus. Mehr so die Managertypen.«

Carola zog Florian von einem Ausstellungsstück weg, das auf dem Tresen stand.

Siebenhundert Mark für ein Telefon! Es war weder aus Gold, noch sah es besonders schön aus, noch konnte man sich damit irgendwo hinbeamen. Aber unterwegs telefonieren. Und Textnachrichten verschicken und empfangen.

»Mama, das sieht aus wie ein Walkie-Talkie! Ich wünsche mir ein Walkie-Talkie zum Geburtstag!«

»Junger Mann, das ist ein Nokia. Ganz was Feines, aber als Spielzeug taugt das nichts, viel zu teuer!«

Der Verkäufer beugte sich zu Carolas Sohn herunter und hob einen Zeigefinger.

Carola sagte Florian, dass sie gleich noch ein Eis essen gehen würden, aber erst einmal sollte er einfach nur zuhören, umso schneller wären sie in der Eisdiele.

»Gibt es so etwas wie Mengenrabatt?«

Jetzt sah der Mann Carola an, als wäre sie irre. Aber diese Frage war mehr als berechtigt. Wenn sie alle vier ein Handy bekommen würden, dann wären das bei dem Nokia-Modell schon 2800 Mark! Aber es würde ihre

Arbeit sehr vereinfachen. Keine Suche nach dem nächsten Telefon, wenn der Pieper im Supermarkt oder im Wald losging. Keine Zeitverzögerung, weil das nächste Telefon nicht in Griffweite war. Oder wie praktisch es wäre, wenn jedes ihrer Kinder so ein Ding hätte. Dann könnten sie von unterwegs anrufen, wenn sie die Bahn verpasst oder sonst irgendein Problem hatten. Carola dachte an die Situation, in der sie auf Stefanie gewartet hatte, während sie bei diesem widerlichen Fotografen gewesen war. Statt sich Sorgen zu machen, hätte sie Stefanie anrufen können. Oder wenn Thomas im Morgengrauen noch nicht von einer Party zurückgekehrt war, dann würde sie ihn einfach anrufen, um zu erfahren, ob alles in Ordnung war oder ihn Halbstarke überfallen hatten und er nun hilflos in der Ecke lag. Andererseits wäre ihm genau in dieser Situation das Handy auch abgenommen worden.

»Also, ab zehn Stück könnten wir über einen Rabatt nachdenken.«

Als Erstes müsste sie mit den anderen reden, ob so ein Gerät was für sie wäre. Sie fasste an ihren Pieper, der um ihren Hals baumelte, und kam sich fast vor wie eine Verräterin. Dieses Ding hatte ihr schon über zehn Jahre gute Dienste geleistet, und vielleicht war so ein neumodischer Schnickschnack wirklich nur was für Yuppies und Manager.

»Ich überlege es mir und komme dann vielleicht wieder«, verabschiedete sich Carola und nahm Florian an die Hand. Irgendwie kam ihr so ein Telefon immer noch übertrieben vor. Vor allem, wenn sie Menschen in der Öffentlichkeit telefonieren sah. Man ging ja auch hinter

verschlossenen Türen auf Toilette oder führte Beziehungs-
diskussionen nicht auf offener Straße.

∗ ∗ ∗

Jedes Mal, wenn das Telefon klingelte, zuckte Susanne zusammen. Und gleichzeitig hatte sie Angst, sich vom Telefon zu entfernen, um den erlösenden oder eben auch
beängstigenden Anruf nicht zu verpassen. Vormittags war
Hilde immer ans Telefon gegangen, in den letzten Stunden hatte Susanne auch bei den Vorsorgeuntersuchungen
immer mit halbem Ohr gelauscht, ob es klingelte. Julia
hatte versprochen anzurufen, sobald das Ergebnis der
Biopsie da wäre. Nun hielt sie es nicht mehr aus und griff
zum Telefonhörer. Julia meldete sich am anderen Ende.
Sie hatte heute frei.

»Mama, ich habe doch gesagt, dass ich mich melde, sobald ich etwas weiß! Nachher blockierst du die Leitung,
während das Labor anruft.«

Das hatte sie gar nicht bedacht. »Entschuldigung. Ich
wollte nur sagen, dass ich jetzt erst mal unterwegs bin. Du
kannst auch Antonius anrufen. Er ist mindestens bis halb
sieben in der Buchhandlung.«

»Ist okay, Mama, ich muss jetzt Schluss machen. Susy
braucht Hilfe bei den Hausaufgaben.«

Hoffentlich log Julia sie nicht noch öfter an. Denn
wenn Susy eins nicht brauchte, war das Hilfe bei den
Hausaufgaben. Susanne stellte noch die Kaffeemaschine
aus, da keiner mehr unten war, kontrollierte, ob alle Fenster im Erdgeschoss geschlossen waren, und zog dann die
Tür des Geburtshauses hinter sich zu. Immer noch lauschte

sie nach dem Telefon und wäre sofort zurück ins Geburtshaus gegangen, falls es klingeln sollte. Aber jetzt stand erst einmal der Besuch bei Martina an. Zur Vertragsauflösung, ihre erste. Aber in Martinas Fall waren klare Verhältnisse nötig. Trotz der unterschiedlichen Haltung nahm Martina Susanne herzlich in Empfang und bot ihr einen Tee an.

»Mein Mann kommt auch gleich von der Arbeit. Aber um die Zeit steht er oft im Stau, er wird jeden Moment da sein.«

Susanne setzte sich an den Esszimmertisch und holte den Geburtshausvertrag aus der Tasche, den so viele mit mulmigem Gefühl unterschrieben, weil er eben auch über die Risiken und die Haftung aufklärte. Während Martina in der Küche nebenan einen Tee zubereitete, schaute Susanne sich um. Eine hübsche Wohnung mit vielen Pflanzen. An der Wand gegenüber hing ein bestickter Stoff mit aufgenähten Spiegeln. Im Bücherregal hinter ihr eine bunte Mischung aus Ratgebern und Romanen. Susanne liebte den Blick in fremde Bücherregale. *Das Schweigen der Lämmer* und *Das Hotel New Hampshire* neben *Krankheit als Weg* von Dahlke und Dethlefsen. So offen Susanne grundsätzlich für alternative Medizin war, dieser Arzt und Heilpraktiker Dahlke, der nur ein paar Jahre älter war als sie, aber in Talkshows auftrat, als hätte er schon Hunderte Jahre gelebt und die Weisheit mit Löffeln gefressen, irritierte sie. Manchmal hatte er grandiose Gedanken, dann behauptete er, jeder Mensch habe sich seine Krankheit selbst ausgesucht, um seelisch zu heilen. Sozusagen als Holzhammermethode, um endlich zu erkennen, was es noch an Entwicklung brauchte. Klar, dass jemand, der sich

Kummerspeck anfutterte, eher eine Diabetes als die Heilung seines Kummers erreichte. Aber warum sollten dann Kinder krank werden? Manchmal schon Säuglinge, die unter den besten Bedingungen aufwuchsen?

Als Martina mit zwei Tassen zurückkam, drehte sie sich schnell wieder um.

»Martina, wenn du es dir anders überlegst, ich bin dann immer noch für dich da.«

Susanne hatte auf dem Vertrag handschriftlich ein paar Sätze zur Auflösung notiert, damit endete auch die Haftung. Es gab keine gesetzliche Pflicht, dass man sich als Schwangere bei irgendeinem Krankenhaus anmelden musste. Im schlimmsten Fall rief sie bei Wehen einen Rettungswagen, der das nächste Krankenhaus ansteuerte.

»Ich weiß, und ich bin dir auch dankbar, aber es fühlt sich für mich einfach richtiger an, mit Kirsten zu gebären.«

»Darf ich in deinem Mutterpass auch vermerken, dass unsere Zusammenarbeit endet?«

Martina schaute sie an, als wäre sie viel zu misstrauisch. Aber Susanne konnte es wirklich nicht gebrauchen, im schlimmsten Falle für etwas zur Rechenschaft gezogen zu werden, für das sie nicht verantwortlich war. Oder wollte sie sich nur einen »Persilschein« holen? Wäre es nicht ihre Aufgabe, Martina davon abzuhalten, die Hebamme zu wechseln? Nein, sagte sie sich, Martina war erwachsen. Und wenn sie einen Fehler unbedingt machen wollte, dann durfte sie sie nicht daran hindern.

»Okay.«

Martina schob den Mutterpass, der die ganze Zeit auf

dem Tisch gelegen hatte, zu Susanne. Susanne öffnete ihn. Und schaute sich die letzten Eintragungen an. Die Vorsorge bei der Frauenärztin war erst ein paar Tage her. Mit Ultraschall, gegen den sich viele Verfechter der natürlichen Geburt ebenso stemmten.

»Eins der Kinder liegt in Beckenendlage.«

»Ich weiß, aber das kann sich noch ändern.«

»Falls nicht, wären zwei Ausschlusskriterien gegeben.«

Susanne suchte in dem kleinen hellblauen Heft nach einer passenden Stelle und entschied sich dann für den Platz unter der letzten Untersuchung.

»Susanne, bitte! Die Frauen bekommen seit Tausenden Jahren Kinder. Auch Zwillinge. Und du hast selbst mal gesagt, dass du glaubst, dass die Natur nur Müttern Zwillinge schenkt, die das auch bewerkstelligen können. Wenn schon der Anfang unnatürlich ist, kommt es auch im weiteren Verlauf zu mehr Komplikationen, aber das war bei uns alles nicht der Fall. Zwillinge liegen in der Familie.«

Susanne hatte das tatsächlich mal gesagt, und sie glaubte das grundsätzlich auch, aber auch die Natur war fehleranfällig. Und so wie Martina das Wort unnatürlich betonte, konnte sie all die Frauen sehr gut verstehen, die niemals über ihre Versuche einer künstlichen Befruchtung sprachen. Susanne und Antonius hatten vor fünf Jahren selbst einmal überlegt, ob sie nachhelfen lassen sollten.

»Gut, wenn das deine Entscheidung ist, muss ich sie akzeptieren.«

Martinas Mann Jens kam herein. Sie kannten sich vom ersten Treffen hier.

»Ach, hallo Susanne.«

Er reichte Susanne die Hand, gab seiner Frau einen Kuss und tätschelte den ausladenden Bauch rechts und links. »Schade, dass wir nun nicht mehr zusammenarbeiten, aber Geburt ist natürlich Chefinnensache, nicht, mein Schatz?«

»Ja, so ist es!«

Susanne richtete sich an Jens. »Ja, natürlich ist es Martinas Entscheidung, aber ich bitte euch, dass ihr im Notfall nicht zögert, Hilfe zu holen. Die Nummer von meinem Pieper steht auch im Mutterpass.«

Martina schaute Susanne nun an, als ob sie eine Verräterin wäre und die Frauensolidarität mit Füßen treten würde. Ihnen war wohl beiden bewusst, dass sie mit »euch« ihren Mann gemeint hatte. Als hätte der das letzte Wort. Aber Susanne war es egal, sie wollte nur, dass sie sich im Notfall Hilfe holte. Und falls weder Martina noch Kirsten Wollschläger den Notfall erkennen würden, dann würde ihr Mann vielleicht reagieren.

* * *

Der Kontrast zwischen den beiden Müttern, bei denen Ella heute einen Nachsorgetermin übernommen hatte, konnte nicht größer sein. Und gerade deshalb hatte sie versucht, beiden Frauen mit der gleichen Achtung zu begegnen.

Da war der Wochenbetttermin bei Ulrike gewesen. Ulrike hatte sie in einer großen Altbauwohnung in Nippes empfangen. Ein Wohnzimmer mit einer Flügeltür führte zu einem großen Kinderzimmer mit einem Hochbett mit Rutsche, Kuschelecke, Kaufladen aus Holz, einem vollen Bücherregal, Stillsessel, Stubenwagen für das Neugeborene und einem Blick auf den Garten, der zum Haus gehörte. Ulrikes Mann hatte sogar einen Monat Erziehungsurlaub genommen, damit er sich in dieser Zeit ganz besonders um den Erstgeborenen Sven kümmern konnte. Er servierte Ella einen Milchkaffee aus einer Kaffeemaschine, wie sie sonst nur in Cafés stand, und der kleine Sven reichte Ella dazu einen Teller mit selbst gebackenen Keksen.

»Oh, ihr schafft es, im Wochenbett zu backen?«, rutschte es Ella heraus, die es eher gewohnt war, dass selbst eine Fertigpizza in den Ofen zu schieben für viele frischgebackene Familien ein Kraftakt war.

»Nee, die haben wir gar nicht gebacken, sondern unsere Putzfrau!«, verriet der Vierjährige, worauf beide Eltern einen roten Kopf bekamen.

»Sven, das ist Natalja. Und sie ist Teil unserer Familie!«, verbesserte Jan, Ulrikes Mann, seinen Sohn. Und Ulrike, die die kleine Mia im Arm trug, rechtfertigte sich ebenso.

»Ja, ohne Natalja wären wir aufgeschmissen. Weißt du, als Selbstständige kann ich nicht einfach aufhören zu arbeiten und die ganze Hausarbeit machen. Ich stehe auch in der Verantwortung für meine Angestellten in der Firma. Im Moment schläft Mia zum Glück noch viel, sodass ich sie zu Sitzungen einfach mitnehmen kann.«

»Ihr macht das alles wunderbar«, beruhigte Ella die beiden. Wenn es für die Familie so gut war, sollten sie es doch einfach machen, und Ella war sich sicher, dass Natalja bei ihnen gute Arbeitsbedingungen hatte – soweit man das in dieser Art von Job haben konnte.

Mia war in ein Bullerbü mit Großstadtflair hineingeboren worden. Mit einer beruflich erfolgreichen Mutter, einem fürsorglichen Vater und einer guten Grundversorgung. Ja, wenn es nach Ella ging, sollten alle Mädchen so aufwachsen und das später für ganz selbstverständlich halten.

Wie anders war der Start der kleinen Michelle gewesen, bei der Ella auch einen Hausbesuch machte, weil ihre Mutter Tanja es nicht schaffte, mit den öffentlichen Verkehrsmitteln zum Haus Elisabeth in die Sprechstunde zu kommen. In dem Hochhaus in Porz-Finkenberg war der Aufzug kaputt, und so war selbst Ella außer Atem, als sie in der achten Etage angelangt war. Die ganze Wohnung war so groß wie Ulrikes Wohnzimmer. Und obwohl Ella bei Ulrike schon einen Kaffee getrunken hatte, nahm sie bei Tanja die nächste Tasse an. Instantkaffee der Marke *Spar*, dazu gab es tatsächlich noch Kuchen vom Bäcker. Wahrscheinlich hatte Tanja ihrem Gast was Ordentliches anbieten wollen und an sich selbst gespart. In der Obstschale auf der kleinen, aber sehr ordentlichen Küchenzeile lagen eine Mandarine und ein Apfel. Auf der Heizung trockneten Babybodys und Strumpfhosen. Michelle strampelte in ihrem Micky-Maus-Strampler und schaute von dem Oberteil des Kinderwagens aus, das auf der Eckbank in der Küche stand, an die Styropordecke. An der Wand hing ein Foto von Michelles älterem Bruder Leon, der bei Pflegeeltern aufwuchs, weil Tanja damals nach einer schmerzhaften Trennung völlig überfordert und psychisch krank gewesen war. Jetzt war Leon drei, und Tanja durfte ihn oft besuchen, wusste aber, dass sie es ihm nicht antun wollte, ihn aus seiner Umgebung herauszureißen. Michelles Vater war auch nicht präsent, und Tanja sagte dazu nur, dass das besser für alle wäre. Jetzt, mit Michelle, wollte Tanja alles besser machen. Azra hatte mit ihr gemeinsam die Anträge für die Sozialhilfe ausgefüllt und dafür gesorgt, dass sie Unterstützung vom Jugendamt bekam. Und die erste Zeit nach der Geburt kam eben auch Ella zur Nachsorge vorbei.

»Wie geht es dir, Tanja?«, fragte sie und biss in das Puddingteilchen.

»Gut. Ich habe heute Morgen den ganzen Tag geputzt, weil nachher auch noch die Frau vom Jugendamt vorbeikommt.«

»Es sieht alles supersauber aus, so sauber ist es bei den wenigsten so kurz nach der Geburt.«

Tanja strahlte, wobei eine Zahnlücke an der rechten Seite sichtbar wurde.

»Aber du brauchst nicht zu versuchen, perfekt zu sein! Niemand wird dir das Kind wegnehmen, nur weil nicht immer alles auf Hochglanz poliert ist.«

Sie hatten schon einmal über Tanjas Angst gesprochen, dass ihr ein zweites Mal das Kind genommen werden könnte. Und Tanja versuchte alles perfekt zu machen und würde in den Augen von Müttern aus Ulrikes Schicht doch immer bemitleidenswert bleiben. Tanja hatte keine Eltern und auch keinen Partner, die sie auffangen konnten. Weder finanziell noch emotional. Sie wäre dank fehlender Ausbildung immer auf den Staat oder schlecht bezahlte Jobs angewiesen, um einigermaßen über die Runden zu kommen. Hoffentlich hatte Michelle später mit ihren Lehrerinnen oder Lehrern Glück, sodass sie ihr den Weg zu einem anderen Bildungsweg ebneten und sie aufgrund ihrer Herkunft nicht in eine Schublade steckten.

»Und wenn doch?«

»Dafür unterstützen wir dich doch, damit du nie wieder in so eine Situation kommst. Und damit dir hier nicht die Decke auf den Kopf fällt, im Haus Elisabeth gibt es jeden Mittwochvormittag einen Mütterkaffee. Kostet nichts, einfach vorbeikommen, es gibt Frühstück, eine Spielecke für die Babys und Kleinkinder und nette Leute.«

»Ich guck mal, ob ich mich da hintraue.«

Ella wog und untersuchte die kleine Michelle. Sie gedieh gut, hatte ordentlich zugelegt, wirkte agil und reagierte schon mit Blickkontakt. Sie gab Tanja den Säugling wieder.

»Deinem Kind geht es gut. Man merkt, dass du dich sehr gut kümmerst. Wie geht es mit deinen Wunden?«

»Ach, es zwickt immer noch schrecklich. Pinkeln tut immer noch höllisch weh.«

Tanja hatte im nächstgelegenen Krankenhaus entbunden – ohne Beleghebamme – und einen Dammriss zweiten Grades erlitten. Das war nicht Ungewöhnliches, lag doch die Rate an Dammschnitten und -rissen in Krankenhäusern im Vergleich zu Geburtshäusern viel höher. Wahrscheinlich schon aus dem Grund, dass sie sich im Geburtshaus alle Zeit der Welt nehmen konnten.

Ein Wohnzimmer gab es in der kleinen Wohnung nicht. Ella folgte Tanja in das Schlafzimmer mit dem französischen Bett und dem Fernseher gegenüber an der Wand. Tanja platzierte den Säugling auf die Bettseite, die an der Wand stand, und legte sich daneben, damit Ella die Verletzungen begutachten konnte.

»Besser als beim letzten Mal, aber immer noch etwas entzündet. Ich habe noch eine Creme in der Tasche. Die wird die Beschwerden hoffentlich schnell lindern.«

Ella hatte immer einen kleinen Vorrat an Pröbchen und Medikamenten in der Tasche. Einige Firmen waren zum Glück sehr großzügig.

Das zweite Zimmer hatte Tanja für Michelle eingerichtet. Eine bunte Disneytapete, ein blauer Teppich, ein Kinderbett mit Wickelauflage und jede Menge Stofftiere. Allein von den Farben das Gegenteil von Ellas Zimmer. Aber es war mit Liebe eingerichtet. Das war das Wichtigste.

Ja, Tanja und Ulrike waren heute ein Beispiel dafür gewesen, wie ungleich die Chancen für die neugeborenen Kinder verteilt waren. Wie unterschiedlich die Menschen im selben Land, ja sogar in derselben Stadt lebten. Natürlich hing von dem sozialen Status nicht unbedingt das Glück ab, aber durchaus die Chancen für die Zukunft.

Und nun saß Ella am Küchentisch in ihrer Wohnung und blätterte das Fotoalbum durch, das sie nach ihrem Uganda-Aufenthalt bestückt hatte. Für die allermeisten Menschen in dem kleinen Dorf nahe Kampala waren Menschen wie Tanja unfassbar reich. Sie hatte eine eigene Wohnung für sich und ihr Kind, und sie bekamen staatliche Unterstützung. In dem Dorf dagegen lebten manchmal zehn Familienmitglieder in einer Wellblechhütte ohne Strom und fließendes Wasser. Und die Eltern verdienten Tag für Tag ihr Geld auf dem Markt oder als

Bodaboda-Fahrer. Ja, auch die Fahrer der Mofataxis waren oft Tagelöhner und abhängig davon, dass sich die Menschen die Uganda-Schilling leisten konnten, um sich den Fußweg zu sparen. Ella war damals schon aus Prinzip dauernd Bodaboda gefahren, statt zu laufen, weil sie wusste, dass damit das Abendessen für die Familie des Fahrers gesichert war.

Noch immer hatte sie keine Entscheidung getroffen, wollte es aber innerhalb der nächsten Tage tun. Im Mai stünde die Abreise an. Sie brauchte noch ein neues Visum, vielleicht eine Malariaprophylaxe. Und vor allem bräuchte sie eine Vertretung im Geburtshaus. Auf der anderen Seite würden Susanne, Carola und Annett auch alleine für ein halbes Jahr klarkommen. Die organisatorische Arbeit nahm ihnen Hilde zum Großteil ab. Und Carola wollte doch ohnehin wieder mehr Geburten betreuen.

* * *

Carola saß im Schneidersitz auf der Matte und sang *Häschen in der Grube* mit den Müttern, die auf das Kommando »Häschen hüpf« ihre Babys hochhoben. Und von den zehn Babys juchzten mindestens die Hälfte. Eigentlich war das Alter von drei bis sechs Monaten perfekt für solche Kurse. Die Mütter hatten sich so weit von der Geburt erholt, dass sie Energie für den Austausch hatten, die Babys nahmen ihre Umwelt immer bewusster wahr, waren aber noch nicht so beweglich, dass es allzu anstrengend werden konnte. Diese Gruppe war schon einige Zeit dabei, und mittlerweile konnte Carola beobachten, wie sich bereits Freundschaften gebildet hatten. Damit sich auch die schüchternen Mütter wohlfühlten, sorgte Carola immer dafür, dass sich nicht wie früher auf dem Schulhof nur Grüppchen bildeten. Die lässigen Mütter, die nicht mal die Kaffeetasse wegstellten, wenn ihr Kind dem Nachbarbaby an den feinen Härchen zog; die zwei »Busenfreundinnen«, die sich erst seit Kursbeginn kannten, aber schon alle Geheimnisse teilten und keine dritte am Gespräch teilhaben ließen; die Übereifrigen, die sich über die neuesten Artikel in der *Eltern* austauschten und sich gegenseitig beäugten, welches Kind sich schneller entwickelte … Sie konnten sich ja alle privat treffen, dazu verteilte Carola in der zweiten Stunde immer die Adresslisten mit Telefonnummern, aber hier in dem lichtdurchfluteten Raum mit den hohen Sprossenfenstern sollte sich jede auch im Herzen hell fühlen. Daher sorgte Carola nach dem Teil für die Kinder, in denen sie sich bei Singspielen auspowern konnten, immer für angeregte Gespräche in der ganzen Gruppe. Jedes Mal gab es ein Thema, das für junge Mütter wichtig war.

»Ihr Lieben, versorgt euch gerne alle noch mit einem Getränk, jetzt geht es ans Thema der Woche!«

Es war immer spannend zu beobachten, dass manche Mütter dann erst wach wurden, als würden der Hase in der Grube und die zehn kleinen Zappelmänner sie in ein Dauerkoma versetzen. Dass nicht nur die Mütter, sondern auch die Kinder alle was gegen ihren Durst bekommen sollten, betonte Carola nicht noch zusätzlich. Mittlerweile packte fast jede Mutter vor den anderen die Brust aus, wenn ihr Säugling Hunger hatte.

»Heute geht es um Beziehungen.«

Ein Stöhnen ging durch die Gruppe, die im Kreis um Carola saß.

»Beziehung? Ist das das Ding, wegen dem ich hier sitze, während mein Kerl immer noch draußen in der Welt den Macker macht?«

Miriam, die auch als Mutter immer wie aus dem Ei gepellt in den Kurs kam, als säße sie noch in der Filiale der Sparkasse mit Bluse und akkurat gebügelter Bundfaltenhose, war selten um einen Scherz verlegen. Und es lachten auch fast alle.

»Genau das!«

»Aber nicht jede Frau hier hat einen Mann. Ich zum Beispiel habe mich schon in der Schwangerschaft von meinem Freund getrennt.«

Jana nahm ihren Sohn an die Brust, der ihr auch noch so ähnlich sah, als hätte sie ihn allein gezeugt.

»Mmh, ich hoffe, du langweilst dich dann nicht.«

Die meisten Frauen waren in einer Partnerschaft, und Carola wollte Hilfestellung dafür geben, dass es so bliebe. Gerade zu Beziehungsthemen suchten viele der Mütter Carolas Hilfe dann noch unter vier Augen. In Frau Freuds Zimmer schwirrten mittlerweile so viele Geheimnisse um Lust und Unlust, dass Carola manchmal an sich halten musste, nichts davon weiterzuerzählen. Natürlich würde sie niemals Namen und Details nennen, sie hatte keine Lust, dass eine der Frauen mal eins von Andreas' Büchern las und ihre Geschichte darin in einer Nebenfigur wiederfand. Oder ihre Freundinnen im Café über eine Story plauderten, und eine Bekannte der Mutter zählte eins und eins zusammen. Manches hatte nämlich durchaus das

Zeug, in Büchern wie *Die Spinne in der Yucca-Palme* aufzutauchen. Unglaubliche Geschichten, die mit jedem Weitererzählen unglaublicher wurden.

»Nee, nee, vielleicht kann ich es ja beim nächsten Mann besser machen!«

Carola lachte. Und begann dann von der weniger lustigen Tatsache zu erzählen, dass die Beziehungsqualität bei den meisten Paaren im ersten Jahr nach der Geburt ordentlich in den Keller sackte. Aber dass das kein unausweichliches Schicksal sei.

»Ich kann euch aus eigener Erfahrung nur sagen, macht eure Beziehung zur Priorität. Euer Partner ist im Idealfall der wichtigste Mensch in eurem Leben. Wenn es eurer Beziehung gut geht, dann geht es euch und dem Kind gut.«

Gerade weil Carola selbst wusste, dass auch die schönste Beziehung störanfällig war, erzählte sie, wie wichtig es sei, Punkte auf dem Beziehungskonto zu sammeln. Sich gegenseitig helfen, kleine Zettelchen mit lieben Botschaften, Zeit zu zweit, Raum für körperliche Nähe, Zeit ohne Kind, das Meckern auf ein Minimum begrenzen, aber auch die eigenen Grenzen wahren. Sie kamen schnell ins Plaudern, was bei der einen gut lief und was der anderen half. Dass sie selbst bald ein kinderfreies Wochenende auf einem Hausboot mit ihrem Mann verbringen würde, behielt Carola jedoch lieber für sich, um die Mütter nicht neidisch werden zu lassen. Die meisten sehnten sich schon danach, neben ihrem Mann mal morgens allein im Bett aufzuwachen oder gemeinsam in einem Café zu sitzen. Nur Katrin, eine vom Club der übereifrigen Mütter, fand das ganze Thema übertrieben.

»Also ganz ehrlich, für mich ist der wichtigste Mensch auf der ganzen Welt mein Justus. Und danach kommt lange nix. Die Liebe zum eigenen Kind ist ewig. Zu dem Mann kann sie jederzeit vorbei sein.«

»Also wenn es darum geht, ob ich mein Kind oder meinen Mann im Notfall einem Löwen zum Fraß vorwerfe, würde ich natürlich meinen Mann wählen. Und hoffen, dass er sich auch für mich und keins der Kinder entscheiden würde, wenn es um das Überleben ginge.« Carola dachte an ihre eigene Mutter, die sich viel zu oft aufgeopfert hatte, um es allen recht zu machen, und fuhr fort: »Natürlich sollen alle wichtigen Bedürfnisse von Kindern erfüllt werden, aber glaubt mir, es kommt der Tag, an dem eure Kinder euch nur noch einmal die Woche anrufen. Wenn es gut läuft. Sie haben irgendwann ihr eigenes Leben und sollen deswegen auch kein schlechtes Gewissen haben.«

Carola dachte an Stefanie und Thomas, die beide mehr oder weniger erwachsen waren. Auch Maike forderte immer weniger Nähe ein, ja, Carola musste ihr regelrecht hinterherlaufen, um mal in Ruhe mit ihr zu plaudern. Nur Florian hing noch mit kindlicher Liebe an ihr.

»Mama, was machst du eigentlich, wenn ich groß bin?«, hatte er sie einmal gefragt. Sie hatte seit seiner Geburt versucht, alle Termine möglichst so zu legen, dass er in dieser Zeit im Kindergarten war. Außerhalb der Kindergartenöffnungszeiten war Carola meist zu Hause. Ja, wie würde sich ihr Leben verändern, wenn sie auch von ihrem Jüngsten nicht mehr so gebraucht wurde? Ella überlegte immer noch, für ein halbes Jahr wieder nach Uganda zu gehen, und hatte Carola zerknirscht gefragt, ob sie wieder so weit wäre, mehr Geburten zu übernehmen. Und Carola hatte immer mal wieder ihre fünf Minuten, in denen sie Ella darum beneidete, so eine Entscheidung überhaupt fällen zu können. Die meisten Mütter hatten nicht mal die Entscheidungsgewalt über das nächste Wochenende. Und das einzige Mal, bei dem Carola mehrere Wochen von Mann und Kindern getrennt gewesen war, hatte sie eine Kur gemacht. Sie schalt sich in Gedanken: Sie war in einer Klinik und danach in einer Kur gewesen, eben weil sie ihre eigenen Grenzen und Bedürfnisse ignoriert hatte.

»Wisst ihr was? Ich glaube, es gibt da noch einen viel wichtigeren Menschen in eurem Leben. Ihr selbst. Vielleicht sollten wir uns selbst an die erste Stelle stellen.«

Carola lächelte etwas verschämt, weil sich so was doch wieder nach Küchenpsychologie anhörte. Und Scham überkam sie immer dann, wenn jemand wie ihr Nachbar Kunze fragte, ob sie denn ohne Studium der Psychologie überhaupt dazu befugt wäre, wehrlosen Frauen Flöhe ins Ohr zu setzen. So wie seiner Frau, die doch auch schon vorher das Sagen zu Hause hatte. Aber jetzt müsse er immer allen Frauenkram mitmachen. Er hatte zwar gelacht, aber so ganz witzig fand er es wohl doch nicht, dass er neben der Arbeit seiner Frau jetzt auch immer im Haushalt helfen sollte, nachdem Gundula einen »ganzheitlichen« Rückbildungskurs bei Carola mitgemacht hatte.

»Aber das ist doch total egoistisch«, meinte Katrin. »Es ist nun mal die Aufgabe einer Mutter, sich aufzuopfern.«

Gerade hatte ein neues Jahrtausend angefangen, und Carola beobachtete durchaus, dass sich in den letzten

Jahrzehnten sehr viel getan hatte, aber das Mutterbild in ihrer Gesellschaft war immer noch keine Einladung für die jungen Frauen, Mutter zu werden.

»Sagt wer?«, mischte sich Jana ein, bevor Carola die passende Antwort über die Lippen kam. »Wenn ich mich aufgebe, hat mein Kind niemanden mehr.«

Die alleinerziehende Mutter konnte gar nicht anders, als auch pragmatisch an das eigene Wohlergehen heranzugehen. Und etwas Pragmatismus konnte auch in der Liebe nicht schaden. In der Liebe zu dem Kind, dem Partner und sich selbst.

* * *

Susanne war direkt vom Geburtshaus in den Buchladen gelaufen und hatte Antonius zeitgleich mit dem Klingeln über der Tür gefragt, ob Julia schon angerufen hätte. Hatte sie nicht.

»Und du bist auch nicht einmal draußen gewesen? Oder von Kunden abgelenkt?«

»Nein, ich war den ganzen Nachmittag hier und habe das Telefon immer im Blick gehabt. Alle Anrufe waren nur von Kunden, die Bücher bestellen wollten.«

Susanne wusste, dass einige von Antonius' Kunden nicht nur kurz die Bestellung durchgaben, sondern auch noch plauderten.

»Komisch. Julia müsste längst ein Ergebnis haben. Hoffentlich war nicht besetzt, während sie es versucht hat.«

»Dann hätte sie noch mal angerufen. Oder es bei dir im Geburtshaus versucht.«

Susanne ließ ihren Blick durch den Buchladen schweifen. Gerade war niemand außer ihr und ihrem Mann im Geschäftslokal. Donnerstags war meistens weniger los. Lag das daran, dass die Leute an diesem Tag lieber die langen Öffnungszeiten in der Innenstadt nutzten? Oder war es einfach die Zeit? Die umsatzstarke Weihnachtszeit vorüber, Ostern noch eine Weile hin. Die ersten Narzissen blühten, die Sonne schien. Vielleicht hatten die Menschen keine Lust mehr, auf dem Sofa zu bleiben, um zu lesen.

»Manchmal frage ich mich, ob meine Ration an Glück schon aufgebraucht ist.«

Susanne ließ sich in den Lesesessel fallen, der an einem kleinen Tischchen mit Leselampe stand. Antonius setzte sich auf den Sessel daneben und griff nach ihrer Hand.

»Warum denkst du so etwas? Du hast alles Glück der Welt verdient. Für dich und alle, die dir am Herzen liegen. Jeder hat alles Glück verdient.«

»Und warum gibt es dann so viel Unglück in dieser Welt?«

»Weil es eben auch schlechte Menschen gibt.«

Antonius sah zur Tür, weil vor dem Schaufenster ein Grüppchen Teenager stehen geblieben war. Ein Junge zeigte auf ein Buch in der Auslage. Antonius hatte gestern erst neu dekoriert. Der *Drachenreiter* neben *Harry Potter* und dem Klassiker *Wer die Nachtigall stört*. Bücher waren Susanne in ihrer Jugend auch ein Zufluchtsort gewesen. Solange es noch genug gute Bücher für Jugendliche gab, würde es immer Zufluchtsorte für all die geben, die sich in der realen Welt gerade nicht aufgehoben fühlten.

»Wenn Julia wirklich ein schlechtes Ergebnis bekommen würde, dann hätte das nichts mit schlechten Menschen zu tun. Niemand hätte dann etwas falsch gemacht. Es wäre einfach nur ungerecht.«

»Jetzt geh nicht vom Schlimmsten aus.«

Das sagte ausgerechnet Antonius, dessen erste Frau viel zu früh und plötzlich verstorben war. Und der selbst erlebt hatte, dass aus berechtigter Hoffnung, dass es bei ihnen halt länger zum Schwangerwerden brauchte, Gewissheit geworden war, dass es nie mit dem eigenen Kind klappen würde. Susanne kam ein komischer Gedanke. Wie hätte sie damals, als eine Schwangerschaft noch auf sich warten ließ, aber sie noch zuversichtlich waren, die Frage beantwortet, ob sie auf ein weiteres Kind verzichten würde, wenn sie dafür die Garantie hätte, dass Julia nie ernsthaft krank werden würde? Sie schauderte. Schon wieder hatte sie das Gefühl, dass Glück gerecht verteilt werden müsste. Dass man sich das Glück verdienen konnte.

Das Telefon klingelte. Aus dem Schauder wurde ein Erstarren. Susanne blieb im Sessel sitzen und blickte Antonius hinterher, während er hinter die Kasse lief und den Hörer abhob.

»Nippeser Bücherstube. Antonius Schmidtbauer?«

Susanne stand nun ebenfalls auf.

»Julia! Wir warten schon den ganzen Tag auf deinen Anruf. Wie geht es dir? Ist alles in Ordnung? Oder soll ich dir lieber Susanne geben? Willst du lieber mit ihr sprechen?«

Susanne streckte ihre Hand nach dem Hörer aus. Es gab nichts Schlimmeres, als Angst um das eigene Kind zu haben. Zwar hatte Susanne immer eine diffuse Sorge um Julia gehabt, da sie ja achtzehn Jahre lang noch nicht einmal wusste, ob ihre Tochter ein gutes Leben hatte, aber diese Form der Angst war neu. Julias ganze Kindheit lang war es Angela gewesen, die sich gefragt hatte, ob sie den Arzt rufen sollte, als Julias Stirn vor Fieber glühte, die vielleicht einmal Angst hatte, die Bauchschmerzen waren nicht nur zu vielen Gummibärchen geschuldet, sondern deuteten auf eine Blinddarmentzündung hin. Und jetzt machten sie sich das erste Mal gemeinsam Sorgen um Julia. Ob Julia Angela zuerst angerufen hatte?

Der Telefonhörer fühlte sich wie ein gefährlicher Gegenstand in ihrer Hand an. Wie eine Bombe, die jeden Moment hochgehen konnte. Aus Antonius' Miene war nichts abzulesen. Hätte Julia ihm nicht gleich Entwarnung gegeben, wenn alles in Ordnung wäre?

»Julia? Was kam heraus?«

»Mama, jetzt sag doch erst mal Hallo!«

Die genervte Stimme erinnerte sie daran, dass sie auch Julias Pubertät verpasst hatte. Allerdings hätte Susanne ihren Eltern niemals so flapsig geantwortet, selbst wenn sie von ihren Eltern genervt war.

»Julia, ich kann nicht erst Hallo sagen, wenn ich nicht weiß, ob ich mein Kind verliere! Ich denke seit Wochen an nichts anderes! Ich bin deine Mutter!«

Zum Glück konnte Julia die stummen Tränen nicht sehen, die Susanne über die Wangen liefen. Als sie sah, wie sich die Tür öffnete und ein Pärchen den Buchladen betrat, nickte sie Antonius kurz zu und drehte sich um. Ob die neuen Kunden ihr Verhalten als unhöflich empfanden, war ihr egal.

»Ich weiß.«

»Und?«

»Der Knoten scheint gutartig zu sein.«

»Gott sei Dank!« Susanne suchte Antonius' Blick, der ihr zulächelte, während er mit dem Mann und der Frau sprach, die Susanne hier schon öfter gesehen hatte.

»Ja.« Julia klang erschöpft.

»Aber das ist doch wunderbar!«

»Ja, das ist es. Aber irgendwie kommt die Botschaft bei mir noch nicht so richtig an. Ich habe mir die ganzen letzten Tage ausgemalt, wie Susy zur Halbwaise wird. Wie ich monatelang leide. Wie du zerbrichst.«

Das durfte doch nicht sein, dass sie sich mehr Sorgen um ihre Mutter als um sich selbst machte! »Julia, bitte mache dir nie wieder Sorgen um mich. Ich bin die Mutter. Du bist das Kind. Und das wird immer so bleiben.«

»Das sagst du so einfach.«

»Ach, Julia, es tut mir leid. Und ich bin einfach nur froh, dass du nicht krank bist.«

»Mir tut es auch manchmal leid.«

»Was?«

»Na, dass ich dein Leben damals so durcheinandergebracht habe. Ohne mich wärst du besser dran gewesen.«

»Das darfst du nicht mal denken!«

Susanne hatte nicht so laut antworten wollen, dass die Kunden sie neugierig anschauten.

»Ich darf denken, was ich will.«

Susanne hätte ihre Tochter jetzt am liebsten in den Arm genommen. Was war nur los mit ihr? Ihre immer so unkomplizierte, fröhliche und vernünftige Tochter war wie verwandelt. Und nein, immer war sie gar nicht so. Das letzte Mal, dass sie Julia so schroff oder sogar noch viel aufgebrachter erlebt hatte, war kurz nach Susys Geburt gewesen. Als aufgeflogen war, dass sie adoptiert worden war. Und Susanne hatte das auch schon gewusst, als Julia sie nichts ahnend als ihre Hebamme engagierte, weil sie zuvor so begeistert einem Vortrag von Susanne zur Geburtshilfe an ihrer Schule gelauscht hatte. Sie wusste ja nicht einmal, dass sie adoptiert war. Als Julia mit der Wahrheit konfrontiert worden war, hatte sie kurzzeitig den Kontakt zu ihren Adoptiveltern und zu Susanne abgebrochen.

»Julia, ich komme zu dir. Lass uns in Ruhe über alles reden.«

Julia hatte nicht widersprochen, und so saß Susanne wenig später in der Küche ihrer Tochter. Lukas hatte Abendschicht im Krankenhaus, und Susy war in ihrem Zimmer.

»Weißt du, dass ich manchmal dachte, wenn ich krank wäre, könnte ich wenigstens eine Auszeit nehmen?«

Julia rührte in ihrer Teetasse, obwohl sich der Honig längst verteilt haben musste. Sie hatten sich zur Begrüßung umarmt, und Julia hatte sich für ihre Unfreundlichkeit am Telefon entschuldigt. Susanne wollte keine Entschuldigung. Sie wollte ein glückliches Kind.

»Und was hindert dich daran, jetzt eine Auszeit zu nehmen?«

»Ich kann einfach nicht fehlen. Im Krankenhaus nicht. Zu Hause nicht.«

»Wenn du krank gewesen wärst, dann hättest du eine Pause machen müssen.«

»Ich bin aber nicht krank.«

»Mit Susy könnten wir dir helfen.«

»Danke. Das ist lieb.«

Julia sah schlecht aus. Blass. Ringe unter den Augen.

»Hast du das eigentlich ernst gemeint? Dass ich ohne dich besser dran gewesen wäre?«

»Ist doch so. Und das weißt du auch. Gib es wenigstens zu.«

»Ich möchte dich keine Sekunde mehr in meinem Leben missen«, entgegnete Susanne, die sich ein Leben ohne Julia wirklich nicht mehr vorstellen konnte.

»Aber damals wärst du froh gewesen, nicht schwanger zu sein.«

Natürlich wäre sie froh gewesen! Aber durfte sie das sagen? Es hätte ihr viel Leid erspart. Auch wenn ihre Eltern und die Gesellschaft anders mit dem Thema umgegangen wären.

»Julia, das ist nicht so einfach. Und ja, ich hatte Angst, ich war überfordert. Es durfte einfach nicht sein. Und es war auch nicht gut, was passiert war. Aber noch viel schlimmer, als schwanger zu sein, war es, dich wieder zu verlieren. Von der ersten Sekunde an.«

Julia nickte.

»Kannst du mir verzeihen, dass ich nicht schwanger sein wollte?«

»Ich kann es sogar verstehen.« Über den Tisch hinweg griff Julia nach Susannes Hand. »Lukas wünscht sich ein zweites Kind. Und wir haben mit Susy großes Glück. Und auch miteinander. Manche Kolleginnen von mir bekommen von ihren Männern überhaupt keine Unterstützung mit den Kindern. Annemarie zum Beispiel konnte erst wieder im Krankenhaus anfangen, als ihr Sohn zwölf war. Und musste sich dann noch von ihrem Mann anhören, dass er aber nicht schuld sei, wenn ihr Sohn nun vernachlässigt werde, weil er mittags alleine zu Hause ist.«

»Und was wünschst du dir?«

»Ich weiß es nicht. Ich habe die letzten Jahre so viel gearbeitet. Und wenn ich nicht gearbeitet habe, habe ich mich um meine Familie gekümmert. Ich wollte immer alles perfekt machen.«

Susanne fragte sich, ob Julia auch deshalb immer so ein pflegeleichtes Kind gewesen war. Angela hatte das erzählt. Nie hatte Julia über die Stränge geschlagen, nie hatte sie rebelliert. Alles hatte sie vorbildlich gemeistert. Schule, Studium, Job, Muttersein. Vielleicht wollte sie nie jemandem zur Last fallen.

»Julia, es klingt vielleicht abgedroschen, aber höre auf dein Herz. Du musst nicht immer funktionieren. Niemand hat dich lieber, wenn du perfekt bist. Ganz im Gegenteil, du kannst einen einschüchtern.«

Julia lachte. Das erste Mal an diesem Abend. »So was Ähnliches hat Alexa letztens gesagt. Sie studiert immer noch, hat sich gerade von ihrem Freund getrennt, obwohl alle sagen, sie solle kurz vor dreißig nicht die letzte Chance hinwerfen, noch geheiratet zu werden. Derzeit reist sie um die Welt, schreibt an einem Buch und kümmert sich nur um sich selbst.«

Susanne hatte Alexa auch einmal kennengelernt. Eine junge Frau mit Rastalocken und einem Tattoo auf dem Oberarm. Ein Segelschiff, als halte sie es innerhalb von vier Wänden nicht lange aus.

»Würdest du gerne mit Alexa tauschen?«

»Auf gar keinen Fall! Sie ist super, aber ihre Art zu leben wäre mir erst recht zu anstrengend.«

»Wir beide sind wohl eher Schollenkleber.«

Susanne war vom Bergischen nach Köln gezogen, nachdem sie das Abitur in der Tasche hatte und volljährig war. Zum Glück hatten sie ihre Eltern nicht zu einem Studium zwingen können. Ursprünglich hatte sie ja sogar Medizin studieren wollen, nach der Schwangerschaft hatte sich ihr Wunsch jedoch geändert. Sie hatte keinen Tag länger als nötig von ihnen abhängig sein wollen.

»Ja, aber bei dir liegt es auch an Antonius. Der bewegt sich ja selten freiwillig aus Köln heraus.«

»Das stimmt nicht! Wir haben immerhin unsere Hochzeitsreise nach Italien gemacht.«

»Und wie lange ist das her? Bald zehn Jahre, oder?«

Sie lachten beide.

»Vielleicht sollten wir mal zusammen wegfahren. Oder fliegen! Richtig weit weg. Gleich für ein paar Wochen.«

»Du würdest doch niemals das Geburtshaus für mehr als zwei Wochen zurücklassen.«

»Vielleicht sollte ich das mal. Gehen, wenn es am schönsten ist. Und wenn es nur für kurze Zeit ist. Ella überlegt schließlich auch, noch einmal nach Afrika zu gehen. Für ein halbes Jahr.«

»Ernsthaft? Und das lasst ihr zu?«

»Wenn es ihr Wunsch ist, natürlich.«

»Und was ist mit dem Geburtshaus?«

Julia entspannte sich sichtlich, als sich das Gespräch nicht mehr um sie selbst kreiste.

»Bisher haben wir für alles eine Lösung gefunden. Das Geburtshaus gehört uns und nicht umgekehrt. Und das, obwohl es einer meiner Lieblingsorte auf der Welt ist. Ach, eigentlich mein Lieblingsort. Nach Antonius und meiner Wohnung. Und deinem Küchentisch.«

»Ich beneide dich darum, dass ihr euer eigenes Ding habt. Du das Geburtshaus. Antonius den Buchladen. Ich bin gerne Ärztin, aber dieser Krankenhausbetrieb ist auf Dauer nichts. Alles muss schnell gehen und ist total durchorganisiert. Und kaum habe ich eine Patientin mal kennengelernt, ist sie auch schon wieder weg. Und wenn sie zu lange bei uns auf Station bleibt, ist es noch schlimmer. Das machen nur die, die wirklich krank sind.«

Julia hielt inne. Susanne mochte gar nicht daran denken, wie es sein musste, den eigenen Schützlingen nicht helfen zu können. Stumpfte man ab? Oder zerbrach man am Mitleid?

»Mama, ich bin richtig froh, dass das Biopsie-Ergebnis negativ ist.«

»Ich auch.«

»Und ich bin froh, dass du nach mir gesucht hast. Auch wenn mein Leben ohne dein Reinplatzen bestimmt entspannter verlaufen wäre.«

»Wer weiß? Ich hätte niemals aufgehört, dich zu suchen. Niemals.«

Und ob sich das Familiengeheimnis nicht irgendwann noch viel dramatischer Bahn gebrochen hätte, konnte auch keiner von ihnen sagen.

»Apropos suchen. Du weißt, was du mir versprochen hast?«

Natürlich hatte Susanne es nicht vergessen, aber sie hatte gehofft, dass der Wunsch ihrer Tochter, den leiblichen Vater zu finden, nur etwas mit ihrer Angst vor der Krankheit zu tun gehabt hatte.

* * *

Ella wachte schweißgebadet auf. Und griff neben sich. Niemand lag neben ihr. Es war nur ein Traum gewesen. Zum Glück. Aber die Wirklichkeit war auch nicht viel angenehmer. Sie zog sich die Decke wieder über den Kopf. Die Nacht war kurz gewesen, sie hatte eine Schwangere besucht. Mitten in der Nacht hatte sie angerufen, weil sie sich sicher gewesen war, Wehen zu haben. Ella hatte sie untersucht. Ihr und dem Baby ging es gut, aber nichts deutete darauf hin, dass die intensive Mutter-Kind-Symbiose in der Schwangerschaft so schnell endete. Es waren wohl nur Übungskontraktionen. Ella hatte danach nicht wieder einschlafen können und wäre so gerne zu Frank rübergegangen. Doch seit der Sache mit Christoph waren sie wieder wie eine Wohngemeinschaft. Allerdings eher wie eine Zweckwohngemeinschaft. Ohne die Herzlichkeit und Verbundenheit, die zwischen ihnen beiden von Anfang an da gewesen war und die sich in so etwas wie Liebe verwandelt hatte. Und irgendwann war sie doch eingeschlafen. Und hatte schrecklich geträumt. Sie lag mit Christoph in einem Zelt. In Uganda. Ganz nah am Victoriasee. Den sie oft besucht hatte, als sie in Uganda gewesen war. Christoph hatte in dem Traum den Arm um sie gelegt. Und sie war aufgewacht in dem Traum, als sie die Schreie einer Frau in den Wehen hörte. Sie musste da hin. Sofort. Als sie sich aus Christophs Armen befreien wollte, war es kein Arm mehr, der sie umschlang, sondern eine dicke grüne Schlange. Sie schrie, doch das Schreien weckte weder Christoph noch überdeckte es die Schreie der Frau, der sie nicht helfen konnte. Ihr Herz raste so schnell, dass sie schließlich wach wurde.

Sie war in Sicherheit und schaute auf den Pieper. Kein neuer Anruf. Und weder eine Schlange noch Christoph hielten sie davon ab, einer Schwangeren zu helfen. Sie richtete sich auf. Atmete tief durch, um ihrem Herzklopfen etwas entgegenzusetzen. Sie schüttelte sich, als wäre da immer noch eine Schlange, die sie festhielt. Ella hatte immer Respekt gehabt vor den zwei Meter langen grünen Schlangen, die träge im Baum hingen, als könnten sie kein Wässerchen trüben. Immer hatte sie ihre Schritte beschleunigt, wenn sie eine entdeckt hatte.

Nach diesem unseligen Abend war Christoph sehr verständnisvoll gewesen. Hatte sich freundlich von Frank verabschiedet und für das Essen bedankt, als sei nichts gewesen. Hatte ihr rechts und links einen Kuss gegeben und ganz offen gesagt, dass er sie in den nächsten Tagen im Krankenhaus erwarte. Es gäbe ja anscheinend noch Fragen, sonst hätte sie sich doch bestimmt schon längst entschieden.

Ella hatte gesagt, dass sie sich melde, und dabei mit ihren Blicken die Erlaubnis von Frank eingeholt. Sein Blick hatte Bände gesprochen.

Und heute wollte sie es hinter sich bringen. Sie sah auf den Radiowecker neben ihrem Bett. Die Digitalanzeige in eckigen roten Zahlen sagte ihr, dass sie sowieso gleich aufstehen musste. Sie lief in die Küche. Und erschrak, als sie Frank am Küchentisch sitzen sah.

»Frank! So früh schon auf?«

Vor ihm lagen Bücher und Blätter ausgebreitet. Die Kaffeekanne zum Runterdrücken stand auch auf dem Tisch. Nur noch der Kaffeesatz klebte am Boden.

»Ja, wie du siehst, bin ich zu einem zielstrebigen jungen Mann geworden, der seine Doktorarbeit in Rekordzeit fertig schreiben möchte.«

Der sarkastische Unterton passte nicht zu Frank.

»Soll ich uns etwas zu frühstücken machen?«

»Nein, ich habe schon etwas gegessen.«

Er unterstrich etwas in dem Buch vor ihm. Draußen war es noch dunkel. Gegenüber in den Häusern konnte Ella in die Küche der Bewohner sehen. Ein Mann, etwa um die fünfzig in Hemd und Anzug, gab seiner Frau im Bademantel einen Kuss.

»Stört es dich, wenn ich mir was mache?«

»Nein, natürlich nicht. Die Küche gehört uns schließlich beiden.«

»Danke.«

Frank hatte immer noch lange blonde Locken, die er zu einem Zopf gebunden hatte, damit sie ihm beim Arbeiten nicht im Gesicht hingen. Wie lange war Ella nicht mehr mit ihren Fingern durch sein Haar gefahren?

Ella nahm sich zwei Eier aus dem Kühlschrank und holte die Pfanne aus der Schublade unter dem Herd. Sie brauchte Kraft. Wie ein rohes Ei behandle ich ihn, dachte Ella, während sie das erste Ei am Rand der Pfanne aufschlug.

»Frank, können wir noch mal reden?«

»Über was?«

»Über die Sache mit Christoph.«

»Über den Mann, der mehr über dich weiß als ich?«

»Das tut er nicht!«

Der Inhalt des zweiten Eis verteilte sich über dem Herd, nur ein Bruchteil landete in der Pfanne.

»Zu einer Beziehung gehört für mich absolute Wahrhaftigkeit. Ich habe dir nie irgendwas vorgemacht.«

Das stimmte. Frank war immer offen und ehrlich zu ihr gewesen, auch wenn er sich so ungern auf etwas festlegen wollte.

»Ich habe dich nicht anlügen wollen. Ich wollte dir nur noch nichts sagen, solange ich selbst keine Entscheidung getroffen habe.«

Er legte den Stift beiseite und blickte auf. »Ella, belüg dich nicht selbst.«

»Ich wollte dich einfach nicht verletzen! Ich wusste, dass du es nicht gut finden würdest, wenn Christoph dabei wäre. Ich wollte die Entscheidung frei fällen können.«

»Weißt du was? Ich hätte es scheiße gefunden, wenn dieser Möchtegern-Dr.-Brinkmann dich nach Afrika entführt. Aber noch schlimmer fand ich es, so vorgeführt zu werden. Ihr hattet ein gemeinsames Geheimnis. Vor mir! Das kannst du gar nicht mehr wiedergutmachen!«

»Ich habe es doch schon hundertmal gesagt, es tut mir leid.«

»Das macht es nicht ungeschehen.«

Ella gab einen Löffel Instantkaffee in eine Tasse und ließ heißes Wasser darüberlaufen. Sie hatte keine Lust, erst die andere Kanne sauber zu machen. Sie würde ihr Frühstück mit nach drüben nehmen.

»Nein, leider kann ich das nicht ungeschehen machen. Aber ich werde denselben Fehler nicht noch einmal machen. Ab jetzt werde ich absolut offen zu dir sein.«

»Schön.«

»Ich werde mich heute mit Christoph treffen, um noch ein paar Fragen zu klären, und dann werde ich mich entscheiden.«

»Danke für deine Offenheit. Könnte ich jetzt weiterarbeiten?«

»Ja, natürlich.«

Ella hätte am liebsten die Küchentür zugeknallt. Leider war das mit einem Teller mit Spiegelei und Toast und einer Kaffeetasse in der Hand nicht möglich. Den Kaffee, der überschwappte, wischte sie mit ihrem Fuß weg, der in Socken steckte.

»Frank hat so eine tolle Frau wie dich überhaupt nicht verdient.«

Christoph hatte sie noch zu einem richtigen Kaffee eingeladen. Es war neun Uhr morgens, in einer Stunde musste Ella im Geburtshaus sein, und auch Christophs Schicht am St. Laurentius würde dann beginnen.

»Es geht jetzt nicht um Frank. Ich bin einfach unschlüssig, ob es die richtige Entscheidung ist.«

Der Kaffee in dem kleinen Café auf der Neusser Straße war heiß und stark. Ella kippte noch Zucker rein.

»Was sagt denn dein Herz?«

Er nahm ihre Hand, doch sie zog sie weg.

»Mein Herz sehnt sich einerseits nach dem Abenteuer, nach der Wärme, nach den außergewöhnlichen Erfahrungen. Danach, etwas wirklich Sinnvolles zu tun.«

So gerne sie sich an die Zeit in Uganda erinnerte, ihre Worte kamen ihr schal vor. Auch hier tat sie Sinnvolles.

»Und was hindert dich daran?«

»Ich habe Angst, all das, was ich hier zurücklasse, nachher nicht mehr wiederzufinden.«

Christoph fuhr sich durch seine vollen dunklen Haare, in denen sich immer mehr graue versteckten. Sein Gesicht war immer noch klassisch schön, auch wenn eine Falte zwischen seinen geschwungenen Augenbrauen davon zeugte, dass auch er die letzten Jahre nicht nur unbeschwerte Erfahrungen gemacht hatte.

»Deine Kolleginnen werden auf dich warten. Und ihr überlegt doch sowieso, euch weiter zu vergrößern und noch jemanden einzustellen.«

»Das Geburtshaus ist nicht das Problem. Ich engagiere mich gerade noch im Haus Elisabeth.«

Azra würde auf jeden Fall enttäuscht sein, wenn sie nicht mehr kommen würde.

»Auch da bist du nicht unersetzbar.«

Ella erwähnte auch nicht ihr mulmiges Gefühl angesichts der Tatsache, dass ihre Eltern nicht mehr die Jüngsten waren. In einem halben Jahr konnte viel passieren. Sie erwähnte auch nicht Andrea, für die sie sich immer noch verantwortlich fühlte.

»Und gäbe es denn einen Ersatz für mich?«, fragte Ella. »Du hast doch bestimmt auch Kontakt zu anderen Hebammen? Ihr arbeitet doch im St. Laurentius eng zusammen. Wenn du möchtest, dann kann ich auch mal beim Hebammennetzwerk nachfragen.«

Ella sah auf die Uhr. Sie mussten langsam los. Ella legte ein Fünfmarkstück auf den Tisch. Der Kaffee kostete nur zwei Mark, den Rest würde sie der netten Kellnerin als Trinkgeld überlassen.

Christoph nahm die Münze und legte sie ihr in die Hand, als sie aufgestanden waren. Dann legte er selbst einen Heiermann auf den Tisch und rief: »Stimmt so.«

Er holte Ellas Mantel von der Garderobe und hielt ihr die Tür auf. Draußen regnete es. Fehlte nur noch, dass er einen Schirm über ihr aufspannte. Sie sahen sich in die Augen.

»Ella, es gibt keinen Ersatz für dich. Und ich will auch ehrlich mit dir sein. Ich will diese Erfahrung machen. Einmal raus aus dem trüben Deutschland. Weg von dem Schmerz der letzten Jahre. Meiner gescheiterten Ehe. Ein Abenteuer erleben. Und ja, die Organisation würde sich mit einer anderen Hebamme zufriedengeben. Aber ich nicht. Ich habe mir von Anfang an gewünscht, dass wir zusammen fahren. Nicht nur, weil du schon mehr Erfahrungen mit einem Entwicklungsland und der Arbeit auf einer Entbindungsstation dort hast. Sondern einfach, weil ich etwas für dich empfinde. Ich glaube, wir beide könnten sehr glücklich miteinander werden.«

Ella sah in Christophs schönes Gesicht. Sah den Schmerz, aber auch so etwas wie Liebe. Begeisterung. Großzügigkeit. Sie dachte an Frank, dessen unnachgiebige, stolze, kleinkarierte Seite sie gerade kennengelernt hatte. Frank kämpfte nicht um sie. Ließ einfach alles laufen.

Wu Wei. Auch in der Liebe. Wie viel war sie ihm eigentlich wert? Christoph kämpfte um sie. Ließ sich auch vom dritten Nein nicht abschrecken. Spürte vielleicht, dass dieses Nein nicht mit voller Überzeugung kam.

Wie hatte es in der Oberstufe auf dem Schulhof immer geheißen, wenn es darum ging, wer in wen verliebt war und wer bei wem eine Chance hatte? Wenn sie »nein« sagt, meint sie »vielleicht«, und »vielleicht« bedeutet »ja«. Ella fand diesen Spruch damals schon blöd, und heute verstand sie erst, wie menschenverachtend er wirklich war. Selbst dann, wenn das Nein tatsächlich wackelig war.

Bevor Ella sich beantworten konnte, was sie wirklich wollte, nahm er ihr Gesicht in seine Hände und küsste sie. Er küsste sie wie jemand, der seit Jahren darauf wartete, es endlich zu tun. Ella erschauerte. Sein Kuss vermischte sich mit dem Regen. Sie suchten keinen Schutz vor dem Regen, und Ella suchte keinen Schutz vor diesem Kuss, den sie heute Morgen noch für unmöglich gehalten hatte.

»War das ein Ja?«, hatte Christoph sie nach diesem Kuss gefragt. »Vielleicht«, hatte Ella geantwortet und war davongestürmt. Sie hatte den Fahrradsattel mit dem Ärmel abgewischt und war losgeradelt. Es wurde Zeit. Der Regen vermischte sich mit Tränen, die ihr über das Gesicht liefen. Sie drehte sich noch einmal um. Christoph stand immer noch vor dem Café. Er hob seine Hand und winkte ihr zu. Sie konnte nicht zurückwinken, ohne stehen zu bleiben oder ins Schlingern zu geraten. Beides wollte sie nicht. Das immerhin wusste sie. Aber sie wusste nicht, wem ihr Herz gehörte.

Die Schwangere, die nun zur Vorsorge kam, machte es ihr leicht. Xenia. Eine Frau in ihrem Alter. Mit Grübchen in den Wangen und einem kleinen Bäuchlein, bei dem sie bisher nur den Knopf der Jeans offen lassen musste. Sie war erst im vierten Monat.

»Ich bin so aufgeregt. Aber schön aufgeregt, fast so wie verliebt. Aber so viele Leute wollen mir einreden, dass ich Angst haben soll. Meine Mutter. Meine Schwiegermutter. Die Nachbarin im Haus unter mir, die schon zwei Kinder hat. Sie sagen alle, so schlimme Schmerzen werde ich nie wieder im Leben haben, wenn ich nicht in einen Mähdrescher gerate oder in einem Nagelbrett stecken bleibe.«

Ella lächelte. Sie mochte Xenia von Anfang an. »Der Unterschied ist aber, dass du nach der Geburt stärker bist als vorher. Mal ganz davon abgesehen, dass keine von ihnen je in einen Mähdrescher geraten ist.«

Sie saßen beide auf dem Bett in dem roten Geburtszimmer.

»Nee, aber sie tun alle so, als wären sie Märtyrerinnen, die für ihre Kinder gestorben wären.«

Ella fragte sich manchmal, ob das auch ein bisschen der Ruf nach Anerkennung war, die den meisten Müttern verwehrt wurde. Natürlich waren die Schmerzen unvergleichlich, aber es waren – wenn alles gut lief – eben keine schlechten Schmerzen. Und je aufgehobener und sicherer sich die Schwangere fühlte, desto leichter wurde die Geburt. Und bei mancher Frau hatte sie den Eindruck, dass es noch nicht einmal wirklich wehtat. Aber konnte Ella wirklich wissen, wie es war, ein Kind zu bekommen, nur weil sie schon Hunderte Geburten begleitet hatte?

»Ich würde jetzt schon für mein Kind sterben. Aber bitte nicht bei der Geburt. Es braucht mich doch.«

Xenia lächelte Ella an, zog den grauen Blazer aus, den sie zu Jeans und schwarzem Rolli trug, und legte ihn über den Stuhl neben dem Bett. Es war warm hier drin.

»Und du wirst hier ganz sicher nicht sterben. Ich passe gut auf dich auf. Und lass dich nicht verunsichern. Wir haben schon ein paar Tricks auf Lager, die Schmerzen erträglich zu machen.«

»Das hoffe ich doch. Schließlich bin ich hier, weil meine beste Freundin die Einzige war, die gesagt hat, dass sie die Geburt superschön fand. Und sie ist die einzige Frau, die ich kenne, die im Geburtshaus entbunden hat.«

Mund-zu-Mund-Propaganda war immer noch die beste Werbung. Da konnte keine Anzeige im Stadtanzeiger oder im gerade erschienenen Känguru-Stadtmagazin mithalten. Auch über die Aushänge in den umliegenden Frauenarztpraxen gelangten hin und wieder neue Schwangere zu ihnen.

»Möchtest du mal ein Bild sehen?«

Ella nickte, und Xenia reichte ihr den Mutterpass, in dem ein Ultraschallbild steckte. Die Fruchtblase mit einem Embryo war zu erkennen. Es hatten sich schon kleine Ärmchen und Beine gebildet. Ansatzweise sah man schon den Hals schlanker werden. Im Krankenhaus hatte auch Ella einmal den Schallkopf über den Bauch der Schwangeren gleiten lassen dürfen. Es war gerade wenig los gewesen, und Dr. Kramer, der eigentlich immer die Hierarchien verteidigte, hatte sie gefragt, ob sie auch einmal schauen wolle. Und ob sie das wollte! Ihre Hand hatte gezittert, als sie über den straffen Bauch fuhr und gleichzeitig versuchte, in dem wuchtigen Bildschirm neben der Liege etwas zu erkennen, was einem Kind ähnelte. Ultraschall war auch bei Hebammen umstritten. Die einen sahen es als unnötigen Stress für das Kind an, der auch noch dazu führte, dass Hebammen und Gynäkologen immer weniger ihren Tastsinn schulten, wenn es etwa um die Kindslage ging. Die anderen fragten sich, warum nicht auch sie als Hebamme routinemäßig Ultraschallgeräte benutzen durften.

Ella war sich bis heute unschlüssig, was ihre Meinung war. Es stimmte schon, dass der technische Fortschritt das alte Hebammenwissen immer mehr verkümmern ließ und manchmal mehr verunsicherte, als half. Andererseits gab es schon eine Menge an Sicherheit, sich das Kind anzuschauen. Lag das Kind richtig? Waren alle Gliedmaßen vorhanden? Aber was hätten Eltern in den Sechzigern gemacht, wenn der Ultraschall verkürzte Ärmchen gezeigt hätte? Heute wäre manche Schwangerschaft dann abgebrochen worden. Ella erinnerte sich an eine Nachbarin, deren Mutter in der Schwangerschaft das Schlafmittel Contergan eingenommen hatte. Eigentlich hatte Eva mit ihren verstümmelten Armen keinen unglücklichen Eindruck gemacht. Und ihre Eltern liebten sie so, wie sie war.

Ella reichte Xenia das Ultraschallbild und den Mutterpass zurück.

»Es sieht alles wunderbar aus. Kein halbes Jahr, und du kannst dein Baby in den Armen halten.«

»Ich kann es kaum erwarten.«

»Das glaube ich dir. Und ich freue mich auch schon auf

die Geburt. Wenn ich kann, übernehme ich. Und wenn nicht, eine meiner wunderbaren Kolleginnen.«

Xenia nickte, als vertraue sie darauf, dass auch Ellas Kolleginnen die Geburt genauso gut betreuen würden.

»Es ist immer noch was Besonderes. Bei jedem Mal.«

Ja, bei jeder Geburt war es, als bliebe die Zeit stehen. Als würde die ganze Welt still. Als gäbe es in diesem Moment nichts anderes, als das neue Menschenleben zu empfangen.

»Möchtest du eigentlich auch Kinder?«, fragte Xenia.

»Wenn ich den passenden Mann dazu habe«, rutschte es ihr ohne Nachdenken heraus. Was sagte sie da? Sie stand zwischen zwei Männern, aber bei keinem hatte sie je das Gefühl gehabt, dass er der potenzielle Vater für ihre Kinder wäre.

Als Ella am Nachmittag nach Hause kam, saß Frank immer noch am Küchentisch, die Unterlagen über den ganzen Tisch verteilt, sodass kein Platz auch nur für einen Teller gewesen wäre.

Noch bevor Ella Mantel und Schuhe ausgezogen hatte, setzte sie sich auf den Küchenstuhl gegenüber von Frank. Er blickte hoch.

»Frank, du hast dir absolute Ehrlichkeit gewünscht. Und die schulde ich dir auch. Es war nicht okay zu verschweigen, dass Christoph derjenige war, der mich gefragt hat, ob ich nach Uganda mitkomme.«

»Ja, das war unfair.« Er lächelte sie zaghaft an.

»Und wir haben uns heute geküsst. Besser gesagt, er hat mich geküsst.«

»Und du warst nicht in der Lage, ihm dafür eine schallende Ohrfeige zu geben?«, sagte ausgerechnet der sanftmütige Frank, der den Wehrdienst verweigert hatte. »Nimm die Gitarre statt die Knarre.« Das war einer seiner Leitsprüche, die Ella grundsätzlich sehr sympathisch fand.

»Nein, war ich nicht! Ich habe nicht einmal Stopp gesagt.«

»Wolltest du es denn?«

»Ich weiß es nicht!«

»Aha.«

»Was heißt aha?«

»Weißt du irgendwas, Ella? Weißt du, was du von mir willst?«

»Nein. Und ich dachte, das wäre okay. Wolltest du nicht immer alles auf dich zukommen lassen? Nichts planen? Und ja, jetzt ist mir halt was Ungeplantes passiert. Christoph und ich waren mal zusammen. Und er kämpft um mich. Ich habe immer das Gefühl, dir ist es fast egal, ob wir zusammen sind oder nicht! Alles, was verbindlich ist, ist für dich spießig und verdächtig!«

»Und ich dachte, das kommt dir entgegen, weil du auch keine Lust auf ein bürgerliches Gefängnis hast.«

Dazu machte er auch noch Anführungszeichen in der Luft. Eine Geste, die Ella noch nie an jemandem beobachtet hatte. Hatte er recht? Sie hatte ja tatsächlich Angst, sich zu binden.

»Frank, es tut mir leid.«

»Hast du Gefühle für ihn?«

»Ich weiß es nicht. Vielleicht.«

Sie sahen sich über den Tisch hinweg an. Über den Tisch, an dem sie anfangs mit Dagmar, später immer öfter allein gegessen, gelacht und geplaudert hatten. Fast fünf Jahre hatten sie hier gemeinsam gelebt. Gut gelebt. Anfangs war es Freundschaft. Nachher war es mehr geworden. Ganz nebenbei. Ganz selbstverständlich. Sollte es jetzt für immer vorbei sein?

Und wollte sie wirklich mit Frank zusammen sein? Wenn sie sich ganz sicher gewesen wäre, hätte sie Christoph doch schon bei der Frage, ihn nach Uganda zu begleiten, einen Vogel gezeigt. Hatte sie es nicht getan, um doch noch Kontakt zu haben? Weil ein Teil von ihr doch noch an ihm hing, obwohl sie mehr als einmal gespürt hatte, dass er nicht gut für sie war?

Frank griff über den Tisch hinweg nach ihrer Hand. Der Turm aus Büchern auf dem Tisch geriet ins Wanken. Ella drückte seine Hand. Und zog sie dann weg. Sie mochte Frank, aber sie war nie mit vollem Herzen in dieser Beziehung gewesen. Sie beide nicht. Und doch war es mehr gewesen, als viele je in einer Beziehung hatten.

Als Ella am nächsten Tag im Geburtshaus eintraf, hatte sie bereits drei große Tassen Kaffee getrunken, um die Augen überhaupt offen halten zu können. Die Grübeleien hatten sie die halbe Nacht wach gehalten. An dem großen Geburtszimmer im Erdgeschoß war das Schild umgedreht. Wie schön, dann würden sie bald wieder einen Namen auf die Tafel schreiben können. Ansonsten war es ruhig, nur Hildes Stimme war aus dem Büro zu hören. Ob sie so enden würde wie Hilde? Auch im Rentenalter noch alleine? Als sie hörte, wie Hilde sich verabschiedete, wartete sie einen Moment und klopfte dann an die angelehnte Tür.

»Guten Morgen, Hilde. Wie geht es dir? Gibt es irgendwelche Neuigkeiten? Anmeldungen?«

Hilde stand auf und schnaufte. Sie fasste sich an die linke Brust.

»Alles in Ordnung?«, hakte Ella nach.

»Ja, ja, zwickt halt mal, eine alte Frau ist kein D-Zug. Das Telefon hat bestimmt schon zehn Mal geklingelt. Und es gibt fünf Anmeldungen. Ich glaube, drei habe ich bei dir untergebracht. An den Gerüchten, dass du bald weg bist, ist doch nichts dran, oder? Ich meine, Kindchen, du gehörst doch ins Geburtshaus und sonst nirgendwohin.«

»Und wenn ich gehen sollte, sage ich früh genug Bescheid. Carola will sowieso wieder mehr Geburten übernehmen. Gibt es noch einen Kaffee?«

Hilde setzte morgens immer eine Kanne in der Kaffeemaschine auf, von der sie die Hälfte selbst trank. Aber es war Verlass darauf, dass immer ein Kaffee auf der Warmhalteplatte stand. Je weiter der Vormittag voranschritt, desto bitterer schmeckte der Kaffee, also war es besser, direkt einen zu holen.

»Na klar, siehst auch so aus, als könntest du einen brauchen. Blass bist du. Siehst aus wie Schneewittchen im Sarg.«

Ella klopfte sich selbst auf die Wangen, damit sie besser durchblutet wurden. Ihre Oma hatte mal erzählt, dass ihre Mutter ihr vor einem Treffen mit einem Heiratskandidaten mal links und rechts eine Backpfeife auf die blassen Wangen gegeben hätte. Naturschminke sozusagen. Schien ganz schön tief verwurzelt zu sein, dass man für Männer leiden musste – wobei der Angebetete sie wahrscheinlich auch mit bleichem Teint genommen hätte. Ihre Oma hatte auf den alten Schwarz-Weiß-Fotografien sehr anmutig ausgesehen.

»Danke, soll ich dir einen mitbringen?«

»Nee, ich komme mit. Bisschen Bewegung tut mir gut. Mir schlafen heute dauernd die Hände und Füße ein. Alt werden ist kein Spaß, sage ich dir.«

An der Kaffeemaschine überließ Ella Hilde die erste Tasse und schenkte sich selbst den Rest ein. Es klingelte an der Tür. Hilde stellte die Tasse ab und lief los, wobei ihr fülliger Körper schwankte wie ein Schiff. Und ehe sie die Tür erreichte, brach sie mit einem spitzen Schrei zusammen. Ella sah durch das Fenster an der Tür, dass es der Postbote war. Seinetwegen hätte sie wirklich nicht rennen müssen.

Wie hatte sie nur die ersten Anzeichen nicht ernst nehmen können? Hatte Hilde nicht um die Weihnachtszeit eine Grippe gehabt und war trotzdem zur Arbeit erschienen, sobald das Fieber abgeklungen war? Vielleicht hatte sie eine Herzmuskelentzündung? Oder einen Infarkt. Ella und der Postbote Hans Klüngel hievten Hilde auf das Geburtsbett im kleinen Geburtszimmer. Hilde war zu schwach, um selbst zu laufen.

»Nee, dass ich mal in einem Geburtsbett liege, hätte ich auch nicht gedacht.«

Ella lächelte. Wenn Hilde Kraft für Witze hatte, würde es schon nicht so schlimm sein. Aber sicher war sicher.

»Meinst du, es ist was Schlimmes? Es tut weh. Meine Mutter hatte in dem Alter einen Herzinfarkt.«

»Um das auszuschließen, habe ich den Rettungswagen gerufen. Vielleicht nur der Kreislauf. Oder leichte Angina Pectoris.« Wo war denn nun das Blutdruckmessgerät?

Der Postbote verabschiedete sich, und Ella hielt Hildes Hand. Der Rettungswagen würde gleich kommen.

»Kannst du mir einen Gefallen tun?«, fragte Hilde, der der Schweiß auf der Stirn stand.

»Was denn?«

»Rufst du bei mir zu Hause an? Eine Freundin ist zu Besuch. Falls ich ins Krankenhaus muss, sage ihr, in welchem ich liege. Und dass sie sich keine Sorgen machen muss.«

Tatsächlich meldete sich eine ältere Frau und sagte nur, sie komme sofort, auch wenn Ella versuchte, sie abzuwimmeln. Sie solle lieber abwarten, da Hilde doch wahrscheinlich gleich schon ins Krankenhaus transportiert werden und sie dann umsonst hier klingeln würde. Ella sagte, dass sie Hilde nicht aus den Augen lasse, sie solle sich keine Sorgen machen.

Dann eilte sie noch einmal zu Hilde, die zwar weiß wie die Wand, aber bei klarem Verstand und mit mehreren Stillkissen im Rücken gestützt war, sodass sie aufrecht sitzen konnte. Bei den Schwangeren war Blutdruckmessen Routine, doch bei ihrer Kollegin fiel ihr das Gerät zweimal herunter, so nervös war Ella. Bevor sie die Manschette angelegt hatte, klingelte es wieder an der Tür.

Als sie zur Tür eilte, bemerkte sie Annett, die strahlend aus dem großen Geburtszimmer kam, aber gleich darauf erstarrte, als sie durch die Tür einen Sanitäter und dahinter einen Notarzt kommen sah.

»Eine Geburt?«, fragte sie nur, und Ella schämte sich fast, dass sie Annett damit beruhigte, dass »nur« Hilde umgekippt wäre. Annett bot ihr direkt an, ihre Termine zu übernehmen, falls sie Hilde begleiten wolle. Das Baby sei gut zur Welt gekommen, und die Eltern seien entspannt. Es sei also kein Problem, wenn sie zwischendrin eine Vorsorge übernähme.

Der Notarzt und der Sanitäter folgten Ella und begannen damit, Hilde zu untersuchen, die schon protestierte, dass Ella vorschnell Hilfe geholt habe. Der Notarzt gab ihr recht. Aber auch nur fast.

»Ein etwas zu hoher Blutdruck. Aber noch in einem Bereich, dass wir Sie nicht unbedingt ins Krankenhaus mitnehmen müssen, wenn Sie nicht möchten. Aber auf Dauer kann der Sie schon noch ins Grab bringen.« Der Notarzt schaute streng auf Hilde, als sei sie selbst schuld. Hilde nickte. Wieder klingelte es an der Tür. Vielleicht schon eine Schwangere für Ella, die etwas früh dran war. Ella lief zur Tür und öffnete. Davor stand eine Frau um die sechzig mit akkuraten grauen Löckchen und einem olivgrünen Cordrock bis zu den Fesseln, dazu eine Wachstuchjacke, als käme sie gerade von einem Ausflug zu ihrem Cottage.

»Wo ist sie?«

»Wer?« Ella trat einen Schritt zurück.

»Hilde!«

Ella zeigte auf die offene Zimmertür, und die Frau stürmte an ihr vorbei in das Geburtszimmer. Ella lief schnell hinterher. Und sah im Türrahmen, wie die Frau auf Hilde zustürmte, Arzt und Sanitäter Platz machten und sie ihr einen Kuss auf die Stirn drückte.

»Hilde, mein Schatz, was machst du für Sachen?«

Hilde wurde rot. Gleichzeitig strahlte sie, wie Ella es noch nie gesehen hatte.

»Ach, Unkraut vergeht nicht.« Hilde richtete sich ein Stückchen auf und sah die Frau liebevoll an.

»Sie haben tatsächlich Glück gehabt. Keine Anzeichen für einen Infarkt oder Schlaganfall.«

Ella zog sich zurück. Sie war sich nicht sicher, ob Hilde sie überhaupt bemerkt hatte. Sollte sie so tun, als hätte sie gar nichts mitbekommen? Sie hörte noch, dass Hilde sich bei ihrem Hausarzt vorstellen solle wie auch beim Kardiologen. Vielleicht sei es auch einfach der Rücken. Bei dem Übergewicht wäre das nicht weiter verwunderlich.

Ella atmete tief durch und klopfte an die Tür, obwohl sie offen stand. Die Sanitäter und der Notarzt rauschten an ihr vorbei.

»Herein.«

Ella trat in das Geburtszimmer, in dem zum ersten Mal eine Frau jenseits der Wechseljahre auf dem Bett lag, und reichte Hildes Freundin die Hand. »Entschuldigen Sie die Hektik. Ich habe Sie vorhin angerufen. Ich bin Ella, eine der Hebammen.«

»Und ich bin Annemarie. Eine Freundin von Hilde.«

Ihr Handdruck war fest, und doch sah sie Ella nicht in die Augen.

»Meine Freundin.«

Beide sahen Hilde an.

»Ja, meine Freundin. Ich dachte gerade, mein letztes Stündlein hat geschlagen. Irgendwie ganz schön dämlich, dann den wichtigsten Menschen im Leben noch zu verleugnen.« Sie griff nach Annemaries Hand.

»Musste ja trotzdem nicht an die große Glocke hängen.« Annemarie sah Hilde zärtlich an.

»Aber ich will es auch nicht mehr verheimlichen. Das Leben ist zu kurz, um inkonsequent zu sein. Tja, Ella, und ihr dachtet wohl, eine alte Schachtel wie ich ist ein Neutrum. Also nicht dass irgendwelche Fisimatenten in meinem Alter noch so eine große Sache wären, aber die Liebe schon.«

So sentimental hatte Ella Hilde noch nie erlebt. Sie wischte sich eine Träne aus den Augenwinkeln. Vor Erleichterung, dass Hilde tatsächlich ihnen hier nicht gleich weggestorben war, und darüber, dass es in Hildes Leben anscheinend eine große Liebe gab. »Das Leben ist zu kurz, um inkonsequent zu sein«, hallte es in Ellas Kopf nach. Sie würde jetzt konsequent sein. Und im Gegensatz zu Hilde hatte sie dadurch nicht einmal Nachteile zu befürchten. Hilde hätte bei ihrem alten Arbeitgeber eine Beziehung zu einer Frau niemals zugeben dürfen. Das wäre ein Kündigungsgrund gewesen.

* * *

»Sie sind die besten Mieter, die ich je hatte. Sie bringen Leben ins Haus! Im wahrsten Sinne des Wortes!«

Herbert Riemschneider stand vor Carola, seine Schirmmütze in den Händen. Der Vermieter der Cranachstraße hatte ihnen vor gut zehn Jahren die Schlüssel zum Erdgeschoß ausgehändigt und vor fünf Jahren auch den zur ersten Etage.

»Danke. Und was wollen Sie von uns? Die Miete erhöhen?«

Carola lachte, aber sie kannte diese Art von Einleitung mit Komplimenten nur zu gut. Herr Riemschneider sah einen Moment so aus, als hätte sie ihm auf die Füße getreten. Doch dann lächelte er breit.

»Na, und ob ich Ihnen gerne mehr Miete abknöpfen würde.«

»Habe ich es doch geahnt. Wie viel denn?«

Carola und Herbert Riemschneider standen vor dem Eckhaus in der Cranachstraße. Die Luft roch nach Frühling und Aufbruch. Die Narzissen an der Straße blühten.

»Siebenhundert Mark.«

Er grinste. Was für ein Halsabschneider! »Siebenhundert Mark?«

Es lief gut, aber siebenhundert Mark waren völlig übertrieben. Selbst wenn die Gerüchte stimmten, dass mit der Einführung des Euro sowieso alles teurer werden würde. Euro. Eine Währung für ganz Europa. Na ja, fast ganz Europa. Was bedeuten würde, dass sie nicht mehr zur Bank musste, um Geld zu wechseln, wenn sie im Urlaub mit der Familie nach Holland fuhren.

»Ja, siebenhundert Mark. Für das zweite Geschoss. Ist nicht mehr auf dem neuesten Stand. Ich würde aber noch etwas reinstecken in die Renovierung. Die beiden Studenten, die dort mit ihren Partys schon mal für eine

Beschwerde gesorgt haben, haben wohl 'nen Job in einer anderen Stadt gefunden und gekündigt. Lange Rede, kurzer Sinn, für Familien ist die Wohnung zu klein. Und Studenten brauche ich nicht noch mal. Und auf so eine Wohnungsbesichtigung habe ich keine Lust. Also? Haben Sie Bedarf?«

»Siebenhundert für die Wohnung?«

»Also auf dem Jahrmarkt sind wir hier nicht. Sagen Sie mir einfach Bescheid, dann reserviere ich die Wohnung für Sie.«

»Das mache ich, Herr Riemschneider!«

Carola kam sich vor wie beim Monopoly-Spielen mit den Kindern. Hier ging es nicht um drei Grundstücke nebeneinander in einem Straßenzug, sondern darum, das ganze Haus zur Verfügung zu haben. Aber würde ihnen das wirklich was bringen? Wohl nur, wenn sie mindestens zwei neue Hebammen einstellen würden. Aber Schwangere zwei Stockwerke hochlaufen lassen? Vielleicht noch mit Kinderwagen, in dem das ältere Geschwisterkind saß? Sie dachte an ihre Frauenarztpraxis in Deutz, die immerhin auch Frauen in den Wechseljahren und darüber hinaus Hochschwangere betreute. Einen Aufzug gab es in dem Gebäude nicht, und trotz der Treppe über drei Etagen war die Praxis immer gut besucht.

»Gut, dann muss ich mal weiterziehen. Meine Frau wartet mit dem Mittagessen auf mich.«

»Dann wünsche ich Ihnen beiden guten Appetit.«

»Danke.«

Carola sah dem älteren Herrn nach. Noch eine Etage. Ein noch größeres Geburtshaus. Wenn es so weiterging, könnten sie bald dem St. Laurentius Konkurrenz machen. Ach, noch waren das alles Hirngespinste. Sie drehte sich um und sah Ella auf sich zukommen. Die Miene so finster, dass sie weder zum Frühlingswetter noch zu dem Gemüt ihrer Freundin und Kollegin passte. Und über ihrem Kopf wippte ein Rucksack. Einer von der Sorte, mit dem man um die Welt reisen konnte. Sie war jetzt hoffentlich nicht auf dem Weg zum Flughafen, nachdem sie sich für Uganda entschieden hatte, ohne ihnen Bescheid zu sagen.

»Ella?!«

»Hallo, Carola. Ist Frau Freuds Zimmer frei?«

Carola sah auf ihre Uhr. »Ich hätte jetzt ein Stündchen, bevor die nächste Vorsorge startet.«

»Die Stunde nehme ich. Aber ich dachte gar nicht nur an eine Beratung. Hast du was dagegen, wenn ich vorerst dort einziehe?«

* * *

Susanne sah sich um, ob irgendjemand in der Nähe war. Und obwohl sie sich gegenüber ihren Freundinnen eigentlich für nichts mehr schämte, kam sie sich doch etwas albern vor, durch den großen Flur des Geburtshauses zu tanzen. Aber ihr Herz war leicht wie lange nicht mehr! Julia war gesund! Der Frühling wärmte die Haut und verwandelte das triste Grau in die buntesten Farben. Heute Nacht hatte sie eine wunderschöne Geburt begleitet, heute Abend würde sie mit Antonius wieder mal ins Kino gehen. Natürlich allzeit bereit, mitten im Film aufzustehen, aber einen Versuch war es wert. Es klingelte.

»Que sera, sera …«, summte sie vor sich hin und hielt erst inne, als sie die Tür öffnete.

Ein Pärchen stand vor der Tür. Selten kamen die Männer mit zur Vorsorge. Das war also Ines, die nette Frau, die am letzten Infoabend angekündigt hatte, sich anzumelden.

Susanne schüttelte beiden die Hand und führte sie in das Geburtszimmer mit der Gebärwanne.

Ines strahlte und griff nach der Hand ihres Mannes Hugo.

»Schön hier, oder?«

Er nickte und lächelte ebenfalls.

»Aber zu Hause haben wir es noch gemütlicher. Vor allem brauchen wir dann nicht mitten in der Nacht los.«

Ines und ihr Mann setzten sich auf das Bett, und Susanne nahm mit einem der beiden Korbsessel vorlieb, auf denen die Gebärenden während der Wehen gerne mal eine Pause machten.

»Hausgeburten betreuen wir natürlich genauso gerne, zumindest, wenn die Rahmenbedingungen wie die Entfernung zum nächsten Krankenhaus stimmen.«

Die allermeisten Frauen wünschten sich gerade beim ersten Kind eher eine Geburt im Geburtshaus als in den eigenen vier Wänden. Allein, weil es in der Stadt so viele Nachbarn Wand an Wand gab und sich keine Frau darüber Gedanken machen wollte, was die Nachbarn wohl von Geschrei und Gestöhne hielten. Susanne hatte schon einmal erlebt, dass die Polizei an der Tür klingelte, weil ein Hausbewohner dachte, dass nebenan ein Mörder wütete.

»Wir wohnen nicht weit weg, in Ehrenfeld. Da gibt es auch ein Krankenhaus um die Ecke.«

Hugo sah sich dennoch neugierig in dem Raum um, als wäre er vielleicht doch eine Option. Lange Zeit zu überlegen hatten sie nicht mehr, wenn Susanne sich Ines' Bauch anschaute, der unter der bunten Tunika wie ein Osterei aussah.

»Ach, Ehrenfeld! Da wohnt meine Tochter auch. Das ist wirklich gut gelegen. Aber wie gesagt, Sie können auch noch kurz vorher entscheiden, hier zu entbinden.«

Die ersten beiden Kinder waren im Krankenhaus zur Welt gekommen. Ines erzählte, dass die Geburten so einfach gewesen seien, dass sie sich das fast alleine zugetraut habe, aber es sich mit einer festen Hebamme an der Seite schon besser anfühle.

»Wir haben nur eine Bitte, mit der wir bisher bei allen freiberuflichen Hebammen abgeblitzt sind.« Ines schaute sie aus ihren grünen Augen fragend an.

»Und zwar?«

»Wir möchten, dass die ganze Familie bei der Geburt dabei sein kann.«

»Die ganze Familie?«

Susanne stellte sich vor, wie Großeltern, Tanten und Onkel rund um die Mutter standen und klatschten, als es vollbracht war. Eine äußerst befremdliche Vorstellung.

»Also, nur unsere kleine Familie. Wir beide und unsere Kinder. Noah und Emily. Sie sind sechs und vier und können es kaum erwarten, ihren kleinen Bruder kennenzulernen.«

Ines strahlte. Susanne schluckte. Geschwister bei der Geburt? Gut, es hatte sich schon mal ergeben, dass eine Großmutter oder Tante mit den Geschwisterkindern im

Nebenzimmer spielte. Wenn es nicht gerade mitten in der Nacht war, wurden die Kinder dann meist mit ihrem »Babysitter« nach draußen geschickt, und wenn sie vom Spielplatz kamen, war das Geschwisterchen manchmal schon da. Aber das waren alles Fälle gewesen, in denen die Geburt zu plötzlich kam und es sich nicht mehr anders organisieren ließ.

»Sind Sie sich sicher?«

Ines und Hugo wechselten einen Blick.

»Ja, absolut. Wir wollen, dass die Kinder das miterleben. Ich kann mich noch daran erinnern, wie schrecklich ich das fand, als mein kleiner Bruder geboren wurde. Meine Mutter war immer zu Hause und dann plötzlich eine Woche im Krankenhaus. Besuchen durfte ich sie nicht. Und auf mich hat irgendeine fremde Frau von der Caritas aufgepasst, weil mein Vater ja arbeiten musste. Dann kam meine Mutter mit diesem schreienden Bündel wieder, von dem ich immer noch dachte, das hätte der Klapperstorch oder wer auch immer gebracht.«

Ines' Miene verhärtete sich, während sie sich über den Bauch strich.

»Aber es gibt ja noch eine Mitte zwischen diesen Extremen. In jedem Fall streben wir eine ambulante Geburt an. Das heißt, eure Großen wären nur kurz von euch getrennt.«

»Trotzdem. Es ist unser Traum. Bitte.«

Susanne dachte an Martina, die sich trotz Zwillingen eine Hausgeburt wünschte. Gegen Geschwister bei der Geburt war aus Sicherheitsgründen nichts einzuwenden, solange es noch jemanden gab, der sich notfalls um sie kümmern konnte. Aber wäre das nicht völlig überfordernd? Wären die Kinder im schlimmsten Falle nicht sogar verstört? Vielleicht würde sich die Sache auch schnell von selbst erledigen, wenn das dritte Baby mitten in der Nacht kam oder die Geschwister sich nach einer halben Stunde, in der sie der stöhnenden Mutter zuschauten, langweilten. Aber wozu hatte sie mit ihren Freundinnen ein Geburtshaus gegründet, wenn sie nicht immer wieder dazu bereit waren, die eingetretenen Pfade zu verlassen?

»In Ordnung. Bisher habe ich noch nie die Geschwisterkinder mit eingeplant, aber wieso nicht? Ihr kennt eure Familie schließlich am besten!«

* * *

Ella hatte die letzten Jahre so viel Geld angespart, dass sie es im Prinzip wie Udo Lindenberg machen und in ein Hotel einziehen könnte. Gut, bestimmt nicht in die Nobelherberge Atlantic, aber Ullas Pension hätte sie sich leisten können. Fünf Jahre lang hatte sie jeden Monat was auf ihr Sparbuch überwiesen, und wenn es so weiterging, wäre das kleine blaue Büchlein fast voll. In Uganda hätte sie sich dafür eine Villa kaufen können. Sie könnte drei Jahre aufhören zu arbeiten, eine Weltreise machen, sich in Chanel und Dior kleiden. Sie könnte auch alles spenden. Aber nicht einmal das wollte sie wirklich. Ihre Eltern hatten ihr immer Weisheiten eingetrichtert, bei denen sie als Sechzehnjährige die Augen verdreht hatte, wie: Spare beizeiten, dann hast du in der Not. Ja, und jetzt warf sie ihr Geld gewissermaßen zum Fenster hinaus, weil sie in einem teuren Café frühstückte. Mit Kaffee, Hörnchen,

Lachs und Rührei. Und einer druckfrischen Tageszeitung. Nachts schlief sie in Frau Freuds Zimmer auf dem Sofa, tagsüber arbeitete sie im Geburtshaus und im Haus Elisabeth, und morgens gönnte sie sich den Luxus eines mondänen Frühstücks mit Blick auf den Kölner Dom.

Ella war eins klar geworden: Sie wollte eine Liebe aus vollem Herzen leben. Und nicht nur halbherzig eine Beziehung, in die sie eher zufällig reingeschlittert war. Sie blätterte im Stadtanzeiger. Und blieb am nächsten Artikel hängen. Die erste Babyklappe in Deutschland war eröffnet worden. In Hamburg. Eine junge blonde Frau strahlte in die Kamera. Ella fragte die Kellnerin, ob sie die Zeitung einstecken dürfe. Und dann machte sie sich auf den Weg zu Christoph.

Es war das erste Mal, dass sie an seiner Wohnungstür klingelte. Bisher hatten sie sich immer draußen oder in Cafés getroffen, seit sie kein Paar mehr waren. Sie hatte gestern um einen Termin gebeten, und er hatte sie für den nächsten Tag eingeladen. Vierzehn Etagen war sie mit dem Aufzug hochgefahren. Der Ringturm am Ebertplatz war eins der wenigen richtigen Hochhäuser in Köln.

Die Wohnung war groß und erinnerte von der Einrichtung an die Schaufenster der Möbelgeschäfte auf dem Hohenzollernring. Sie schlüpfte aus ihren Stiefeletten und spürte den weichen Teppich unter ihren Füßen. Zwei Sektgläser und ein Teller mit Croissants standen auf der Theke in der offenen Küche. Christoph ging also davon aus, dass es etwas zu feiern geben würde. War es in Ordnung, ihn zu enttäuschen?

»Hi, Ella, wie schön, dass du da bist!«

Er zog sie an sich und küsste sie links und rechts auf die Wange. Als er sie auf den Mund küssen wollte, schob sie ihn von sich und spürte doch, dass sie dabei lächelte. Wie sie das Jahrzehnte eintrainiert hatte.

»Christoph, ich will gleich zur Sache kommen.«

Er lächelte anzüglich, aber gerade noch charmant. »Erst gibt es einen Sekt zum Anstoßen.«

»Auch wenn ich dir jetzt sage, dass ich nicht mit nach Uganda komme?«

Er sah sie verblüfft an. »Aber letztens im Café, danach, also bei dem Kuss, da dachte ich, du kommst überall mit hin.«

»Nein, Christoph, ich bleibe in Köln.«

»Okay, dann muss ich mir das wohl auch noch überlegen.«

Er grinste, als ginge es nur darum, dass sie ihre Heimatstadt nicht verlassen wollte.

»Aber nicht meinetwegen. Ich möchte dir keine Hoffnungen machen. Zwischen uns wird es keine Beziehung mehr geben. Es passt einfach nicht.«

»Ach, Ella, das sagst du doch nur wegen Frank. Er macht dich nicht glücklich.«

Dieser Satz bestätigte Ella nur, dass sie richtig entschieden hatte. Natürlich mochte sie Frank und Christoph, jeden auf seine Art, aber in erster Linie hatte sie immer nur reagiert. Auf ihre Annäherungen.

»Frank und ich sind nicht mehr zusammen.«

»Dann bist du also frei?«

»Genau. Und ich möchte es auch bleiben. Christoph, es

passt einfach nicht für mich. Du brauchst eine andere Art von Frau.«

Christoph ließ sich auf das schwarze Ledersofa im Wohnraum fallen. Der Ausblick über die Stadt war gigantisch. In dem Park unter ihnen turnten Kinder auf bunten Klettergerüsten aus Stahl.

»Christoph, lass uns Freunde bleiben.«

»Ella, du redest wie der schlimmste Kerl unter der Sonne. Das meinst du doch nicht ernst.« Er stand auf, kam zu ihr, schlang seine Arme um sie und zog sie an sich. Ella wollte nicht, dass die Berührung sie erregte, aber vergeblich.

»Doch, Christoph, ich mag dich, aber ich möchte nicht mit dir zusammen sein. Und ich möchte hierbleiben. Hier in Köln.«

Sie sah ihm in die Augen, und er hielt ihrem Blick stand.

»Jetzt sei doch nicht so zaghaft. Du suchst doch das Abenteuer. Und wir sind beide frei. So frei wie seit Jahren nicht mehr. Und wir könnten gemeinsam die Welt verbessern.« Er löste die Umarmung, und Ella kam es vor, als ginge es ihm ähnlich wie ihr.

»Irgendwie ist das auch überheblich. Zu denken, dass wir in einem anderen Teil der Welt den Menschen beibringen wollen, wie es besser geht.«

Wenn Ella ehrlich zu sich war, war diese Zeit in Uganda wunderbar gewesen, aber es war eben auch ein Abenteuer für sie. Von dem sie vielleicht noch mehr hatte als die Einwohner des Dorfes.

»Aber Ella, so ist es doch, alleine bekommen diese

Menschen es nicht hin. Sonst sähe die Welt dort anders aus.«

Und Menschen wie Christoph stellten es nicht einmal infrage, dass sie zu einer überlegenen Gruppe gehörten. »Überlegen« fühlte Ella sich nicht, wohl aber privilegiert. Genau wie die Frauen, die zu ihnen ins Geburtshaus kamen, genau wie ihre Kolleginnen und Freundinnen. Musste sie sich deshalb schlechter fühlen? Nein, aber sie wollte ihre Position nutzen, um für die zu kämpfen, die selbst nicht mal auf die Idee kamen, dass ihnen ein besseres Leben zustand. Und sie wollte immer mehr verstehen, wie die Gesellschaft funktionierte, in der sie lebte. Der Zeitungsartikel steckte noch in ihrer Hosentasche. Die Idee mit der Babyklappe war ja noch verrückter als die Idee, ein Geburtshaus zu gründen. Oder in Schulen aufzuklären. Es gab noch sehr viel zu tun.

»Es gibt auch hier genug zu tun.« Nicht nur das, dachte Ella, sie wollte hierbleiben, hier in Köln, im Geburtshaus, in der Nähe ihrer Familie und ihrer besten Freunde.

»Stoßen wir trotzdem miteinander an?« Christoph setzte sich auf einen Barhocker, und Ella nahm gegenüber Platz.

»Na klar. Trotz allem auf uns. Und unsere wunderbare Heimatstadt.«

»Auf dich. Und auf Köln!«

Christoph schenkte Sekt in die Gläser und schob die Croissants näher zu Ella. Ellas Blick fiel auf ein Foto von Christophs Sohn in einem schlichten Holzrahmen. Ähnlich sah er ihm. Ein hübscher Junge.

»Christoph, wirst du trotzdem fliegen?«

»Ich weiß es noch nicht. Du warst eigentlich der Hauptgrund.«

Sie stießen an. Schon der erste Schluck benebelte sie.

Wie konnte ein Mann nur so verrückt sein? Fühlte sie sich geschmeichelt oder erdrückt? Sie wusste es nicht.

»Dein Sohn freut sich bestimmt, wenn du hierbleibst.«

Christoph zuckte mit den Schultern. »Nicole ist doch extra weit weggezogen. Sie will gar nicht, dass ich mich engagiere.«

»Aber wenn du deinen Sohn sehen willst, dann kämpfe du doch dafür!« Ella sah auf ihre Hände, die auf ihrem Schoß lagen. Franks Ring trug sie schon lange nicht mehr.

Kämpfe um deinen Sohn mindestens so wie um mich, dachte Ella, behielt ihre Meinung aber für sich. Sie dachte an ihre Eltern, deren Liebe ihr manchmal zu eintönig vorgekommen war. Aber die immer zusammengeblieben waren. Und immer für ihre drei Töchter da gewesen waren. Sie nahm sich vor, auch das nicht mehr für selbstverständlich zu nehmen.

»Vielleicht hast du recht.« Christoph sprach leise. Als Ella wieder aufsah, erschrak sie. Eine Träne lief über seine Wange.

»Christoph, Entschuldigung. Es geht mich nichts an. Es muss schlimm für dich sein, ihn nicht zu sehen.«

Sie stand auf und nahm ihn in den Arm. Und er küsste sie, als wäre das die einzige Möglichkeit, seine Tränen zu trocknen. Wenn Ella jemanden trösten konnte, vergaß sie sich selbst viel zu oft. Und ein Kuss reichte zum Trost nicht aus. Sie war doch gekommen, um ihm endgültig klarzumachen, dass sie keine gemeinsame Zukunft wollte.

Nicht in Uganda und auch nicht hier. Aber sie schaffte es einfach nicht, aufzuhören.

Beim Abschied sagte sie Christoph, dass sie das nicht hätten tun sollen und dass es nun besser sei, wenn sie sich wirklich nicht mehr sehen würden. Er nickte und meinte, dass das ein guter Abschluss gewesen sei und dass sie immer einen Platz in seinem Herzen habe. Ella konnte nicht anders, sie heulte auf der Fahrt im Aufzug nach unten. Ja, vielleicht war das genau das gewesen, was sie brauchten, um endgültig miteinander abzuschließen.

* * *

»Mein Gefühl sagt mir, dass wir langfristig noch mehr Räume brauchen können. Und besser, wir reservieren die nächste Etage, solange sie frei ist, als irgendwann umzuziehen.«

Carola war das Eckhaus in der Cranachstraße 21 so ans Herz gewachsen, dass sie der Gedanke, es aufgeben zu müssen, noch mehr schmerzte als die Vorstellung, ihr eigenes Einfamilienhaus irgendwann wieder gegen eine kleinere Wohnung einzutauschen, wenn alle Kinder ausgezogen wären.

Das Geburtshausteam hatte sich im Café Schmitz am Hansaring zusammengefunden. Mittlerweile fragten sie in jedem Café oder Restaurant, in dem sie ihr monatliches Auswärtsessen zelebrierten, ob sie Prospekte auslegen durften. In den meisten durften sie das genauso wie in den umliegenden Supermärkten und Frauenarztpraxen.

Diesmal war auch Hilde dabei. Carola konnte immer noch nicht glauben, dass Hilde vom anderen Ufer war, wie man so schön sagte. Für sie war es bisher schwer vorstellbar gewesen, dass Hilde überhaupt ein Privatleben hatte. Hilde war einfach immer da gewesen, wenn sie im Krankenhaus gearbeitet hatte. Und dort war sie zwar auch mit Organisationstalent, aber vor allem mit Feldwebelstimme aufgefallen. Nähe hatte sie nie zugelassen. Vielleicht weil sie Angst hatte, dass ihr Privatleben zum Thema werden könnte.

»Meint ihr wirklich, unsere Stadt hat noch mehr Bedarf an Hebammen?«

Das sagte ausgerechnet Susanne, die als Erste von ihnen mit der Idee angekommen war, ein Geburtshaus zu gründen.

»Nicht dass wir dann ungenutzte Geburtszimmer und arbeitslose Hebammen haben«, fuhr sie fort.

Der Kellner brachte fünf Salatteller mit Feta und Roter Beete. In dem Punkt waren sie sich heute alle einig gewesen.

»Aber es müssen ja nicht nur Geburten sein, die wir anbieten. Vielleicht noch mehr Kurse und Beratungen. Vielleicht auch mit Referentinnen von außen. Und ich könnte verstärkt Akupunktur anbieten. Die meisten Frauen sind ganz begeistert, wenn ich sie pikse.« Annett hatte schon manche Schwangere von Verspannungen befreit.

»Oder wir bieten ein betreutes Wochenbett an. Quasi wie im Hotel mit Rundumversorgung. Das wäre doch was! Ich weiß noch, ohne eure Unterstützung hätte ich niemals so ein schönes Wochenbett haben können.«

Nach Florians Geburt hatten ihre Freundinnen und Kolleginnen reihum nicht nur die Wochenbettbetreuung und Nachsorge übernommen, sondern die ganze Familie verwöhnt. Wie in amerikanischen Filmen stand jeden Tag eine andere der drei Hebammen mit Aufläufen, Kuchen oder einem Salat vor der Tür. Als Carola meinte, dass das doch nicht nötig gewesen sei, hatte Ella auf die Kulturen hingewiesen, in denen die Mutter das Wochenbett ausschließlich dazu nutzen konnte zu heilen, zu Kräften zu kommen und das Baby kennenzulernen. Um alles andere kümmerten sich andere Frauen der Familie. Und zwar sechs Wochen lang.

»Das wäre auch eine tolle Idee, eine Art Wochenbetthotel. Dann würden wir auch Wege sparen. Und selbst wenn wir die Verpflegung und das Putzen auslagern, müsste das für die Krankenkasse immer noch günstiger als das Wochenbett im Krankenhaus sein.«

Annett spießte ein Stück Feta und Rote Beete auf die Gabel und schwärmte weiter.

»Vielleicht sollten wir uns auch schon mal auf die Warteliste für das Dachgeschoss setzen lassen. Wer weiß, was wir noch alles anbieten könnten. Ein Haus für die Frauen. Aber kein Frauenhaus, in das sie kommen, weil sie es zu Hause nicht mehr aushalten, sondern das dafür sorgt, dass der Start ins Leben der bestmögliche ist!«

Ella nickte. Sie strahlte in letzter Zeit wieder so wie früher, und das, obwohl sie sich gerade erst von ihrem Freund getrennt hatte. Eigentlich fand Carola diesen Frank immer sehr sympathisch, er hatte sie manchmal sogar an Andreas in seinen jungen Jahren erinnert. Aber Ella hatte schon recht, wenn es sich nicht ganz richtig anfühlte, war es besser, einen Schlussstrich zu ziehen, bevor

Kinder da waren. Ob Ella wohl noch Kinder wollte? Mit dreiunddreißig tickte auch bei ihr die biologische Uhr. Carola dachte an einen Spruch, den ihre Mutter manchmal gesagt hatte. »Mit zwanzig Jahren tönen die Hochzeitsglocken: nur den, nur den, nur den … Mit Ende zwanzig: mal den, mal den, mal den … Und mit Mitte dreißig: ganz egal, wer kommt, ganz egal, wer kommt …«

Und Carola war froh, dass Ella auch Christoph den Laufpass gegeben hatte. Zum Glück hatte er sich entschieden, jetzt allein nach Uganda zu reisen. Dann würde er endlich aufhören, Ella nachzustellen. Carola waren Typen wie Christoph suspekt, und sie hoffte immer, dass ihre Töchter nie auf so einen reinfielen. Ja, er sah fantastisch aus, war fachlich auch sehr gut, aber er dachte immer noch, er sei etwas Besseres und jede Frau müsse vor Dankbarkeit zerfließen, wenn er sie huldigte. Durch Carola guckte er immer hindurch.

»Also, ich bleibe euch gerne noch ein paar Jahre treu, aber nur im Erdgeschoss. Da hat der Arzt mir doch gesagt, ich solle dringend was für meine Fitness tun, und hat mir Krankengymnastik verschrieben. Und eine Stunde in einer Ernährungsberatung. Meint ihr, ich hätte mir sonst auch dieses Kaninchenfutter bestellt?«

Hilde zeigte auf den Salat, auf dem auch eine Handvoll Rucola gestreut war.

»Das hast du doch nicht unsretwegen gemacht?« Ella hatte ihren Teller schon leer gegessen.

»Ein bisschen schon. Und satt bin ich nicht.«

»Weißt du was, ich gebe uns allen noch ein Stück Kuchen aus. Der halbe Rüblikuchen in der Vitrine reicht gerade für uns alle. Denn ich habe noch was zu verkünden!«

Carola schaute genauso skeptisch auf Ella wie alle anderen. Was kam jetzt? Geburtsstation in der Antarktis? Vollzeitjob im Haus Elisabeth?

»Keine Sorge, ich bleibe euch erhalten.«

»Puh, da bin ich erleichtert!«

Carola prostete Ella mit der Apfelschorle zu.

Der Kellner kam genau in diesem Moment, und statt ihn wieder fortzuschicken, bestellte Ella fünf Stücke Kuchen mit Sahne. Und ein Glas Sekt für jede.

»Ich habe genau genommen sogar zwei Sachen zu verkünden.«

»Jetzt mach es nicht so spannend. Ich habe nämlich auch noch einen Vorschlag zu machen«, sagte Susanne, die in letzter Zeit stiller geworden war.

»Dann erst du!«

»Na gut. Bitte überlegt mal, ob es nicht Sinn machen würde, wenn wir eine Frauenärztin mit an Bord holen. Wir könnten uns austauschen. Und sie könnte alle Schwangeren an uns weiterleiten.«

Alle schwiegen einen Moment. Wozu brauchten sie eine Ärztin? War das nicht ihr Credo, eben keine zu brauchen?

»Sie könnte zumindest die weiterleiten, die den Kriterien entsprechen. Und sie könnte vielleicht sogar im Notfall zu uns stoßen und vielleicht die eine oder andere Verlegung ins Krankenhaus noch verhindern.« Susanne schaute in die Runde.

»Fühlst du dich nicht sicher genug?«, fragte Carola. Sie konnte das durchaus verstehen. Nach zehn Jahren völlig selbstverantwortlicher Hebammenarbeit brauchte wohl jede mal eine Pause. Susanne war am längsten dabei und hatte im Gegensatz zu ihr und Ella keine Auszeit genommen. Selbst in Urlaub fuhr sie kaum.

In dem Moment kam der Kellner und brachte die Bestellung, die Salatteller nahm er wieder mit. Selbst Hilde hatte alles verputzt.

»Ich fühle mich sicher, aber ich habe eine Frauenärztin, die perfekt passen würde. Und sie spielt gerade erst mit dem Gedanken, sich selbstständig zu machen. Wäre also auch nicht heute oder morgen.«

»Du meinst Julia, oder? Warum sagst du das nicht gleich? Das wäre vielleicht wirklich eine tolle Option. Sie gehört ja quasi zur Familie.«

Carola pulte die Marzipankarotte von der Rüblitorte und gönnte sich ein Stück von dem saftigen Kuchen. Julia war wunderbar. Zu ihr würde sie sogar ihre Töchter schicken.

»Meint ihr? Dann schlage ich ihr das mal vor. Nur so für den Hinterkopf.«

»Mach das! Und jetzt lasst uns hören, was Ella zu verkünden hat, und dann miteinander anstoßen.«

Carola hob das Glas und nickte Ella zu. Die anderen taten es ihr gleich.

»Also, ihr Lieben. Wir machen ja wirklich viel mehr als Geburtshilfe. Und ich möchte auch dabei nicht stehen bleiben.«

»Du hörst aber nicht auf, oder?«, fragte Annett.

»Nein. Auf keinen Fall, aber ich möchte meinen Horizont erweitern. Ich möchte noch einmal studieren.«

»Mit dreiunddreißig?«, fragte Carola, die es schon blöd fand, dass ihre Tochter mit Anfang zwanzig noch nicht studierte oder noch keine Ausbildung machte, weil sie mit dem Modeln mehr als genug verdiente.

»Ja, mit dreiunddreißig. Selbst wenn ich es langsam angehen lasse, wäre ich mit vierzig fertig und habe immer noch mindestens fünfundzwanzig Jahre Arbeitsleben vor mir. Und wir kennen doch selbst eine Hebamme, die mit über achtzig noch praktiziert. Und ich werde nur in Teilzeit studieren. Keinen Professor schert es, wenn einer nicht zu den Vorlesungen kommt oder aufsteht und geht. Hat Frank mir oft genug erzählt und es selbst so praktiziert, obwohl er keinen Pieper um den Hals hängen hatte.«

»Okay. Klingt trotzdem sportlich.« Carola war skeptisch. »Und was willst du überhaupt studieren?«

»Soziologie. Ich will wissen, wie die Gesellschaft tickt. Und ich will sie verändern. Dafür brauche ich mehr Wissen. Und vielleicht mache ich dann noch irgendwann den Doktor, damit mir auch jeder Mann zuhört.«

Carola war immer noch skeptisch und, wenn sie ganz ehrlich zu sich war, auch ein klitzekleines bisschen neidisch. Sie liebte es, die Frauen zu beraten, aber im Grunde tat sie das auf Küchenpsychologenniveau. Andererseits waren die meisten Frauen glücklicher nach ihrer Beratung. Vielleicht brauchte es kein Studium, um eine Expertin zu sein. Und wirklich komplizierte Fälle schickte sie auch weiter.

»Gibt Männer, die würden dich auch mit einer Professur nicht ernst nehmen. Also mache es nicht für andere.«

Und schon gar nicht für Christoph, fügte Carola in Gedanken hinzu.

»Nein, ich möchte es für mich machen. Ich liebe meine Arbeit als Hebamme, aber ich habe gemerkt, dass ich auch Zeit für mich alleine brauche. Einfach mit meinen Büchern am Schreibtisch sitzen. Forschen. Um in andere Welten einzutauchen, brauche ich gar nicht um die Welt zu reisen. Irgendwie ist es mir nach einer Reise nach innen.«

»Dann werden wir dich alle unterstützen! Und gemeinsam die Welt verändern!« Susanne erhob ihr Sektglas und prostete Ella zu. Carola, Annett und Hilde taten es ebenfalls.

»Kindchen, ihr habt die Welt schon so was von verändert. Ihr habt ein Fleckchen Köln zu einem Stück Himmel gemacht. Macht weiter so!«

So emotional war Hilde noch nie gewesen. Unvorstellbar wären solche Worte zu ihren gemeinsamen Krankenhauszeiten gewesen. In Ellas Augenwinkeln glitzerte eine Träne.

»Danke. Und du hilfst uns dabei, das Paradies zu organisieren. Ohne dich würde bestimmt das Chaos regieren.«

Ella griff nach Hildes Hand, worauf sie rot wurde.

»Jetzt ist aber mal gut. Obwohl ich 'ne alte Schachtel bin, habe ich nicht vergessen, dass du noch einen zweiten Tagesordnungspunkt hattest.«

Ella trank den Sekt in einem Zug leer und knallte das Glas auf den Tisch.

»Ihr werdet das vielleicht nicht sofort gut finden, daher lasst es erst mal sacken.«

»Spann uns nicht auf die Folter!«

»Okay, ich sage es einfach: Ich will eine Babyklappe in Köln eröffnen.«

Sie hätte auch sagen können, dass sie ab morgen die Aussetzung von Hundewelpen befürworten würde. Nur Hilde schaute ahnungslos drein.

»Was ist denn das?«

»Eine Einrichtung, in der Frauen ihr Baby direkt nach der Geburt sicher und anonym abgeben können. Ein bisschen wie ein Brutkasten. Immer warm. Man legt das Kind von außen rein. Ein Alarm informiert sofort jemanden vom Team, und das Kind wird versorgt. Und die Mutter hat eine Frist, innerhalb derer sie das Kind doch annehmen kann.«

»Wo gibt's denn so was?«, fragte Hilde erstaunt.

»In Hamburg. Gerade erst vor Kurzem eingeweiht. Damit nicht noch ein ungewolltes Kind ausgesetzt wird und stirbt. Mich schaudert der Gedanke immer noch, was mit Andrea alles hätte passieren können, wenn sie nicht Vertrauen zu mir gefasst hätte.« Ella sah entschlossen in die Runde.

»Und wo soll das Ding hin? Nicht ins Geburtshaus, oder? Ich meine, wir haben doch gar nicht die Kapazitäten, um uns um ein ausgesetztes Kind zu kümmern.«

Ausgerechnet Susanne sah besonders skeptisch aus, war sie doch damals auch ungewollt schwanger geworden und hatte das Kind nicht behalten dürfen, weil sie in den Augen der Gesellschaft und vor allem ihrer Eltern zu jung war.

»Es gibt in Köln genug Schwangerenkonfliktberatungsstellen. Donum vitae. Pro familia. Keine Frau muss ein

Kind aussetzen. Und für jede gibt es Unterstützungs-
angebote, wenn sie sich für das Kind entscheidet. Und wer
wirklich keins will, entscheidet sich doch vorher dagegen.«

Carola dachte an Zeiten, in denen Frauen den eigenen
Tod in Kauf nahmen, um nicht Mutter zu werden. Eine
Zeit, in der eine ledige Mutter geächtet und ihr Kind Bastard genannt wurde. Im Mittelalter hatte es Drehtüren in
Klöstern gegeben, in denen man die Kinder abgeben
konnte. In Spanien erhielt jedes dieser Kinder den Nachnamen Esposito, also ausgesetzt. Aber heute, in Zeiten, in
denen nicht nur jede Frau die Pille nehmen konnte, sondern ein uneheliches Kind auch keine Schande mehr war,
brauchte man nun wirklich keine Babyklappe.

»Carola, das mag ja sein, aber jedes Jahr werden dennoch zwei Dutzend Kinder ausgesetzt oder nach der Geburt getötet. Die Dunkelziffer ist wahrscheinlich noch
höher. Wenn wir ein Kind in Köln und Umgebung retten,
lohnt es sich schon. Und für manche Frauen ist auch einfach der Gedanke schon die Rettung, dass sie ihr Kind
abgeben könnten, wenn sie sich überfordert fühlen.«

Carola dachte nach. Sie dachte daran, wie es auch
Momente gab, in denen sie sich völlig überfordert fühlte –
obwohl sie einen fürsorglichen Partner, ein Einkommen,
ein Haus hatte. Wie musste es Frauen gehen, die das alles
nicht hatten? Und sich bis zur Geburt mit der Entscheidung quälten, wie es weitergehen sollte? Oder die Schwangerschaft einfach verdrängten.

»Ella, ich finde es gut, dass du Müttern eine Notlösung
anbieten möchtest«, meinte Susanne, »aber ich frage mich,
ob es dann nicht besser wäre, frühzeitig auf die Adop-

tionsmöglichkeiten hinzuweisen. In Deutschland gibt es mittlerweile mehr Eltern, die auf ein Kind warten, als umgekehrt. Und bei einer offiziellen Adoption wissen die Kinder wenigstens über ihre Herkunft Bescheid. Sie haben mittlerweile ein Recht darauf, und ganz ehrlich, mir und vielleicht auch Julia wäre einiges erspart geblieben, wenn Julias Adoptiveltern die Adoption nicht hätten verheimlichen dürfen. Ich habe auch diesen Bericht über die Babyklappe in Hamburg gelesen. Das Problem ist, dass die Kinder später nicht einmal die Möglichkeit haben, ihre Eltern kennenzulernen.«

Carola sah Susanne mitfühlend an. Sie hatte einiges durchgemacht.

»Susanne, ich wäre auch für eine Welt, in der Babyklappen nicht nötig wären, aber irgendwie war die Geschichte mit Andrea für mich ein Fingerzeig. Ich habe einfach das Gefühl, mich darum kümmern zu müssen.«

»Babyklappe, Studium und noch den Job als Hebamme.« Hilde schüttelte den Kopf. »Ich weiß gar nicht, wie du das alles schaffen willst, Ella.«

»Na, immerhin hält mich kein Mann mehr von der Arbeit ab.«

Ella zwinkerte Hilde zu.

»Wo du recht hast, hast du recht. Aber warte mal ab, da kommt noch der Richtige für dich.«

»Ach was, ich habe euch, ich habe Pläne, ich brauche keinen Prinzen, der mich mit dem Pferd abholt. Mir geht es gut.«

Ella hatte eine Zeit lang in Frau Freuds Zimmer genächtigt, aber nach drei Tagen Rückenschmerzen hatte sie sich dann schnell nach einer eigenen Wohnung umgesehen und war übergangsweise wieder zu ihren Eltern gezogen, bis sie fündig geworden war. Ausgerechnet die erste Anzeige im Kölner Stadtanzeiger war ein Volltreffer, zwei Zimmer auf der Neusser Straße. Im Altbau. Mit Balkon. Ein Lottogewinn. Und das erste Mal seit ihrer Geburt, dass sie alleine lebte. Ganz allein. Carola hatte ihr beim Auszug geholfen, weil Ella kein eigenes Auto hatte. Die drei Kisten waren schnell verladen gewesen, und Carola hatte Ella das erste Mal richtig heulen sehen. Es war ihr nicht leichtgefallen, die Wohngemeinschaft mit Frank endgültig zu verlassen.

Carola hörte gar nicht mehr richtig zu, als Ella weitererzählte. Davon, dass das Haus Elisabeth geeignet für eine Babyklappe wäre. Und dass sie das Ganze erst einmal auf politischer Ebene durchbekommen müssten. Azra würde ihr auch helfen, immerhin sei sie es seit Jahren gewohnt, mit den Behörden zu verhandeln.

Ella war immer noch jung. Und idealistisch. Und brauchte sich nur um sich selbst zu kümmern und hatte damit noch genug Kraft für den Rest der Welt übrig. Gut, dass es Menschen gab, die noch Kapazitäten überhatten. Carola gehörte nicht dazu. Und das war auch okay so. Ein wohlbekanntes Summen ließ sie hochschrecken. Sie alle vier, während Hilde nur milde lächelte. Sie war die Einzige von ihnen, die keinen Pieper trug.

»Oh, ich glaube, das ist meiner.«

Susanne stand auf und verschwand hinten in den kleinen Flur vor den Toiletten, wo ein Telefon angebracht war.

»Wir sollten uns wirklich überlegen, ob wir uns nicht

jeder ein mobiles Telefon zulegen. Kostet zwar um die siebenhundert Mark, aber vielleicht können wir das als Arbeitsgerät von der Steuer absetzen.«

Carola war fasziniert von dem kleinen Nokia-Gerät gewesen, dass sie hatte ausprobieren dürfen. Ja, sie hatte selbst einen Kilometer weiter immer noch Empfang gehabt.

»Also ich muss erst einmal Ellas Pläne verdauen. Noch eine große Änderung verkrafte ich heute nicht mehr«, warf Annett ein.

Als Susanne zurückkam, sah sie aus, als hätte sie ein Gespenst gesehen.

»Ich muss weg. Meine Zwillingsschwangere hat einen Notfall.«

* * *

Susanne eilte zu Martinas Wohnung, die nur gesagt hatte, dass sie sofort kommen sollte. Susanne war nicht mehr zuständig, aber das hatte sie Martina nicht sagen wollen. Vor dem Haus stand bereits ein Rettungswagen. Susanne lief zur Tür, die offen stand, rannte die Treppe nach oben und riss die Wohnungstür auf, die ebenfalls nur angelehnt war. Ein grotesker Anblick bot sich ihr. Zwei Sanitäter hatten Martina von beiden Seiten untergehakt und wollten wohl gerade die Wohnung mit ihr verlassen, eine Notärztin nickte Susanne zu. Martinas Mann hatte ihre Tasche geschultert und war leichenblass. Und daneben stand noch Kirsten Wollschläger, die sich in den letzten Jahren kaum verändert hatte. Die langen blonden Haare waren von ein paar grauen durchwoben, ansonsten schien die Zeit für sie stehen geblieben zu sein.

»Eine Unverschämtheit. Wie könnt ihr einfach so über den Willen der Frau hinwegsehen. Sie wollte eine Hausgeburt! Und wenn ihr sie nicht so verunsichert hättet, dann hätte sie eine haben können. Aber nur weil ihr alle Sklaven des kapitalistischen und patriarchalen Systems seid, wird diese Frau jetzt in die Knie gezwungen. Eine Unverschämtheit ist das«, wiederholte sich die Frau, mit der Susanne schon am Telefon nicht auf einen gemeinsamen Nenner gekommen war.

Martina griff im Vorbeigehen oder besser Vorbeigeschleiftwerden nach Susanne.

»Danke, dass du gerade zurückgerufen hast. Kannst du nicht mit ins Krankenhaus? Mit dir schaffe ich es vielleicht im Krankenhaus?«

Susanne sah in Martinas Augen. Sie hatte Schmerzen. Und Angst. Susanne hatte immer noch keine Ahnung, was genau passiert war.

»Martina, hast du nicht gehört, was die Ärztin gesagt hat? Querlage. Du brauchst einen Kaiserschnitt.«

Ihr Mann klang verzweifelt.

Kirsten Wollschläger zog eine Augenbraue hoch, hielt aber immerhin den Mund. Die Sanitäter schleppten Martina weiter die Treppe runter. Susanne suchte den Blick der Ärztin, die ihn schnell erwiderte.

»Er hat recht. Es ist eine Querlage. Der Ehemann hat uns informiert. War wohl ein siebter Sinn oder so.«

»In welches Krankenhaus fahren Sie? Das St. Laurentius ist das nächste.« Trotz allem wollte Susanne Martina nicht allein lassen.

»Dort ist kein OP frei. Wir fahren ein anderes an.«

Susanne ließ die Schultern sinken. Kein Krankenhaus ließ eine fremde Person einfach mit in den OP-Saal.

Susanne lief die Treppe herunter bis zum Rettungswagen, den Martina mithilfe der Sanitäter gerade bestieg. Selten hatte Susanne so einen großen Bauch gesehen. Hoffentlich würden sie es rechtzeitig schaffen.

»Martina, es tut mir leid, aber ich *darf* nicht mit. Ich werde dich morgen besuchen. Und wenn du möchtest, mache ich die Nachsorge, wenn du aus dem Krankenhaus entlassen wirst.«

Martina nickte, bevor die Sanitäter sie auf die Liege bugsierten, den Mann reinließen und dann die Tür schlossen. Kirsten Wollschläger und die Notärztin waren mittlerweile hinzugetreten. Beide Hebammen sahen dem Krankenwagen hinterher. Die Notärztin warf Kirsten Wollschläger einen bösen Blick zu, stieg zum Sanitäter in den Notarztwagen und fuhr ebenfalls los.

»Sie hat einfach nicht genug losgelassen.«

Susanne betrachtete die Frau neben sich. Sie war selbst eine Idealistin, aber nie im Leben wollte sie die Ideale über die Menschen stellen. Sie dachte an Ella, die die Welt noch besser verstehen und noch besser machen wollte. Es gab noch viel zu tun.

»Sie hätten eine Anzeige verdient.«

So harte Worte hatte Susanne selten ausgesprochen. Warum hatte sie nur zugelassen, dass Martina den Vertrag mit ihr gekündigt hatte, um es mit einer Hebamme zu versuchen, die ihr versprach, dass es mit einer Hausgeburt auf jeden Fall funktionieren würde? Eine Garantie gab es nie.

»Und das verstehen Sie unter Solidarität unter Frauen?«

»Ja, genau das verstehe ich darunter. Ich kämpfe für jede Schwangere mehr als für meine Überzeugungen.«

Susanne hielt dem verächtlichen Blick stand. Es gab nicht nur schwarz und weiß. Und als gute Hebamme musste sie immer offen sein. Das Einzige, was sie jetzt noch für Martina tun konnte, war, das Erlebnis aufzuarbeiten.

Epilog

Was war, wenn sich Susanne mit dieser Geburt auch übernehmen würde? So wie Kirsten Wollschläger? Wer weiß, was passiert wäre, wenn Martina nicht doch noch den rettenden Kaiserschnitt bekommen hätte? Was war, wenn sie hier auch zu viel wagte? Ach was, hier ging es nicht um medizinische Risikofaktoren, sondern nur um kulturelle Gewohnheiten in der Geburtsbegleitung. Trotzdem hatte Susanne gehofft, Ines würde mitten in der Nacht Wehen bekommen, während die beiden Geschwister tief und fest schliefen. Aber nein, Ines rief am Nachmittag an. Sie hatte beim Eisessen mit den Kindern im Garten einen Blasensprung, und alle wären sie nun gespannt auf das Baby. Noah und Emily würden ihr nicht von der Seite weichen, während Hugo schon mal alles vorbereitete.

Es war tatsächlich ein wunderschöner Frühsommertag, als wollte das Baby sich extra einen sonnigen Tag aussuchen. Susanne parkte vor dem Haus, klingelte und ließ sich von Hugo nach oben führen. Er strahlte sie an.

»Wir freuen uns schon!«

»Ich auch! Und wenn's ein Junge wird, habe ich endlich einen Bruder.«

»Will aber eine Schwester.«

Die beiden Kinder sahen allerliebst aus. Und völlig entspannt. Die meisten Eltern zerrten ihre Kinder vom Fernseher weg, wenn eine Geburtsszene mit leichtem Stöhnen im Krankenhausbett gezeigt wurde. Und Ines und Hugo wollten ihren Kindern eine echte Geburt zumuten? Natürlich waren Geburten etwas Wunderbares, aber im Grunde waren sie so intim wie Sex. Und da musste ja auch kein Zeuge dabei sein. Susanne war ein wenig flau im Magen. Sie würde gleich fragen, ob sie sich einen Tee kochen dürfte. Fencheltee hatte sie immer in der Tasche.

»Schön, euch zu sehen. Wo ist Ines denn?«

»Im Wohnzimmer.«

Susanne folgte Hugo ins Wohnzimmer der Familie. Der Anblick ließ sie verdutzt innehalten. Mitten auf dem Teppich in dem großen Raum mit den deckenhohen Bücherregalen und antiken Möbeln stand ein Planschbecken. Und darin saß Ines, nur mit einem schwarzen Unterhemdchen bekleidet. Sie veratmete eine Wehe, und erst als sie abgeebbt war, öffnete sie die Augen und lächelte Susanne an.

»Es geht endlich los.«

Susanne fing sich. Die Familie hatte keine Badewanne, sondern nur eine Dusche. Aber dass sie mit einem Planschbecken improvisierten, haute sie aus den Socken. Selbst normale Badewannen waren zumindest für die letzte Phase der Geburt kaum geeignet. Sie waren zu klein und zu eng, um sicher zu gewährleisten, dass das Baby lang genug mit dem ganzen Körper unter Wasser blieb, bevor es anfing zu atmen. Und sie als Hebamme musste notfalls von allen Seiten eingreifen können. Bei einer länglichen, an der Wand eingebauten Wanne war das schwer.

Plötzlich klingelte es an der Tür.

Da Hugo sich neben seine Frau kniete und die beiden Kinder sich ebenfalls vor das Becken hockten, öffnete Susanne die Tür. Anja Cornelsen. Sie wollten das Ganze also auch noch fotografisch festhalten!

»Hallo Susanne! Da wäre ich fast zu spät gekommen. Ines hat mich noch kurzfristig gebucht. Ich meinte zu ihr, sie soll mich nicht erst beim Blasensprung anrufen. Ich musste ja erst jemanden für die Kinder organisieren.«

Anja hatte ihre Kamera um den Hals und eine Tasche in der Hand.

»Komm rein. Schön, dich zu sehen. Ich glaube, so viel Leute hattest du noch nie auf den Geburtsfotos.«

Sie gingen zurück ins Wohnzimmer. Ob Ines sich das Schreien der Kinder wegen verkniff? Noah und Nina plätscherten mit den Fingern im Wasser, als es sich auf einmal rot färbte. Susanne sah Ines in die Augen.

»Möchtest du es selbst in Empfang nehmen?«

Ines nickte und griff sich zwischen die Beine. »Ich spüre den Kopf.«

Nun wurde sie doch lauter.

Die Kinder schauten erschrocken, und Hugo war merklich besorgt.

»Ihr braucht keine Angst haben. Eure Mama brüllt wie ein Löwe, damit euer Geschwisterchen gut rauskommt.«

»Aber bei den Löwen brüllt nur der Mann«, kreischte Noah, und Susanne hätte fast den Moment verpasst, in dem das Kind geboren wurde. Ines hielt ihr Kind in den Händen, zog es nach oben und legte es sich an die Brust.

Susanne hatte noch nie so andächtige Kinder gesehen.

So hätten sie keinen Weihnachtsbaum mit Geschenke-bergen an Heiligabend ansehen können.

»So kleine Hände und so kleine Füße!« Die vierjährige Emily griff nach ihrem Geschwisterchen.

Hugo küsste seine Frau und dann das Baby. Das Klicken im Hintergrund erinnerte Susanne daran, dass diese Familie die Erinnerungen an dieses außergewöhnliche Ereignis nicht nur im Gedächtnis und im Herzen bewahren würde. Und auch Susanne würde diese einzigartige Geburt immer im Herzen bewahren. Auch hier gab es Blut, Schweiß und Schmerz, aber es war eine Geburt gewesen, wie sie sein sollte. Und Susanne war froh, dass sie hier über ihren Schatten gesprungen war. Dass sie offen für neue Wege war. Ein Planschbecken im Wohnzimmer, was für eine Idee. Ob man das irgendwie noch ausbauen konnte? Geburtsplanschbecken entwickeln, die vielleicht weniger Umfang, aber über etwas höhere Wände und vor allem mehr Polsterung als einen Teppich darunter verfügten? Und vielleicht nicht mit dem Gartenschlauch befüllt werden mussten, an dem noch ein paar Spinnweben hingen, weil er zum ersten Mal seit Monaten aus dem Schuppen geholt worden war? Emily und Noah würden jedenfalls nie Angst vor einer Geburt haben. Und wahrscheinlich waren sie die einzigen Kinder in ihrem Kindergarten, die tatsächlich bezeugen konnten, dass die Kinder nicht vom Klapperstorch gebracht wurden.

* * *

Bisher schien es das Schicksal gut mit ihr zu meinen. Ella war noch in keiner einzigen Vorlesung angefunkt worden.

Und sie hatte bisher bei jeder Klausur besser abgeschnitten als manch ein Achtzehnjähriger, der sich direkt nach dem Abi ins Studentenleben stürzte. Ella hatte in ihrem Alter ganz klar den Vorteil, dass sie meist nüchtern war, keine Studentenpartys mehr feierte und sich auf das Wesentliche konzentrieren konnte. Manchmal wurde sie von ihren Kommilitonen für eine Dozentin gehalten und musste grinsen, wenn sie auf einem der Flure in der Uni gesiezt wurde. Aber es gab nicht nur die, die sie ehrfürchtig siezten, sondern auch die, die sie fragten, ob sie mal zusammen ausgehen sollten. Und denen dann alles aus dem Gesicht fiel, wenn sie nebenbei ihr Alter fallen ließ. So als liefen sie Gefahr, die *Reifeprüfung* mit Dustin Hoffmann als jungem Studenten nachzuspielen.

Ihre Mutter hatte geheult, als Ella ihr offenbart hatte, dass sie nun Single wäre und noch mal studieren würde.

»Christoph wäre immer noch mein Lieblingsschwiegersohn gewesen, aber auch an Frank hatten wir uns gewöhnt. Er war kein schlechter Kerl.« Sie hatte geschnieft und Ella ungefragt noch ein Stück Kuchen beim Sonntagskaffee auf den Teller geschoben. »Und jetzt noch studieren. Vielleicht endest du als alte Jungfer.«

Ella hatte tief durchgeatmet und sich verkniffen zu sagen, dass das immer noch besser wäre, als als frustrierte Hausfrau zu enden. Und wurde damit belohnt, dass ihre Mutter ihr die Schulter tätschelte und sagte: »Ach, Ella, ein bisschen beneide ich dich auch. In deinem Alter wart ihr Kinder aus dem Gröbsten raus, und ich hätte mein Studium einfach zu Ende machen sollen. Aber ich habe auf alle gehört, die gesagt haben, dass Studieren und Kinderkriegen einfach nicht zusammenpassen. Blödsinn war das. Du bist einfach schlauer als ich.«

»Bin ich nicht. Du warst immer eine tolle Mutter, und es tut mir leid, wenn ich dir das nicht oft genug gezeigt habe.«

Heute besuchte sie eine Vorlesung zum Thema Geschlechterverhältnisse in Ost- und Westdeutschland. Sie konnte kaum hinhören, weil sowohl über Ostdeutsche als auch über Frauen gesprochen wurde wie über Zootiere. Sie wollte auch forschen. Über Geburten als Spiegel der jeweiligen Gesellschaft. Und die Frauen würden bei ihr keine Objekte sein, sondern *Subjekte*. Und wer wusste das schon, vielleicht würde ihr Geburtshaus einen Teil dazu beitragen, dass sich die Wahrnehmung hinsichtlich der Geburt veränderte. Vielleicht auch einfach nur zu ihren Ursprüngen zurückkehrte. Die Geburt war ein Wunder. Sie brauchte Begleitung, Anerkennung und Unterstützung.

Ella griff heimlich in ihre Tasche, um auf das Display ihres Mobiltelefons zu schauen. Ein Nokia, mit dem Vorteil, dass die Frauen ihr Nachrichten schicken konnten. Und mit der Möglichkeit, Nummern unter Namen abzuspeichern. In Sachen Technik hatte sich was getan. Den Pieper behielt sie zwar für den Notfall, aber mit dem tragbaren Telefon war es schon praktisch. Vor allem, seit sie im Haus Elisabeth wirklich an der Seite eine Babyklappe hatten einbauen lassen. In den Wohnungen für die minderjährigen Schwangeren war ja immer eine Betreuerin anwesend, sodass kein Kind lange zu warten brauchte, um gerettet zu werden. Aber bisher war noch kein Säugling abgegeben worden. Und manch einer löste den Dauerauftrag für Spenden auf, da sich das Ganze angeblich nicht lohne. Das Display war grau. Der Prof wechselte die Folie auf dem Overheadprojektor. Andere Profs benutzten schon Beamer und Laptop und waren auch in ihrer Haltung schon weiter. Aber Ella konnte sich ohnehin nicht mehr auf die Handschrift konzentrieren, die mit Edding auf die Folie gekritzelt worden war und nun auf eine Leinwand projiziert wurde. Und dann summte auch noch ihr Telefon. Eine SMS. *Wir haben ein Kind gerettet. Bin aufgeregt. Komm schnell vorbei!* Das Telefon summte erneut, und wieder erschien ein kleines Briefsymbol.

Eine Textnachricht von Sonja, einer Schwangeren kurz vor Termin, die auch ein Handy besaß. Ella hatte ihr gleich im Einführungsgespräch ihre Nummer gegeben. *Hatte gerade einen Blasensprung. Glaube, die Geburt geht los.*

Das war also der Tag, an dem sie das erste Mal mitten in der Vorlesung rausmusste. Sie packte ihre Sachen und stand auf. Ellas Herz klopfte. Manchmal passierte alles auf einmal. Aber sie hatte alle Zeit der Welt, sich nacheinander erst auf das eine, dann auf das andere zu konzentrieren.

Hinter ihr fiel ein Mäppchen herunter. Ella drehte sich um. Er musste nach ihr in den Raum gekommen sein, sonst hätte sie ihn sofort gesehen. Zeitgleich bückte sie sich nach dem Mäppchen, das in ihre Richtung gerutscht war. Sie konnte sich beim besten Willen nicht erklären, warum ihr Herz einen Sprung machte. Und warum sie daran dachte, dass ihre gemeinsamen Kinder bestimmt hübsch werden würden.

»Was machst du denn hier?«, fragte er verblüfft.

»Na, dasselbe wie du!« Sie grinste. »Und das, obwohl wir beide wohl viel zu alt dafür sind.«

»Siezen sie dich auch?«

»Ja.«

Ella flüsterte und kam sich vor wie in der Schule, wenn sie mit dem Sitznachbarn quatschte, anstatt aufzupassen. Im Studium war sie bisher immer strebsam gewesen und hatte jede Minute aufmerksam gelauscht, aber in Anwesenheit dieses Mannes fühlte sie sich auf einmal wieder wie mit achtzehn.

»Und hat deine Mutter auch gesagt, dass du verrückt bist und als alte Jungfer endest?«

Ella lachte. Jungfer oder Jungfrau war eins der wenigen Wörter, mit denen man auch Männer bezeichnen konnte. »Ich habe eine Idee. Wir beide tun uns einfach zusammen, dann haben wir Ruhe vor unseren Müttern. Und wer weiß, vielleicht hatte deine Mutter ja recht und aus uns könnte was werden. Morgen Nachmittag einen Kaffee in der Mensa?«

»Klar. Warum nicht?«

Ella erhob sich wieder und drehte sich nach vorn. Dass ihr Gesicht rot war, lag nicht nur daran, dass sie kopfüber nach dem Mäppchen gegriffen hatte. Obwohl sie wusste, dass sie bei den Männern sehr gut ankam, war noch nie sie es gewesen, die die Initiative ergriffen hatte. Immer hatte sie auf die Männer reagiert, auf ihre Erwartungen geschaut. Und auf einmal fühlte es sich völlig normal an, einen Mann zu fragen, ob er mit ihr einen Kaffee trinken würde. Sie drehte sich noch einmal um und lächelte

Michal an. Er lächelte zurück. Er hatte sie nach dem Fahrradunfall kennengelernt, im Krankenhaushemdchen und mit Beule am Kopf. Und sie war damals völlig durcheinander gewesen, weil sie nicht wusste, ob sie zu Christoph oder zu Frank gehören wollte.

Es konnte sein, dass sie am nächsten Tag noch im Geburtshaus steckte, aber sie würde den Hörsaal nicht verlassen, ohne Michal nach seiner Telefonnummer gefragt zu haben. Sie sah auf ihre Armbanduhr, die sie trotz des Telefons immer noch trug, weil es nicht so unhöflich war, mal eben auf das Handgelenk zu schauen als auf das Telefon. Es war der 11. September 2001 um kurz nach zehn. Egal, wer sie jetzt noch anrufen und ihre Pläne durcheinanderbringen würde, sie spürte, dass sich etwas anbahnte. Etwas Gutes. Etwas, das standhalten würde, egal, welche Stürme des Lebens sie noch beutelten. Genauso wie die Liebe zu ihrem Beruf als Hebamme, die sie auch für immer begleiten würde, egal, was das Leben noch brachte.

– Ende –

Danksagung und Nachwort

Auch in Band 3 möchte ich damit beginnen: Der Start ins Leben ist immer auch ein Spiegel der Gesellschaft. Seien es vergangene Zeiten, in denen eine Schwangerschaft nicht selten mit dem Tod endete und insofern als notwendiges Übel erschien, sei es die Entfremdung von Eltern und Kind in totalitären Systemen, sei es die Entmündigung von Frauen, denen eingeredet wird, jeder Arzt wisse besser über ihren Körper Bescheid als sie selbst. Oder sei es die Unterordnung der Geburtsbegleitung unter wirtschaftliche Erwägungen.

Das Kölner Geburtshaus habe ich genau wie Tausende andere Frauen als einen Ort erlebt, an dem Schwangerschafts-, Geburts- und Wochenbettbegleitung so ist, wie sie sein sollte: sicher, mit einer Eins-zu-eins-Betreuung, vertrauensvoll, ermutigend, bestärkend. Natürlich kann das genauso auf die Geburtsbegleitung im Krankenhaus zutreffen, egal, ob bei spontaner Geburt oder einer Sectio. Und dennoch zwingt das aktuelle Gesundheitssystem viele Hebammen dazu, hinter ihren Ansprüchen zurückzubleiben. Und viele Frauen finden nicht die Begleitung, die sie für einen guten Start in das (neue) Familienleben brauchen.

Das Kölner Geburtshaus zeigt wie mittlerweile rund

einhundertdreißig Geburtshäuser (seit Kurzem gibt es ein zweites in Köln) allein in Deutschland, dass die bestmögliche Geburtsbegleitung keine Utopie, sondern eine Frage des Engagements, des Mutes und der Leidenschaft ist.

Als das Kölner Geburtshaus 1989 – noch nicht in der Cranachstraße 21, sondern in einem Hinterzimmer der Frauenarztpraxis von Dr. Michael Müller – von Monika Plonka und Vera Minnik gegründet wurde, hielten viele das Vorhaben für eine Schnapsidee. Heute ist die Warteliste so lang, dass das Los entscheidet, wer hier sein Kind bekommen kann.

Mein Anliegen mit dieser Romanserie ist es auch, Aufmerksamkeit für die wertvolle Arbeit von Hebammen zu schaffen und vielleicht dadurch sogar einen Teil dazu beizutragen, dass ihre Arbeits- und damit die Startbedingungen für Familien verbessert werden.

Weitere Informationen sind erhältlich beim

- Verband Hebammen für Deutschland, der unter anderem mitinitiiert hat, dass das Hebammenwissen Teil des immateriellen UNESCO-Kulturerbes wird: www.hebammenfuerdeutschland.de

- Netzwerk für Geburtshäuser – Wir für euch – Ihr für euch: www.netzwerk-geburtshaeuser.de

- und natürlich beim Kölner Geburtshaus:
- www.geburtshaus-koeln.de

Und noch etwas zum Thema gesellschaftliche Veränderungen und Zeitgeschichte: Gerhard Schröders Zitat hinsichtlich der Begabungsreserve für Frauen stammt eigentlich aus dem Jahr 2002, aber sein »Bonmot« passte einfach zu gut in das Weltbild rund um die Jahrtausendwende.

Apropos Geburtshaus: Das steht diesmal ganz oben auf meiner Dankesliste.

Danke ...

... dem ganzen Team des Geburtshauses, ganz besonders Stefanie Lippelt für die Recherchehilfe, Gudrun Stentenbach und Ute Schnitzler für die hilfreichen und netten Kurse, Tamara Kanngiesser, Silke Mehler, Anja Pascher und vor allem Christiane Ippach – für die wunderbaren Geburtsbegleitungen. Dass ich dich, liebe Christiane, als eine der Mitbegründerinnen des Kölner Geburtshauses nicht nur als fachliche Beraterin und Vorableserin, sondern auch viermal als wunderbare Hebamme an der Seite hatte, ist ein großes Geschenk. Und dabei fing alles damit an, dass ich dich 1999 »zufällig« bei meinem ersten und einzigen Anruf bei der Hebammenberatung in Köln am Telefon hatte und du ganz salopp meintest: »Dann komm doch ins Geburtshaus.«

... nicht nur der Vollständigkeit halber auch den Frauenärztinnen Dr. Sabine Koesling, Dr. Anne Knoch und dem Team aus dem St.-Elisabeth-Krankenhaus, das ich seit meinem geplanten Kaiserschnitt in bester Erinnerung habe – dank Ihnen beruhen die schwierigen Szenen nicht auf eigener Erfahrung.

… ganz besonders auch meinen Eltern, ohne die so vieles nicht möglich gewesen wäre, auch für ganz viel Inspiration, bei dir, Mama, besonders für die Liebe zum Lesen und bei dir, Papa, auch für die Gabe der Begeisterungsfähigkeit und bei diesem Buch für den Austausch über das Thema Computer.

… besonders auch an Christine für die liebe Unterstützung gerade in der Zeit, in der aus bekannten Gründen die ganze Organisation zusammengebrochen ist. Ohne dich wäre das Buch nicht pünktlich fertig geworden. Danke auch für das Feedback und die TV-Tipps.

… an Alex für seine Freundschaft seit der 5. Klasse und noch viel mehr! ☺

… in diesem Sinne auch Michael ♥ und unseren Kindern – es ist einfach schön, dass ihr da seid, danke, dass wir ein tolles Team sind, danke dir und euch für Superschnitten, bester Freund und mehr sein, PC-Support, Plotberatung, Ermutigung, Geduld, Anteilnahme, Liebe und so viele Dinge, die ein ganzes Buch füllen könnten.

… allen, die ganz konkret dafür gesorgt haben, dass dieses Buch das Licht der Welt erblickt hat – vor allem dem Team von Blanvalet, insbesondere Anna-Lisa Hollerbach,

Julia Abrahams und René Stein –, und meinen Agenten Michaela und Klaus Gröner für die wunderbare Zusammenarbeit. Sie ist eine große Freude.

…auch allen, die meine Bücher sichtbar machen: Hana Jantz, Claudia Feldtenzer, Katharina Schleicher, Seon-Yeong Shin, Britta de Matteis, Diana Keller, Dr. Berit Böhm und alle aus dem Presseteam von Blanvalet, dem Team der Rather Bücherstube und allen meinen LeserInnen.

…für kollegiale Unterstützung in wichtigen Momenten ganz besonders Stefanie Gerstenberger, Beate Rygiert und Vera Pandolfi. Und für genau das richtige Buch zur richtigen Zeit (über die Kölner Hebamme Therese Schlundt) Zweiten Buchtipp und für die Recherchehilfe danke ich noch Eliza, Chrissi, Birgit und Christine P.

…auch an Anja Fröhlich, der Literaturszene Köln e.V. und dem Kulturamt der Stadt Köln für den Platz im schönen Schreibraum Köln. Ganz besonders dankbar bin ich auch für die Unterstützung durch die VG WORT.

Ich wünsche Euch und Ihnen, liebe LeserInnen, alles Gute.

Sie suchen einander schon ein Leben lang …

Tanja Wekwerth
Das Geheimnis der Mitternachtstöchter
Roman

Das Band, das uns für alle Zeit verbindet … England in den 20er Jahren: In einer abgelegenen Pension an der Küste bringt eine junge Frau Zwillinge zur Welt – und verschwindet bald darauf. Die kleine April wird zur Adoption freigegeben, während ihre Schwester May in der Obhut der liebevollen Pensionswirtin aufwächst. Ohne voneinander zu wissen, haben die beiden Zwillinge ihr Leben lang das Gefühl, dass ihnen etwas fehlt. Selbst die Wirren des zweiten Weltkriegs und die Zeit des Neubeginns vermögen es nicht, diese Sehnsucht verblassen zu lassen. Aber gibt es für die Schwestern nach Jahrzehnten der Trennung wirklich noch die Chance auf ein Wiedersehen?

Jetzt überall, wo es gute eBooks gibt:
dotbooks
Der eBook-Verlag